OSCAR WAGNER
A DISPARU

34-36, rue La Pérouse
75116 Paris

Collection Hugo Thriller dirigée par Bertrand Pirel
Ouvrage dirigé par Sophie Le Flour
Visuels de couverture : © Lee Avison/Arcangel ; © Print Collector/Getty Images

ISBN : 9782755663570
Dépôt légal : mars 2023
Imprimé en France par CPI Bussière

JEAN-CHRISTOPHE
PORTES

OSCAR WAGNER A DISPARU

Hugo Thriller

Les hommes sont rarement sages
quand il y va de leur vie.

Primo Levi – *Si c'est un homme*

Avril 1942

Chapitre 1

Mo

C'est la deuxième fois que je le croise, ce mec. Ce sera la dernière aussi, et c'est plutôt mal parti pour moi. Mon coup raté, il a envoyé valser mon couteau à l'autre bout du couloir. Et mon Colt 45 reste coincé dans mon dos, sous la ceinture, hors d'atteinte et inutile.

À choisir, j'aurais fait autrement, mais quand je suis passé devant sa table, quelque chose a brillé dans nos regards, quelque chose de net et sans bavure, qui ne vous laisse pas le choix, du genre : « Toi je t'ai vu et je vais pas te rater. » J'ai continué mon chemin avec un frisson tout en distribuant les sourires, les claques sur les épaules et les saluts de la main, mais j'avais déjà mon plan en tête, et l'intention de faire vite avant qu'il ne donne l'alerte. Alors je lui ai envoyé Gaby avec un soi-disant billet d'amour, et je l'ai attendu dans l'escalier de bois, derrière l'entrée. De là me parvenaient le murmure des voix et le tintement des flûtes à champagne. Aussi, les accents mélancoliques du succès de Léo Marjane, que reprend une petite jeune embauchée par Garcia :

Je suis seule ce soir, avec mes rêves,

Je suis seule ce soir, sans ton amour…

Le gros est tombé dans le panneau. Parce qu'ils ont des trois-pièces de faiseur sur le dos, des pompes à mille balles et un œillet frais à la boutonnière, ces mecs sont tous pareils, ils se croient irrésistibles. Il a suivi Gaby, peut-être déjà excité, et il a poussé la porte qui donne vers les étages.

Sauf que ça n'a pas marché du tout. Ce con-là fait bien vingt-cinq kilos de plus que moi, et il sait se battre. Un vrai lutteur de foire, des mains comme des battoirs. Il m'a jeté direct au sol où il m'écrase maintenant en me regardant avec des yeux fous, les yeux du type qui veut tuer.

Le jour tombe, ma joie s'achève,
Tout se brise dans mon cœur lourd…

La petite chanteuse a une belle voix comme je les aime, grave et triste, c'est à la mode toutes ces femmes esseulées, elles sont des millions à guetter le courrier, à attendre leurs maris prisonniers. Le gros me tient les poignets, cherchant du regard quelque chose pour m'achever. Fin de l'histoire pour Mo les Yeux-Bleus.

Tout demeure ainsi que tu l'aimes,
Dans ce coin par toi dédaigné…

Après tout ce n'est que justice. Je repense au Sidi planté rue de Douai, pas loin de Pigalle. J'avais quoi, dix-huit ans ? Il n'en revenait pas d'agoniser à genoux, la chemise pleine de sang. Trois ans plus tard j'en ai descendu un autre à Constantine, on était ivres, c'était lui ou moi. Un pauvre type a mangé à ma place, douze ans de travaux forcés.

Et d'autres encore, mais ça c'était légal, deux hivers plus tôt, nos chefs des corps francs nous demandaient de ramener des renseignements ou des prisonniers. Je revois encore l'expression de terreur d'un gamin boche sous son casque, il savait que c'était terminé, il était sur le dos, la neige étoilée de rouge autour de lui.

Et maintenant c'est mon tour. J'ouvre la bouche mais l'air ne rentre plus, un voile brouille ma vue, mes cheveux collent aux tempes. Le gros me balance une taloche à décapiter un bœuf, et *bang*, ma tête tape contre le bois du palier. C'est un drôle d'endroit ici, une cage d'escalier en madriers poussiéreux, qui va du sous-sol du Chapiteau à ses combles, en passant par le dancing, puis l'étage où sont nos bureaux de patrons.

Il m'en retourne une autre qui me laisse sonné, la joue dans la poussière.

Je suis seule ce soir avec ma peine,
J'ai perdu l'espoir de ton retour...

Elle chante bien cette petite, une jolie brunette aux joues rondes, des espoirs plein la tête, elle se voit en Damia, en Piaf, en Arletty...

Mon adversaire me maintient au sol en reprenant son souffle, ses cuisses comme des étaux autour de mes hanches. Ma seule chance, faire le mort, bras en croix. Pour l'instant je n'aurais même pas assez de force pour lui faire une pichenette. Paupières mi-closes, je le vois mieux, comme s'il ressortait d'un brouillard. Sur son visage, la haine a fait place à la satisfaction. Il jubile, ce connard.

Dans la bagarre, sa pochette a sauté, sa cravate en soie pendouille au rythme chaotique de sa respiration, elle me chatouille le menton. Jolie cravate, large, blanche avec de gros losanges noirs. Elle a dû lui coûter cher. Elle va lui coûter encore bien plus.

Des deux mains, je l'attrape juste sous le col et je tire, le plus fort possible. Mon front tape son gros nez, le craquement résonne sur les trois étages. Au coup suivant, je sens quelque chose d'humide à la naissance de mes cheveux. Et je recommence, crac son nez explose, et je n'ai qu'à le tirer sur le côté pour qu'il tombe comme une bûche.

Me retournant, je saisis mon Colt à la ceinture pour frapper de la crosse sa tempe, à toute volée. Il crache du sang et tombe les yeux révulsés, comme un sac de ciment sur le pont d'une péniche.

Puis je le finis. Je serre son cou, il gesticule mollement, il se met à pleurer le salaud, il regrette son chemin jusqu'à moi. Une bouillie de bulles roses lui sort des lèvres et ça dure longtemps, trois quatre minutes peut-être, mes muscles se tétanisent mais à la fin ses yeux se ternissent, ses gros bras retombent, et presque aussitôt le brouhaha du Chapiteau remonte.

En même temps ses sphincters lâchent, dans une odeur de fin du monde. À côté, la fille a fini sa chanson. Les applaudissements traversent la porte en bois.

* *
*

Il me faut du temps pour me remettre, réaliser que le souffle glacé de la mort m'est passé dessus. Je suis transi, ma chemise colle au buste comme si je sortais d'un lac en plein hiver, je donnerais cher pour un verre d'alcool, un grog, n'importe quoi qui me donne un coup de fouet.

Sa masse est posée dans le noir, les pupilles sans éclat braquées sur l'escalier, sa grosse langue pointe entre les dents, comme s'il voulait encore mordre, ce salaud. Après un silence, l'orchestre d'Alix Combelle s'est lancé dans un joli petit swing qui fait chaud au cœur, guitares et clarinettes, celui qu'on entend le plus souvent en ce moment sur Radio-Paris, dans une envolée de conversations et de bruits de fête.

Le gros lard n'était pas seul à sa table. Un chauve l'accompagnait, malingre et nerveux, les oreilles décollées et les cheveux en couronne. Un cave il me semble, comptable ou employé aux écritures, pas un voyou ni un flic en civil. Quoique par les temps qui courent on n'est plus sûr de rien. Enfin pour lui, on verra plus tard.

Je me redresse, les jambes tremblantes, me passe les doigts sur le visage en me massant les globes oculaires à m'en faire mal, et j'entreprends de tirer le gros vers le sous-sol. Impossible de le soulever, ce con. Rien qu'à le traîner ça produit toute une musique, ses chaussures rebondissent sur les degrés en bois comme sur des tambours, ses bras, ses coudes, sa tête. Je m'arrête toutes les deux marches, avec l'impression de traîner une baleine échouée.

Puis, je me penche sur lui briquet allumé, le souffle cette fois tout à fait calme, comme un pilleur de cadavre. Son regard éteint me fixe, irréel, tandis que j'examine sa veste, en bon fil-à-fil – donc d'avant-guerre ou achetée au marché noir. L'étiquette d'un tailleur rue Caumartin. Chaussures classiques à l'anglaise, marquées depuis notre lutte de traînées de poussières. Une chevalière d'or à la main droite, pas d'alliance. Un diamant à la cravate, dont l'épingle s'est enfoncée dans la peau pendant notre lutte.

Dans la poche droite, je trouve un portefeuille en crocodile, pas épais. Une carte d'identité allemande avec l'aigle et la croix gammée, sa photo au verso assortie d'empreintes digitales Ils aiment bien les choses au carré, les Fridolins. *Name* : Wagner. *Vorname* : Oscar. Né en novembre 1907, dans un bled au nom indéchiffrable. Quand je l'ai croisé à Lyon, il y a un an de ça, il se faisait appeler Steyer.

Sur une photo, il pose avec une blonde platine, devant la même Mercedes que le père Adolf, la puissance et la gloire, deux énormes phares ronds, calandre chromée, la roue de secours sur le côté du capot. Wagner-Steyer semble heureux comme un gosse, en costume blanc, tête nue, le soleil dur lui dessine de grosses ombres sous les sourcils. La blonde aussi sourit, mais ça se voit qu'elle s'en fout des autos. Derrière, on distingue une pelouse et des gens en tenue de gala. Je trouve une médaille de la Vierge et deux clichés de gosses avec au dos ces mots : *Dortmund, 1933.* Dans un étui d'argent, ses cartes de visites :

OSCAR WAGNER
DIRECTEUR COMMERCIAL
SOCIÉTÉ INTERNATIONALE DES TRANSPORTS EUROPÉENS.

À Paris, le siège se trouve au numéro 15, rue de Sèvres. Ils ont des succursales à Amsterdam et Berlin. Steyer/Wagner, on l'avait retrouvé à Lyon dans un hôtel pas terrible mais bien situé, entre Rhône et Saône. Il se prétendait luxembourgeois, fabricant de matériel de construction. Dès qu'il nous avait vus, il s'était carapaté, à une vitesse étonnante pour un Bibendum pareil. Difficile de le poursuivre comme ça, le calibre en main en pleine rue, on avait dû laisser tomber. Il n'était pas revenu à l'hôtel.

Donc il se planquait à Paris depuis. À cet instant, je prends conscience qu'il a forcément laissé son pardessus au vestiaire, et au moins son chapeau. Pas possible qu'il soit venu sans. Un problème de plus.

Penché au-dessus de lui jambes en équerres, je découvre son bracelet-montre en or de marque Chopard à cadran jaune, qui doit valoir quatre mois d'un salaire d'ouvrier, mais pas question de la refiler à un fourgue. Ces mecs sont bavards, surtout si la police allemande fourre son nez plein de schnaps dans leurs petites affaires. La tocante finira dans la Seine.

Dans une poche, des billets chiffonnés et des francs légers comme des hosties, des allumettes publicitaires. Dans l'autre, un épais cylindre dont je tire l'élastique : au moins quatre cents billets enroulés, rien que des Cérès et Mercure de mille balles, l'air tout frais imprimés de la Banque de France, et qui me donnent un coup au cœur. De quoi se payer un très bel appartement ou vivre à l'abri du besoin une sacrée paire d'années.

J'empoche. Ça ne lui servira plus de toute façon.

Cette découverte me donne une idée. Je lui retire sa ceinture – pas facile. Le pansu ballote dans sa graisse, encore tiède, sa langue rose toujours pointée. Contrairement à ce que je croyais, le cuir ne comporte pas de compartiment secret. Je palpe son col de veston, ses revers. En bas du vêtement, c'est mieux : j'en extrais une vingtaine de napoléons or soigneusement cousus dans sa doublure en soie, valeurs sûres par les temps qui courent ; leur valeur a été multipliée par dix ou quinze, depuis que les Boches ont tout raflé en France. L'enfoiré trimbalait quelque chose comme cent mille balles en piécettes dorées. Qui terminent au fond de mes poches, merci papa Wagner.

Est-ce qu'il s'apprêtait à se faire la malle ? À fuir notre douce France ? Ou bien devait-il livrer ce magot à son copain chauve ? Ou le partager ? Dans ce cas le déplumé doit l'attendre avec impatience, quasi de l'amour. Il va se retourner les sangs, chercher son gros copain, avec son rouleau de Cérès et Mercure et sa doublure cousue d'or.

Une porte s'ouvre alors en haut, envoyant dans l'escalier une bouffée de swing joyeux, totalement incohérent. À la lumière du dancing ressortent des détails que je n'avais pas vus, le nez éclaté de Wagner, son menton, ses lèvres retroussées, ses dents cassées, engluées de sang coagulé.

Un intrus marche sur le palier, lentement, j'entends ses pas hésitants. Il doit distinguer les éclaboussures au sol et surtout mon Colt en plein milieu, la crosse luisante.

Et moi, je suis un étage plus bas sans le moindre petit trou à rat pour m'échapper, un macchabée puant entre les pieds.

Chapitre 2

Lizzie

Oscar Wagner a disparu.

Je ne sais pas pourquoi, ni comment, mais j'en suis sûre maintenant.

Oscar Wagner a disparu, semble me répéter le tic-tac de l'horloge dans le salon. Oscar Wagner a disparu, insiste Paris figée dans le couvre-feu. Oscar Wagner a disparu, tambourine mon cœur anxieux, comme s'il voulait fuir ma poitrine.

Au début, je ne me suis pas inquiétée. Monsieur Oscar Wagner, agent commercial de la Société Internationale de transports européens (Berlin / Amsterdam / Paris), ne respecte pas souvent ses heures de rendez-vous. Il ne respecte pas grand-chose d'ailleurs, surtout les femmes, bien qu'il prétende le contraire. Mais je ne l'imaginais pas me faire faux bond, avec autant d'argent en jeu.

J'ai attendu longtemps, assise dans le noir, plantée sur une chaise au milieu de l'appartement – Wagner disait « notre garçonnière », avec des sous-entendus vicieux comme certains soldats allemands quand ils disent « petite madame » ou « Pigalle ».

Je ne l'ai jamais supporté, cet endroit. Un deux-pièces confortable qui sent bon, pas comme ces immeubles parisiens tout droit sortis d'un livre d'Eugène Sue, avec leurs escaliers fétides, les bruits, les toilettes sur le palier. Ici, tout est propre, il y a même un ascenseur, mais je hais cette chambre aux allures de lupanar, avec ses mosaïques qui ont dû coûter des dizaines de milliers de francs. Cette horrible garçonnière sent le vice et me fait honte, comme à chaque fois que je m'y retrouve avec Wagner, comme le regard de la concierge dans notre dos. Je devine son mépris et sa rancœur, son envie de nous dénoncer à la première occasion.

Et si le problème venait d'elle ? Si elle avait suspecté quelque chose ? Après tout, elle a les clés et pourrait facilement fouiner en notre absence, comprendre ce que dissimulent nos rendez-vous.

Je frissonne en essayant de me raisonner. Du calme. Non, ça ne peut pas venir d'elle. Elle y perdrait trop, Wagner la paye des fortunes, en échange de sa discrétion.

Quatre étages plus bas, le boulevard Suchet est désert sous le couvre-feu. Les rares voitures à essence sont celles des Allemands. Sinon on voit surtout des gazogènes, ou des charrettes et des fiacres. Et des vélos bien sûr, comme celui qui grince en bas, la silhouette du cycliste déformée par une grosse sacoche en cuir à son épaule, sûrement un travailleur de nuit muni d'un ausweis. Il flotte un instant sur les pavés et disparaît sous les arbres. Les vélos sont devenus plus précieux que des voitures de luxe, même si tout fait défaut pour les entretenir ; graisse, boulons, pneus, on manque d'absolument tout.

Et si Wagner m'avait trahie ? Ou si on l'avait arrêté ? La police allemande aurait su pour la garçonnière, pour les photos, pour mon vrai nom peut-être. On dit qu'ils frappent leurs prisonniers, qu'ils les torturent. Ensuite ils les fusillent, comme ces vingt-trois prétendus terroristes, l'autre jour au Mont-Valérien. Pauvres gens, c'est horrible. Je pourrais très bien me retrouver à leur place.

Je fais quelques pas vers la chambre, mon regard se pose sur l'un des sièges de style romain. Je l'entends encore grincer sous le poids de Wagner. Il s'asseyait, l'air impatient, allumait une cigarette et recrachait une première bouffée, souvent droit sur moi, peut-être pour m'humilier un peu plus.

Une portière claque sur le trottoir. Cœur battant, je retourne à la fenêtre. Deux hommes discutent près d'une auto en lâchant de longs nuages de fumée. Ils se retournent d'un même mouvement, et mon cœur fait un bond : le nouvel arrivant est un officier allemand, ses bottes claquent sur le trottoir.

Je les entends entrer dans l'immeuble, leurs semelles résonnent dans le marbre du vestibule et le bruit monte jusqu'au dernier étage, comme s'il touchait mon cœur à nu, du bout du doigt. Paniquée, je sors par une fenêtre au niveau du dessous, repérée depuis longtemps. Elle donne sur une pente en zinc, puis sur un toit, d'où l'on peut atteindre une coursive où s'alignent les chambres de bonnes. Je fais le parcours en sueur, priant le ciel à chaque instant de ne pas glisser. D'anciennes sensations me reviennent, la course de côte à vélo à Montmorency, les compétitions, il y a si longtemps, le sel de la transpiration qui descend jusqu'à mes lèvres et mes dents, le sang qui pulse et gonfle mes artères.

Mes chaussures font un bruit terrible sur le toit puis dans le couloir, il me semble que tout l'immeuble va se réveiller. Une porte s'ouvre, je file et je retrouve mon vélo dans une petite rue perpendiculaire, caché au pied d'un marronnier.

* *
*

À trois heures du matin, le froid m'a réveillée tout habillée sur mon lit.

Mon œil traîne dans la pénombre, s'attardant sur mon petit garni sans âme. Les meubles sont disparates, anonymes et sans histoire. On dirait que personne n'y vit.

Seuls quelques livres m'appartiennent, et surtout ces photos sur la cheminée, à côté de l'horloge. À cette heure dans le noir, je n'en distingue rien mais je les sais par cœur, comme un prisonnier connaît les images, au mur de sa cellule.

Sur la première, c'est notre famille, dans l'énorme Daimler que possédait mon père, avant que tout aille si mal. Je dois avoir dix ans et je pose très fière au volant, en chapeau-cloche, maman à mes côtés en tricot rayé, Alice et Alexandra, mes cadettes, serrées sur le siège passager. Peter et Hélène, les aînés, sont assis derrière. L'image a été prise quelque part dans les vertes collines du Wiltshire, non loin d'Easton Grey Manor. Tous, nous fixons l'objectif, ou plutôt nous le toisons avec l'insolence, la raideur et la froideur de ceux de notre caste. Nous n'appartenons pas au monde, nous le survolons. Nul ne peut pénétrer là où nous sommes, nul ne peut nous imiter.

En principe, c'est une folie de garder ce cliché, il en dit bien trop sur moi. Mais j'aurais trop de peine à m'en séparer, ce serait comme couper un bout de mon âme, brûler mon passé, le renier, ce qui m'est impossible, même s'il m'arrive parfois d'en avoir honte.

Sur la seconde photo, je suis une autre Lizzie. J'ai dix-sept ans, on est en 1934, je pose en tenue de cycliste à Montmorency, le jour de cette fameuse course de côte où j'ai rencontré Andrée.

Entretemps, il y avait eu ce que j'ai un jour nommé la « grande dégringolade », devant maman qui n'a pas supporté l'expression et a failli m'étrangler. Mais comment dire autrement ? Lorsqu'elle avait commencé, j'avais douze ans et je ne comprenais rien aux réalités du monde, immergée dans ma chère bibliothèque à Easton Grey. Jusqu'au bout, la famille avait donné le change, jusqu'au dernier penny. Il y avait toujours les chasses au renard, avec pour invités les plus prestigieux tireurs du royaume, il y avait les bals, il y avait eu ma présentation à Buckingham palace devant Georges VI, fin 1936, devant ces hommes en grands uniformes et ces femmes en soie et diamants. Tous alliés, tous cousins. Tous du même clan, riches et méprisants, à la fois pétris d'orgueil et de folie, de goût de la compétition, comme des pur-sang.

J'ai longtemps cru que tout ceci n'aurait pas de fin, que c'était naturel et que cela m'était dû. Il m'a fallu la guerre et l'exil pour comprendre qu'il ne s'agissait que de hasard, que je ne méritais aucune de ces faveurs, à commencer par ce titre « d'Honorable » Élisabeth Beresford, fille de lord Edmond Beresford, deuxième vicomte Rothermere et d'Anastasia Von Battenberg. Je n'avais rien fait pour obtenir le gracieux salut de mon cousin, le nouveau roi George VI. Il ne m'avait fallu aucun talent, aucun travail, pour être née d'une famille dont les origines remontaient au temps de Guillaume le Conquérant, descendante en ligne directe par ma mère de la reine Victoria, cousine par alliance d'André de Grèce, cousine de la branche régnante au Danemark, en Prusse, alliée aux Mountbatten, aux Battenberg, aux Saxe-Cobourg devenus Windsor dans les années 1920.

Oui, jusqu'à l'année 1935, je prenais les choses telles qu'elles venaient. Le monde s'écoulait sans heurts ni questions. Mon frère Peter invitait ses amis d'Eton, la jeunesse dorée des Bright Young Things[1], pour de brillantes fêtes à Easton Grey Manor. Les filles – même moi – rêvaient d'un mari. Les Beresford passaient leurs étés à Venise, dans des palais prêtés par des cousins titrés, ou encore à Cassis, dans une belle villa blanche sur les hauteurs, avec au loin les pins, et le bleu turquoise. Je ne compte plus le nombre d'amis, de domestiques, de réunions familiales ; je revois les voitures aux chromes étincelants, le long de la corniche ; j'entends encore les accents d'un orchestre dans la nuit. Des valses, du fox-trot et autres danses de bon ton – certainement pas de jazz, cette musique de Nègres selon mon père.

Puis, à mesure que je devenais adulte, le sol se dérobait sous mes pas. Nous avions beau être fiers, alliés à tous ces gens importants, rois ou grands-ducs, alliés aux Churchill, nous n'avions plus d'argent. En 1910, le premier ministre Lloyd George avait décidé de briser l'aristocratie en augmentant horriblement les droits de succession. Papa avait dû se résoudre à vendre Berkeley, le château du premier vicomte Rothermere. Il vendait pour payer le fisc, pour honorer les factures, pour inviter du monde, pour rétribuer les domestiques. Au bout du compte, il n'y a plus eu de terres, de villages ni même de maisons, plus de tableaux ou de bibelots exotiques hors de prix, plus rien.

La rage de mon père montait à mesure que son monde se désagrégeait. Il en voulait aux Macaronis, aux Nègres, aux Juifs surtout. Il entraînait maman dans sa rage, ainsi qu'Hélène et Peter. Et plus il s'enfonçait dans cette rancœur, plus il partait à Munich pour ces voyages qui me brûlaient de honte, plus je me détachais d'eux.

---

1 Groupe de jeunes et riches élégants anglais dans les années 1920, adeptes de bals costumés, de jazz, de fêtes bien arrosées ou d'énormes canulars. Souvent constitués d'anciens du collège d'Eton, ils font les délices de la presse people.

En 1937, il a fini par vendre Easton Grey Manor, comme il se serait coupé un bras. Il n'était plus maire, il ne nommait plus le pasteur, il n'était plus magistrat. Seuls demeuraient deux vieux domestiques, payés Dieu sait comment. Bien sûr il n'était plus question de remettre les pieds à Venise ou sur la Côte d'Azur, d'organiser de somptueuses chasses ou des bals. Nous nous cachions dans la maison de Vitoria Road qui tombait en ruine. Quelle tristesse, tout de même !

Un rectangle clair m'intrigue, à côté des photos. J'avais oublié la lettre d'Élias ; Élias, mon mari de papier. Je reçois ses courriers avec déplaisir, comme un homme qui a réussi verrait réapparaître un vieux compagnon évadé du bagne. Je l'ai rencontré à Amsterdam, peu après mes vingt ans. Je me croyais amoureuse de lui, mais surtout je voulais fuir ma famille. Mais pour ne pas trop descendre de mon piédestal, et dans mon éternelle contradiction, je voulais épouser un aristocrate. Élias et sa prestigieuse ascendance satisfaisaient mon ego. Lui-même avait beaucoup insisté. Il se faisait de hautes idées sur notre futur train de vie, et sa capacité à nourrir notre famille. Au premier baiser donné, au premier repas de famille, j'ai regretté mon choix. Il était jaloux et colérique, mais je me suis obstinée, et nous nous sommes mariés à Édimbourg, en juillet 1939.

Quelques semaines plus tard il était mobilisé, et au printemps suivant l'armée néerlandaise s'effondrait en quatre jours. Maintenant, il est interné au Stalag XVII. B, quelque part en Autriche. Aujourd'hui encore, je suis surprise de l'avoir épousé. Il est comme une incongruité dans ma vie, un fardeau bizarre. Je n'avais jamais eu besoin de lui pour subsister.

À la déclaration de guerre, j'aurais pu quitter la Hollande et m'installer à Victoria Road avec maman, ou chez un de mes cousins, qui à eux seuls possèdent les trois-quarts du Royaume-Uni. Mais je suis restée à Amsterdam, où j'ai accepté de travailler avec M. Medding, une connaissance de ma belle-famille. À vingt ans et contre toute bienséance je suis devenue traductrice et secrétaire particulière. Je parlais et écrivais couramment anglais, néerlandais, français et passablement le grec moderne. Homme charmant, Medding dirigeait la succursale londonienne d'une entreprise de transports hollandaise. Je me souviens très bien de son visage carré, de ses joues roses aux yeux bleus à fleur de tête. Marié et père de six enfants, il était drôle et intelligent, passionné de théâtre, capable de mimer les pitreries de sa cadette, de décrire précisément le menu d'un bon restaurant Via Condotti, aussi bien que d'évoquer ses souvenirs de John Gielgud dans *Macbeth*, à l'Old Vic en 1930. Ce qui nous amusait d'autant plus que je lui avais confié mon surnom de Macbeth dans la famille, à cause de mon amour du théâtre – chose vulgaire chez les Beresford ou les Von Battenberg, la branche maternelle. Je sais que M. Medding est toujours à Londres aujourd'hui, et mon cœur se serre, lorsque je songe à l'horrible tapis de bombes qui s'y déverse depuis deux ans.

Et je repense à Oscar Wagner, presque malgré moi. Lorsque je l'ai connu, il travaillait au siège à Amsterdam, où je l'ai souvent vu, à mon grand déplaisir. Dès notre première rencontre, il s'était montré odieux et m'avait fait de grossières avances. Il m'avait tripoté les fesses, soi-disant pour rire. Il devait deviner la personne que j'étais, il s'en amusait et voulait m'humilier. Ce premier geste m'avait à la fois mise hors de moi et paralysée. En d'autres temps, j'aurais peut-être hurlé, mais je n'avais rien fait. Je m'étais simplement dégagée, et par la suite je l'évitais autant que possible, mais c'était difficile et je n'osais m'en ouvrir à personne, même pas à Medding. J'avais très peur que cela s'ébruite, et que mon nom soit sali. Et je me disais qu'après tout, rien ne s'était produit d'outrageant, et que c'était à moi de me protéger dorénavant.

Et puis, j'étais là sur ordre. Mon rôle à la *transportbedrijf*, c'était de surveiller Wagner au plus près. La guerre rendait cette mission plus impérative encore. À mesure des premiers succès nazis, la bedaine de Wagner semblait s'épanouir, son teint fleurissait, il était toujours plus jouisseur et sûr de lui, avec ses joues noyées de graisse, ses beaux costumes et ses richelieu fabriquées sur-mesure à Londres. Un vrai petit Goering en civil.

À l'effondrement de 1940, la *transportbedrijf* aurait dû en principe cesser toute activité, puisqu'il n'y avait plus aucun trafic entre la Hollande et l'Angleterre, mais ça n'a pas été le cas. Au contraire, l'entreprise s'est agrandie en ouvrant une succursale à Paris. Wagner en a pris la tête et je l'y ai suivi, toujours sur ordre de mon officier traitant.

Nous nous sommes installés rue de Sèvres, quelques jours seulement après l'arrivée des troupes allemandes. Je connais bien la capitale française et j'y ai même des amis chers ; mais ma consigne est de n'en approcher aucun. Là encore j'ai obéi. Notre succursale est une coquille vide. Wagner ne me donne rien à faire, pourtant je continue à arriver au bureau tous les jours à neuf heures moins cinq, c'est ainsi qu'on m'a éduquée.

Je m'étonne toujours de le côtoyer. Wagner n'a pas de conversation. Il se vante, c'est tout. Un jour, j'ai eu le malheur de lui parler de Cassis et de ses alentours, il s'est senti vexé et m'a expliqué pendant de longues minutes qu'il connaissait d'autres endroits bien plus jolis sur la Côte d'Azur. Pour le reste, c'est pareil : il possède tout, a tout vu, tout mangé, tout vécu, en mieux. Outre cela, Wagner dénigre sans cesse les femmes – mais que feriez-vous sans nous, mesdames – tout en me déshabillant du regard. J'ai l'impression qu'il essaye en permanence de savoir ce que je porte dessous. Avec lui, je me sens toujours sale et diminuée.

Et maintenant j'ai peur.

Cette peur que j'ai connue à douze ans et dans les années suivantes, lorsque j'ai vu la précarité s'installer sournoisement, comme l'eau s'infiltre dans une maison en ruine. Elle goutte des plafonds et détruit tout. Plus d'argent pour les vêtements, les sorties, les voyages, les robes refaites, usées jusqu'à la trame, cette façon de tricher, de porter un masque dans le monde, et de connaître une quasi-misère dans l'intimité.

Cette sensation de faire semblant, de mentir, revient et s'impose, comme une vieille amie qu'on n'ose congédier. Cette peur qui me dit que le monde n'est pas ce qu'on croit, qu'il n'est pas solide, qu'il est construit sur du sable, que les gens ne sont pas ce qu'ils paraissent. Ils s'arrangent avec la vérité. Comme moi et ma famille, depuis tant d'années. Nous prétendons diriger le monde, du haut de nos titres et de nos certitudes, mais nous dirigeons à peine nos vies. Et nos filles et nos garçons ne sont que de vulgaires coureurs de dots, et cela n'a rien de noble.

Oui, je triche en permanence, mais Wagner aussi.

Il m'a menti. Il s'est servi de moi, il m'a trahie. Au moment de me donner ce qu'il me promettait, il disparaît. Il ne reviendra pas, il a pris tout l'argent et maintenant, il me jette comme une maîtresse flétrie. Que dira le père Kenneth ? Sans doute que je n'étais pas digne de sa confiance, comme il me l'a toujours plus ou moins fait comprendre. Que je n'aurais jamais dû croire Wagner.

Que je ne suis pas à la hauteur, trop crédule, immature et fragile.

Au matin, je me lève et je gagne à vélo la rue de Sèvres, où je me gare en flottant comme dans un rêve. Tout me semble facile et plein de promesses, je pousse la porte du bel immeuble de la Société Internationale de transports européens, le parquet bien ciré craque sous mes pieds, il règne une odeur de café véritable et de cigarette blonde. Wagner se retourne vers moi, s'étonne à ma vue, à mon expression tendue.

Il me parle mais je n'entends rien. Puis il recule, l'air surpris, tandis que monte l'infernal mugissement des sirènes d'alerte. C'est un bombardement. Je me réveille, suffocante de terreur. Il fait nuit noire, on distingue au loin un sourd grondement, et des explosions irréelles. À la fin du raid aérien, il était quatre heures du matin. Je n'ai pas pu me rendormir. Le tic-tac de l'horloge sur la cheminée m'a tenue éveillée, roulant et résonnant comme des baguettes sur des tambours, les tambours funèbres d'une exécution.

Chapitre 3

Mo

La porte de l'escalier de service s'est refermée, effaçant la lumière et en même temps l'orchestre et les rumeurs du cabaret.

C'est Gaby, la petite ouvreuse, statufiée.

– Monsieur Maurice ?

Au tremblement dans sa voix, je comprends qu'elle a vu le sang par terre, et le flingue bien sûr.

– Qu'est-ce qui se passe ? je réponds en remontant vers elle, la voix posée.

Elle n'ose plus remuer un orteil. Sûr qu'elle tremble, qu'elle regrette de m'avoir connu, moi, le Chapiteau, et tout ce qui va avec. Son vrai nom, c'est Pierrette, une jolie petite aux seins fermes, qui tente de se faire un nom dans le music-hall, mais elle chante faux alors Garcia l'a mise au vestiaire.

Elle se fend d'un sourire pitoyable.

– Monsieur Garcia vous cherche.

– Dis-lui que j'arrive, dis-je en ramassant le pistolet, dont j'essuie la crosse avec un mouchoir.

Puis j'éjecte la balle engagée et je remets le chargeur. Elle me regarde ensuite renouer mon papillon, renfiler le smoking. Un peu de rouge tache ma chemise, forcément. Son doigt menu pointe mon front.

– Vous avez quelque chose. Là.

Une petite plaie que j'essuie du mouchoir, ce qui provoque une légère douleur. D'en haut, on se prend en plein nez l'odeur infecte des boyaux de Wagner.

– Attendez.

Mouillant de salive un linge, elle le frotte doucement, m'offrant l'odeur de ses cheveux et de son maquillage bon marché, celle de sa transpiration. C'est qu'on ne chôme pas, au vestiaire. Sa robe à manches bouffantes est copiée sur un modèle de haute-couture. De près, je devine le tissu usé jusqu'à la corde.

Elle respire plus fort, la Gaby, elle a peur mais elle n'attend que ça depuis le début, que je l'embrasse et tout ce qui s'ensuivrait. Ses yeux brillent, comme ceux des filles levées autrefois, au Petit Jardin ou à l'As de Cœur. Elles boivent, elles tourbillonnent, elles protestent pour la forme, et ensuite en avant la musique.

Mais je l'ai trop fait. Elle ne mérite pas ça. Personne ne mérite ça.

– Écoute, Gaby… Tu m'écoutes ?

Je prends son poignet, elle palpite, son mascara bon marché s'effrite aux paupières.

– Tout à l'heure, je t'ai envoyée porter un mot à un gros Boche, tu te souviens ? Un gros en civil, il était avec un chauve.

Elle fait oui du menton. Plus de trace de désir, ses lèvres tremblent.

– Voilà exactement ce que tu vas faire. Tu m'entends ?

Lorsque je suis sûr qu'elle a compris, je me recoiffe et je fais mon retour dans la salle du dancing. C'est comme passer de l'enfer au paradis. L'orchestre joue quelque chose de sirupeux, du frotti-frotta et les couples tournent sur la piste, la boule à facettes dessine des paillettes dans la brillantine et les bijoux. Le décor du Chapiteau est celui d'un cirque : un faux plafond de toile rouge et blanche au-dessus de la piste, avec une estrade pour les mirlitons. On a tout refait à neuf, construit des loges entre des cloisons, mis des loupiottes, des seaux à champagne et des œillets frais. C'est plein tous les soirs.

Autrefois, ça s'appelait Chez O'dett, et y officiait un comique qui se travestissait en se foutant de Mistinguett ou d'autres célébrités. En 1940, il s'est déguisé en tantouze pour se payer la gueule d'Adolf, si bien qu'il a dû filer quand les Boches sont arrivés. Quand j'ai repris l'affaire avec mes associés, je me suis épaté moi-même. Dix ans plus tôt j'étais arrivé maigre comme un chat, suite à une sale affaire à Marseille – si j'étais encore en vie, c'était grâce aux cousins Guérini. Les boîtes, les cercles de jeu, je n'y mettais pas les pieds à cette époque, c'était réservé aux caïds en Borsalino, diamant à la cravate.

Quelques années plus tard, tout avait changé. J'avais mes filles et mes affaires, j'avais planté Milo l'Algérien rue de Douai, survécu à la petite guerre ensuite, je faisais tailler mes costards chez Bertholle et Cie, mes cravates venaient de chez Jean Patou, mes feutres de chez Moisant, et je roulais en cabriolet 686 Hotchkiss Biarritz, six cylindres en ligne.

Mais soyons honnête, jamais sans la guerre et ses trafics je n'aurais eu tout ce pognon à investir dans une boîte de nuit aussi bien placée, au numéro 1 place Pigalle. Je détiens 25 %, sous un faux blaze évidemment. Ricord a 15 % et Garcia tout le reste. Officiellement, c'est lui le taulier. Pour Ricord, on n'a pas eu le choix. C'est Lafont qui l'a imposé, le roi de Paris, un voyou minable qui s'est mis tous les Frisés de Paris en poche, on ne sait pas trop comment. Le pognon coule à pleines valises, il touche 50 % de toutes les affaires à Paname (sauf celles des Corses, qu'il ne peut pas blairer du coup). Ici aussi il palpe, grâce à mon pote Ricord qui lui sert de prête-nom.

Ce soir d'ailleurs Lafont est là, sans doute qu'il finira sa tournée en Bentley au One-Two-Two vers l'Opéra. Comme de juste, Garcia lui a offert la meilleure table et du millésimé à nos frais, ainsi qu'une orchidée fraîche qu'il a planté à sa boutonnière. Il plastronne, Lafont, il jouit de sa puissance et de sa fausse Marlene Dietrich, lointaine et glaciale, courbes splendides sous la soie et regard blasé de vieille pute.

Il tord un sourire, me saluant d'un coup de menton.

– Tu t'es cogné au mur ? lance-t-il de sa voix haut perchée.

– T'inquiète pas pour moi, j'ai la tête dure, je souris.

Lafont déteste les Corsicos, c'est notoire. Je m'essuie le front du revers du poignet, le cœur pincé. Ce type pue la misère et les coups bas, il ne me fera aucun cadeau. À la moindre embrouille, il prendra mes parts au Chapiteau et m'éjectera, les pieds devant pourquoi pas.

Je contourne la piste. Le public est le même que d'habitude. Huppé et dégoulinant d'argent, ça boit et ça rigole. Ici Tino Rossi et ses potes truands, là des actrices, des politiques ou des profiteurs de tout poil que rien ne gêne, ni la misère ambiante ni les croix gammées.

– Paraît que la môme Piaf est passée ce soir, me dit Garcia que je rejoins près du grand comptoir en mosaïque, en smoking impeccable, un œillet bleu au revers. T'étais où ?

Il reste impassible, mais ma petite blessure au front ne lui a pas échappé.

– Parti prendre l'air.

C'est fait, j'ai un premier pied dans le mensonge. Mine de rien, mon associé examine l'orchestre d'Alix Combelle qui entame un swing joyeux. Je l'ai connu il y a longtemps

Garcia, c'était déjà un Monsieur, et moi un petit Corse de Paris comme il y en a des dizaines, sauf que j'étais plus ou moins monté à la capitale pour le compte des cousins Guérini, ce qui changeait un peu la donne. La quarantaine, petit mais les mains d'un cogneur, le calme d'un joueur de poker, parfois Garcia affiche le ruban vert et jaune de la croix de guerre de quatorze, avec trois palmes. Ça en impose aux Boches, un peu moins aux petites frappes, la plupart insoumis ou déserteurs, ou anciens des Bat' d'Af', les bataillons disciplinaires en Afrique du Nord.

Moi aussi j'ai la croix, pour mes exploits aux corps francs deux hivers plus tôt. C'est peut-être pour ça que Garcia m'estime autant, va savoir.

Mais désormais, tout a changé. J'ai tué un mec ici, en principe je devrais faire preuve de loyauté, lui en parler. Mais ce serait aussi le mouiller, or il n'a rien fait pour ça. Je me suis mis dedans tout seul, comme un grand. Son visage est carré, le menton dur qui se découpe dans la lumière. Ce qui va se passer, c'est couru d'avance : les Boches vont savoir où Wagner a passé sa dernière soirée, ils vont rappliquer, c'est forcé.

– Henri… je commence, gorge serrée.

Il ne m'a pas entendu, je répète plus fort en lui touchant la manche. Je me revois des années en arrière, quand je voulais causer à mon poivrot de père. La trouille et la honte de la trahison.

– Quoi ?

Nos regards, alors, sont attirés vers l'entrée de la salle. Un type s'agite, celui qui était à la table du gros, avec son crâne luisant et son nez de fouine. Un officier boche lui sert obligeamment d'interprète. Il parle sans accent – encore un qui doit adorer Victor Hugo.

À Garcia qui s'est approché, aussi tranquille qu'un empereur romain, il explique que ce gentleman était avec un certain Herr Wagner (la fouine approuve nerveusement du menton). Il est parti pour un rendez-vous avec une madame, mais il n'est pas revenu et c'est inquiétant.

– Le rendez-vous s'est sûrement prolongé, opine Garcia.

La réponse irrite le chauve : mais non, Herr Wagner lui avait bien précisé d'attendre, il n'en avait que pour quelques minutes.

– Mais puisque mademoiselle vous dit qu'il a demandé son pardessus et son chapeau, enchaîne Garcia en désignant Gaby du doigt.

Je la sens nerveuse, ma protégée, les guibolles en coton. Elle a forcément compris le sens de notre entrevue dans la cave, avec le gros lard. J'interviens. Moi aussi je l'ai vu sortir, son Wagner. En deux mots je décris son manteau, son chapeau, sa bedaine, sa hâte à décamper.

– Mais où ? Où est-il parti ? Il vous a dit ? traduit le Boche.

J'écarte les bras, le masque froid.

– J'aimerais bien vous le dire, messieurs, mais on ne s'est pas parlé.

Ce qui est vrai.

Le copain chauve est dépité, son crâne luit, sa bouche se déforme de tics. Mais il n'ose pas gueuler. J'en déduis que le pognon que transportait Wagner était pour lui, au moins en partie. Dommage, tout est dans mes poches maintenant, son bada et son paletot à la cave, en attendant que je puisse évacuer tout ça. Ce qui à la réflexion me paraît moins facile, d'un coup.

Tous les regards se sont tournés vers moi, y compris celui de Gaby qui ouvre la bouche dans un cri muet. Une petite coulée chaude me chatouille entre les sourcils. Ma plaie s'est rouverte au front.

* *
*

C'est Lafont qui m'a tiré d'affaire, il s'impatientait pour récupérer ses frusques et le vison de sa poule. Grand seigneur, il a dispersé tout le monde en offrant le champagne, puis il s'est tiré en Bentley. J'ai raconté que je m'étais cogné à une porte, fin de l'histoire.

Une fois la boîte fermée, j'appelle Le Breton. Espérant qu'il ne soit pas au Petit Trou, à gérer ces interminables parties de poker entre voyous, souvent les mêmes qui fréquentent le Chapiteau, dans une fumée à vomir.

Une voix grave et douce me répond dans la nuit. Margot, sa poule.

– C'est obligé qu'il vienne ?

Forcément elle plaisante, elle sait bien que c'est obligé. Je bigophone pas comme ça pour rien, en pleine nuit de couvre-feu. Ils sont mignons, Margot et Lagus. Avant qu'elle décroche, je les devinais dans leur deux-pièces au troisième étage, rue Championnet. Deux mômes rescapés de la rue. Sûr, par moments, je les envie.

– Et n'oublie pas la trousse, je dis à Lagus, après lui avoir expliqué ce qu'il devait faire.

– T'as une opération prévue ?

– Du cerveau. Pour toi.

Ça l'a pas faire rire. Une heure plus tard une pétarade survient des hauteurs de la rue Houdon. Un vieux coupé Ford haut sur pattes émerge de l'obscurité, à peine signalé par deux traits de lumière bleue sur ses phares.

L'air est pur et calme, encore un peu chaud de la journée, empuanti d'un coup par la fumée âcre du gazogène. De même que le café ou le chocolat, l'essence a disparu, ainsi certaines voitures sont équipées d'une grosse hotte à charbon ou à bois, reliée par une tubulure au moteur pour envoyer le gaz. Un truc de bricolo qu'on n'aurait jamais cru possible deux ans plus tôt, mais on s'habitue à tout, au potager géant du jardin des Tuileries, aux drapeaux à croix gammées partout, à la France coupée en quatre, on se fait à tout dans la vie.

Lagus coupe le moteur devant le Chapiteau, dans un hoquet. De lui, je ne vois qu'un pan de sa gueule fermée, nez droit, menton carré. On a le même âge exactement, mais son chemin a été pire que le mien ; orphelin de guerre comme tant d'autres, rescapé des maisons de redressement pour gamins. À dix-huit ans il traînait sur les fortifs et dormait devant le métro, porte de Saint-Ouen. Aujourd'hui, il revêt des chemises en soie et donne dans le jeu clandestin, entre autres. Un jour en trente-six, je l'ai tiré d'une sale affaire et on s'est pris d'amitié. C'est un mec droit, sur qui je peux compter. Ils ne sont pas cinq comme ça dans le milieu – hormis les Guérini, mais eux sont de mon sang, c'est pas pareil, c'est sacré.

En quarante on a ouvert un petit restau de marché noir, rue Heller, pas loin de Pigalle. Le Petit Trou, le nom nous a fait marrer, j'ai avancé les fonds. Mais nos noms n'apparaissent pas, et un gérant tient l'affaire pour nous, un molosse breton surnommé Bras-Court.

Je l'aime bien, Auguste. On ne se dit presque rien, tout passe par le regard. Je lui souris, un peu par habitude.

– Qu'est-ce que t'as ? T'as mal dormi ou t'as les grelots ?

Il lève les yeux sans répondre. Moins élégant que d'ordinaire, il porte un chandail à col roulé sous son imper et une casquette de prolo.

Nous entrons dans le noir par la petite porte de service, dans des odeurs de cigarette froide, d'alcool et de parfums éteints. En bas, Wagner n'a pas bougé d'un poil évidemment, les globes déjà vitreux et la langue pointée. Encore plus moche que tout à l'heure.

– Ça sent pas la rose, remarque Le Breton entre les dents.

Je pose au sol le tapis enroulé que je trimbalais.

– Je comprendrais que tu te barres. Mais dans ce cas, laisses-moi la bagnole.

Son œil malin brille dans le noir.

– Tu me prends pour qui ?

– C'est un Boche. Ça risque de faire des histoires.

– Raison de plus.

Il fricote avec je ne sais quel réseau de résistance, j'en suis presque sûr, mais ça ne se fait pas de poser des questions. S'il veut m'en causer, à lui de voir.

C'est pas une mince affaire que d'enrouler le gros Wagner dans la carpette, de la refermer avec de la cordelette et de la remonter, comme si ce salaud se vengeait de s'être fait avoir aussi bêtement. On doit faire une pause dans la salle, trempés de sueur et hors d'haleine, là où ses amis boches festoyaient deux heures plus tôt.

Les amortisseurs de la guimbarde grincent lamentablement sous le poids du macchab. C'est un coupé, sans portière à l'arrière. Essayez donc de caler cent dix kilos de bidoche sur une banquette en moleskine bien glissante.

Dans un panache de gaz, Lagus quitte Pigalle vers la Butte, puis vers la porte Pouchet et la Zone. Tout dort sur la route, et toujours pas un mot échangé. Pas une voiture, pas un piéton. Aux carrefours, les panneaux blancs marqués de noir de la Wehrmacht, avec leurs choses à eux, Zentral-ceci, Heeres-cela. En juin quarante, il n'avait pas fallu une demi-journée à ces enfoirés pour flécher tout Paris. Tout était prêt depuis longtemps.

Régulièrement, Lagus s'allume une cigarette. La seule que j'essaye de griller m'écœure instantanément. Je lui refile. Il éteint le bout contre le plancher et la pose sur le tableau de bord, pour plus tard. Le tabac vaut de l'or. Une fois dans la Zone hors de Paris, c'est encore plus sordide, même la nuit. Des baraques, des ateliers, des voies en terre battue, des bourbiers en hiver, la patrie des prolos et des chiffonniers. Le Breton se gare devant un taudis et va y chercher nos outils.

Cinq minutes plus tard on repart, une pelle et une pioche glissées sous le tapis de papa Wagner, direction la forêt de Montmorency. On pourrait le fourrer dans un terrain vague par ici, mais creuser un trou ça prend du temps, et c'est voyant. Autant choisir un coin vraiment tranquille. Des immeubles plus rares émergent de nappes de brouillard, comme dans *Quai des brumes*. Banlieue fantomatique qui me plonge un instant dans le souvenir de matins frais pas toujours agréables.

On parle de la prochaine livraison de faux tickets d'alimentation. Ça rapporte, c'est sûr, mais le problème c'est qu'il faut arroser beaucoup de monde, les fournisseurs de papier, les imprimeurs, les revendeurs, mais aussi les flics ou les ronds-de-cuir du Contrôle économique s'ils se pointent. Ça fait des bavards potentiels. Et puis il y a le Paulo. Trop frimeur, trop sûr de lui, un sournois qui me tracasse ces derniers temps.

– T'inquiète pas, il nous fera pas chier longtemps.

– Oh, mais je m'inquiète pas.

Notre vrai problème pour le moment, c'est Coco sur sa banquette. Il me tarde de m'en débarrasser. Son odeur de merde anéantit toutes les autres, la vieille huile et les gaz du charbon. Vers Argenteuil, les structures du pont routier apparaissent au loin. L'autre pont, le ferroviaire, vient à peine d'être refait après les dégâts de 1940.

Lagus grogne dans le noir.

– Et merde.

Plus question de faire demi-tour ou de ralentir, ça pourrait donner mauvaise impression aux types qui nous attendent, à l'entrée du pont : un barrage volant d'une dizaine de feldgendarmes casqués bottés, en longs imperméables en caoutchouc, leur bout de métal autour du cou. Des contrôles, il y en a de plus en plus. De nuit, de jour, dans le métro ou dans la rue, dans les gares. Des Français en civil ou en uniforme, leurs collègues boches, pareil. On ne sait jamais ce qu'ils cherchent.

Leurs sidecars bloquent la voie et forment une chicane. Impossible d'accélérer avec cette guimbarde et de forcer le passage. J'imagine la scène, la Ford empêtrée dans les bécanes renversées, et trois ou quatre rafales de PM pour nous calmer. À cette distance et à l'arrêt, ils auraient du mal à nous rater. Une ondée de sueur me parcourt l'échine. On est mal barrés. Un coup d'œil à mon voisin impassible, qui finit par s'arrêter. D'un geste rapide, je prends mon 11,43, je tire la culasse et défais la sécurité, le pose au sol à portée de doigts.

– Oui, messieurs ? fait Le Breton d'un air surpris. Je suis médecin… *Doktor*…

Deux feldgendarmes m'examinent à peine, derrière le carreau sale, leurs faces rouges, nez brillants derrière le cache-col. Lagus tend son laisser-passer bidon : Lamaury, Auguste, né en 1915, *Beruf* : médecin. *Pour d'impérieux motifs d'ordre professionnel, est autorisé à circuler sur les voies publiques du département de la Seine après l'heure du couvre-feu. Fait à Paris, etc.*

Le sous-officier zieute les papiers, impénétrable. Un vieux de la vieille à la face couperosée. Il en a vu d'autres, des malins comme nous, en Pologne ou en Ukraine, en Grèce, rien à foutre du baragouin de Le Breton. Penché, sa lampe torche en avant, il fouille de la prunelle l'arrière du coupé.

– Moi, médecin. Ça, ma trousse…

Il lui montre la mallette en cuir à fermoir de métal, fait mine de l'ouvrir mais l'autre l'interrompt. *Ruhe.* Lagus se fige. Mon rythme cardiaque s'accélère. Tout à l'heure j'avais froid, mais là plus du tout. Je me donne une demi-minute avant de décider. Ce qui m'emmerde, c'est d'avoir entraîné mon pauvre pote dans l'histoire. Car je réalise que notre seule chance est de se barrer d'ici, chacun pour soi. Les bas-côtés sont à deux mètres. Au-delà, ce sont des friches et des fabriques, ça ne manque pas par ici. D'instinct, je rétrécis, je m'efface du monde, qu'ils ne me voient plus. Je suis transparent.

À mon tour de montrer mes papiers truqués. Je suis *Händler*, commerçant. Un médecin seul, ça peut passer. Un médecin accompagné d'un commerçant à trois heures du matin avec ce gros tapis sur la banquette, c'est trop. Le sous-off revient vers moi, le regard d'acier dans l'ombre du casque. Je le descendrai en premier. Ensuite, ce sera ce petit jeune qui n'a pas bougé une oreille depuis le début. Je le sens attentif, il fait le dur, pas d'écharpe, aucune fantaisie dans la tenue, prêt à tout pour un compliment des chefs. Il porte l'arme règlementaire autour de cou, le doigt sur le pontet.

Ces deux-là au tapis, les autres vont d'abord s'éparpiller, j'aurais peut-être assez de temps pour gagner l'ombre. Dans les films de gangsters, ça canarde, mais dans la vraie vie, c'est la peur qui prend le dessus. La riposte, c'est après, si on est vivant et que les mains ne tremblent pas trop.

Je glisse la main sur l'acier froid de la crosse. Les stries de la plaque sous mes doigts. Le rougeaud promène le trait jaune de sa lampe sur l'épais cylindre de tissu de laine derrière. La question lui brûle les lèvres. Il veut savoir.

Alors, comme dans un rêve, le ciel très loin s'illumine. Un chapelet merveilleux de petites lumières, comme un feu d'artifice étiré en longueur. Presque au même instant le hurlement d'une sirène nous fait sursauter. Elle nous casse les tympans, sans doute perchée sur un immeuble tout près. Le bourdonnement des avions l'accompagne en sourdine tandis que sifflent déjà les ailettes des bombes, et les explosions de la défense aérienne.

Comme un seul homme, les Boches se sont tournés vers le pont, au moment précis où une première torpille défonce l'air et le sol, à trois cents pas de là.

Chapitre 4

Lizzie

Plusieurs fois, j'ai hésité à m'enfuir, mais je ne savais pas où aller. D'abord, je trouve que ce n'est pas digne de moi, de mon rang. Et puis je ne veux pas passer pour une lâche aux yeux de Kenneth.

Rien lors des derniers jours, des dernières heures, aucun évènement, nul indice, aucune phrase n'auraient laisser supposer sa disparition. Wagner n'est plus là et c'est tout, comme s'il n'avait été qu'un songe. Je me suis remémoré la soirée, boulevard Suchet, ces hommes en civil accompagnés d'un officier allemand. Je n'ai pas rêvé, ils sont bien entrés dans l'immeuble au numéro 26. Ils étaient aussi réels que ce bombardement lointain qui m'a réveillée, vers les trois heures du matin. Le lendemain, j'ai su qu'une usine de câbles électriques avait été presque entièrement détruite dans la zone industrielle, à Argenteuil. Ces visiteurs venaient-ils perquisitionner la garçonnière, après avoir arrêté Wagner ?

Tous les jours, l'angoisse me réveille bien avant l'aube, après avoir semé mon sommeil de rêves terrifiants, comme si j'étais en fièvre. Je me lève et je bois un thé, j'arrange mes cheveux devant le miroir, j'enfile ma canadienne et je sors. Au début, j'ai eu du mal avec ce quotidien. Je le trouvais méprisable et sans intérêt. Je ne savais pas comment cuisiner, à peine comment faire bouillir de l'eau. Je n'avais jamais eu à nettoyer mes vêtements, à faire le ménage, ni mes courses. Et je m'y suis habituée, avec toujours cette impression de déchoir, de ne pas à être à ma place.

L'inquiétude me poursuit, particulièrement lorsque je vois ma concierge, chaque heure au même endroit dans sa blouse grise et son turban. Elle me dit bonjour avec un sourire contraint, me croyant sans doute allemande alors que mon nom est hollandais – mais il est vrai que Van der Jagt peut prêter à confusion. D'ailleurs elle n'a pas tort, puisque je suis allemande par ma mère, née Von Battenberg, branche morganatique de la famille princière de Hesse[2].

Dans l'étroite cour pavée, une radio déverse une musique sirupeuse tandis que je déverrouille ma chaine d'antivol avec l'impression que ce sont mes derniers gestes de femme libre, que des policiers m'attendent, que je suis démasquée, au bout du chemin.

Puis c'est la rue Didot sous un petit soleil d'avril. Une queue s'allonge devant le crémier rue d'Alésia, j'arrive au cimetière Montparnasse puis dans le quartier Saint-Placide.

Aux premiers coups de pédale, mon cœur et mes muscles s'échauffent, je revis, c'est à peu près le seul moment de la journée où je ne pense à rien. Mon esprit s'envole dix ans en arrière, lors de mes premières courses à vélo. Depuis, un ministre a interdit le sport cycliste aux femmes, qui nous serait nocif, paraît-il.

Au bout du trajet trône le gros pâté blanc de l'hôtel Lutetia, orné d'oriflammes à croix gammées et sous bonne garde : il abrite l'Abwehr, le service de renseignement de l'armée Allemande. Toujours, j'accroche mon vélo au pied du numéro 15, rue de Sèvres.

---

2 Morganatique : se dit d'une union entre un prince et une princesse de rang inférieur, ce qui exclut la branche de la succession au titre.

Les locaux parisiens de la Société internationale de transports européens sont au troisième étage d'un bel immeuble en pierre de taille, à l'entrée à damier de marbre ocre et blanc, l'escalier garni d'un moelleux tapis rouge et doré. Les semelles n'y font aucun bruit. Je retrouve le luxe feutré de mon enfance.

À peine la porte entrouverte, le comptable se jette sur moi.

– Il est là, me dit-il.

Il disparaît dans l'immense couloir.

C'est un chauve au nez pointu, le crâne environné de cheveux frisés trop longs, d'âge moyen, l'air d'une souris inquiète, une cigarette toujours greffée au coin des lèvres. Il opère toute la journée dans une grotte qui empeste le tabac, où même la femme de ménage est indésirable.

Je dois courir pour le rattraper, secouée par l'émotion.

– Depuis quand ? Depuis quand Wagner est ici ?

Notre échange se fait en allemand. Malgré son nom à consonance polonaise et son allure de rat des villes, le comptable se vante à tout propos de ses origines prussiennes.

Il me considère avec pitié.

– Qu'est-ce qui vous prend ? Je ne parle pas de M. Wagner, mais de M. Gabison. C'est Gabison qui est là. Et il n'y a plus de café. Allez donc en chercher en bas.

Ici, c'est moi qui gère les achats de café, de champagne ou de Cognac, les cigares ou les cigarettes pour les invités, mais cette semaine j'ai l'esprit ailleurs, et la réserve est vide, c'est vrai. Mon collègue m'y rejoint, avec son nez frémissant de rongeur : toujours pas de nouvelles de M. Wagner ? Est-ce qu'il ne m'a pas téléphoné, écrit ? Est-ce qu'il m'aurait parlé d'un déplacement ?

– Je vous l'aurais dit si c'était le cas, lui dis-je en le contournant pour saluer notre hôte du jour, Gabison, donc.

Ce gros bonhomme toujours élégant est notre client le plus important, même si je ne sais rien de ses affaires ici, tout comme les deux autres employés. Le comptable occupe son temps à fumer et boire ; un jeune coursier à l'accent méridional attend la fin de la journée en faisant des réussites, moi je lis ou je m'occupe des boissons.

Seul Wagner est occupé, il reçoit souvent des invités dans un salon gigantesque, au parquet en point de Hongrie. Certains ressemblent à des épiciers, d'autres à des tenanciers de maisons closes ou à des escrocs de palace à l'accent indéterminé. Ils palabrent des heures, mais je ne vois passer aucune commande, aucun contrat. La société est une façade, une coquille vide.

André Gabison m'entraîne à part. Juif tunisien aux manières affables, c'est un grand ami de Wagner, qu'il accompagne parfois dans sa tournée des grands-ducs, si j'ai bien compris. Les cheveux ondulés gominés, il baragouine un peu d'allemand et d'anglais, mais nous échangeons de préférence en français. Entre deux portes, il m'a un jour raconté qu'il a été producteur de cinéma, qu'il possédait une maison à Tunis et des appartements ici ou là.

Lui aussi s'inquiète au sujet de ce cher Oscar. Où peut-il être ? Voilà quatre jours qu'on ne l'a pas vu, c'est contrariant pour leurs affaires. Le comptable s'approche à son tour, suivi d'une âcre traînée de cigarette :

– Mais quand l'avez-vous vu la dernière fois ? Lundi ? Vous êtes sa secrétaire, non ? C'est insensé tout de même, qu'il ne vous ait rien dit !

– Il ne me dit pas tout. À vous aussi, il aurait pu déposer un papier.

– Puisque je vous dis que non !

Il ouvre la bouche puis se tait soudain en me scrutant d'un air fâché. Se douterait-il de quelque chose ?

– Vous feriez mieux d'installer M. Gabison dans mon bureau. Ensuite vous irez chercher des cafés en bas.

Mais l'homme d'affaires me tapote le bras avec un sourire.

– C'est pas la peine, mademoiselle Van der Jagt. Vous embêtez pas. Passez un coup de fil à mes bureaux quand Oscar sera là, d'accord ?

Chapeauté, ganté, l'écharpe de cachemire sur son pardessus, Gabison prend congé. Entretemps, le comptable a filé jusqu'au minuscule bureau de François, notre employé local, pour lui poser toujours les mêmes questions :

– C'est sûr ? Pas vu Herr Wagner ? insiste-t-il en mauvais français. Lui, rien dire à vous ?

L'employé répond par la négative. La dernière fois qu'il lui a parlé, explique-t-il, c'était vendredi, avant le week-end. Le comptable s'allume une nouvelle cigarette et se tourne vers moi.

– Ce n'est pas normal, reprend-il en allemand.

– Je sais bien que ce n'est pas normal. Que voulez-vous qu'on fasse ? Qu'on prévienne la police ?

Une sorte de goût amer m'envahit la bouche, en prononçant ces mots. Quelle police ? Jamais les agents français n'enquêteront sur un Allemand disparu, en pleine Occupation. Si la police allemande s'en charge en revanche, ils ne prendront pas de gants. Ils voudront savoir comment Wagner gagne sa vie. Ils interrogeront tout le monde, ils voudront savoir les liens entre les uns et les autres, les endroits où l'on se rencontre.

– La police, c'est un peu tôt, non ? fait le comptable en avalant sa salive.

Un coin de sa bouche s'agite de mouvements imperceptibles. J'approuve du menton.

– Je ne sais pas. On pourrait envoyer un courrier à Amsterdam.

– Pour Amsterdam, attendons un peu, répond-il du tac au tac.

– Très bien. Comme vous voudrez.

Mais mon cœur cogne à grands coups. Le comptable ment. Voilà plusieurs jours qu'il prétend ne pas avoir vu Wagner lundi, le jour de sa disparition, mais c'est faux. Lundi, je les ai vus parler ensemble, longuement. Que cherche-t-il à cacher ? D'une manière ou d'une autre, je suis presque certaine qu'il a participé à la disparition d'Oscar Wagner. Il s'empresse d'allumer une cigarette et file vers son bureau sans rien ajouter.

* *
*

Le petit coursier a mon âge à peu près, très brun, le costume élimé, il passe me voir, s'inquiétant pour M. Wagner. Est-ce qu'on ne peut rien faire pour lui ? Je le renvoie avec un sourire aimable, bien qu'il m'exaspère. Avec moi, il use d'un ton dominateur et multiplie les sous-entendus. Mais face aux patrons allemands, il courbe honteusement l'échine. Wagner lui offre parfois une tasse de vrai café, comme on donne un sucre à un chien.

La journée est interminable. Par la fenêtre, j'observe la rue de Sèvres, les rares voitures et les passants, priant le ciel qu'un vélo-taxi s'arrête et qu'Oscar Wagner en descende, l'air préoccupé. Il monte et nous nous expliquons. Il m'a menti, il m'a escroquée et humiliée, mais au moins il est vivant et tout reprend comme avant.

Mais à cinq heures de l'après-midi, il n'est toujours pas là. Je n'attends pas une minute de plus. Lors de notre installation à Paris, Wagner logeait à l'hôtel, comme beaucoup d'Allemands. Trois mois plus tard, il a pris possession d'un magnifique appartement au quatrième étage, rue de Tournon, saisi à un « Juif marchand d'art » – il prononçait ces mots avec ce dédain cruel des nazis convaincus. J'avais bien été forcée d'assister à sa pendaison de crémaillère, avec ses amis et clients. J'ai toujours eu l'impression qu'il savait exactement d'où je venais. Sa façon de me flairer, de me considérer, n'était jamais agréable, un mélange de haine pour les riches, de mépris et d'admiration pour mes manières, mon aisance en société, tout ce qu'il n'aurait jamais, lui. Lors de cette soirée, il s'était montré plus grossier et insistant que jamais. Je l'avais tenu à distance, mais je brûlais de rage, et j'avais ravalé ma honte et ma colère en songeant à la mission qu'on m'avait confiée.

À bicyclette, son appartement est à un quart d'heure à peine de la rue de Sèvres. L'immeuble fait l'angle avec la rue de Vaugirard, face au palais du Luxembourg, où se trouve l'état-major de la Luftwaffe[3]. Ma monture attachée aux grilles d'un petit square, j'hésite. Une averse fait luire la rue de Tournon, en pente douce vers le boulevard Saint-Germain.

Face à moi, un café aux murs lambrissés de bois sombre. JOUR SANS ALCOOL, indique une affichette sur la vitrine. Quelques piétons et cyclistes passent, un groupe d'étudiants chahuteurs. Une camionnette bleue à gazogène s'arrête plus bas devant un commerce. Aucune autre voiture garée, pas de Citroën à traction avant qu'utilise la police allemande. Ils sont peut-être là quand même. Le père Kenneth et d'autres m'ont répété les règles de bases : ne jamais venir trop en avance à un rendez-vous, ne pas rester si le contact

3 Armée de l'air allemande.

ne vient pas, et s'éloigner tranquillement. En théorie, c'est facile. En pleine rue, quand la peur vous étreint et que chaque seconde est un supplice d'incertitude, c'est une autre affaire.

Je pourrais dire à la concierge que je suis une amie d'Oscar Wagner et que je m'inquiète pour lui. Mais des policiers attendent peut-être sur place. Ou alors, ils ont exigé qu'elle leur donne le signalement de toute personne le recherchant. Le mien n'est pas difficile à faire : vingt-cinq ans environ, allure sportive, les yeux bleus, cheveux blonds courts ondulés sous un béret basque, canadienne en toile beige. Ils feraient vite le rapprochement avec sa secrétaire de la rue de Sèvres.

Entrer par effraction, ce serait une solution. Mais comment ? Et pour quoi faire ? Je n'en ai pas la moindre idée. Une semaine plus tôt, Wagner m'avait fait une promesse : il était sur le point de me donner « quelque chose d'extraordinaire », quelque chose d'une envergure jamais atteinte jusqu'alors. Vraiment, ça valait de l'or ! Ses yeux pétillaient. Et voilà qu'il disparaît au moment de me faire ce soi-disant cadeau. Maintenant les choses sont claires : ce n'était qu'un mensonge, un moyen de me soutirer plus d'argent, ou de m'attirer dans son lit une fois encore.

Rarement je me suis sentie plus seule, démunie et inutile. Refoulant des larmes amères, je repars. Inutile de passer avenue Hoche, à la Mission irlandaise, le père Kenneth me refoulerait. Je l'imagine déjà dressé devant moi du haut de son mètre quatre-vingt-quinze, l'index tendu : « Que faites-vous ici ? Ce n'est pas le jour convenu. Est-ce que vous seriez inconsciente ? »

Dès notre première rencontre, j'ai su que Kenneth doutait de moi, rien qu'à sa façon de me répéter les consignes, comme si j'étais incapable de les comprendre. Dès que je prononçais le nom de Wagner, il affichait malgré lui une expression de dégoût et de réprobation, et de vague compassion, comme il l'aurait fait peut-être, face à une fille perdue. À d'autres moments il se montrait charmant, d'autant plus facilement qu'il présente une troublante ressemblance avec Gary Cooper, en plus solide. Il s'inquiétait de moi, m'offrait un verre de porto puis me racontait ses aventures amoureuses avec une authentique princesse, pendant la Révolution russe. Mais ce n'était pas le plus fréquent. Donc, pas question d'aller voir le père Kenneth.

Je rentre chez moi, méfiante, mais tout est tranquille. Pendant que je réchauffe ma soupe, accompagnée d'un peu de pain et de fruits, l'immeuble résonne de mille petits bruits. Des éclats de rire. Les informations à la radio. Les Allemands avancent en Russie et vers l'Égypte. Les Américains sont entrés en guerre, mais ils n'ont plus de flotte à cause des Japonais et ils reculent partout. Darlan a été chassé du gouvernement. Laval le remplace. Un général français très important nommé Giraud vient de s'évader d'Allemagne et Hitler est furieux.

Après une nuit sans alerte, je me réveille tôt, toujours tenaillée par l'incertitude. Ma mission auprès de Wagner était d'une simplicité biblique : je devais susciter sa confiance et lui soutirer des informations. Ce que j'ai fait, au prix d'un sacrifice atroce, même si Kenneth, mon contact à Paris, n'en avait cure. Il prenait les documents et me remerciait avec froideur, comme si j'étais une femme de ménage lui apportant ses serviettes repassées.

C'était horrible et j'avais l'impression de perdre mon âme, pour presque rien. Mais c'était ma mission et j'avais juré de l'accomplir. Je n'avais désobéi à mes chefs que sur un point, sans le vouloir vraiment : ils avaient exigé que je reste discrète à Paris, que je n'y revoie pas mes amis. Or, poussant un jour la porte d'un petit café du quatorzième arrondissement, j'avais retrouvé par hasard la sœur aînée d'Andrée Borrel. Nous étions tombées dans les bras l'une de l'autre.

Andrée, je l'avais connue huit ans plus tôt lors d'une course de côte à Montmorency. Nous avions passé la journée à nous battre comme des chiffonnières, sur nos vélos, finissant loin derrière les hommes, mais c'était sans importance.

J'avais revu Andrée durant mon deuxième passage à Paris, à l'été 1936. C'était une belle brune très française de mon âge à peu près, très drôle et très charmante, bien qu'un peu garçon manqué. Depuis notre première rencontre, elle s'était beaucoup politisée. Elle s'enthousiasmait pour le Front populaire, au point d'être partie se battre quelques mois en Espagne, contre Franco. J'ai eu honte, alors, de lui dire que mon père le vicomte était un membre influent de l'Union britannique des fascistes, le parti de sir Mosley ; que lui, ma mère, ma sœur Hélène et mon frère Peter, s'étaient plusieurs fois rendus à Munich pour y rencontrer le Führer, parce qu'ils l'admiraient et qu'ils auraient voulu une alliance entre les races nordiques, Anglais et Allemands.

Je n'ai rien dit à Andrée, même quand elle m'a mis dans les mains le *Livre brun de la terreur hitlérienne*, où l'on expliquait noir sur blanc que l'incendie du Reichstag en 1933, qui avait permis à Hitler d'obtenir les pleins pouvoirs, avait été un complot nazi. Et l'auteur racontait aussi les camps, les persécutions et les mesures antisémites.

La sœur d'Andrée Borrel, donc, tenait le café des Deux Amis, au coin de la rue de Vanves et d'Alésia. À partir de septembre 1940, je l'ai souvent revue, elle et son mari. Je n'en ai rien dit à Kenneth, il aurait exigé que je coupe les ponts. Avec le temps, Geneviève avait fini par me dire que sa cadette était installée dans le Sud, en zone libre. Puis elle avait quitté la France, mais je n'ai pas cherché à en savoir plus.

Geneviève m'avait fait comprendre que je pourrais peut-être l'aider, si je voulais « faire quelque chose ». C'est-à-dire, faire quelque chose contre les Allemands. J'avais senti mon cœur se pincer. Kenneth m'avait sévèrement prévenue : pas de mélange de genre, pas d'activité double. Je pourrais mettre tout le monde en danger.

Ce sacré Irlandais avait raison, mais je suis aussi têtue que lui. Le travail que me demandaient Geneviève et son mari était d'une banalité déconcertante – pour tout dire peu glorieuse : je n'avais qu'à passer une fois par semaine dans une certaine librairie rue de l'Abbaye, derrière Saint-Germain-des-Prés, y déposer une serviette en cuir vide et repartir avec une serviette identique, remplie.

Geneviève et son mari m'avaient longuement répété les précautions à prendre : à mon arrivée, je devais vérifier si une Bible se trouvait bien en bas à droite des livres exposés derrière la vitrine. Si ce n'était pas le cas, je devais passer mon chemin. Si la Bible était là, je devais quand même m'assurer que personne ne surveillait l'endroit – ce qui dans ce quartier de flâneurs n'est pas si facile à déterminer. Ensuite seulement, je pouvais échanger les deux sacoches d'un air détaché.

À chaque fois j'avais le cœur au bord des lèvres. Ensuite, je filais à bicyclette jusqu'aux Deux Amis, où Geneviève me rendait la serviette vide, après un petit tour dans son arrière-boutique. Je ne savais absolument pas ce que je transportais. Mais Kenneth avait raison : en mélangeant ainsi les genres, je prenais d'énormes risques, et surtout j'en faisais courir aux autres.

Les évènements de la semaine m'ont fait prendre conscience de la précarité de ma situation. Peut-être que Geneviève me prendra pour une lâche, je la décevrai peut-être, mais je dois prendre cette décision. Au son de la clochette d'entrée, son sourire s'efface. Deux clients pensivement accoudés au comptoir me regardent à peine, les pieds dans la sciure de bois. Contrairement à Geneviève, qui pâlit un peu, et qui inspecte par-dessus mon épaule, comme si je n'arrivais pas seule. Elle essuie encore deux ou trois verres, et nous nous retrouvons quelques instants plus tard dans l'arrière-boutique, un couloir sombre où perce à peine la lueur d'une cour intérieure.

– Qu'est-ce que tu as ?

– Je ne peux plus travailler pour vous.

Geneviève est plus grande qu'Andrée, plus épaisse, beaucoup plus calme aussi. Son mari nous a rejointes, et je tente d'expliquer. Je ne peux plus rien faire pour eux. C'est trop dangereux.

Ils échangent un regard inquiet.

– Tu penses qu'on t'a repérée ?

– Je ne crois pas, non.

– Mais alors, c'est quoi ?

– C'est autre chose. Ce n'est pas vous, ni la librairie. Mais je dois m'éloigner.

Ils se concertent, troublés.

– Si tu veux arrêter, c'est comme tu veux… dit lentement Geneviève d'un ton déçu.

– Ce n'est pas ce que vous pensez. Je dois arrêter. Je ne veux pas vous poser de problème, ni à vous, ni à ceux autour de vous. Vous comprenez ?

– Bien sûr que je comprends, reprend Pierre après une courte réflexion – c'est un homme au visage triste, les yeux gris, une petite moustache à la Hitler. Personne n'est obligé…

Sa réponse me fait monter les larmes aux yeux. Non, ils ne comprennent pas.

– Ce n'est pas ça. Il y a des choses que je ne peux pas vous dire…

Geneviève pose doucement les doigts sur mon poignet.

– Si tu as des ennuis, Lizzie, on peut t'aider. Est-ce que… c'est un problème privé ? Je veux dire, une affaire de femme ?

Pendant quelques secondes, mes pensées se décrochent. Puis je comprends, et j'en souris, songeant à cet aspect-là de ma vie, totalement détruit depuis que j'ai connu Wagner.

– Non ! Oh non. Ce n'est pas ça du tout.

– Si tu as d'autres problèmes, avec la police par exemple, on peut peut-être t'aider. Si tu veux quitter Paris par exemple. Il y a des filières pour passer la ligne…

– Je vous remercie, mais je ne veux pas quitter Paris. Je ne peux pas.

Et pendant un instant, j'hésite à tout leur dire. Ce sont des gens de confiance, ils sont de ma famille. Peut-être plus que celle où je suis née, ces gens qui adulent Hitler et qui vomissent les Juifs. Andrée est mon amie. Ils travaillent pour la Résistance, nous sommes dans le même camp. Mais leur parler serait aussi trahir le père Kenneth et mes chefs, semer le désordre malgré moi, la mort peut-être. Je dois prendre mes distances, c'est évident. Pour eux, je suis un danger maintenant. Et moi aussi je suis en danger.

Chapitre 5

Mo

Sans la RAF, je ne contemplerais pas ce matin ces frises murales en faux drapé, en haut des cloisons. Ce sacré bombardement à Argenteuil nous a sauvés, Lagus et moi. Dès les premiers coups de sirène, les feldgendarmes se sont barrés et nous aussi, tout simplement.

Dans cette piaule, la décoration est à gerber mais quelle importance. Au début de l'année, la préfecture avait réattribué des appartements abandonnés par les Israélites, c'est comme ça que j'avais eu celui-ci pour des queues de cerise, dans un immeuble impeccable du Champ-de-Mars. Il m'avait tout de suite fait saliver, comme les gâteaux à la crème chez Filidori, à Calvi, quand j'étais gosse et orphelin de père. Qui aurait cru que je puisse me payer une telle crèche un jour ?

Le seul petit inconvénient, c'était les meubles disparus, tous pillés par les Fridolins, il paraît que c'est systématique. Vu les goûts des anciens locataires, ça ne me dérangeait qu'à moitié. Aujourd'hui je m'en fous. Ces derniers jours, mes réveils ont comme un goût de nostalgie. J'ai l'impression que je n'y serai plus longtemps peinard. Je me revois sans arrêt avec Lagus, en train de creuser à la pelle et à la pioche. Comme si je m'enterrais moi-même. Il n'était pas très beau à voir, ce gros lard à poil, dans l'ombre du sous-bois à quatre heures du matin. Pendant un moment, j'ai pensé lui massacrer la gueule pour compliquer l'identification, mais ça me dégoûtait trop. Aussi, il aurait fallu lui couper les doigts ou les brûler aussi, pour les empreintes digitales, mais c'est pas mon rayon non plus. Et puis d'une certaine manière, Wagner était un combattant, il ne méritait pas ça. Après tout, bien malin le cueilleur de champignons qui mettra son gros bidon à l'air, sous les quatre-vingts centimètres de bonne terre noire.

Ce qui m'étonne et me déplaît, c'est qu'en une semaine, nul ne s'est pointé au Chapiteau. Pas un flic français, par un Boche, rien. Or, c'est impossible de croire que ce type n'intéressait personne. Wagner travaillait pour l'Abwehr, les renseignements boches, je suis bien placé pour le savoir. Ses chefs et ses petits copains vont bien voir qu'il est aux abonnés absents ; ils vont se poser des questions, obligé. Ils vont fouiner.

Ces pensées me désolent. Peut-être que je devrais prévenir Blémant, à Marseille. Peut-être pas. Dans notre bagarre souterraine, nos chers occupants ne sont pas si manchots. Si ça se trouve, je suis déjà sur écoute, ils attendent patiemment que je sorte de mon trou, que j'appelle au secours, leur livrant ainsi mes supérieurs sur un plateau. D'ailleurs, si je le contacte, Blémant, qu'est-ce qu'il me dira ? D'aller prendre l'air de l'autre côté des Pyrénées ? Juste au moment où il y a tant de blé à se faire ici ? Pour moi, pas question. C'est *niet*.

Je m'arrache du lit, découvrant d'un coup une bonne odeur de vrai café. À mon arrivée dans la cuisine, Renée se retourne à peine, faisant flotter son ample chemisier rose, et ses boucles d'oreille d'ambre et d'argent. Dès la première rencontre, ça a été électrique entre nous, pas besoin d'être à la Sorbonne pour piger.

– Vous m'aviez dit de venir à neuf heures, elle dit.

Elle me dit vous, presque toujours.

– Je sais.

Renée et son mari géraient l'hôtel-restaurant le Bailli de Suffren avant-guerre. Lui s'est fait gauler en juin quarante, comme presque deux millions d'autres, et maintenant il trie les patates pourries au fin fond de la Prusse. Quand j'ai racheté l'affaire en sous-main, tout allait mal et Renée déprimait, fringuée comme une cloche. J'ai tout remis à flot.

Elle prend des tasses dans le placard, les pose sur le plateau, laissant mon regard effleurer sa nuque, ses cheveux savamment soufflés, son cul moulé dans une longue jupe grise.

– Laisse tomber le café.

Je m'approche d'elle à toucher son dos, sa respiration s'accélère, l'ambre palpite à ses oreilles, plus encore lorsque ses hanches rondes réchauffent mes mains.

– Soyez sage, monsieur Maurice, je suis mariée.

Sa voix se mouille un peu, il faut toujours qu'elle en cause, de son Fernand. Au fond, sa petite comédie m'excite aussi. Elle recule les fesses et ondule pour mieux me faire durcir, halète lorsque je remonte les mains devant.

– Oh monsieur Maurice, voyons...

Ses seins sont petits et mous, mais je sens à travers le tissu ses pointes tendues, elle arque le dos, souffle comme une forge en renversant la nuque dans le creux de mon épaule.

– Arrête un peu, tu veux...

Oui, mais pas tout de suite. Ondulant des hanches, elle m'invite exactement au contraire. Je la pousse à quatre pattes sur le canapé du salon – son unique ameublement – où je retrousse sa robe et baisse sa culotte. Elle soupire profondément lorsque je m'enfonce complètement en elle, sans difficulté tant elle est humide. L'angoisse des derniers jours est trop forte, trop présente, elle n'attendait que ça, et moi aussi.

Puis seuls résonnent nos halètements et le grincement du sofa. Sa voix déraille, elle me demande d'aller plus fort, me rend coup pour coup, décoiffée, les articulations des mains blanchies sur les coussins jusqu'à tressauter violemment, comme électrocutée. Puis elle se détend et reste un long moment sans bouger, toute palpitante. Et je me retire d'elle.

C'est presque toujours comme ça, à vrai dire quasiment tous les matins. Ensuite, elle file dans la salle de bains et me claque une bise honteuse avant de partir, son regard vert encore troublé. On ne se parle pas beaucoup, même quand je passe au Bailli. C'est un bel hôtel avec restaurant au rez-de-chaussée, dont je savoure la moquette, les vitres impeccables, la servilité du personnel qui s'affaire dès l'aube. Beaucoup de clients sont des officiers allemands, des hommes d'affaires, des vieux messieurs avec des filles sur leur trente-et-un, prêtes à tout pour croûter, y compris *naturlich* à risquer la grossesse.

Mon petit déjeuner avalé, je plaque mes cheveux bruns à la gomina, j'enfile un costard sur mesure à fines rayures grises, élégant mais nettement plus discret que cette espèce d'uniforme que beaucoup revêtent dès qu'ils palpent un peu : Borsalino, chemise en soie, diam's et bagouses. Et c'est sans compter les tatouages, les « Fatalitas » sur les bras, les « robinet d'amour » au-dessus du chibre, le cou entouré de traits bleuâtres, « découper selon le pointillé ». Avec ça, les flics n'ont même pas besoin de consulter le sommier pour les retapisser.

Je n'ai jamais voulu leur ressembler. Ils ne pensent qu'à trouver de l'argent et à baiser. À vingt ans ils sont perdus, la plupart finissent raccourcis sur l'échafaud, ou ils crèvent au bagne, ou bien un concurrent les plante. Pour vivre heureux, vivons cachés, comme le cousin Antoine Guérini à Marseille, riche comme Crésus mais pingre comme un employé de mairie.

Une fois ma jolie Peugeot garée rue Henner – mon seul luxe, une 4002 Éclipse de 12CV à toit ouvrant électrique, achetée comptant en février quarante-et-un – je pousse la porte du Petit Trou, où Lagus m'accueille, manches retroussées.

– Un petit café ?

J'acquiesce en m'accoudant au zinc luisant.

De l'arrière-cuisine proviennent des bruits de casseroles et des odeurs d'oignons frits au vrai beurre. Ici, pas de margarine ou de rutabagas. C'est du marché noir et on bouffe bien. Les habitués sont des profiteurs ou des trafiquants, et bien sûr des Frisés. Dans l'arrière-salle, d'autres clients spéciaux dépensent au poker leurs napoléons volés aux Juifs, parfois jusqu'à soixante-douze heures de rang. Je ne sais pas comment Lagus supporte ces furieux, qui défouraillent à la moindre contrariété, histoire de voir qui a les plus grosses.

La salle est propre, déserte encore, sans tralalas. Pas la peine de plaquer les murs d'or et de marbre, on sait que le bizness ne durera pas. Six mois, deux ans, dix ans, on n'en sait rien. Après, on trouvera bien autre chose.

Je sirote un kawa avec Lagus, son bon visage carré rasé de frais, en col roulé et pantalon de prolo, une gapette rejetée en arrière, visière en l'air.

– Toujours rien ?

Tout passe par les yeux. Sa question porte évidemment sur nos travaux de terrassement, en forêt de Montmorency.

– Rien, je dis en reposant ma tasse vide.

– T'en penses quoi ?

– C’est pas normal. Et ça m’emmerde de t’avoir embarqué là-dedans.

– Je suis en dette, Mo. Je pouvais pas te laisser seul. Dommage que ce soit pas du vrai cochon, hein ? On tiendrait deux mois avec autant de viande.

Derrière le clin d’œil, son regard pétille, même si la blague est plutôt sinistre. Le souvenir du bide énorme de Wagner recouvert de pelletées d’humus a de quoi refroidir un peu.

– Écoute, il faut que je te parle. Le type, l’autre soir, c’était un Boche de l’Abwehr.

Le Breton s’allume une Players en attendant la suite. Ses traits ont durci.

– L’Abwehr, le service d’espionnage boche. C’est eux qui donnent les ordres à Lafont et aux mecs de la rue Lauriston, à tes potes joueurs de poker. Ils ont des gonzes partout, même en zone libre. Ils vont le chercher, Wagner, c’est pas possible autrement.

Il lâche une bouffée vers le plafond, dans un filet vertical.

– Merde.

– Comme tu dis, mon pote.

– Tu vas faire quoi ?

– Il va falloir se tirer. Ils sont pas cons, ça va remonter au Chapiteau. À toi et à moi. Ça m’emmerde mais c’est comme ça, c’est couru.

Pendant une bonne dizaine de secondes, la cendre s’accumule au bout de sa clope.

– Putain, Mo. Se tirer maintenant, tu te rends compte ?

Je pense pareil. Partir en cavale maintenant, alors que la fraîche tombe du ciel ! Rien qu’avec notre affaire d’impression de fausses cartes de rationnement, on se fait deux millions par tête de pipe, tous les six mois. Un ouvrier mettrait vingt ans à se faire un tel paquet. Mais c’est se barrer, ou avoir une armée d'espions de l'Abwehr au cul. Des maîtres du renseignement aux moyens illimités.

Le choix est mince.

* *
*

– Alors, quoi de neuf ?

– Mais tout va bien, monsieur Maurice.

Simon Kléber s'efface pour me laisser passer. Sa figure s'étire dans la pénombre de l'entrée, comme ces statues sinistres au-dessus du portail de Notre-Dame. Les joues creuses, les dents en avant sous la moustache, des carreaux épais qui brouillent son regard clair, il est comme toujours sapé d'un horrible tricot à losanges moche fait maison.

Kléber, c'est mon comptable depuis qu'il s'est fait virer du ministère comme une merde. Le statut des Juifs a dégagé Israël de tous les emplois publics, ce qui m'arrange. Au lieu de faire les poches des Français pour le compte du fisc, il gère maintenant mon pognon, et c'est un as. Je le paye en liquide ou en nature, ce qui est parfait puisque ses comptes bancaires sont bloqués.

Les premiers Juifs que j'avais vus, c'était à Marseille, des pouilleux à papillotes, russes ou polonais, franchement pas pires que les Arméniens, les Espagnols ou que nous autres, les Corses. Pétain s'est bien occupé d'eux. Fichés en mairie, plus de radio ni de téléphone, plus de vélo, plus de boutique. Les Juifs étrangers sont parqués dans des camps, soi-disant qu'ils sont dangereux pour les bons Français.

Kléber n'en cause jamais, mais ça lui tord le bide. Avec sa femme et ses deux gosses, ils crèchent au quatrième étage d'un immeuble crado dans le Marais, comme pas mal d'autres nez crochus. On les a expulsés de leur précédente location, autrement plus chic. Ici, tout est noir de crasse, surtout la cour d'où monte un boucan permanent : des ménagères avec leurs balais, des TSF, le fracas des semelles en bois dans les escaliers en tomettes.

– Je vous sers quelque chose, monsieur Maurice ? Un café ?

– Tu peux garder ta pisse d'âne. Plutôt ton Byrrh citron…

Plus qu'à un caissier, même de chez Rothschild, Kléber ressemble à un cardinal, un type posé et autoritaire qui se déplace sans bruit, et parle d'une voix lente et grave. Je sens bien qu'il bouillonne de l'intérieur, qu'il a honte de turbiner pour un voyou. À d'autres moments il s'emballe au contraire, comme si ça le faisait reluire de frauder le fisc, maintenant qu'on l'en a expulsé. Il me détaille ses trouvailles comptables et ses yeux luisent – et il est sacrément inventif.

Sur la table, j'étale un million tout pile. Ce que nous a rapporté notre dernière opération de faux tickets, avec Lagus.

– Qu'est-ce que j'en fais ?

Rachel dépose sur la toile cirée deux petits verres impeccables et une bouteille de Byrrh. Une vraie bombe rousse aux yeux verts, un nez de statue, des lèvres roses et des seins parfaits sous ses robes de couturier. À se demander comment ce triste corbeau de Kléber l'a mise au pageot. Peut-être qu'il la fait grimper aux rideaux, un vrai roi du gourdin, comme certains maques avec leur tête à faire peur mais dont les gagneuses sont raides dingues. Rachel Kléber m'ignore avec hauteur. Ça la vexe de servir à boire à un malfrat, de devoir vivre dans ce taudis.

– Nous pourrions destiner ce million à des placements immobiliers à Paris, m'explique gravement Kléber. Nous pourrions aussi envisager quelque chose sur la Côte d'Azur. J'ai entendu dire que votre ami M. Michel s'intéresse à Monaco en ce moment…

– Comment tu sais ça, toi ?

Son regard sérieux glisse sur moi, grossi par ses lunettes en écaille.

– J'ai mes informations, se rengorge-t-il, faux modeste.

Monsieur Michel, c'est mon patron, Michel Szkolnikoff, le roi du marché noir en France. C'est lui, par exemple, qui fournit le tissu à la marine allemande, la Kriegsmarine. J'assure le transport et la sécurité de ses trafics, ça rapporte des fortunes.

– Eh ben alors, vois ce qu'on pourrait faire sur la Côte…

Ce qui veut dire, sans doute, se rendre sur place pour investir, soudoyer un notaire, trouver un prête-nom pour l'achat. Ça devrait m'exciter, mais bizarrement, l'idée d'être actionnaire d'un palace sur la Croisette retombe comme un flanc. J'ai la tête ailleurs.

Mon verre vide, je fais quelques pas jusqu'à la fenêtre. Une gamine d'environ cinq ans chante au pied des façades, une vraie brindille.

La mère en était morte, le père s'est remarié
Avec une méchante qui battait ses enfants…

Elle crève la dalle, ça se voit même de haut. À son âge à Calenzana, je ne devais pas être plus épais. Un vieux l'accompagne à l'harmonica, en casquette et manteau troué. J'emmaillote quelques pièces, dans un morceau de papier que je jette, comme font d'autres habitants.

Un jour le plus jeune demande un morceau d'pain
D'un coup de pied dans le ventre elle l'renversa

– T'attends quoi, Kléber ?

Il se tient à mes côtés, le regard plongé dans la cour.

– Comment cela, monsieur Maurice ?

– T'attends quoi pour te tirer ? Tu as dû mettre de côté, pas vrai ? Qu'est-ce que t'attends ?

– Où voudriez-vous que j'aille ?

– En zone libre pour commencer. J'ai des amis à Marseille, tu pourrais travailler pour eux.

Il me scrute, perplexe.

– C'est aimable à vous. Mais vous, comment feriez-vous sans moi, monsieur Maurice ?

– Qu'est-ce que t'en as à foutre ? On n'est même pas associés. Et puis, peut-être que moi aussi, je vais finir par me tirer.

Kléber ne peut retenir un geste de surprise.

– Pourquoi feriez-vous cela ?

– Comme ça. Une envie d'air.

– Rachel me dit que nous ne risquons rien à Paris.

– Tu crois ça ? Et les Juifs qu'ils envoient en camp de travail, ça te dit rien ?

– Ce ne sont pas des Français.

– Comme tu veux, mon pote.

Nous reprenons nos comptes, mais je vois bien qu'il gamberge. Surtout quand je lui demande finalement de convertir tout le fric en or. Chose rare, ses sourcils s'arrondissent derrière ses épaisses montures.

– Mais la Côte d'Azur… Vous ne préférez pas le placer ?

– Fais ce que je te dis. Et je veux aussi que tu regardes le total de tout ce que j'ai à droite à gauche, et que tu vois comment on pourrait l'évacuer.

– Évacuer, comment cela ?

– Un jour tu m'as dit qu'on pouvait transférer de l'or en Espagne ou en Argentine, dans des banques. Alors, regarde comment tu pourrais te démerder si, par exemple, j'avais des envies de m'installer à Buenos Aires ou ailleurs. Tu saisis ?

– Oui, bien sûr. Mais je vous ai aussi dit qu'échanger de l'or a un coût, surtout en ce moment. Il faudra mettre un peu d'huile dans les rouages.

Depuis le début de la guerre, les Boches ont strictement interdit de détenir ou d'échanger du métal précieux. Ils en ont trop besoin pour acheter du pétrole et des tanks, je suppose. Mais rien ne résiste aux talents pognonesques de Kléber.

– Eh ben, regarde combien d'huile il te faut et dis-moi.

– Comme vous voudrez. Mais il me faut un peu de temps, les choses ne sont pas si simples en ce moment. Je tiens quand même à vous dire que ces transactions ne nous seront pas favorables.

– J'ai pigé, tu viens de me dire. Regarde quand même. Ah oui aussi tu n'en parles à personne. Ni à Lagus, ni à Garcia, et surtout pas à Ricord. À personne, t'entends ?

– Comme vous voudrez, soupire-t-il, la gueule d'un gars qui vient d'avaler un sac de poivre. Mais nous risquons d'y perdre beaucoup, monsieur Maurice.

– T'occupe pas de ce que j'ai envie de perdre ou pas, mon pote.

Chapitre 6

Lizzie

Une conversation m'est revenue, qui pourrait tout expliquer. Un jour Wagner m'a raconté la sourde concurrence que se livrent les services de renseignements allemands, en France occupée. D'un côté l'Abwehr, qui dépend de l'armée. De l'autre les SS, dont l'auxiliaire principale est la fameuse Gestapo. Autrement dit l'armée contre les nazis. Chaque organisme se bat pour avoir une mainmise complète sur la police, l'espionnage et le contre-espionnage. Oscar Wagner aurait-il été victime de cette guerre interne ?

Au bureau rue de Sèvres, le comptable me harcèle, plus nerveux que jamais. Il sous-entend que le patron et moi avions une liaison, et que je sais forcément quelque chose. Comme je lui réponds que je suis mariée, il ricane.

– Wagner avait une garçonnière. Ne me dites pas que vous ne saviez pas.

Je me force à inspirer calmement tandis que nos yeux se croisent avec intensité. Pendant quelques secondes les cognements de mon sang m'étouffent presque, j'ai l'impression qu'il va encore insister mais il s'éloigne, me laissant pantelante.

Le soir, je rentre chez moi rue Didot. Ma valise vide sanglée à l'arrière du vélo, je file avenue Suchet en surveillant mes arrières. L'avantage, à bicyclette, c'est qu'on voit vite si l'on est suivi, et ça n'a pas l'air d'être le cas. Après l'avoir accrochée à une grille, j'avance vers le numéro 26, bagage en main. Une carriole remonte depuis la porte d'Auteuil, sur un rythme d'un autre temps. Sur la banquette, le conducteur ressemble à l'un de ces rabatteurs que je voyais autrefois, lors des chasses au renard à Easton Grey ou chez le duc de Beaufort.

Le trottoir est large, planté de petits platanes. Personne. Mais cela ne veut rien dire, peut-être qu'on me surveille depuis une fenêtre ou qu'on m'attend, qu'un piège a été mis en place dans l'appartement. Je prends ma respiration et traverse la chaussée jusqu'au hall silencieux, toujours merveilleusement propre, comme si nul n'y mettait jamais les pieds.

– Mademoiselle ?

Mon cœur a fait un bond. Je me retourne lentement sur la concierge, surgie sans un bruit de sa loge. Sa figure ne change jamais, pincée et revêche comme un mur de prison.

– C'est vous, la fiancée à M. Wagner ?

Gris comme tout le reste, son regard tombe sur ma valise, comme si elle la passait aux rayons X, et devinait le but de mon expédition. Je souris calmement en lui servant mon explication toute prête : elle doit confondre, je ne connais pas M. Wagner, je suis la cousine de sa fiancée et je passe simplement prendre quelques affaires.

L'assurance de mon interlocutrice se fendille un peu, même si elle cache à peine ses doutes. Heureusement, j'ai toujours pris soin de modifier mon apparence en venant ici, de me féminiser avec des robes plus voyantes, des petits chapeaux que je détestais, mais qui plaisaient beaucoup à mon soi-disant fiancé.

Avec le recul, c'était une excellente idée.

– Elle déménage, vot' cousine ?

– Non, mais elle est partie en vacances et elle a besoin de quelques affaires.

– Avec M. Wagner ?

– Je crois oui. Ils sont à Berlin, il paraît.

Ce mensonge improvisé, et surtout le mot « Berlin », ont un effet magique. Elle se dégèle d'un coup, esquisse même une sorte de sourire épaté. Si M. Wagner est en voyage dans la capitale de l'Europe, c'est qu'il est quelqu'un, qu'il connaît du monde. Elle me laisse passer en me gratifiant d'une gracieuse mimique.

En sortant de l'ascenseur trois étages plus haut, la colère se mélange à la terreur. Je n'ai aucune confiance en cette horrible bonne femme. Si la police l'interroge, elle comprendra vite que je ne suis pas la cousine, mais bien la fiancée de Wagner, celle qui venait discrètement avec lui, deux ou trois soirs par mois.

La serrure ouverte mains tremblantes, j'entre en trombe dans l'appartement jusqu'au placard de la chambre à coucher. Les robes et les chemises de corps que m'a achetées cet odieux personnage s'entassent dans ma valise sur le lit. Les bas, les culottes, une guêpière qu'il me forçait à porter suivent le même chemin. Non que ces fanfreluches dégoûtantes m'incriminent en particulier, mais elles sont à ma taille. Ce seront autant de preuves en moins, en cas de catastrophe.

Wagner avait insisté pour que je les mette. Pourquoi ai-je accepté ? Par devoir, vraiment ? Par lâcheté ? Par vice ? Sur le moment, tout mon être s'y refusait. Je ne voulais pas aller si loin, je l'avais dit à Kenneth, mais il m'avait répondu que c'était la guerre et que j'avais une mission, que je devais agir. N'est-ce pas ce que font les soldats, leur devoir ?

Je n'avais rien répondu, mais l'épreuve m'a beaucoup changée, comme ces jeunes conscrits qu'on envoie au feu, qui survivent et qui finissent par s'habituer à l'horreur.

Comme eux, je me suis endurcie, j'ai pris du recul et je me suis demandé si Kenneth n'agissait pas ainsi par pur sadisme, pour le plaisir d'user de moi comme d'un jouet, ou celui de renforcer son emprise, surtout s'il sait qui je suis et d'où je viens.

Il pourrait me briser, ruiner mon honneur à tout jamais. La haute société britannique admet à peu près tout, du moment que cela reste discret. Personne n'admettrait que la fille du deuxième vicomte Rothermere fasse la putain, même par patriotisme. Je ne serais plus rien, je serais chassée de partout. De temps à autre, je me dis qu'il ne serait pas si mal que je ne survive pas à la guerre.

Un soir, Wagner avait tenté de me posséder. Je repense à son visage écarlate, à son souffle, son odeur, ses grognements. Il me brûlait les cuisses et m'écrasait, me demandant sans cesse si « j'aimais ça », si « c'était bon ». Qu'aurais-je pu répondre ? Je détournais la tête et je fermais les yeux en tâchant de me dire que ce n'était pas moi, sous cet homme. Mais je me sentais submergée d'une crasse immense, dont rien ne pourrait jamais me débarrasser. J'avais l'impression de perdre une partie de mon âme.

Finalement il n'était pas parvenu à ses fins, et sur le coup il s'était fâché, comme si c'était ma faute. Il était excité et j'avais dû le satisfaire autrement. Je sentais son pénis un peu spongieux dans mes doigts refermés, à la fin il avait râlé et paru content. Par la suite, je suis devenue aussi rouée que ces petites filles que l'on contraint à se prostituer. Je revêtais ces dessous qui le troublaient beaucoup et me hâtais de le soulager à la main. Je crois qu'il jouissait surtout de mon humiliation.

Mais son vrai plaisir, sa véritable motivation, c'était l'argent. Classique, avait tranché Kenneth, lorsque je l'avais informé de ses exigences : pour chaque renseignement livré,

Wagner demandait cent mille francs, ou l'équivalent en reichsmark, livres sterling ou napoléon. Les documents promis en échange ne valaient pas moins, selon lui.

Les choses se passaient toujours ainsi. Nous prenions le prétexte d'une rencontre à la garçonnière, il arrivait muni du renseignement en question (la plupart du temps un document officiel classé secret), qu'il clichait lui-même, car il se croyait un photographe hors pair. Le matériel était tout bêtement rangé dans un tiroir de la chambre à coucher : un appareil compact Leica 24x36, son trépied et quelques pellicules vierges. Une lampe sur pied et la table du salon faisaient office de studio photo.

Je revois encore Bagpipe – son nom de code à Londres –, installant très sérieusement la prise du jour sous l'éclairage, avant de prendre un ou deux rouleaux d'images. Ensuite chacun repartait de son côté et je remettais les films à Kenneth.

Une dizaine de pièces avaient été transmises à Londres : l'organigramme des services parisiens de l'Abwehr au Lutetia ; le nom d'un bar utilisé comme boîte à lettres à Lisbonne ; des courriers de Berlin classés confidentiels ; la liste des agents opérant à Paris dans les bureaux d'achat, sous couverture…

Ces renseignements me semblaient à la fois trop chers payés et sans intérêt, mais les gens du MI6 à Londres en redemandaient. Ils étaient ravis ! Par conséquent je devais continuer, insistait froidement Kenneth, qui savait fort bien ce que cela impliquait pour moi.

Parfois, je le trouvais horriblement dur. Il n'avait aucune compassion, j'avais souvent la sensation qu'il me méprisait pour ce que je faisais avec Wagner, alors qu'il m'avait jetée dans ses bras. Comment pouvait-il me le reprocher ?

Je réfléchis quelques instants, assise sur un fauteuil dans la pénombre de l'appartement. En principe, je devrais être soulagée. Il n'y aura plus de séances photos, plus de versements d'argent, et donc plus d'attouchements répugnants. Mais je suis horriblement déçue : deux ou trois semaines plus tôt, Wagner m'avait promis quelque chose d'extraordinaire, un renseignement qui ne valait pas cent mille francs, mais dix fois plus, un million au moins.

Je le revois encore en gilet et bras de chemise, arpentant le salon d'un pas tranquille, l'air solide d'un maquignon. Son assurance m'avait estomaquée.

– Un million ? Jamais ils ne vous donneront autant.

Il avait écarté ses grosses mains d'un geste fataliste, comme un investisseur désolé par la frilosité de son client.

– Pourtant ça les vaut, ma chérie.

Je le détestais plus que jamais. Ses joues luisaient encore du plaisir qu'il m'avait arraché.

– Dans ce cas il faudrait m'en dire un peu plus. Jusqu'ici les gens de Londres n'ont pas été si contents, ai-je menti.

– Pourtant ils prennent tout et continuent à payer, n'est-ce pas ?

Je m'étais mordu les lèvres sans rien trouver à répondre. Il avait ajusté sa cravate d'un air absent. Je pensais l'entretien terminé, mais il avait allumé une cigarette avant de s'assoir face à moi.

– Voilà de quoi il s'agit, ma chère. C'est un document qui vient directement de l'OKW, l'Oberkommando der Wehrmacht, l'organisme de commandement suprême de la Wehrmacht. Il s'agit d'un plan secret de Hitler qui date de 1940.

Prononçant ces mots à mi-voix, il semblait soudain extrêmement sérieux, plus qu'il ne l'avait jamais été jusqu'alors. Même ses prunelles me semblaient différentes, d'un froid militaire. Après tout, peut-être était-ce sa vraie nature, derrière ses apparences de jouisseur ?

– Un ordre secret de Hitler, vraiment ? Et peut-on savoir comment vous l'avez eu ?

Il avait pincé mon menton entre ses gros doigts, presque gentiment.

– Allons. Ça, ce n'est pas votre affaire, ma chérie.

– On me posera peut-être la question.

– Ça m'étonnerait. Si c'est le cas, vous n'aurez qu'à dire que vous n'en savez rien. Je n'ai pas déçu vos chefs pour le moment, n'est-ce pas ? Pourquoi douter de moi maintenant ?

– Un million de francs, c'est beaucoup. Et puis, votre plan date de 1940. Il ne vaut plus rien maintenant. Tout a changé.

– Ne croyez pas cela, mon petit. Le Führer avait demandé ce plan en prévision de certains développements de la guerre, et il se trouve qu'il a vu juste. Comme souvent d'ailleurs. Si bien que ce plan risque fort d'être appliqué dans les semaines qui viennent. Je ne puis vous en dire plus, mais croyez-moi, ce renseignement vaut de l'or. Bien plus qu'un million. Si Londres en connaissait le contenu, ils seraient d'accord pour m'envoyer même le double.

C'était bien l'une de ses vantardises habituelles. Avant de payer – le MI6 avait donné son accord sur ce montant exorbitant – Kenneth avait tenté d'en savoir plus sur cet ordre secret, mais Wagner n'avait rien lâché : il voulait son acompte de cinq cent mille francs tout de suite. Le solde payable une fois le document livré. À prendre ou à laisser. Sauf qu'il s'était évaporé juste au moment de me l'apporter.

De deux choses l'une : soit cette information était authentique, de nature à changer le cours de la guerre, et apprenant la trahison de Wagner, ses chefs l'ont éliminé ;

soit ce n'est qu'une vulgaire escroquerie. Dans ce cas, je suis l'agent la plus stupide, la plus ridicule et la plus dépravée depuis la création de l'Intelligence Service.

En me relevant du fauteuil, le froissement d'un papier attire mon attention. C'est un rectangle de carton coincé entre le coussin de velours et l'assise. Un portrait de femme, dont le bas a été découpé aux ciseaux, si bien qu'on n'y voit ni le nom du modèle, ni les coordonnées du photographe, comme c'est l'usage. Wagner ne voulait pas qu'on remonte facilement jusqu'à cette jeune femme.

Une actrice, à bien la regarder. Derrière elle, le décor est plongé dans l'ombre comme dans un studio de cinéma. Le regard de côté, les lèvres ouvertes, elle semble espérer de tout cœur l'arrivée d'un bel homme en smoking. Un savant éclairage modèle ses traits communs mais agréables, quoiqu'un peu durs. La lumière fait violement ressortir en contrejour la blondeur de ses cheveux gonflés. Au verso, aucune mention non plus.

* *
*

J'empoche la photo, intriguée. Qui est-elle ? Une petite fiancée de Wagner ? Un cliché oublié là par un ami ? Est-elle impliquée dans sa disparition ? Aucune idée. Ce qui est certain en revanche, c'est que la garçonnière n'est pas surveillée. Voilà plus d'une heure que je suis ici, à me torturer l'esprit en ressassant le passé, et rien ne s'est produit. Un vrai comportement d'amateur, pour lequel Kenneth me ferait sans doute la leçon.

Valise en main, je sors en vitesse en évitant la gardienne, puis je file à vélo jusqu'à la porte de Passy, la gorge serrée. Si je tombe sur un contrôle, ce qui n'a rien d'hypothétique, ils trouveront l'appareil et les pellicules vierges, équipements coûteux et insolites dans les mains d'une petite sténodactylo. Autant coller une étiquette sur la valise : « Attention, matériel d'espionnage. »

Aussi je me sens soulagée en arrivant au lac du bois de Boulogne. Le ciel est avec moi, plombé et légèrement pluvieux, si bien que nul promeneur ne me voit jeter à l'eau le Leica, le plus loin possible. Quelques pas plus loin, le trépied disparaît à son tour dans des éclats d'eau verdâtre puis les clés de la garçonnière, à quelque distance du Chalet du Lac. J'ai l'impression d'avoir ôté un corset, de respirer mieux, me sentant libérée mais aussi coupable, comme un déserteur qui se débarrasse de ses effets militaires.

Restent les films, que je brûle, et les vêtements. Au cœur du bois, le bagage ouvert à mes pieds, j'arrache les étiquettes des robes, je déchiquette les dessous de soie et de dentelle. J'ai négligé de prendre des ciseaux, les fils s'étirent mais résistent, me coupent les doigts. Je déchire la lingerie en l'insultant, gagnée par la colère, comme s'il s'agissait de véritables témoins de ma dépravation, comme si Wagner pouvait me voir tout détruire devant ses yeux, heureuse de lui montrer comment je traite ses sales chiffons !

Un passant me prendrait pour une folle s'il me voyait ainsi, furieuse et les yeux rouges, agenouillée dans les feuilles mortes à injurier des habits que je mets en lambeaux. Mes larmes jaillissent, je tremble de honte, d'énervement et de colère.

Chapitre 7

Mo

Ricord a la grosse tête. Il a carrément un porte-flingue maintenant, un jeunot au nez cassé, feutre, costume à grands revers et pompes en croco, un feu sous la veste côté droit. Il fait aussi chauffeur, au volant d'une Traction seize chevaux, le modèle le plus puissant. Comme de juste, la bagnole est noire, bien astiquée, ornée d'un ausweis barré de rouge derrière la vitre.

J'ai connu Ricord à mes débuts à Paris en 1932 : moitié corse, moitié marseillais, avec un accent à couper au couteau, bien pire que moi. Deux ans plus tard à mon retour du service, il était fringué comme un prince et faisait déjà travailler deux filles. Il s'était foutu de ma gueule, ça l'ahurissait qu'on perde douze mois en Afrique, avec les caves et les Bicots. Ses dents rayaient le parquet, les miennes aussi, on a monté des affaires ensemble, surtout des bordels. Avec le recul, je crois que ce qui l'intéressait surtout, c'étaient mes liens avec les Guérini. À l'époque, il avait encore besoin de protecteurs.

Ricord me fait signe de l'arrière, où il est confortablement installé en élégant manteau noir, une écharpe en soie blanche autour du cou. Une pluie fine s'est mise à tomber ce matin, je suppose qu'elle nous accompagnera jusqu'à Roubaix.

– On doit s'arrêter à Neuilly, tu m'en voudras pas ?

– Si t'as à faire...

La gueule bien dessinée, Ricord parle facile, l'accent rocailleux et coulant tel un ruisseau de Balagne, souriant mais susceptible comme pas deux. Qu'on lui manque de respect, le regard tourne à l'orage et les coups pleuvent, et pas seulement de poings. Son Walther P38 ne doit quitter sa ceinture que pour le pageot.

Le chauffeur gare la Traction devant un manoir du boulevard du Château, à deux pas de l'hôpital américain de Neuilly.

– J'ai des copains à voir, rigole mon associé. Tu m'accompagnes ?

Je lui fais signe que je l'attends, et une cibiche plus tard, le voilà de retour, l'air épanoui du gars qui a tiré son coup. Il jette sur la banquette un sac en tissu débordant de quincaillerie : perles, bijoux et gros billets. Lui et ses potes de la bande à Lafont appellent ça le coup du faux policier : ils débarquent chez les trafiquants de marché noir ou les Youpins et ils ramassent le fric. Tout le monde ferme les yeux, mais en échange, ils doivent travailler pour l'Abwehr, et surtout refiler 50 % de leurs prises à Lafont, le boss. Seuls les Corsicos refusent, normal. On a pris Paris dix ans plus tôt, au prix du sang, ce n'est pas pour partager aujourd'hui avec ce tocard.

La voiture file sur la nationale 16, entre les platanes et les grands plis de terrain gris.

– Qu'est-ce que ça peut te foutre, de travailler pour les Frisés ? insiste Ricord. On fait tout ce qu'on veut.

Trois jours plus tôt, me raconte-t-il, ils ont pillé un stock de cocaïne et de morphine dans la pharmacie militaire boche, gare de l'Est. Avec Riri Tête-Dure, ils ont descendu une sentinelle, et se sont fait trois plaques au moins. Dont la moitié refourguée à Lafont, je complète pour moi-même.

Hors de question d'enrichir ce connard en lui allongeant la monnaie comme une vieille pute. J'élude d'un geste vague.

– Je sais tout ça, Auguste. Mais on a le Chapiteau, on a nos affaires à Roubaix, moi ça me va.

Il hausse une épaule, les traits pincés. Après un ersatz de café avalé dans un troquet le long de la nationale, je ne vois plus que son profil pendant un bon moment. Il boude. Puis, au sortir d'un petit bled :

– À propos, c'est quoi cette histoire au Chapiteau ?

Mon cœur s'accélère un peu, même si je m'y attendais.

– Quelle histoire ?

– T'as pas entendu parler du mec qui s'appelle Wagner, et qu'a disparu ?

Son sourire reste coincé quelque part en bas du visage. Ses yeux ont noirci, il me fixe avec la gueule de l'Homme qui va se fâcher, qui n'a pas le choix. Il montre les dents.

– Qu'est-ce que t'as foutu, Mo ?

Avec les cousins Guérini, j'ai été à bonne école. Réprimant mon souffle plus court, je fais l'innocent tombé du nid tout en m'allumant une Gauloise Caporal.

– Je vois pas ce que tu veux dire.

Ma première bouffée se disperse sous le plafond.

– On raconte que c'est toi qui l'as vu en dernier, ce mec. Et que c'était un mec de l'Abwehr, me dis pas que t'en savais rien.

Sa façon de prononcer le mot, à la marseillaise, appelle à la rigolade, mais je le fixe sans ciller. Sur la route, la Traction dépasse une charrette où sont perchés deux vieux paysans.

– Qu'est-ce que tu veux dire, là ? Que je l'ai buté ou quoi ?

– J'ai pas dit ça, Mo.

Bien sûr qu'il ne l'a pas dit. Ce serait m'accuser de mensonge, donc me manquer de respect, donc une déclaration de guerre. Mais son regard raconte tout le contraire : il sait que je mens. Je tire une bouffée, revoyant derrière mes yeux mi-clos le gros bidon de Wagner, et les pelletées noires dessus. Le corps aurait été retrouvé ? Lagus aurait parlé ? Impossible, ça. Le plus simple, le plus évident, c'est que les Boches ont commencé une enquête. Il fallait bien que ça arrive.

Il se pourrait même que ceux qui s'en chargent soient Lafont et sa bande d'enfoirés. Parce qu'ils ont bien changé, ces derniers temps. Au début, ils se contentaient de racketter les Youpins ou de fournir en marchandise les bureaux d'achat boches. Mais leurs patrons frisés en veulent plus : ils ont collé un adjoint à Lafont, l'ancien flic marron Bonny, une célébrité d'avant-guerre. Lequel a transformé la racaille de la rue Lauriston en service de police secrète, avec fichiers tenus à jour, bureaux cloisonnés et même fiches de paye.

Ces enflures jouent les condés pour les vert-de-gris. Avec un sacré plus : les trucs de la vie clandestine, des mecs en cavale, les mensonges pour échapper à la flicaille, tout ça ils connaissent par cœur. Les agents gaullistes vont avoir du mal à les blouser, à mon sens. Le moteur de la Citroën ronronne doucement. Je baisse le carreau pour jeter mon mégot.

– Écoute, Auguste, je sais pas de quoi tu parles. Ce Wagner, je le connais pas. Je l'ai juste vu se tirer du Chapiteau. Ce qui lui est arrivé, c'est pas mes oignons.

Il se détourne comme s'il n'avait rien entendu.

* *
*

Une ambiance polaire règne toujours dans la bagnole lorsque le chauffeur se gare rue Saint-Jean à Roubaix, devant les Dames françaises, notre bijou à Ricord et moi, tout près de l'église Saint-Martin. Sur trois étages, un petit immeuble en briques comme ça se fait dans le coin. Le nom n'apparaît pas sur la façade, mais tous les michetons de la ville savent ce qu'on obtient ici en sortant un billet de cinquante.

Sur deux ou trois rues, c'est ici le quartier réservé, des bordels de prolos à ceux pour notaires – ce qui est plutôt le genre des Dames françaises. Sept ou huit filles, du meilleur choix souvent renouvelé, pour une vingtaine de chambres. Il faut montrer patte blanche, toquer à une porte épaisse pourvue d'un judas grillagé, comme en taule. Derrière, un petit couloir mène à l'escalier de chêne sombre, moquetté de partout, qui lui-même aboutit au salon. Depuis l'Occupe, tout ça est réservé aux Boches.

On s'est pointés ici dès l'hiver quarante, les poches remplies de nos premiers millions. Le patron, un dur de dur du temps de la remonte en Argentine, dans les années vingt, a commencé par faire le délicat, puis il nous a cédé ses parts – c'était ça ou une promenade dans les bois. Avec Ricord, on a repris l'affaire, fifty-fifty, puis deux autres claques moins prestigieux, le Singe Vert et le Cythéria. Il a fallu arroser quand même quelques flics de la Mondaine de Roubaix.

Même si l'argent coule à flot maintenant, je regrette. D'abord mon association avec Ricord. Un vrai pourri, malgré sa tête d'enfant de cœur, son accent chantant et ses claques dans le dos. Il n'y a jamais deux chefs dans la meute. Les Guérini sont associés, mais c'est différent, ils sont frères. Et puis, j'en ai marre de ce monde, ça m'écœure à force. Ou peut-être que c'est juste l'idée de revoir Mimi.

– Mimi est là ? fait brusquement Ricord, sur mes talons.

La fille qui vient d'ouvrir s'est raidie, une brunette en peignoir de soie. En apparence, les bordels sont tenus par des femmes. En vrai, tout appartient à des types comme moi ou Ricord, ou les Guérini, les Carbone et Spirito à Marseille – eux, c'est des quartiers entiers, sans compter les jeux et tous les trafics. Parce que la base, le b.a.ba du métier, c'est la gagneuse. Tout le monde commence comme ça. On se trouve une fille, on la débourre et on la met sur le trottoir, de gré ou de force. Rien qu'une seule peut rapporter huit mille balles par mois, quatre fois ce que gagne un ouvrier. Imaginez ce qu'en donnent deux, trois ou quatre, tout ça sans rien faire ou presque. Le calcul est vite fait, quand on n'a pas trop de scrupules.

Mimi arrive, en kimono tape-à-l'œil elle aussi, le minois chiffonné, plus encore quand elle me voit. À chaque fois c'est pareil, elle me joue la scène du grand amour : « ah, c'que tu m'as fait souffrir, Mo, tu peux pas savoir… »

– C'est vous ? elle fait. C'était pas prévu.

– Depuis quand faudrait qu'on te prévienne ? cingle Ricord.

Elle a morflé, Mimi, la tête d'un poivrot après une nuit de cuite. J'avais dix-neuf ans quand je l'ai connue, elle dix de plus, mais marrante, la bouille jolie ornée d'yeux gris, un corps souple souvent gainé de soyeux rouge ou noir. Elle ne savait ni lire ni écrire, mais compter, ça oui ; elle m'a tout appris. Très vite, elle s'est mise au tapin pour moi, même à Constantine l'année suivante, quand j'ai fait mes douze mois. Elle a bien changé depuis, la quarantaine aigrie, desséchée, des rides aux coins de la bouche, des cernes, un air de chien battu. La pauvre, elle n'a pas supporté que je prenne d'autres filles à Paris. J'avais beau lui jurer ma flamme éternelle, la sortir au cinéma ou au Bouillon Chartier, elle n'était pas assez tarte pour y croire encore.

Les crises se succédaient, elle buvait comme un trou et me parlait mal, si bien que j'avais dû la mettre à l'amende dans une taule à bidasses, du côté de Lyon. Je me souviens encore de ses pleurs quand elle avait su, des vrais pleurs d'amoureuse – ça ne doit pas arriver souvent dans une vie de pute.

– Arrête un peu ton char, dis. C'est ta ville natale, tu devrais être contente, je lui avais dit.

– T'es vraiment une ordure. Mes darons, je les vois plus.

Je haussais une épaule.

– Eh ben c'est l'occasion de renouer. C'est important la famille.

Huit jours plus tard, elle m'avait envoyé de la capitale des Gaules – c'est comme ça qu'on dit il paraît – des bafouilles bourrées de fautes, pour m'assurer qu'elle était ma cocotte adorée, ma petite femme d'amour, mon bout d'chou… des bêtises ; elle s'excusait de se montrer jalouse, me jurait que ça n'recommencerait plus. Je lui avais répondu qu'on s'en sortirait au bout du compte, du moment qu'elle était sage et qu'elle turbinait gentiment, que tout ça c'était passager.

Mais depuis, quelque chose s'est cassé en elle, comme un vieux ressort de montre. Elle dit oui à tout et quand elle rit, on dirait qu'elle aboie. Elle a le regard mauvais d'un taulard forcé de courber l'échine, mais qui règlerait bien son compte au maton, à coups de fourchettes dans la tronche. Je crois bien qu'elle me hait à en crever, même depuis que je l'ai instituée mère maquerelle, pour diriger les Dames françaises.

J'ai l'air comme ça de m'en foutre, mais non. La voir me fend le cœur, j'ai l'impression de contempler une peinture de mes propres péchés, de mes saloperies, un reproche vivant ; une espèce de facture humaine qu'il faudra régler un jour ou l'autre. Et ça me rend l'âme noire.

Ses épaules maigres flottent sous le satin tandis qu'elle nous précède à l'étage. C'est marrant, avec l'âge, certaines femmes débordent de partout, mais d'autres, comme Mimi, se rabougrissent comme des vieilles pommes au soleil, on ne voit plus que leurs rides et leurs os.

Pas besoin de parler, elle sait très bien ce qu'on vient faire, même si je la sens plus tendue que d'ordinaire. Ça se passe dans un petit bureau à l'étage, où sont rangées les affaires de ces dames, les serviettes, essentielles, et bien sûr les livres de recettes, comme pour n'importe quel bizness.

– Tout est là, elle dit en déposant la caisse sur la table. Pour deux semaines.

D'un doigt blasé, elle pousse le cahier où le comptable a pointé les passes et les noms des filles. Ricord compte à son tour : presque cent mille balles pour deux semaines. Pas mal, même en payant les maques qui fournissent les filles, et surtout l'État qui, imperturbable, prend ses 18 %. Notre défaite avait été causée par « l'esprit de jouissance », avait chevroté le Maréchal en 1940. N'empêche, les maisons de tolérance sont plus tolérées que jamais. Elles sont même officiellement imposables, au même titre que n'importe quel hôtel. Et on peut être actionnaire officiel, pas de souci. Bref on est devenus d'honnêtes commerçants dans la France régénérée. Les filles continuent à vendre leur cul et nous à ramasser le blé, simplement l'hygiène est plus contrôlée qu'autrefois, l'armée teutonne a horreur des morbacs. Leurs soldats qui en ramènent vont, paraît-il, se désinfecter Popol du côté de Moscou.

Mimi nous offre la goutte, pour bien faire. Ici le décor est comme ailleurs, sombre, du velours, du bois, des statues de bronze, des petits tableaux plus ou moins pornographiques.

– Qu'est-ce que t'as ? fait Ricord en refermant le livre de comptes d'un claquement sec.

– Moi ? Rien.

Bien sûr que quelque chose cloche. Elle a beau se contrôler, connaître tous les coups et tous les vices, on la sent nerveuse, tremblante à l'intérieur. Ricord me consulte du regard.

– Qu'est-ce qu'elle a, ta poule ?

Il dit ça pour me vexer. Je ne suis plus un minable Julot qui vit aux crochets d'une unique gagneuse. Je ne lui fais pas l'aumône d'une réaction.

– On attend, Mimi. C'est quoi le problème ?

Elle fait mine d'attraper la bouteille, mais mon cher associé l'écarte avant elle.

– C'est Georgette, elle souffle, le nez baissé.

– Quoi, Georgette ? Accouche.

Accoudée à la table, elle raconte, le regard vide. Son déshabillé entrouvert laisse voir un morceau de dentelle et, entre la naissance de ses seins, le pendentif en or que je lui avais offert près de la place Blanche, il y a de ça une éternité. Il tremblote.

– Georgette, elle dit, c'est une nouvelle, placée ici en même temps qu'une autre, Suzy.

– C'est qui son homme, à la Georgette ? tranche Ricord.

– Loulou les Beaux-Jours, dit Mimi. Il crèche à Lille.

Comme tous les harengs, il utilise les services d'un placier pour envoyer ses filles ici ou là en province, les endroits ne manquent pas, de Dunkerque à Tamanrasset. Les clients aiment bien changer de tête – enfin si on peut dire. Sauf que la Georgette est mal dressée, toujours à râler, une malpolie quoi. Elle avait cassé un broc mais elle refusait de payer l'amende, comme c'est l'usage. Ça a tourné au vinaigre et Paquita, la sous-maque, lui a mis une rouste. Et Georgette s'est barrée.

– Quand ça ?

– Quatre jours.

– Putain, t'attendait quoi pour me le dire, reprend Ricord, les narines pincées. T'es quoi ici ? T'es tenancière ou pas ? Faut que t'arrête de picoler, Mimi. Tu tiens plus la route !

D'un revers de main, il balaye la bouteille qui explose au sol dans des senteurs d'alcool de prune. Mimi se rabougrit encore. Rassemblant ce qui lui reste de courage, elle souffle qu'en plus, la Georgette s'est taillée avec la Suzy, une toute fraîche dans le métier.

Une fille qui se barre, c'est mauvais. La plupart restent. D'abord parce qu'on ne leur laisse pas le choix. Ensuite parce qu'elles entravent vite qu'elles ne gagneront jamais tant de fric en faisant la bonniche, ou à l'usine. Les plus marioles finissent tenancières, ou épousent un micheton plein aux as, certaines économisent en attendant d'ouvrir un jour leur mercerie, le plus loin possible des lanternes rouges de leur jeunesse. Mais des rebelles, ça non. C'est mauvais pour le commerce, comme les syndicalistes chez Renault, et encore plus mauvais pour la réputation. Ainsi, tout est fait pour que ça n'arrive pas. Comme à l'armée, la maquerelle tient la maison d'une pogne de fer, secondée par son adjudant de quartier, la sous-maque – ici, Paquita. Pas une serviette ne doit manquer, pas un savon et surtout pas un picaillon. Une évadée, et tout est remis en question. Ça veut dire que le tenancier se laisse aller, qu'il n'a plus de couilles et qu'on peut lui manquer de respect. Les concurrents plus jeunes l'apprennent tout de suite, ils flairent la viande malade, comme les hyènes dans les Aurès. Ils pensent qu'ils n'ont plus qu'à se servir, les filles, les parts dans le capital. Bref une gonzesse en révolte, c'est presque le début de la fin. Ricord le prend ainsi, et moi de même.

Déjà en tenue de travail sous le peignoir – guêpières, bottines et porte-jarretelles –, les sept filles qui déjeunaient tranquille dans la cuisine, au sous-sol, s'interrompent en nous voyant débarquer. La bonne qui s'affairait au fourneau comprend très vite et décarre, laissant la tablée affronter seule la colère de Ricord. Parce qu'il donne de la voix, mon associé, la rancœur accumulée contre moi dans la voiture explose, se déverse sur Mimi et les filles.

Putain mais qu'est-ce que c'est que ce bordel, est-ce qu'elles le prennent pour un cave, de ses propres pognes il leur arrachera leurs châsses, si jamais une seule s'avise d'imiter Georgette. Ici elles tapinent, rien à foutre de leurs états d'âme. Ses questions pleuvent à propos de Georgette et Suzy : où c'est qu'elles ont foutu le camp, où c'est qu'on peut le trouver leur connard de hareng, il a intérêt à bien planquer ses miches, et ainsi de suite pendant un long quart d'heure.

Les filles attendent la fin de l'orage, le nez dans leur assiette sale. Une brune aux yeux verts, la spécialiste maison de la flagellation, une blonde vaporeuse, une petite grosse aux dents écartées, des seins comme des ballons. Au bout de la pièce, Mimi qui nous a suivis se tient raide, l'air d'une condamnée à mort qui attend sa volée de plomb.

Ricord s'approche d'elle, ses phrases claquent comme des coups de fouet. Elle a perdu la boule à force de picoler, elle vaut plus rien. Des taulières comme elle, il en chie une tous les matins, si ça continue on va la remplacer, l'envoyer aux asperges dans un bordel à Bicots à Tataouine, ça lui apprendra. Mimi serre ses bras maigres autour du buste, et moi je laisse faire. Pas le choix. Parce que d'un coup, ma position est délicate. Si les deux filles se sont fait la belle, c'est de sa faute d'accord, mais aussi de la mienne, puisque c'est moi qui l'ai mise ici. J'ai été sentimental. Mimi est une reine au lit, maligne, mais pas assez rosse pour tenir un bobinard.

Mais que faire ? La charger, c'est me charger aussi et me tirer une balle dans le pied. Laisser filer, c'est pire. Ça va se savoir de partout, mon crédit va tomber à zéro. D'un coup ma main part et la gifle sonne brutalement entre les quatre murs. Elle pousse un cri, me dévisage avec horreur pendant de longues secondes, dans un silence de tombeau. Je sais, c'est la première fois que je la tape, la première fois aussi que je cogne une femme.

Quelque chose me tord le ventre. Je revois l'église de Calenzana et son campanile avec son horloge, et nous les Ferrandi, les pouilleux en procession en habits du dimanche ; je sens l'encens et j'entends la voix caverneuse du curé. Puis apparaît le visage dur de ma mère sous son foulard, son visage creusé par la mort, sous le gros crucifix noir. Elle nous a laissés orphelins en 1925, mais j'ai toujours l'impression qu'elle me regarde de là-haut, qu'elle tend le doigt pour me maudire. *Ma cosa altru averia pussutu fà, o ma*[4] *?*

Mimi s'est redressée, une épaule dénudée, le bijou d'or flotte à la naissance du sillon entre ses seins. Ricord, ça l'a scié, il a pivoté vers moi d'un coup, façon Joe Louis sur le ring, sa bouche réduite à sa plus fine expression.

– On va s'en occuper, de Georgette et du Loulou de Lille, t'en fais pas.

La tension s'étire encore quelques instants, et soudain il se détend et sourit, propose qu'on boive tous un coup. Allez champagne, c'est pas de sa faute s'il s'est un peu énervé, mais il y a de quoi non ?

4 Mais qu'est-ce que je pouvais faire d'autre, maman ?

– Évidemment qu'il y a de quoi, Auguste.

Un quart d'heure plus tard, on est tous à boire et fumer dans la cuisine au sous-sol, et Tania, la brune aux yeux verts, de raconter comment elle fait reluire un certain haut gradé boche, à coups de martinet sur le cul. Il adore ça.

– Tania, une vraie gaulliste ! se marre Mimi qui paraît avoir tout oublié.

C'est vrai, les Dames françaises en offrent pour tous les vices, en toute discrétion ; la fausse grange et son tas de paille pour culbuter la fermière, le confessionnal, la chambre de torture avec poulies et crochets, la chambre de bébé pour ceux qui aiment bander en couche-culotte, comme dans les meilleures maisons parisiennes. Lorsqu'il est temps pour les filles de travailler, Ricord et moi on fait la tournée de nos autres possessions. L'incident des filles est clos, mon associé redevenu lui-même, de nouveau le verbe facile, à raconter des histoires de Marseille et de filles pendant qu'on dîne à trois dans un resto de marché noir, avec son garde du corps.

La nuit tombe sur Roubaix, sinistre. Il veut m'entraîner dans une partie de poker, avec ses copains malfrats du coin – je suppose qu'ils bossent aussi pour l'Abwehr – mais le jeu m'emmerde et il n'insiste pas. Il a l'air jouasse de sa journée.

Aux Dames où je rentre seul, le vestiaire est rempli jusqu'au plafond de casquettes à feuilles de chêne et croix gammées, le salon plein comme un œuf. Une odeur flotte, de tabac, de champagne et de parfum. Mimi trône toute belle à l'accueil, une vraie élégante en longue robe de soie bleue, presque une bourgeoise, c'est tout juste si les galonnés schleuhs ne lui font pas le baisemain.

Seul dans ma petite chambre sous le toit, je réfléchis en maillot de corps, les mains croisées derrière la nuque.

Sous le lit, on entend les bottes cavaler dans les étages, monter, redescendre, le va-et-vient des bonniches qui toquent aux portes pour signaler aux clients qu'il est temps de rengainer. Je sais déjà ce que ça sentira quand ils seront tous partis, la sueur, le sperme, le dégoût des filles, la fatigue extrême.

Moi aussi j'en ai marre. Mais qu'est-ce que j'aurais pu faire d'autre, orphelin à treize ans, avec quatre aînés qui ne gagnaient rien ? J'ai demandé de l'aide aux cousins montés à Marseille, et une fois qu'on commence, pas de marche arrière. Je n'en connais pas un qui ne se voit pas plus tard peinard au soleil, vieux monsieur respecté, retiré de son bizness putassier. Je m'y vois tout autant. Me sortir de ce tas de fumier, avoir de vraies affaires et pas de passé. Sauf que l'histoire avec Wagner pourrait bien contrarier ces jolis projets.

Une gratouille à la porte me tire de mes songes et je me redresse, aussitôt sur le qui-vive. Désormais tout dort aux Dames, les derniers clients lessivés depuis longtemps. C'est Mimi, sa petite gueule toute pâle dans l'obscurité.

– Qu'est-ce que tu veux ?

Elle se glisse sans bruit dans la piaule, et ça me rappelle d'anciennes images, multiples, quand elle n'avait pas toutes ces rides, et moi bien moins d'argent.

– Si c'est pour te plaindre, tu peux m'oublier.

Sa figure s'allonge dans le noir, elle croise les bras et me dévisage, seul un œil brille dans la nuit bleutée.

– Ce que t'es devenu méchant, Mo. Dire que moi, je t'aimais comme une bête. Regarde un peu ce que t'as fait de moi.

– Arrête un peu. T'étais déjà aux asperges quand on s'est connus. Maintenant fous le camp, il est tard et demain j'ai à faire.

– T'aurais pu éviter la baffe. Et devant tout le monde en plus. J'ai pas arrêté d'y penser. Ça m'a fait de la peine. Je te croyais pas tombé aussi bas.

Sa remarque me blesse, au point que je la renverrais bien dans ses pénates, et pas gentiment.

– La baffe, tu m'as pas laissé le choix. Si ç'avait pas été moi, ç'aurait été Ricord. T'aurais préféré que je passe pour une tantouze ?

– Comme tu veux. Mais moi je te dis que t'as plus les yeux en face des trous. Ricord, il peut pas t'encadrer, ça se voit. Pourquoi tu t'es attelé avec ce mec ?

Sa prunelle grise scintille dans l'obscurité. Elle a dû se torcher plus que de raison pour me parler comme ça. Je devrais vraiment me lever et la foutre dehors, mais ses remarques m'en empêchent, bien forcé de reconnaître qu'elle vise juste.

– Ricord, c'est pas tes oignons. Je t'ai fait une fleur en te mettant ici, et toi tu me fous dans la merde. Si t'avais tenu Georgette et sa copine, on n'en serait pas là. Elles sont gouines ou quoi ?

– Qu'est-ce que j'en sais ? Ça change quoi ?

Les pieds posés hors du lit, je lui prends le poignet. C'est vrai, elle sent l'aigre et l'alcool, mais aussi d'anciens parfums d'amour, qui me troubleraient presque s'il n'y avait les circonstances.

– Si c'est une histoire de cul, ça change tout. On sait jamais comment ça tourne. Sinon, ça veut dire que tu vaux plus un clou.

– C'est pas ça. Je te jure que je les tiens, les filles. Georgette et Suzy, c'est pas ma faute. C'est Paquita.

Je tords un peu son avant-bras, avec l'envie de lui faire mal.

– Quoi Paquita ?

Elle me défie du regard, m'expliquant que tout vient d'elle, la protégée de Ricord. En principe chargée de surveiller les filles, voire de fouiller leurs cambuses, elle s'ingénie à foutre la merde. Elle la contredit, elle se montre rosse pour rien, elle monte sans arrêt les filles les unes contre les autres. L'histoire de la vaisselle cassée, c'était rien du tout mais ça a pris des proportions pas croyables. Paquita aurait voulu une révolte qu'elle ne s'y serait pas prise autrement, du coup Georgette a mis les voiles, me jure Mimi.

– Je te promets, j'essaye de la tenir mais c'est pas possible, t'as pas idée, j'ai jamais vu ça une salope pareille.

Et pourtant des salopes, elle en a croisées, en vingt-cinq ans de tapin. Elle-même en connaît un rayon, côté vacheries. Le silence se prolonge un peu. Il faudrait inventer quelque chose pour la mettre mal, cette Paquita, la griller mais sans que Ricord se doute. Pas évident de trouver la bonne idée à cette heure.

– Paquita veut ma place, Mo. Et Ricord, lui, il veut la tienne. Pourquoi tu lui vends pas tes parts. Il y en a un de trop aux Dames.

Je sais qu'elle a raison. Mon cher associé a placé sa fausse Espagnole ici pour saper l'autorité de Mimi et donc la mienne. Une évidence, mais je secoue la tête.

– Ça marche pas comme ça. Si je veux vendre, il comprendra que j'ai les grelots et il prendra tout pour rien, et bien heureux si je finis pas avec une balle dans la nuque. Tu sais avec qui il travaille à Paris, non ?

Bien sûr qu'elle sait. Tout se sait. Les échecs comme les panades. Une étincelle passe dans son regard, de peur et de pitié. Elle est dans la merde, et moi aussi, bien profond.

Chapitre 8

Mo

Le lendemain matin, je me rends à la Cotonnière, une énorme fabrique dans les faubourgs de Lille. Il s'agit de préparer la prochaine livraison de textile pour le compte de Szkolnikoff. Mon patron, Michel Szkolnikoff, dit M. Michel. La fabrique est celle d'un certain Boussac, qui a fait fortune en vendant de la toile pour avions à l'armée française, pendant la Dernière. Aujourd'hui, il fournit sans état d'âme les Boches en drap d'uniforme. Outre la contrebande, je devrai livrer une commande tout à fait légale cinq mille mètres carrés de tissu jaune à Paris, au numéro 3 de la rue Saint-Fiacre. J'empoche le papier. Ce sera fait.

Aux Dames, je retrouve Ricord tout guilleret, l'orage de la veille effacé. On déjeune avec les filles au sous-sol, dans une ambiance de volière joyeuse. Au menu, potage et plat de viande en sauce, les voisins ne doivent pas souvent bouffer aussi bien, ni boire un aussi bon rouge. Mimi préside, la Mimi d'avant, moqueuse et cruelle, capable de détailler les petites perversions d'un notaire distingué, des histoires qu'on doit se raconter de bordel en bordel depuis la nuit des temps. Paquita et Ricord se marrent sans afficher la moindre complicité. Mimi m'aurait raconté des salades ? À éclaircir.

En début d'après-midi, le chauffeur de Ricord nous conduit vers la rue de l'ABC à Lille, une voie chaude pas loin de la gare où traînent quelques Fridolins, autour du *Soldatenbordell*. D'ordinaire, Loulou les Beaux-Jours, le maque de Georgette l'évadée, tient boutique au Select Bar, tout près de là. Évidemment il n'y est pas. Face à nos gueules, à Ricord et moi, ses potes le balancent aussi sec. Il crèche dans un hôtel vers La Madeleine. Un quart d'heure plus tard, le hareng lui-même nous ouvre la porte de son palace de quatrième zone.

Notre arrivée lui cause un choc. Mince et pas haut, une gueule de dragueur de bal musette, il tente de faire viril avec sa moustache et sa barbichette, un vrai d'Artagnan du pavé. Pas rasé, la chemise ouverte, il pue la trouille. Il a compris qui on est. Une fille surgit derrière lui, une blonde platine au nez parfait, les sourcils arqués. Sûrement Suzy, l'autre fugitive d'après les descriptions.

– Elle est pas là, Georgette ? gouaille Ricord en refermant derrière nous. On te dérange pas ?

Il halète que non. Suzy la beauté s'est réfugiée au fond de la pièce, dos au mur, tandis qu'il dévide un flot de paroles. Ça va s'arranger, c'est certain. Il nous a fait du tort mais il voulait pas, il va nous dédommager – et il nous donne du M. Auguste et du M. Maurice en essayant de respirer normalement, mais c'est dur.

– Elle est où Georgette ? je dis tout bas.

Il ne sait pas. Rentrée chez ses darons, en province. Il en sait rien. Elle est pas facile à driver.

– Allez ta gueule, coupe Ricord. Prends tes thunes, on se barre.

Le Loulou recule d'un pas, j'imagine ses sphincters palpitants, ses jambes en coton d'un coup.

– Où ça ? Mais où ça ?

La belle Suzy me scrute, ses beaux yeux durs pleins de rage. Elle a compris, sûrement.

– On va aux Dames. Qu'est-ce que t'as ? T'as pas confiance ou quoi ?

Moi non plus à sa place, j'aurais pas confiance. Il enroule sa cravate, verdâtre, les doigts tremblants, endosse un manteau et se coiffe d'un feutre sans que notre attention se relâche une seconde. Des fois qu'il aurait, par hasard, un calibre caché au fond d'un tiroir. C'est ce que j'aurais fait si j'étais lui, mais je ne suis pas lui. Ricord empoche les six mille balles planquées en haut de l'armoire, et deux trois bijoux sans doute volés.

La Suzy habillée elle aussi, direction Roubaix et les Dames Françaises, où seule la fille est débarquée. Mimi la retient par l'épaule tandis que nous repartons avec son homme. Cette fois, il a compris son Loulou. Même plus la force d'élever la voix. Il se pisse dessus pendant le trajet, le pauvre mec. Il pleure toujours quand on le pousse dans un boqueteau, vers Villeneuve-d'Ascq. D'une bourrade, Ricord le pousse dans le sous-bois où il tombe à genoux comme sur un prie-Dieu, la face au ciel.

– S'il vous plaît, s'il vous plaît, faites pas ça. Les mecs, faites pas ça.

Le garde du corps de mon associé veut faire ses preuves. Il arme son P38 et lui tire une balle dans la nuque, une seule, et Loulou s'aplatit dans les feuilles mortes bras écartés. Deux pigeons s'enfuient à tire-d'aile. On lui fait les poches avant de repartir. Ricord le pousse du bout d'une pompe, pour être sûr. Il semble soudain calmé, comme si tout ça soldait un peu nos comptes.

Lizzie

Quelques jours ont passé depuis l'épisode du bois de Boulogne, et je continue à travailler rue de Sèvres, puisque Kenneth m'a interdit de le contacter en dehors des rendez-vous prévus. Cette espèce d'indifférence routinière m'exaspère : je dois vraiment être la seule correspondante du MI6 en Europe à ne pas avoir de consigne en cas de danger immédiat.

À la *transportbedrijf*, je ne fais rien ni ne parle à personne, comme d'habitude. Le comptable m'évite, sauf ce matin où il pointe son nez de rongeur à ma porte, l'air réjoui.

– Deux hommes vous demandent. Ils sont de la police allemande, mais ce sont des Français.

Il laisse traîner son regard, comme s'il s'attendait à ce que je m'effondre. Quel sale bonhomme ! Il en sera pour ses frais, ce type à tête de rat. Car, si mes mains tremblent imperceptiblement et ma poitrine se glace, je reste de marbre. Voilà des siècles que nous autres, aristocrates anglais, sommes dressés à ne jamais montrer nos sentiments, quelles que soient les circonstances. Ce n'est pas un misérable employé, né au fin fond de la Pologne ou de la Poméranie qui changera cela.

– Ils vous ont dit ce qu'ils voulaient ?

– C'est au sujet de M. Wagner. Vous verrez bien. Ne traînez pas, ils ont l'air pressés.

Lui qui craignait tant la police semble soudain détendu.

Deux hommes à l'élégance surprenante se retournent à mon entrée dans le petit salon, cravate de soie et costumes de sport, leurs impers piquetés de pluie. Une averse est tombée ce matin lorsque j'arrivais à vélo, une douce averse de printemps qui a rafraîchi le ciel et laissé le pavé luisant.

– C'est vous, Élisabeth Van der Jagt ?

Apparemment, c'est le plus jeune qui mène la danse, avec un accent méridional très prononcé, presque caricatural. Il doit avoir une trentaine d'années, le visage agréable bien proportionné, l'air aimable. Il a gardé son feutre. Une écharpe de soie blanche apparaît sous son pardessus.

J'acquiesce en attendant la suite. Les mots passent mal mes lèvres, comme si j'étais gelée, alors qu'il fait bon, le salon barré d'un grand rayon de soleil. Percevant mon embarras, il esquisse un froid sourire. Tout m'indispose en lui, son allure vulgaire, sa bague au doigt, sa lourde gourmette. Le pire est son regard inquisiteur, distant et sale, comme celui de Wagner justement, un regard qui me fait frissonner.

– On est de la police allemande, reprend-il de son ton chantant – les mots sonnent vraiment étrangement dans sa bouche. Police secrète... Vous êtes sa secrétaire, à Wagner, c'est bien ça ?

– C'est bien ça.

– Dans ce cas, vous savez où il est parti, non ?

Sans y être invité, son acolyte s'allume une Craven A avec un fin briquet d'or, puis relâche la première bouffée en contemplant le décor. Il est plus âgé et plus ramassé, ses traits copiés sur celui de son compère, comme une esquisse plus grossière, les yeux gris minuscules, sans âme.

– Monsieur Wagner ne me dit pas toujours où il va.

– Comment ça se fait ?

– C'est comme ça, c'est tout. Il prend lui-même ses rendez-vous...

– Vous faites quoi vous, alors ?

– Mon travail de secrétaire, quand il m'en donne.

Pas une seconde il ne cesse de me scruter. Puis son attention se porte vers l'autre policier plus âgé, qui tourne lentement dans le salon, ses semelles de crêpe neuves couinant à ses pas. Une absurde envie de rire me prend, en même temps qu'un léger grelottement, dans le genou droit.

L'autre me fixe à son tour.

– Vous avez un agenda ?

– Bien sûr.

– Montrez-nous ça.

Lui n'a pas d'accent du Sud, mais des intonations traînantes, à la fois provinciales et ouvrières. Un goût de cendre en bouche, je les conduis à mon bureau, où le plus vieux consulte mon calepin, si maigrement rempli qu'il n'y trouve rien d'intéressant, bien sûr. Il le repose, sceptique, avant de fouiller mes armoires, sans rien me demander. Ses façons sont brutales et grossières, sans aucune notion de respect ou de morale, c'est effrayant.

Le Marseillais (enfin, je suppose), pose une fesse sur mon bureau.

– Vous êtes pas mal installés. Vous faites quoi exactement ?

Mais mes explications ne semblent guère l'intéresser. Il suit d'un regard pensif les investigations de son collègue, qui soulève ici brochure, feuillette le contenu d'un dossier, des gestes bizarres sous ses doigts courts et carrés. Cet homme n'a jamais travaillé dans un bureau, c'est une évidence.

– Pourquoi vous dites pas la vérité, tout simplement ? reprend celui assis tout près de moi.

Mon cœur se glace de nouveau. Il ne peut ignorer mes narines soudain pincées, mon souffle plus rapide.

– Quelle vérité ?

– Que Wagner et vous, vous couchez ensemble. On sait tout, *mademoiselle Vonne Jagte* – oh, sa façon marseillaise d'écorcher le néerlandais ! Wagner avait loué un appartement au 26 avenue Suchet, il vous retrouvait là-bas. La concierge a donné votre signalement. Mignonne, vingt-cinq ans environ, blonde aux yeux bleus. Se déplace à vélo. C'est vous ça, non ? Pourquoi vous vous fatiguez à mentir, puisqu'on sait tout ?

Un silence. L'autre s'est arrêté dans mon dos, si proche que je sens presque sa chaleur. Sans le voir, je devine une vibration dans l'air, sa violence. Appuyé sur une main, le Marseillais approche son élégant visage.

– Alors ?

– Alors quoi ?

– Alors, vous couchez avec Wagner. Donc vous savez où il est, non ?

– Je ne couche pas avec M. Wagner.

– Arrêtez ça. La concierge vous a reconnue. Pourquoi vous nous faites perdre notre temps ?

– Je ne sais rien.

Ma voix n'est plus qu'un murmure de fillette. Il sourit et jette un œil par-dessus mon épaule, vers son collègue.

– Putain, pourquoi c'est toujours compliqué avec les dames. Qu'est-ce que ça peut faire que vous couchez avec Wagner ? C'est pas la vérité ?

– Je suis mariée. Je ne couche avec personne.

Ma réponse le surprend, vraiment comme une incongruité. Il lâche un rire, et l'autre aussi.

– Allez mademoiselle *Vonne Jagte*, on vous écoute.

– Je n'ai rien à vous dire.

– Le Chapiteau, ça vous dit quelque chose ?

– Rien du tout.

– Vous y êtes jamais allée au Chapiteau, avec Wagner ?

– Je ne vois pas comment j'y serais allée, je ne sais pas ce que c'est. Et je ne suis jamais sortie avec lui.

Même en disant cette vérité, j'ai l'impression de mentir. Cet échange semble irriter son complice au plus haut point. Ses semelles de crêpe gémissent de nouveau, il réapparaît dans mon champ de vision, sur la droite, les pommettes et le nez soudain roses, sa bouche devenue minuscule. Il frotte ses doigts courts les uns contre les autres, comme pour les échauffer.

– Bon, Auguste, on y va ? Tu vois pas qu'elle se fout de notre gueule ?

Le dénommé Auguste le calme d'un geste et m'examine d'un regard compatissant.

– Il voyait qui au Chapiteau, Wagner ?

– Je ne sais pas de quoi vous parlez.

C'est vrai, je n'ai jamais entendu ce nom, et ma sincérité semble le surprendre un peu.

– Ferrandi, ça vous parle ?

– Non.

– Il se fait appeler M. Maurice, ou Mo, ça vous dit rien ? Mo les Yeux-Bleus ? C'est quelqu'un qui travaille au Chapiteau.

Je secoue la tête, plus distante et froide que jamais, en apparence. Mais mon genou trépide à nouveau et je donnerais dix ans de ma vie pour être ailleurs. De quoi parlent-ils ? Qui est ce M. Maurice, ce Mo les Yeux-Bleus ? On croirait un personnage de *Jésus-la-Caille*, dans l'un de ces romans à quatre-sous de la collection Police et Mystère. Sauf qu'ici, ce sobriquet n'a rien de folklorique, je devine une réalité dure, des habitudes de violence qui n'existent pour moi que dans les romans et les films, plus ou moins esthétisées.

– *Doktor Wagner Seifenfabrik,* à *Quettechennedorfe*, vous connaissez ?

En d'autres circonstances, son épouvantable accent m'aurait fait sourire. Je suppose que l'espèce de mot mal prononcé correspond à Ketschendorf, une ville en Allemagne probablement, dont je n'ai jamais entendu parler. Wagner y possèderait une fabrique de savon, une *seifenfabrik* ? Je fais non de la tête, déconcertée, tandis que le dénommé Auguste s'arrache du bureau d'un air mécontent.

– Bon, on va faire un petit tour rue Lauriston.

Ce nom claque comme une menace, il me semble l'avoir déjà entendu. Kenneth m'a parlé d'une bande de repris de justice français qui travaillent pour l'Abwehr. Ils traquent les communistes, les agents gaullistes ou ceux de l'Intelligence Service. Ils utilisent tous les moyens pour servir leurs maîtres, y compris la torture. Une main ferme me force à me lever. Le plus petit des deux me tend ma canadienne, me pousse vers la sortie du bureau.

– Où est-ce qu'on va ? Qu'est-ce que j'ai fait ?

Ma voix déraille, dérisoire, j'ai l'impression de m'entendre parler de très loin, du fond d'une caverne. Mes jambes sont lourdes, ma gorge sèche comme du carton. Un troisième voyou patiente dehors, calé à une Citroën noire sans plaque d'immatriculation. Sa figure est horrible, il louche à demi, l'œil droit déformé par une cicatrice qui zigzague jusqu'à l'oreille. Jetant sa cigarette sans la finir, signe d'opulence par les temps qui courent, il s'installe au volant.

– Je n'ai rien à vous dire.

Les façades défilent à bonne allure, rue Saint-Dominique en direction des Invalides.

– Si j'étais pour quelque chose dans la disparition de monsi…

– Ta gueule.

La rue Lauriston se trouve quelque part vers la place de l'Étoile, il me semble, comme nombre d'immeubles réquisitionnés par les Allemands. Le plus vieux assis à mes côtés s'allume une autre cigarette. Il paraît s'embêter, comme un fonctionnaire forcé d'accomplir une formalité très en dessous de ses compétences. J'essaye d'ordonner mes pensées, de passer en revue les quelques points sur lesquels je dois me concentrer : non, je ne suis pas la maîtresse de Wagner ; je ne suis jamais venue boulevard Suchet ; je ne connais personne qui fasse de l'espionnage ou de la Résistance. Mais tout en raisonnant, la difficulté de la tâche m'effraie et je dois puiser dans toute l'infernale assurance de mes ancêtres pour garder un minimum de confiance en moi. Car malgré tout, je me sens faible et démunie face à ces hommes. Bien sûr, je peux me montrer froide et arrogante, on sait le faire chez les Beresford et les Battenberg. Mais mentir, tricher comme le commun des mortels, c'est autre chose. C'est refuser la compétition, ça ne se fait pas. Et d'ailleurs, je ne sais pas mentir, je ne tiendrai jamais face à leurs questions. Je finirai forcément par me dévoiler.

Nous dépassons une troupe de soldats allemands en goguette, place du Trocadéro, dont la statue centrale a disparu. Au lieu de tourner à droite vers l'Arc de Triomphe, la voiture s'engage à gauche, rue de la Pompe. Secouée par les pavés, je tente de masquer le tremblement qui me prend tout entière. Mon genou fait la danse de Saint-Guy, je le déteste.

Je sais où ils vont. Non pas rue Lauriston, mais boulevard Suchet, à la garçonnière. Ce qui va se passer maintenant est d'une logique imparable. La concierge va me reconnaître. Elle dira que j'y suis passée il y a peu, et que j'ai même prétendu être la cousine de la petite amie de Wagner. Ce grossier mensonge ne les trompera pas, elle leur parlera aussi de ma valise, l'autre soir, et ils voudront savoir ce que j'ai transporté. La plupart des gardiennes ont toujours travaillé avec la police, que cette dernière soit allemande n'y change pas grand-chose.

À peine le temps d'y penser que l'auto se gare déjà. Je lève les yeux vers le plafonnier, les lèvres tremblantes et l'envie de pleurer, mon voisin me pousse sur le pavé reluisant de pluie. Marcher jusqu'à l'immeuble est un supplice, comme vers un échafaud. J'avance, raide comme un piquet, les dents serrées. Tout est désert, inutile d'espérer quoi que ce soit. Inutile de courir, d'attendre un sursis. Car la concierge est là, cette garce, presque au garde-à-vous, comme si elle nous attendait, m'inspectant déjà d'un regard noir.

Kenneth a raison, je ne serai jamais une bonne espionne.

Chapitre 9

Mo

Une semaine pile après ma virée à Roubaix, je reviens avec cinq camions et une escorte. Les énormes paquets de tissu sont chargés vers les trois heures du matin, à l'abri des regards des crève-la-faim de l'usine – s'ils savaient tout ce que ça rapporte au patron, sûr qu'ils lui passeraient quelques rouleaux de fil autour du cou, et à nous aussi. Je suis bien protégé par un ausweis authentique : *ce camion ne peut être ni contrôlé ni arrêté par la police française. Tout abus sera sévèrement puni.*

Pas question que les guignols du Contrôle économique, un machin grotesque instauré par l'État français pour réprimer le marché noir, mettent le nez dans nos fabuleux trafics avec la grande Allemagne ! On prend la route à l'aube. Au loin les plis brunâtres des champs se dévoilent dans des traînées de brume, sous les corbeaux et leur cris sinistres. Je frissonne presque malgré mon pull-over, ma grosse canadienne et ma casquette de prolo. L'horizon prend des couleurs tristes, un peu comme mes pensées ces derniers temps.

La petite Suzy, on l'a mise à l'amende au Panier Fleuri, une taule d'abattage du boulevard de la Chapelle, à se farcir deux douzaines de clients par jour, et pas que des Milords. Avant ça, Ricord lui a fait passer le goût des balades, au fond d'un chemin creux. À cinquante pas, on entendait les coups et quand elle est revenue elle flageolait sur ses guibolles, les bras croisés devant le buste. Sa gueule, il l'avait épargnée pour les clients bien sûr.

Tout ça me fait gerber de plus en plus, l'odeur du cul dans les bordels, ces mecs et ces nanas sans pitié et sans illusion. Peut-être que j'en ai fait le tour. Ou que je sens trop que l'affaire Wagner n'a pas fini de m'emmerder, et qu'il est vraiment temps de prendre le large.

La livraison se fait sans anicroche. Vers deux heures de l'après-midi, on arrive aux docks de Saint-Ouen, en bord de Seine au nord de Paris. Au poste de contrôle rue Ardoin, un sbire jette un œil vague à la marchandise, puis nous fait signe d'entrer – d'autres camions font déjà la queue derrière. Notre petit convoi longe un immense bassin qui file vers la Seine, puis contourne un hangar grand comme une cathédrale.

Si les Français voyaient ça, ils se révolteraient peut-être, qui sait. Une noria de transporteurs, de dockers, de contrôleurs et de vérificateurs : l'empire du marché noir en France, bien pire que ce que pourraient imaginer les plus remontés contre les Frisés.

Si je suis là, c'est grâce à mon bon vieux pote Kléber. Son tuyau m'a fait faire fortune en moins de six mois, pourtant je pointe plutôt vers le bas dans l'échelle des profiteurs, je ne suis qu'une petite main, un intermédiaire. Je me souviens encore de la gueule de mon cher comptable, quand il m'avait expliqué la combine dans son salon miteux, un soir de décembre 1940. Il me causait comme un monte-en-l'air évoque un coffre pas trop difficile à braquer, les yeux brillants comme s'il avait la trique.

– Je vous explique, monsieur Maurice, c'est très simple, m'avait-il dit. À l'armistice, le gouvernement du maréchal Pétain a signé des accords avec nos vainqueurs. La France doit verser des indemnités de guerre, exactement comme nous avions fait en 1918 avec le traité de Versailles, n'est-ce pas. Je vous sers un Byrrh citron ?

– Plus tard. Continue.

– La France paye des sommes énormes, quatre cents millions de francs par jour, près de soixante milliards de francs annuels, plus que le budget de la nation ! Un général a fait le calcul : c'est comme si on devait entretenir une armée de dix-huit millions d'hommes !

– Et alors ? Ils ont gagné, ils nous taxent, non ?

D'autorité, il m'a servi son Byrrh citron. La suite m'a beaucoup plus intéressé : d'après lui, il y avait un moyen de récupérer des miettes de tout ce fric, et même de sacrées grosses miettes.

– Les Allemands, avait-il repris, doivent alimenter un effort de guerre considérable. Ils ont besoin de fer, de tissu, de machines-outils. Ils doivent se nourrir, équiper une armée et faire tourner leurs usines. Or avec ces indemnités d'occupation, ils peuvent acheter n'importe quelle marchandise même en payant dix fois le vrai prix. Peu importe puisque l'argent vient des Français. La seule condition, c'est que cela se fasse sous le manteau.

Je me souviens de chaque mot de la conversation, comme si c'était hier. Une radio aux étages passait une chanson de Trenet.

– Je comprends que dalle. Pourquoi acheter sous le manteau s'ils ont tout ce pognon ?

– Parce qu'officiellement, les prix sont bloqués. Les autorités françaises ont été obligées de le faire, sinon ils augmenteraient d'une manière insupportable, à cause des pénuries causées par la guerre, vous me suivez ? Cependant, les Allemands ont absolument besoin de nos produits. Donc pour être sûrs de les acquérir, ils les achètent au marché noir. Ce qui nécessite des intermédiaires, des transporteurs, des financiers pour traiter l'argent liquide, et des hommes qui savent tenir une arme pour assurer la sécurité des opérations. Est-ce que vous me comprenez ?

J'avais compris. Les Boches sont en train de piller et d'affamer les Français avec le pognon même qu'ils leurs soutirent. Génial et dégueulasse.

Sur ce, on a trinqué. Et c'est ainsi que je suis entré dans le système des bureaux d'achat boches, d'une simplicité diabolique. Il suffit de leur proposer n'importe quoi à la vente, ça va du moteur de camion aux rouleaux de textile, comme avec Boussac, une tape dans la main, et l'affaire est faite. Pas de commande officielle, pas de bon de livraison. Les Allemands sont contents, ils ont leur marchandise. Le patron français est encore plus jouasse : il palpe dix fois plus que sur le marché officiel, et en liquide par-dessus le marché, net d'impôts. Après, les boutiques sont vides mais ça on s'en cogne.

Ces bureaux d'achat sont une dizaine à Paris, installés dans les beaux quartiers comme de juste, tous gérés par des mecs de l'Abwehr – ça, c'est moi qui l'ai découvert et expliqué à Kléber. Encore une autre astuce : non seulement les Français sont dépouillés, mais en plus ils financent eux-mêmes le contre-espionnage boche !

Évidemment, les raclures comme Lafont sont dans le coup, mais les vrais champions sont deux Juifs. L'un s'appelle Joanovici, un ferrailleur surdoué qui serait capable de trouver un clou rouillé dans cul de Hitler, ou encore mon patron, Szkolnikoff, M. Michel. Quand tant de pognon dégouline, les nazis s'en tamponnent, de la pureté de la race…

Six mois après leur lancement, les bureaux d'achat tournaient si fort que les organisateurs ont dû investir dans de gigantesques entrepôts au nord de Paris, les docks de

Saint-Ouen, tout ça au nez et à la barbe des Français aux ventres creux, et aux chaussures trouées. Le butin part vers le grand Reich à bord de camions, mais le plus souvent en péniche ou par chemin de fer, des pleins wagons.

Une fois les vérifications faites, le tissu enfourné dans l'ombre des hangars, je passe au bureau récupérer le pognon. Le patron boche me regarde compter mes deux millions huit cent mille balles exactement. Une fois les convoyeurs et les camions payés, il m'en restera deux cent mille, pas mal pour deux jours de travail.

– Mo ?

Une voix connue, un peu haut perchée, me tire de mes réflexions. C'est Lafont, à qui j'offre ma plus jolie risette. Qu'est-ce qu'il fout là ? Il répond à mon salut en touchant son chapeau du doigt. Ce jour, il est accompagné d'une belle brochette d'ordures : un porte-flingue, ancien flic ripoux à la carrure de bœuf ; Joanovici en personne, petit gros jovial à l'accent roumain ; et pour terminer Léandri, une vague connaissance qui a commencé comme gigolo et fait aujourd'hui dans les gros trafics.

– Alors, les affaires sont bonnes ? s'intéresse Lafont.

– Ça va.

– T'as l'air fatigué.

– Je me suis levé tôt.

– Faut te reposer, mec.

Il me sourit en ouvrant sa boîte à cigarettes en or massif, où je pique une blonde, tandis qu'il me prend par le bras et m'entraîne au coin d'une immense façade où s'alignent des arches. Des camions garés à cul déchargent leur cargaison de bidons d'huile. Le patron de la rue Lauriston s'en plante une entre les lèvres, l'allume et fait rougeoyer le bout.

– Ça tombe bien que tu sois là, dit-il en relâchant sa fumée. On cherchait quelqu'un, avec Joano et Léandri.

– Quelqu'un pour ?

– Un gros bizness…

Au loin, on charge des péniches dans des bruits de ferraille. Impossible de ne pas remarquer la Bentley de Lafont garée à deux pas, ainsi qu'une énorme Panhard & Levassor couleur crème, un vrai tank à volant central, qui peut trimbaler neuf passagers.

– Pourquoi moi ? Tu manques de personnel ?

Il reprend une bouffée, comme s'il pesait le pour et le contre, puis me lance un regard vif, où scintille un soupçon de colère.

– Je suis sérieux, Mo. Je te propose ça parce que je dois me diversifier, vois-tu ? Tout doit pas passer par le même circuit et par les mêmes mecs. Il me faut un convoyeur en dehors des habituels, et t'es un convoyeur de première. Maintenant je comprendrais que t'aies les foies…

S'il cherche à me vexer, c'est raté, je reste de marbre tandis qu'il m'expose l'affaire en trois minutes chrono. En effet, ça semble dans mes cordes. C'est le même boulot que je fais pour M. Michel et je pourrais toucher entre 3 % et 5 % de la galette, à négocier. Ce qui pourrait me rapporter rapidement quelques millions de francs, si je calcule bien.

– T'es pas obligé de me donner une réponse maintenant, me dit Lafont, avec un sourire étonnamment sympathique qui m'indiffère. Viens dimanche, il y a une grosse fête chez les Neal à Saint-Germain. On te présentera les Frisés qui montent le coup.

– Pourquoi pas. Alors à dimanche.

– À dimanche, Mo.

Je souris à mon tour en effleurant sa main tendue, aussi faux-derche que lui. Tout en gambergeant très fort.

Pourquoi me ferait-il une telle fleur, à moi, rien que pour mes beaux yeux bleus ?

* *
*

Après les docks de Saint-Ouen, il a encore fallu que je livre les cinq mille mètres carrés de tissu jaune rue Saint-Fiacre à Paris. Je m'étais figuré un entrepôt louche dans une arrière-cour, mais c'est un bel immeuble en pierre de taille, avec deux boutiques de luxe au rez-de-chaussée. C'est qu'ils les attendaient, leurs mètres carrés couleur pipi ! À peine le camion garé, quatre employés se précipitent pour le vider comme des morts-de-faim. Un comptable vise les papiers, me remet un reçu, où apparaît sur l'en-tête une gravure de leurs usines à Lille et à Lyon.

Ensuite, je paye les chauffeurs et passe chez Szkolnikoff pour lui filer la fraîche, mais il n'est pas là. Ici aussi, ça turbine, des employés et des secrétaires, des machines à écrire qui crépitent, des téléphones, des garçons de course qui galopent. Enfin délesté de la majeure partie du pognon, direction le Marais chez Kléber.

Une mauvaise surprise m'y attend, une ambiance glaciale comme rarement. Même sa Rachel, dont la beauté me scie d'ordinaire, a l'air lugubre, les épaules rentrées, une gueule de déterrée. Le comptable est assis dans son salon, le regard vide, comme un gars qui vient d'apprendre sa condamnation à mort. Un joli rayon de soleil barre le papier peint crasseux du mur, accompagné des bruits de radio montés de la cour.

– Eh ben qu'est-ce que t'as ?

Même les deux cent mille balles posées sur la toile cirée ne le tirent pas de sa léthargie. Il oublie de me proposer son

Byrrh citron rituel, ça doit être vraiment grave. De loin, j'entends sa bombe rousse qui s'affaire dans la cuisine. Elle apparaît, un cabas à la main, blafarde.

– C'est l'heure des courses, explique-t-elle.

Sur le côté gauche de son manteau, un machin jaune me tape dans l'œil. Une étoile à six pointes bien cousue, bordée de noir, avec au milieu le mot « Juif » en gras. Les enfoirés.

Elle claque la porte et Kléber reste un long moment bloqué dans son silence.

– C'est quoi ces conneries ?

– Ce ne sont pas des conneries, monsieur Maurice. C'est la loi maintenant.

Sa voix est mouillée, son souffle court.

– Tous les Juifs de France doivent la porter, il ajoute.

Il y aura de très rares exemptions pour certaines personnes « utiles aux forces d'occupation », mais il refuse une telle faveur.

– T'es con, si on demande à Szkolnikoff, je suis sûr qu'il te la fera donner, ton exemption. Il en a forcément une pour sa pomme.

– C'est hors de question. Si les Juifs doivent porter cette étoile, je la porterai. Qu'ils aillent tous au diable. De quoi sommes-nous fautifs, je vous le demande !

Il se révolte, le poing serré.

– J'en sais trop rien, mon pote. Mais c'est pas la question. Si j'étais toi, je ferais profil bas.

– Vous n'êtes pas moi, monsieur Maurice. Vous ne croyez pas qu'on le fait assez, profil bas ? Rachel est obligée de faire les provisions entre trois et quatre heures uniquement, alors que les magasins sont vides. André et Annette ont à peine de quoi manger, maintenant on va les obliger à porter cette étoile, on les met à part. Moi, ils m'ont licencié du ministère, j'ai dû rendre ma TSF et mon appareil de téléphone. Je ne peux plus sortir de chez moi le soir, je ne peux plus utiliser mes comptes bancaires. Quand cela s'arrêtera-t-il ?

– Quand tu seras planqué loin de Paris avec tes gamins et des faux faffes. Je te les fais, tes faffes, et même gratos. Et puis, qu'est-ce-que tu t'en fous, des magasins vides et des banques ? T'as de la fraîche et tout ce que tu veux au marché noir.

Je prends deux verres d'autorité, les remplit et en pousse un devant lui. Mais il n'y touche pas, les yeux fixés sur rien, la face gelée. Je fais quelques pas jusqu'à la fenêtre. L'alcool me brûle la gorge, sans trop me faire de bien. Le tissu jaune chez Barbet et Machin, je sais maintenant à quoi il va servir. Ces faux-culs fabriquent leurs putains de fleurs jaunes. Moi, j'ai juste livré mais ça m'emmerde, j'ai l'impression de m'être fait avoir, de participer de force à leurs saloperies. Pourquoi les emmerder comme ça, les Juifs ? Pourquoi eux et pas les rouquins, ou les Chinois ? Les acharnés comme ça, je n'aime pas. Des conneries de mal-baisés.

Un peu remis, Kléber accepte de faire nos comptes. Les deux cent mille balles du jour, qu'il les place dans une banque, ou qu'il les transforme en or, comme il veut. Il marmonne dans sa moustache, l'air absent.

– Bien sûr, bien sûr. Ce sera fait, ce sera fait…

Dans la cour, deux vieilles vêtues de noir causent sans fin. En temps normal, je lui aurais parlé de la proposition de Lafont, avec ses tas de billets à la clé, un truc juteux, un énorme marché de produits cosmétiques importés des États-Unis via l'Argentine et le Portugal, mais je sens Kléber aux fraises, incapable de gamberger sérieux.

– Bon, t'as regardé pour mes comptes ?

– Quels comptes ?

Il a presque sursauté. Puis poussant un profond soupir, se lève à regret et sort d'un tiroir une feuille. Vraiment, ça lui arrache les tripes, mon idée de vendre. Mon bénéfice actuel, détaille-t-il, dépasse les quatre cent cinquante-six mille francs par mois, ce qui est exceptionnel – il serait regrettable d'arrêter. Dans un an, au printemps 1943, mon capital pourrait dépasser les treize millions de francs (et encore, si j'accepte le pont d'or de Lafont, j'en serai plutôt à vingt millions).

– Fais pas chier. Montre.

Les comptes sont établis comme suit :

Appartement avenue Émile Acollas = 420 000 F.

Hôtel-restaurant « Le Bailli de Suffren » = 1,2 MF.

« Le Chapiteau » = 625 000 F (25 % de 2,5 MF).

« Le Petit Trou » = 315 000 F (70 % de 450 000 F).

Immeuble rue du Point-du-Jour à Boulogne-B^{t} *= 350 000 F.*

« Aux Dames Françaises » = 300 000 F (50 % de 600 000 F).

« Le Singe Vert » = 200 000 F (50 % de 400 000 F).

« Le Cythéria » = 180 000 F (50 % de 360 000 F).

Peugeot 4002 Éclipse = 60 000 F.

Sous-total = 2,737 MF (3,650 MF – 25 % de commissions diverses, moins-value)

Numéraire en lingots ou francs-or = 900 000 F.

TOTAL = 3,637 MF (2,737 MF + 900 000 F).

Numéraire divers hors comptes = 3,6 MF.

Les chiffres font la java devant mes yeux, à m'en donner le vertige. Autant de pognon gagné, en même pas deux ans… Le « numéraire divers hors compte », m'indique Kléber, c'est l'argent liquide tiré du trafic de faux tickets de rationnement. Or les talbins, surtout français, n'intéressent personne par les temps qui courent, même par valises entières : les gens préfèrent du concret, il faut donc les convertir en or, en bijoux ou en dollars à la limite. Et la conversion, ça coûte un peu, forcément. Au final, il ne restera peut-être qu'un million à tout casser.

– D'accord. Et les 25 % en moins sur les ventes, c'est quoi ? Ton pourliche ?

– Ma commission est de 5 %, répond-il d'un air offusqué. Les 25 %, c'est la moins-value à laquelle nous devrons consentir. Tout est à vendre en ce moment et les gens n'ont pas d'argent. J'ai déjà sondé d'éventuels acheteurs. Il faudra baisser les prix si nous voulons faire affaire, monsieur Maurice. Nous n'aurons pas le choix.

– J'espère que t'as pas parlé de moi ?

– Bien sûr que non, comme c'est convenu entre nous. Je dois aussi vous avertir que nous ne pourrons pas vendre rapidement.

– Combien de temps ?

– Au moins six mois, je pense. Vous comprenez : plus on est pressé, plus les acquéreurs le sentent et en profitent, plus il faut en rabattre.

– D'accord. Alors liquide-moi tout ça.

– Mais monsieur Maurice…

– Ferme-la et fais-le. Vends tout, sauf mes parts au Chapiteau et les trois claques à Roubaix. Ça, tu laisses tomber. Le Petit Trou, tu laisses tomber aussi, Lagus serait prêt à reprendre mes parts, mais ça pourrait lui causer des problèmes.

– Mais… on y perd énormément, monsieur Maurice…

– T'occupe pas de ça. Fourgues ce que tu peux.

La gueule de Kléber s'allonge, ses moustaches tombent comme si je lui annonçais mon intention de lui couper les couilles, là sur la table. Il prend un papier brouillon et calcule frénétiquement avec son crayon, me glisse le résultat sous les yeux : s'il fait ce que je désire, il ne me resterait, du total, qu'à peine un million deux ! C'est une somme, d'accord, mais j'y laisse plus que des fortunes !

– Tant pis.

Une lueur d'incrédulité traverse son regard. Alors là, je suis bon pour Charenton, l'asile de fou, la camisole ! Puis il paraît réaliser quelque chose et se fait plus sérieux.

– Vous avez des ennuis avec vos associés ?

– T'occupe pas de ça.

– Mais, vous leur abandonneriez vos parts ? C'est tout de même près d'un million huit. On pourrait trouver un arrangement, non ?

– Pas d'arrangement. Je veux pas qu'ils sachent, personne doit savoir à Paris, c'est pigé ? Même Lagus. Tu fais rien, t'arranges rien. Tant pis pour le pognon.

Sa mine s'assombrit encore, je ne dirais pas qu'il va chialer, mais c'est tout comme. Tout ce fric perdu, ça lui fend le cœur. Et ça le fait réfléchir aussi. Je coupe court aux questions en me levant. Moi aussi, ça me fait mal au cul de laisser tout ce blé. Mais quand on se fait la belle, on oublie les états d'âme et les sentiments. C'est le grand large, à tout prix.

– Fais ça vite. Et discret, t'as compris. Si ça se sait, c'est pas un million deux qu'il me restera, c'est zéro. Avec en prime un peu de plomb dans la cervelle.

Le silence se prolonge. Il inspire et expire, tout pâle, tandis que je recoiffe ma casquette.

– Fais pas la gueule, mon Kléklé. Et si tu veux mon avis, tu ferais bien de te casser toi aussi.

Chapitre 10

Lizzie

La concierge me regarde un bon moment. Impossible de déchiffrer quoi que ce soit sur son visage. Pendant quelques instants je lutte contre l'envie de fuir. Le voyou à l'accent marseillais me dévisage sans pitié. Puis, comme dans un rêve, notre hôtesse secoue la tête. Non, elle ne m'a jamais vue. Je ne suis pas l'amie de M. Wagner, ça non. Le Marseillais sursaute, méchamment surpris.

– Vous êtes sûre ? Ce matin vous nous avez parlé d'une blonde, non ?

Elle me fixe d'un air catégorique.

– C'est vrai. Mais elle était plus grande. Et plus vulgaire aussi.

L'autre insiste mais elle reste droit dans ses bottes : la fiancée de Wagner fait presque une tête de plus que moi, elle est plus maquillée, les traits plus grossiers et vêtue comme une poule de luxe. Au début, j'ai cru qu'elle mentait, Dieu sait pourquoi. Puis je comprends. C'est tout simple : Wagner a *vraiment* une autre fiancée. Je connais même son visage. Il s'agit de cette femme blonde sur la photo trouvée dans le creux d'un fauteuil, lorsque je suis venue chercher mes affaires.

Si les affirmations de la gardienne m'inondent de soulagement, elles agacent beaucoup les deux prétendus policiers allemands, qui voudraient lui faire changer d'avis. Ils la menacent.

– Attention, on rigole pas, madame, ça se saura si vous avez menti.

Mais non, elle n'en démord pas. L'autre serait une traînée, une quasi prostituée aux manières pas honnêtes, tout le contraire de moi, qui a l'air bien gentille et bien brave. À court d'arguments, les deux voyous me raccompagnent boulevard Suchet. Ils me relâchent mais je sens longtemps leurs yeux sales sur moi, surtout ceux du plus élégant, à l'accent du Sud.

– À bientôt mademoiselle, me dit-il avant de claquer la portière.

Son sourire est agressif, comme un avertissement. Il ne me croit pas, pas plus que la concierge.

Rentrée chez moi le soir, je ressors l'image trouvée à la garçonnière, cachée au fond d'un placard. Cette fille doit savoir pourquoi Wagner a disparu. Elle pourrait même être à l'origine de sa disparition. Je ne connais pas bien ce milieu, mais il me semble que ce genre de clichés sert aux artistes, lorsqu'ils veulent se faire connaître des producteurs ou des organisateurs de spectacles. Cette femme est donc une actrice, une comédienne ou une chanteuse.

Mais comment la retrouver ? Un nom me vient très vite, une fille qui connaît tous les artistes à Paris, ou presque : Jacqueline. Lorsque j'ai fait sa connaissance, un soir de décembre 1934, Jacky tenait le vestiaire d'une boîte de nuit à Pigalle. Apprentie comédienne, elle se voyait déjà engagée dans des films aux côtés de Gabin, de Frenay, ou sur scène, chanteuse à la Lucienne Boyer. Elle courait les auditions, les bureaux des impresarios, fréquentait toutes les starlettes de la capitale, savait tout des tournages en cours, des programmations des cabarets. Si quelqu'un peut me renseigner sur la blonde de la photo, c'est bien elle. Mais est-elle encore à Paris ?

En tout cas, elle n'habite plus son petit meublé de la rue des Martyrs, m'explique la concierge sur place. Assise dans un bar juste à côté, à l'angle de la rue Manuel, je tente de rassembler mes idées. Je me souviens bien de son nez retroussé, de ses yeux gris soulignés au khôl, d'une robe-fourreau noire plaquée sur sa silhouette mince, de ses attentions, de ses petits baisers volés – un soir sur la bouche. Je n'avais que dix-sept ans et je ne comprenais rien, bien sûr. Un jour, elle nous avait entraînées avec les sœurs Borrel dans un cabaret pour écouter Suzy Solidor, silhouette androgyne aux épaules carrées. D'une voix grave et mélodramatique, la chanteuse évoquait ses amours saphiques avec des mots qui m'avaient fait rougir – heureusement dans la pénombre de la salle cela ne se voyait pas. C'était encore la mode des garçonnes.

Si Jacqueline habite toujours Paris, elle travaille encore peut-être dans ces endroits-là, ou les fréquente. Si cette piste ne donne rien, je montrerai la photo de l'amie d'Oscar Wagner à des agences artistiques ou à des impresarios, ou encore au personnel des studios de cinéma, à Joinville ou Boulogne. Kenneth m'en voudra sûrement de toutes ces recherches. Il dira que je suis imprudente, que je devrais me faire discrète, ou attendre tout simplement. Mais est-ce de ma faute si je n'ai aucun moyen de le contacter ?

Un portier m'indique l'adresse de la boîte de nuit homosexuelle la plus réputée de la ville, le Liberty's, place Blanche, où le ménage bat son plein. Il n'y a pas de Jacqueline ici, me dit un employé d'un air circonspect, en me conseillant de tenter ma chance dans d'autres lieux de ce genre, qui ne manquent pas entre Pigalle et Montmartre. Dans l'un d'eux, une ouvreuse connaît en effet une Jacqueline, qui répond à la description, et qui exerce peut-être au Bœuf sur le toit, vers les Champs-Élysées. Je m'y rends, le cœur battant, mais arrivée sur place, c'est la douche froide. Aucune Jacqueline, ni de près ni de loin.

Pourtant j'insiste, plus par fierté que pour résoudre l'énigme de ce cliché. Ce que je veux au fond, c'est lutter contre ma peur, et surtout contre ma solitude immense. Revoir Jacky, ce serait retrouver mon passé, un visage ami, me retrouver moi, me sentir autre chose qu'une sorte d'espionne amateur, toujours terrorisée, mais jouant à celle qui n'éprouve rien.

On m'indique encore une autre adresse, la Vie Parisienne, rue Saint-Anne vers le Palais-Royal, où je me rends dans la nuit tombante. Alors, je la vois déboucher sous le porche d'entrée, mince silhouette en corsage et long pantalon, les cheveux courts. C'est comme dans un rêve. Elle s'élance et se jette dans mes bras, m'enlace à m'en faire craquer les côtes, puis s'écarte pour mieux me contempler, les yeux mouillés.

– Oh, ma petite lady. Je devrais te détester. Où donc étais-tu, tout ce temps ?

Je suis dans le même état d'émotion pure, quelque chose de rarement éprouvé jusqu'alors. Jacky ressent bien autre chose, je le devine à son expression bouleversée. Elle était amoureuse de moi, faut-il que je sois bête pour ne jamais l'avoir compris ! Bizarrement, alors que je savais ce qu'était l'homosexualité masculine, largement tolérée à Eton ou chez les *Bright Young Things*, comme une ultime forme d'excentricité, j'ignorais tout des amours entre femmes. L'intérêt de Jacky me gênait, ses petits frôlements, ses allusions, mais elle me respectait trop pour dépasser les limites. Elle m'avait livré cent messages que je n'avais pas déchiffrés.

Elle se remet un peu. Les huit ans écoulés ne l'ont pas changée, avec son nez en trompette et ses yeux gris, simplement elle me semble plus sèche, les traits tirés, mais sans doute est-ce la faim, et j'ai soudain un peu honte de mon bon salaire et de mes rations journalières.

Sans me laisser le temps de répondre, elle m'entraîne dans un troquet voisin en me noyant sous un flot de paroles. Pour mon mariage elle savait, mais elle me croyait en Hollande. Mon mari prisonnier, quelle tristesse. Mais quelle méchante je suis, de n'avoir pas dit que mon entreprise ouvrait une succursale à Paris ! Et que deviennent Andrée Borrel, et sa grande sœur ? Oh, pour elle, c'est toujours pareil ; les auditions ne donnent rien, elle n'a pas dégotté d'agent sérieux, alors en attendant mieux, elle gagne sa vie en tenant des vestiaires ou en faisant l'ouvreuse.

Elle paraît franchement surprise lorsque je pose sur la table l'image de la fiancée de Wagner. Quelques secondes lui suffisent pour me donner un nom : elle s'appelle Maryse Arley, c'est une sorte de chanteuse.

– Une sorte ?

Un éclair amusé éclaire ses yeux gris. Je la sens presque émoustillée, comme par un jeu nouveau, ce qui me contrarie car évidemment ça n'en est pas un.

– Et pourquoi tu le cherches ?

– C'est un peu compliqué, Jacqueline. Je la cherche, c'est tout.

– Alors tu as sonné à la bonne porte. D'abord, tu ne *la* cherches pas, tu *le* cherches. C'est un travesti et il s'appelle Marcel, il me semble. Maryse Arley, c'est son nom de scène. Tu me diras, Marcel ce n'est pas si loin. Tu as l'air surprise. C'est une concurrente ?

Je hausse une épaule, l'œil rivé sur la photo, un peu vexée de n'y avoir vu que du feu. C'est vrai, cette Maryse a les traits durs, un peu masculins, mais il faut être expert pour s'en apercevoir. La surprise du jour, donc, c'est que

Wagner aime les hommes, en tout cas les travestis. À moins qu'il s'agisse d'un genre de couverture.

Selon Jacqueline, la Maryse s'est fait connaître en reprenant les chansons équivoques de Dranem ou d'autres invertis notoires, dans quelques boîtes spécialisées, plus fréquentées que jamais malgré l'Occupation.

– Et en ce moment elle est où ? Enfin il…

– Aucune idée, ma petite lady. Mais si tu as cinq minutes, je demande à la patronne. Je peux même te trouver son adresse si tu es gentille.

– Je suis gentille.

Elle répond à mon sourire, et sans crier gare dépose une bise sur mes lèvres, qui me surprend et me fait frissonner. Mais lorsqu'elle revient une poignée de minutes plus tard, son comportement s'est beaucoup modifié. Méfiante, elle jette un regard circulaire dans la salle, puis s'assoit et me saisit les mains.

– Écoute, les nouvelles ne sont pas bonnes. Ton Marcel a été arrêté.

Mon cœur ralentit, cale, puis repart.

– Arrêté par qui ? Quand ?

– Ils disent, par la police allemande. Tu sais bien…

Si je sais quoi ? Pendant un court instant, le garçon qui astique les verres derrière le comptoir me paraît faire un boucan de tous les diables. J'ai l'impression qu'il en rajoute, que c'est un stratagème pour mieux nous épier, surprendre notre conversation. Cependant Jacky me raconte à mi-voix, penchée par-dessus la table. Un musicien de la boîte où elle travaille, très bon ami de Marcel, lui a raconté qu'une semaine plus tôt environ, deux policiers sont venus le chercher aux studios de Boulogne, où il était décorateur. Depuis, on ne l'a pas revu.

Jacqueline me serre le doigts jusqu'à la douleur, haletante.

– Ils ont débarqué ici aussi, Lizzie. Je n'étais pas là, mais il paraît qu'ils ont demandé tout un tas de détails sur Marcel.

– Mais pourquoi à la Vie Parisienne ? Il n'y travaillait pas, non ?

– Parce que c'est une boîte pour homosexuels. C'est un tout petit milieu, tu sais bien.

– Qu'est-ce qu'ils voulaient ?

– Des informations sur lui. Qui il fréquentait, ses amis, tout ce que tu veux. Et ce n'étaient pas des policiers des Mœurs, tu comprends ?

– Non, je ne comprends pas.

Elle s'incline encore un peu plus par-dessus nos consommations, jusqu'à coller son front au mien. De près, elle dégage une désagréable odeur de tabac froid, de sueur aigre.

– C'étaient des gens de la police allemande (elle baisse d'un ton et surveille la salle par-dessus mon épaule). Des Français, des voyous de Pigalle avec l'accent corse, tu sais ce que ça veut dire, Lizzie.

Il faudrait que je sois folle, ou tombée d'une autre planète, pour ne pas comprendre. Leur description me glace les sangs : l'un d'eux est plutôt jeune, joli garçon, l'autre lui ressemble en plus moche, plus vieux et l'air plus méchant. Jacqueline noie son angoisse dans sa logorrhée. Ils ont beaucoup insisté, ils veulent absolument qu'on leur signale, si jamais quelqu'un en particulier cherche Marcel.

Je ne m'aperçois même pas qu'elle s'est arrêtée de parler.

– Tu as noté ?

– Noté quoi ?

– L'adresse de Marcel : rue Tiquetonne, au numéro 21. Son vrai nom, c'est Goupier, Marcel Goupier, tu te souviendras ? Mais je te conseille de ne pas y aller, Lizzie. Ils doivent surveiller. Et tu connais les concierges…

Je ne peux réprimer mon sourire.

– Je sais oui. Merci Jacqueline.

Du coup, elle reprend mes doigts et les écrase.

– Tu es sûre que ça va ? Tu me promets que tu feras attention ? Pourquoi est-ce que tu le cherches ?

– Mais bien sûr que je ferai attention. Tu sais que tu vas me casser la main ?

– Oh pardon, excuse-moi. Mais je suis inquiète pour toi. Avec tout ce qui se passe en ce moment.

Un visage blafard me surprend, dans le miroir incliné au-dessus du zinc. Mon visage. Je n'ai pas l'air bien vaillante. J'inspire profondément. Je dois me tenir, ne pas laisser la panique s'installer.

– Ça va aller. Ne t'en fais pas pour moi.

– Si tu as besoin de quelque chose, appelle le Coq Hardi, rue Le Peletier, et laisse un message. Moi je n'ai pas le téléphone. Le patron est un gros balourd, mais il est gentil, il me transmettra. Tu te souviendras, ma chérie ?

Mon pâle sourire fait craquer mes lèvres desséchées.

– Bien sûr que oui. J'ai l'air devenue si bête ?

– Ne te fiche pas de moi, méchante lady. Je ne veux pas que tu aies des ennuis, c'est tout. Bon je dois te laisser maintenant. Est-ce que tu reviendras me voir ? Paris est horrible en ce moment… je n'ai personne, tu sais.

Sur le trottoir, deux femmes nous croisent dans la nuit tombée, serrées l'une contre l'autre comme s'il tombait de la neige. Elles portent l'étoile jaune, j'en ai un coup au cœur. Je pense à mon père, à ses diatribes contre les Youpins, contre les banquiers juifs de la City, ces apatrides « qui nous suçaient le sang ». Jacqueline n'a pas remarqué mon soudain malaise. Elle s'agrippe à ma main, implorante, le regard humide.

– Alors, c'est promis ? Tu reviens me voir ? Promets-moi, Lizzie.

Je lui promets, et en s'éloignant, elle m'envoie un baiser du bout des doigts, avec un grand sourire heureux, un vrai sourire de petite fille. Et mon cœur se fend, car je sais que je ne dois surtout pas la revoir. Ce serait trop dangereux, pour elle et pour moi.

* *
*

– Mais enfin… c'est de la folie ! Non seulement cette femme connaît votre véritable nom, mais en plus votre nationalité ! Est-ce que vous savez ce que cela signifie ?

Comme je le craignais, le père Kenneth est hors de lui. Rien qu'à l'idée de passer à la Mission irlandaise avenue Hoche, mon ventre se tordait déjà. Face à lui, je me sens comme une collégienne convoquée chez le principal après avoir triché – je ne fais qu'imaginer, moi qui n'ai jamais fréquenté l'école, uniquement élevée par des gouvernantes. Je me traite d'idiote, j'essaye de me raisonner mais je n'y parviens pas, les peurs de mon enfance ressortent, cette épouvantable impression que rien n'est solide dans mon existence, que tout peut s'effondrer à tout moment, comme s'étaient effondrées la fortune et la splendeur des Beresford, mais que rien dans cette inévitable déchéance n'était perceptible de l'extérieur. Tout pourrissait de l'intérieur, mais les convenances, l'apparence, étaient sauves.

Voilà ce à quoi je pense depuis un bon quart d'heure, immobile sur ma chaise cannée. Et Kenneth tourne en rond dans le salon de son petit appartement qui jouxte l'église, et qui ne semble pas à ses dimensions : en trois enjambées, il en atteint les limites.

– Mais je vous ai dit que je ne retournerai pas voir Jacqueline.

Il fait volte-face, sourcils noirs, face cramoisie.

– Ne m'interrompez pas, miss Beresford ! Ces deux hommes de la police allemande vont peut-être lui poser des questions, à votre amie. Ils ont beau être des malfrats, cela n'en fait pas des imbéciles. Elle pourrait leur parler de vous. Ils vous arrêteront, vous n'aurez pas toujours autant de chance qu'avec la concierge du boulevard Suchet.

Rien qu'en entendant ma véritable identité, je me sens glacée. Il veut me faire comprendre à quel point mon anonymat est précaire. C'est vrai, les Allemands pourraient très facilement interroger Élias ou ses parents, et ils sauraient tout de moi. Je dois faire un gros effort pour desserrer les mâchoires.

– Ils n'ont aucune raison d'interroger Jacqueline en particulier. Les policiers se sont renseignés dans tous les cabarets de ce genre à Paris, pas uniquement la Vie Parisienne. Et Jacqueline ne connaissait pas spécialement ce Marcel Goupier…

– Vous n'en savez rien ! tonne Kenneth. Tout le monde meurt de faim dans cette ville, vous ne savez pas ce que les gens sont prêts à faire pour un bout de pain, ou simplement parce qu'ils ont peur !

Il reprend ses pérégrinations autour de la table. Je voudrais trouver le courage de lui dire que rien ne serait arrivé s'il ne m'avait pas abandonnée plusieurs semaines, sans consignes, et qu'après tout je ne suis pas véritablement en danger pour le moment, mais il m'écrase sous sa prestance et son autorité, même moi, une fille de lord que rien n'impressionne en principe. Il ne porte pas de soutane, même pas de col romain. Son élégant costume en tweed clair lui donne l'allure d'un Gary Cooper plus grand et plus solide, le teint rouge brique d'un bon Irlandais.

De nouveau, il m'oblige à tout raconter. La soudaine disparition de Wagner, l'attitude ambigüe du comptable, ses soupçons quant à mes liens réels avec ma source… Il surprend ma mimique de doute, s'arrête de marcher.

– Êtes-vous certaine que ce comptable ne sait rien ?

– Je ne crois pas. Wagner était un épouvantable vantard, mais il était intelligent et prudent. Jamais il ne lui aurait parlé de ce qu'il faisait avec moi, ça aurait été bien trop dangereux pour lui.

Kenneth chasse l'air de son énorme main – elle couvrirait sans difficulté la moitié de ma tête.

– En tout cas, c'était un inverti. Vous auriez dû le savoir, ça nous aurait été utile.

Une brusque chaleur gagne mes joues, lorsque je repense aux caresses qu'il m'obligeait à faire. Il n'aimait pas les femmes, enfin pas comme un homme devrait. Mais comment aurais-je décelé ses préférences, moi qui ai si peu d'expérience ? Comme si l'image était trop forte, elle s'impose à nouveau. Je revois nos soirées boulevard Suchet, j'entends encore son souffle encombré d'homme trop gras, ses geignements d'adolescent au moment suprême. Dans ces circonstances – et je ne le réalise qu'à cet instant – il me faisait presque penser à Élias. Notre nuit de noce avait été une déception, je l'avais trouvé à la fois mièvre et brutal, en tout cas maladroit ; il m'avait vaguement dégoûtée, et même donné envie de rire.

J'avais attribué ce premier échec à l'excès d'alcool, pendant la fête. Mais rien ne s'était pas amélioré par la suite, et je ne me pliais à ce rituel qu'avec réticences. Il le sentait, et cela ne faisait qu'ajouter à nos rancœurs.

– Vous m'écoutez, Élisabeth ?

– Je vous écoute.

La colère de Kenneth s'est apaisée d'un coup, comme chassée par le vent. Je savoure l'accalmie, soulagée, tandis que le bout de sa cigarette incendie brièvement son profil de spadassin. Drôle de curé tout de même ! Personne ne serait surpris de le voir déposer sur la table un Browning et un coup-de-poing américain.

– Ces deux voyous, à présent. Que savez-vous d'eux ?

Tirant une voluptueuse bouffée, il se concentre sur le portrait que j'en dresse, les yeux mi-clos. Le gang de la rue Lauriston travaille principalement pour les services de l'Abwehr, raisonne-t-il en me fixant à travers un nuage gris. Ce qui signifie que l'Abwehr les a chargés d'enquêter sur la disparition d'Oscar Wagner. Il faut donc se méfier, plus que jamais.

– Redites-moi le nom de cette entreprise dont ils vous ont parlé, en Allemagne ?

– Je ne suis pas sûre d'avoir compris le nom exact, en tout cas il s'agit d'une fabrique de savon du docteur Wagner, à Ketschendorf en Allemagne. J'ignore pourquoi ils ont posé cette question.

– Mais cela confirme que l'enquête est pilotée par les Allemands eux-mêmes. Je doute que ces voyous disposent de ce genre d'information. Aucun d'eux ne parle cette langue d'ailleurs. J'espère que vous n'avez noté le nom nulle part ?

– Tout est ici.

Je me tapote la tempe de l'index. Il sourit presque. Le voilà redevenu l'individu affable et plein de vie qu'il est, lorsqu'il me raconte ses aventures dans la Russie révolutionnaire.

– Bien, je crois que nous n'avons plus le choix. Il va falloir vous exfiltrer.

Je m'y attendais bien sûr, et pourtant sa décision me cause un choc, comme s'il me retirait brusquement sa confiance. Lisant la déception sur mes traits, il tempère ses propos d'un petit geste d'excuse.

– Vous ne pouvez pas rester, mon enfant, c'est trop dangereux.

– Mais… et l'ordre secret de Hitler ?

Il lui faut une seconde ou deux pour se remémorer l'histoire : ce fameux plan secret du dictateur qui pourrait changer le cours de la guerre, et que Wagner voulait nous vendre pour un million de francs.

– Oubliez cela, déclare Kenneth en écrasant son mégot.

– Oscar Wagner a peut-être été tué à cause de cette information, justement. Pourquoi ne pas essayer d'en savoir plus ?

– Essayer comment ?

– Fouiller son appartement. Ou celui de ce Marcel, son ami, il a peut-être laissé des indications.

– Ne dites pas de sottises, miss. S'il y avait quelque chose à trouver, ces deux policiers l'ont déjà fait. Non, c'est devenu trop dangereux. Vous devez partir.

– Vous ne pouvez pas me renvoyer comme ça, dis-je, la gorge nouée. On doit tenter quelque chose.

Il me contemple quelques secondes, le regard assombri par une colère renaissante.

– Je ne vous renvoie pas, je vous sauve la vie. Wagner voulait de l'argent, il nous a roulés avec des histoires à dormir debout. Maintenant il faut tailler dans le vif tant qu'il est encore temps. Vous devez gagner Londres. La guerre n'est pas finie. Il y aura d'autres tâches.

– Et s'il revenait ?

Ma question semble l'irriter au plus haut point, et il tourbillonne dans la pièce en me réexpliquant les règles : si un agent d'infiltration disparaît une ou plusieurs semaines, c'est qu'il a été capturé et que le contre-espionnage tente probablement de le retourner pour en faire un agent-double. À l'heure qu'il est, Wagner est peut-être en pleine tractation avec ces messieurs de l'Abwehr, ou leurs concurrents du SD, le Sicherheitsdienst, qui dépend des SS, et travaille notamment avec la fameuse Gestapo. S'il reprend contact avec nous l'air de rien, ce sera pour infiltrer le réseau et nous intoxiquer avec de fausses informations. CQFD : la source Wagner est tarie, je dois quitter la France au plus tôt.

– Vous êtes vivante, je suis vivant. Tout va bien. Ne tentons pas le diable pour une information qui n'existe probablement pas.

Un instant tentée d'argumenter, je ravale ma réplique toute prête. Car même horriblement déçue, je dois bien avouer qu'il a raison. Une brusque réapparition de Wagner pourrait être le prélude à une trahison. Pourtant je ne peux m'empêcher d'insister, sentant mes joues s'enflammer sous le regard toujours plus agacé de mon hôte : on pourrait au moins essayer d'en savoir plus sur cette entreprise de fabrication de savon, en Allemagne, ou sur cet endroit nommé le Chapiteau, sur ce Mo les Yeux-Bleus. Et si ce plan secret de Hitler existait vraiment ? Si sa découverte pouvait réellement changer le cours de la guerre ? Nos chefs, à Londres, pourraient nous reprocher notre négligence par la suite.

Pendant un instant, j'ai cru Kenneth sur le point d'exploser. Au lieu de cela, il s'allume une autre cigarette – deux en si peu de temps, c'est exceptionnel. Il fume en me tournant le dos, puis pivote vers moi.

– Vous êtes têtue, Lizzie. Chercher ce renseignement n'est pas si simple. Nous ne savons pas où investiguer, ni qui le détient. Nous ne savons même pas s'il existe réellement, je vous l'ai dit. Pour avancer, il faudrait des agents spécialisés, des experts en cambriolages, en filatures. Vous ne vous rendez pas compte des moyens que cela nécessite.

– Ne me dites pas qu'il n'y a pas de moyens. Et jusqu'ici, les renseignements fournis par Wagner étaient bons, n'est-ce-pas ? Pourquoi pas celui-ci ? Vous dites sans arrêt qu'on est en guerre. Est-ce qu'on ne doit pas prendre des risques, quand on est en guerre ?

– Pas n'importe lesquels.

– Vous avez peur ?

Il se raidit, d'abord surpris, puis vexé.

– Ce n'est pas la question. À la guerre, l'objectif doit justifier les pertes, c'est la règle absolue. Ici, quel serait notre objectif ? Nous n'en savons rien. Des renseignements qui pourraient changer le cours de la guerre, des escrocs comme Wagner tentent de nous en vendre tous les quatre matins.

– Wagner n'est pas un escroc !

Ma voix s'étrangle. Je me suis à demi levée, il hausse une épaule.

– Bien sûr que si. Il a abusé de vous en échange de secrets sans importance, vous êtes chiffonnée et maintenant, vous êtes prête à tout pour nous prouver qu'il est une source fiable.

– Sans importance ? C'est ce que vous dites ? Sans importance ?

– En effet. Ils n'ont aucune valeur.

Un temps, je suffoque, le poing serré.

– Vous auriez pu me le dire plus tôt.

– Ce n'est pas vous qui décidez, ni moi. C'est la guerre, vous venez de le dire vous-même, vous êtes là pour obéir. Et moi je vous dis que vous devez quitter Paris, miss Élisabeth Beresford.

– Vous êtes…

À mon patronyme, prononcé pour la deuxième fois, je tressaille. Il ne l'avait jamais fait jusqu'alors, il me nommait le plus souvent Lizzie, ou par mon nom de code à l'IS. Ce n'est pas un hasard. C'est un avertissement, une façon de me dire que je suis sujet britannique, au service de Sa Majesté le roi, et que mes états d'âme de petite lady, même titrée, même cousine du roi par alliance, ne comptent pas plus qu'un pet de renard. Je suis aristocrate, et je dois payer le tribut du sang, c'est mon devoir et mon honneur. Et peu importe que je me perde, que je me salisse comme une prostituée – parce ce que c'est ce qu'il a fait de moi, ce monstre.

Je dois faire un effort particulier pour ne pas pleurer, cependant une larme s'échappe, j'en sens le sel aux coins des lèvres, une larme amère.

Il finit sa cigarette en me tournant le dos, bloc d'indifférence. Peut-être qu'il se moque vraiment de ce que je ressens. Peut-être qu'il éprouve du remords, mais cela, j'y crois moins. D'une voix sourde, il me détaille le programme des jours à venir. Je dois continuer de me rendre rue de Sèvres, surtout ne pas chercher à me cacher, sinon les gens de l'Abwehr me chercheront pour de bon, et ce sera pire. De son côté, il mettra au point une procédure d'urgence, afin que nous puissions communiquer plus facilement en cas de danger. Pendant ce temps, il programmera un vol retour vers Londres, par Lysander. Mais cela risque de prendre quelques semaines, il faut des disponibilités dans les avions, et une météo favorable.

– Et ne revenez pas me voir tant que vous n'en aurez pas l'ordre.

Lui répondre est au-delà de mes forces. Qu'il brûle en enfer, ce maudit Irlandais.

Chapitre 11

Lizzie

Dix jours passent. Chaque matin, je me rends rue de Sèvres. Je fuis le garçon de courses et ses assiduités, je fuis le comptable, je surveille mes arrières en permanence, fébrile dès que j'aperçois une Citroën noire. Je dors très mal, les nuits hantées par les visages des deux policiers venus m'interroger. Dans mes songes, ils reviennent, ils me questionnent avec acharnement et je finis par bredouiller qu'en effet, je connais Wagner, et même intimement, ils ont une expression de triomphe et je me réveille trempée de sueur et le cœur tremblant. Il me faut des heures pour retrouver le sommeil.

Un jour, je reçois une nouvelle lettre d'Élias, où éclate son esprit jaloux. Il veut savoir tout ce que je fais, se plaint et me reproche ma froideur, sans jamais s'inquiéter de moi. Lui, lui et lui. Même à mille deux cents kilomètres de distance, je crois entendre ses geignements de petit garçon gâté. En bonne épouse, je lui envoie tout de même quelques provisions accompagnées de mots d'encouragement. Je n'ai pas le courage de lui annoncer que je veux divorcer. Il me fait encore pitié.

Les seuls moments que j'apprécie sont ceux que je passe à vélo, entre le 14e arrondissement et la rue de Sèvres. Ils me rappellent les courses d'autrefois, dans mes vertes collines du Wiltshire, ou encore nos sorties avec Andrée Borrel dans le Paris interlope, nos soirées et son enthousiasme au moment du Front populaire. Certains soirs, je pousse jusqu'au bois de Vincennes, profitant de la douceur des jours qui s'allongent. Une fois, j'ai roulé jusqu'à la vallée de Chevreuse et je ne suis rentrée qu'à la nuit tombée, recrue de fatigue mais la tête enfin vidée.

Tout le reste n'est que solitude, dégoût de moi, et colère contre Kenneth (le mot haine ne serait pas forcément exagéré). Lorsque j'avais été recrutée par le MI6, en 1939, je voulais servir mon pays. Naïvement, je pensais qu'on me chargerait de sabotages ou d'actions d'éclat, comme dans un roman d'espionnage, mais ma tâche était bien moins palpitante : il fallait surveiller les déplacements et les fréquentations de Wagner, et en informer mon officier traitant à Amsterdam. À Paris, ma mission est devenue sordide. Je me suis quasiment prostituée pour une poignée de renseignements qui, au final, ne valaient rien. C'est à vomir.

Peut-être qu'une fois à Londres, on me confiera une véritable mission, quelque chose d'utile et d'honorable ? En réalité je m'en fiche. Ainsi, la découverte un soir d'un message de l'Irlandais ne me fait ni chaud ni froid. Il veut me voir en urgence, au lieu de rendez-vous prévu. Pour être exact, il ne s'agit pas d'un message mais d'un signal convenu, en l'occurrence une publicité pour les vélos Excelsior déposée dans ma boîte aux lettres, déchirée en deux en diagonale. Je possède l'autre moitié de l'affichette, ce qui en principe me permet d'authentifier la correspondance. Cependant ma nuit est agitée. Dans l'obscurité, le gros œil de ma pendule semble me surveiller, me reprocher de n'avoir pas été à la hauteur.

Le lendemain à cinq heures de l'après-midi, Kenneth m'attend sur une chaise en métal du jardin du Luxembourg, défiguré depuis l'Occupation. Une immense enclave est réservée au potager, le palais se hérisse de sentinelles casquées, des soldats en permission s'immiscent partout, et d'infâmes panneaux interdisent aux Juifs d'entrer, sous l'œil de pierre des statues.

Sans un regard pour moi, mon agent traitant se lève et se dirige vers le boulevard Saint-Michel, à grands pas nonchalants. Coiffé d'un élégant feutre marron, il porte un costume croisé de même teinte, un journal bien en vue plié à la main – le signe que tout va bien. Il est entendu à l'avance que je le suive à distance jusqu'à l'angle de la rue Cujas, où il tourne à gauche vers la Sorbonne. Les étudiants que nous croisons ont presque mon âge, l'un d'eux se retourne et me lance un compliment que j'ignore, étrangère depuis longtemps à toute vie sociale.

Après diverses manœuvres de sécurité (arrêts, départs, demi-tours soudains...), le prêtre s'assoit enfin dans le café de Cluny, à l'angle des boulevards Saint-Michel et Saint-Germain. À cet instant, mon cœur se serre : une Traction avant se gare dix mètres plus loin. Mais le passager qui en descend est un ouvrier en bleu de travail. Il prend congé du chauffeur en touchant sa casquette du doigt. Dans mon trouble, je n'avais même pas remarqué que la voiture était à gazogène, de couleur grisâtre et toute rouillée. Donc, ce ne sont pas des policiers allemands.

À ma surprise, un homme nous rejoint dans la salle quelques instants plus tard. La quarantaine, il a l'allure d'un employé ou d'un représentant de commerce, en feutre et complet gris, mais son attitude dément vite cette première impression de banalité. Il est vif, intelligent, sûr de lui. D'un seul regard, il me détaille et semble satisfait, comme si cela ne faisait que confirmer ce qu'il sait déjà de moi.

Son nom de code est Fox-Trot, m'apprend Kenneth. Fox-Trot, en français la « danse du renard », le surnom lui va bien : son expression bonhomme et son petit accent méridional cachent à peine sa ruse et sa détermination.

Sa commande passée, il entre dans le vif du sujet et me demande de lui décrire le plus précisément possible le duo qui m'a interpellée au bureau.

Sa demande me surprend, mais pas autant qu'un éclat de rire à une table toute proche, qui me fait sursauter comme sous une décharge électrique : une femme en bibi et robe à pois s'esclaffe sous le regard d'un aviateur allemand.

– Pourquoi cette question ? Qu'est-ce que ça veut dire ?

Fox-Trot échange un coup d'œil de surprise avec Kenneth qui m'explique, contrarié, que son ami peut nous aider à savoir qui sont les deux hommes qui enquêtent sur la disparition de qui je sais. On ne peut pas rester ainsi, il faut essayer de savoir ce qui se passe.

Je suis excédée, sur le point de me lever.

– Vous le savez bien, ce qu'ils cherchent !

– Écoutez, mademoiselle...

L'ami de Kenneth veut s'interposer mais je le repousse brusquement, du coup il doit rattraper mon verre qui bascule.

– Je n'écouterai pas un mot de plus. Rappelez-moi quand vous aurez quelque chose à me dire au sujet du voyage...

Furieuse, je quitte le café et traverse le carrefour pour remonter le boulevard Saint-Michel. Il faut plusieurs minutes à Kenneth pour me rejoindre, tout essoufflé et rouge de colère, mais en découvrant mon expression, il se garde de me prendre le bras.

– Peut-on savoir ce qui vous prend ? Vous vous croyez à Buckingham palace ? Tout le monde vous regarde.

– Fichez-moi la paix. Je veux rentrer à Londres. C'est ce que vous vouliez, non ?

– Cet homme peut nous aider à identifier ceux qui cherchent Wagner...

– J'ai compris ! Et alors ?

Je repars, heureuse de l'entendre presque courir derrière moi – une bien petite vengeance pour tout ce qu'il m'a fait subir.

– Arrêtez-vous, Lizzie !

– Allez au diable.

– Mais qu'est-ce que vous voulez à la fin ?

Nouvel arrêt, nouveau volte-face :

– Depuis quand vous intéressez-vous à ce que je veux, moi ? Vous m'avez expliqué que je ne servais à rien, que Wagner était un escroc et que ses informations étaient sans importance. Et maintenant vous faites une enquête ? À quoi vous jouez ? Je ne suis pas votre marionnette.

Des passants nous contournent, amusés ou curieux. Ils doivent nous prendre pour un couple d'amoureux en pleine dispute. Du coin de l'œil, j'aperçois sur le trottoir la fille en robe à pois du Cluny, avec son aviateur. Son sourire dévoile une vraie dentition de cheval laide comme tout. Et si elle était là pour nous espionner, avec un comparse déguisé en soldat ? Mais non, elle nous dépasse sans un regard, accrochée à sa conquête.

– Ne soyez pas têtue, écoutez-moi, reprend Kenneth. Je comprends que vous soyez fâchée, je n'ai pas toujours été chic avec vous. Mais il faut que vous m'écoutiez, Daffodil.

Il est rare que je l'entende utiliser mon nom de code, « jonquille » en français. Une façon de m'amadouer peut-être, en tout cas elle fait son effet et me calme aussitôt. Mon manque d'affection est tel que le moindre signe d'intérêt suffit à me combler de joie. Et puis, je lis de la sincérité sur son visage, ainsi qu'un certain embarras.

– J'ai réfléchi, m'explique-t-il de sa voix enveloppante. Après tout, vous avez peut-être raison, ce plan secret de qui nous savons existe peut-être réellement. Nous devons essayer de nous renseigner et Fox-Trot pourrait nous aider. Il connaît du monde dans la police.

Son regard presque amical lève mes dernières réserves. Il me croit ! Enfin, il a l'air. De reconnaissance, je l'embrasserais volontiers.

– Vous voulez dire que ce Fox-Trot est policier ?

L'Irlandais acquiesce, non sans une certaine réticence, mais je le sens soulagé. Je redeviens une bonne petite fille bien raisonnable. De retour au Cluny, je décris donc en détail les individus qui m'ont interrogée. Il jette des notes à la volée, sur son carnet de moleskine.

– Auguste, pour le premier… Vous êtes sûre ?

– C'est comme ça que l'autre l'a appelé.

– Si je vous montre leur fiche de police, vous pensez pouvoir les reconnaître ?

Je réprime un frisson. La perspective de revoir ces personnages, même en photo, me dégoûte et m'effraie.

– Maintenant ?

– Plus tard. Il faut d'abord que je les sorte du sommier. Mais j'ai ma petite idée.

Nous chuchotons en tête à tête dans le grand café bruyant. Kenneth rêvasse tout en surveillant mine de rien, une vraie tour de contrôle. Des gamins chahutent au fond. Un maigre serveur navigue à toute vitesse, des verres grelottant sur son plateau au-dessus de la tête. Je continue à parler, le policier griffonne les noms que je cite : le Chapiteau, M. Maurice, dit Mo les Yeux-Bleus, Marcel Goupier/Maryse Arley, ou encore celui du comptable, rue de Sèvres.

À la fin, il tapote un long moment son crayon contre le bout de son nez. Comment s'y retrouver ? Comment enquêter ou perquisitionner, avec la police allemande sur le dos ? Dans l'expression de Kenneth, je perçois une certaine satisfaction, comme s'il me disait : « je vous l'avais dit que ce serait compliqué ». Il n'a pas tort. Tout cela me semble confus, dangereux, et sans issue. Et je me prends à rêver que je m'envole pour de vrai vers mon pays natal, un soir de pleine lune.

* *
*

– Est-ce que c'est lui ?

Voir la fiche de police de ce petit voyou à l'accent marseillais me fait de l'effet. La bouche est sensuelle et les traits réguliers, mais le regard plein de vice. Je fais oui de la tête, le cœur serré.

– C'est lui.

Quatre jours après notre première rencontre, Fox-Trot nous a donné rendez-vous au café de la Paix, au-dessus de la place de l'Opéra pavoisée de croix gammées.

Auguste Joseph Ricord, né le 26 avril 1911 à Marseille, indique le carton. On le voit de profil et de face, une date d'arrestation tracée au crayon blanc sur les clichés anthropométriques. Fox-Trot détaille son pedigree d'un ton professionnel : extorsion de fond, recel et port d'armes prohibées, vol à main armée, c'est un proxénète notoire qui appartient aujourd'hui à la bande du truand Chamberlain, dit Lafont, dit M. Henri.

Tous ces truands travaillent pour les Allemands, qui en contrepartie les laissent voler et trafiquer. Lafont et ses hommes auraient même tenté d'implanter une antenne de l'Abwehr en Algérie, mais les services secrets de Vichy les en ont délogés. Fox-Trot me montre d'autres fiches en les plaçant à l'intérieur d'un magazine illustré. Bien vite, je découvre ainsi que l'acolyte de Ricord s'appelle Jean-Baptiste Chave, dit Nez-de-braise, parce que très colérique, souligne le commissaire, qui semble un intime de tous ces odieux personnages.

Nez-de-Braise est lui aussi souteneur, braqueur et assassin, poursuivi pour une attaque à main armée qui s'est déroulée un an plus tôt, rue de la Victoire. Un encaisseur a été tué, un autre grièvement blessé, mais son statut de policier allemand protège le voyou de toute poursuite. À l'expression de rage impuissante de Fox-Trot, je comprends que celui-ci est impliqué dans l'enquête – peut-être même la dirige-t-il.

Kenneth grommelle. Tout ça ne nous avance guère. Je décide de l'ignorer :

– Avez-vous quelque chose sur ce Marcel Goupier, le travesti ?

Certes oui, répond Fox-Trot après une gorgée de bière. Goupier, qui avait disparu pendant une bonne semaine, a été déposé en pleine nuit aux urgences de l'hôpital américain de Neuilly, dans un état lamentable : des bleus partout sur le corps, des dents et des doigts cassés, l'os de la joue enfoncé. Il a refusé de parler au commissaire de police de Neuilly. Mais ce qui s'est passé ne fait guère de doute : le travesti a été enlevé et brutalement interrogé par la police allemande, possiblement Ricord et Chave. Ce qui semble signifier que l'Abwehr prend très à cœur la disparition de Wagner.

La nausée m'envahit, que j'essaye de chasser en regardant les boiseries splendides au plafond. Et s'ils m'interrogent, moi ? S'ils me cassent les dents, les doigts ? Oh Seigneur, faites que cela ne m'arrive jamais ! Il me faut un peu de temps pour revenir à la conversation, qui roule maintenant sur le Chapiteau. Il s'agit d'une boîte de nuit réputée de Pigalle, très fréquentée par les vedettes, mais aussi les hommes d'affaires et certains dignitaires nazis, et bien entendu par tout un lot de profiteurs.

– Savez-vous si Wagner fréquentait cet endroit ? Il aurait pu vouloir vous y emmener…

Je secoue la tête. Il aimait l'argent et les femmes (enfin je le croyais), il appréciait la fête, le champagne, les belles voitures, les beaux habits et les hôtels de luxe. Mais jamais il n'avait évoqué ce nom. Lorsque nous étions tous les deux, nous ne sortions jamais, sauf pour nous rendre dans la garçonnière.

– Ce Mo, ou Mo les Yeux-Bleus, Wagner ne vous en a jamais parlé ? Sûre ?

Je fais non de la tête.

– Vous pensez qu'ils se connaissaient ?

– Si Wagner fréquentait le Chapiteau, c'est possible. Les Yeux-Bleus est l'un des propriétaires, même si son nom n'apparaît pas de manière officielle.

Mon interlocuteur me tend un autre magazine, me priant de l'ouvrir. J'y trouve la fiche de police de Maurice Ferrandi, né le 26 avril 1913 à Calenzana, département de Corse – il a quatre ans de plus que moi. Même sur ce document administratif sa froide élégance me frappe, ses sourcils vaguement insolents, en accent circonflexe, ses traits parfaitement réguliers, pour ne pas dire parfaits, son regard transparent. Un visage à la fois viril et délicat qu'on n'oublie pas, et qui explique ce surnom un poil ridicule.

Kenneth aussi semble étonné, il examine la photo, puis la rend à notre informateur amusé. Maurice Ferrandi, détaille-t-il, est un proxénète notoire, probablement patron de plusieurs maisons de tolérance dans le Nord, avec son ami Ricord… Mon attention revient entière à ce nom. Fox-Trot qui m'observe, souligne ma réaction d'un hochement de menton.

– Oui, c'est un proche de Ricord, celui qui vous a interrogée. Ferrandi est un homme très discret, il n'y a presque rien dans son casier judiciaire, sauf un mois de prison en 1937, pour port d'armes prohibées. Le reste, des non-lieux. Un cambriolage à Marseille en 1930 à dix-sept ans, non-lieu. L'année suivante à Paris, il est suspecté de l'homicide d'un souteneur, un certain Milo l'Algérien rue de Douai. Aucun témoin et une avalanche d'alibis, de tous les Corses de Paris. Non-lieu. Il est probable que ce meurtre a déclenché une guerre de gangs entre Corses et Arabes. En 1937, il est arrêté pour proxénétisme aggravé, non-lieu. C'est un drôle de type. Il a fait son service normalement à Constantine au 7e RTA en 1933. École des sous-officiers de réserve, excellents états de service. Il finit sergent. Ce qui est curieux et plutôt rare. En général, ce genre d'individus ne supporte aucune contrainte, surtout pas militaire. En 1939 il est mobilisé dans les corps francs, des unités qui font le coup de main entre les lignes. Croix de guerre, une citation. En 1940, il reprend ses affaires à Paris et à Roubaix. J'ai cru comprendre qu'il trafiquait avec un bureau d'achat, comme tous les gros truands. Il est en cheville avec un certain M. Michel, de son vrai nom Michel Szkolnikoff, un Russe qui fait du trafic de tissus, notamment avec la Kriegsmarine. Si j'ai bien compris, c'est lui qui organise la plupart des transferts de fonds ou de marchandises, en recrutant la main-d'œuvre ici ou là. Mais il n'a pas d'équipe attitrée. Ferrandi aurait acheté en sous-main un hôtel-restaurant avenue de Suffren. Est-ce que tous ces noms vous disent quelque chose ? Jamais Wagner ne vous en a parlé ?

Je secoue la tête, décontenancée. Et je suis certaine de ne jamais avoir croisé ce Maurice les Yeux-Bleus, je m'en serais forcément souvenue. Le commissaire ajoute d'autres détails à ce portrait déjà fourni : Ferrandi est un cousin des Guérini, des malfrats très implantés à Marseille, concurrents directs des deux gangsters historiques de la ville, Carbone et Spirito. Il serait en quelque sorte le représentant des Guérini à Paris, c'est ce qu'on chuchote dans le milieu.

– Est-ce que vous pensez que ces gens, ce Ricord ou ce Ferrandi, sont mêlés à la disparition de Wagner ?

Fox-Trot se concentre, le nez au plafond.

– C'est une hypothèse. Vous m'avez dit que Wagner avait de gros besoins d'argent et qu'il n'était pas de la dernière honnêteté. On peut imaginer qu'il se soit associé avec Ricord et Ferrandi pour une affaire quelconque. Mais au lieu de partager, il disparaît avec les bénéfices. Cela expliquerait l'enquête de Ricord, sous couvert de police allemande.

Ayant terminé sa bière, le commissaire poursuit la conversation dehors. Il a quelque chose de plus étonnant à nous révéler. Nous remontons lentement le boulevard des Capucines en direction des Grands Boulevards.

– Alors ? s'impatiente Kenneth. Qu'y a-t-il de si étonnant ?

– Il se trouve que Ferrandi travaille pour nous...

Le prêtre stoppe net. Ma surprise n'est pas moindre.

– Pour nous ? Vous voulez dire...

– Je veux dire qu'il travaille pour le service de renseignement français. Le Deuxième Bureau si vous préférez.

Kenneth semble soudain sceptique.

– Vous êtes en train de me dire que vos services secrets sont encore actifs ? Et les Allemands laissent faire ?

Le commissaire fait grésiller sa pipe avec satisfaction, l'air d'un paysan qui vient de rouler un citadin. À l'armistice, explique-t-il en reprenant sa marche, les nazis ont obtenu la dissolution des services français. Mais Pétain les a maintenus, sous couvert d'un BMA, Bureau des menées antinationales. Aussi curieux que cela puisse paraître, les missions continuent donc, à savoir prioritairement renseigner l'Intelligence Service et lutter contre l'Abwehr. D'ailleurs, plusieurs centaines d'agents nazis ont été arrêtés en zone libre, certains même condamnés à mort, ce qui met les Allemands hors d'eux.

– Ils exigent qu'on mette un terme à l'activité du BMA, précise Fox-Trot, mais pour l'instant le Maréchal tient le coup.

– Et Ferrandi, que fait-il là-dedans ?

– Ce que des hommes comme lui savent faire. Dans certains cas, nous préférons ne pas livrer nos prisonniers à la justice, même militaire. La plupart de ces auxiliaires se font payer, mais pour Ferrandi, je n'en sais rien.

Deux soldats en permission nous croisent, ils ont à peine mon âge, heureux de déambuler sur les Grands Boulevards. Leur chemin pourrait croiser celui d'hommes comme Mo les Yeux-Bleus, tueur de nazis aux ordres des services spéciaux de Vichy…

– Est-ce que Ferrandi aurait pu éliminer Wagner… sur ordre ?

– C'est possible. Je peux avoir l'information, mais ça me demandera un peu de temps… Mes contacts sont en zone libre.

– Est-ce que…

Je m'interromps, étonnée par l'attention que me porte soudain Fox-Trot, et surtout l'air sérieux de Kenneth, comme s'il me considérait d'un seul coup comme une personne majeure.

– Poursuivez, Daffodil, je vous en prie.

– Est-ce que ce Ferrandi aurait pu tuer Wagner pour lui arracher un renseignement ? Un renseignement très important qu'il devait nous fournir ?

– C'est une possibilité, reprend le commissaire après une courte réflexion. Pour le savoir, le plus simple serait de lui demander, mais je vous déconseille de l'approcher. On ne peut lui faire aucune confiance.

Chapitre 12

Mo

Le dais rouge et blanc du Chapiteau se reflète dans les chromes étincelants de la Traction de Ricord, place Pigalle. Au volant, son porte-flingue me salue, touchant du doigt son Borsalino. Il se prend pour un gros dur maintenant qu'il a buté un minable devant moi, sans réaliser que des petits cons comme lui, il en arrive des chiées chaque jour à Paris.

– Salut mec…

Je lui souris en touchant mon feutre, qu'il s'imagine qu'on est potes lui et moi. Il sera plus facile à surprendre, s'il lui prenait l'envie de m'envoyer un peu de plomb dans le crâne, par exemple sur ordre de Ricord.

Ce rendez-vous entre associés au Chapiteau, je le sens pas mais Ricord a beaucoup insisté. Après m'être décommandé une première fois au dernier moment, histoire de lui montrer que je ne suis pas son chien-chien, j'ai dû finir par accepter. On croûtera ensuite dans le quartier, a décrété mon pote marseillais, comme si c'était lui le patron.

Ces derniers temps, tout me fatigue. Ça vient peut-être de Mimi, chez qui j'ai senti quelque chose de cassé, ça m'a attristé. Et puis j'en ai marre de ce cirque, marre de voir la gueule de Kléber avec son étoile en tissu jaune. Ce putain de tissu que je trimballais peinard quelques jours plus tôt, gros con naïf.

La convocation de Ricord sonne le début officiel des emmerdes. Bien forcé de m'y rendre, tant que Kléber n'a pas refourgué mes affaires. Avant de venir, j'ai graissé mon quarante-cinq et garni le chargeur, un peu comme les mecs s'occupaient de leur fusil Lebel au Chemin des Dames. Habitués à se battre et forcés de le faire, mais plus trop envie. Maintenant le flingue pèse dans mes reins, entre ceinture et gilet. Dans ma poche arrière, j'ai glissé un mini-revolver Webley Bulldog, puis attaché sur la cheville un couteau de botte dans son étui, prise de guerre de l'hiver 1940.

À cette heure-ci, le Chapiteau empeste encore le champagne et le cigare, l'odeur de la fiesta. Garcia et Ricord m'attendent dans le bureau de la direction à l'étage, auquel on accède par la fameuse cage d'escalier de bois brut, où j'ai donné à Wagner sa dernière onction.

– Ton réveil a pas sonné ? lance Ricord sans m'honorer d'un regard. Le cul posé sur l'accoudoir d'un des fauteuils défoncés du bureau, il contemple par la fenêtre le soleil terne de la place Pigalle.

– T'étais si pressé de me voir ?

Un frisson contrarié traverse sa jolie gueule. Il est d'une élégance impeccable, complet gris perle, chemise en soie jaune et diamant à la cravate – seules ses Weston bicolores luisantes comme des miroirs trahissent le hareng.

– T'as eu des nouvelles de Georgette ?

Georgette, la putain évadée à Roubaix. Ce connard me provoque. Il a gardé pour lui Suzy, la plus gironde des deux cavaleuses, et maintenant il me donne des ordres pour aller repêcher l'autre, comme à son larbin.

– Pourquoi, t'en as eu toi ? Elle t'a envoyé un billet doux ?

Il ne relève pas, mais ses traits se contractent.

– T'attends quoi, Mo ? Que d'autres poules se barrent ? C'est un manque de respect. On peut pas laisser courir.

– Qui a dit que je laissais courir ?

Il pivote brusquement vers moi.

– Et ta Mimi, faut la dégager, c'est un débris.

Bien visé. Je fais celui qui n'a rien entendu, mais mon rythme cardiaque s'accélère. Vouloir virer Mimi, c'est comme me virer, moi. Et sous-entendre que moi aussi, je suis un débris.

Garcia lève la main en signe d'apaisement, derrière son vaste bureau qui n'a pas dû être rangé depuis le départ du précédent propriétaire.

– Du calme, les mecs. C'est vos affaires, ça me regarde pas. Ici on est associés et ça marche bien, alors arrêtez ça. On se détend, d'accord ?

Décrochant son téléphone, il commande sur la ligne intérieure une bouteille de Bollinger, presque aussitôt remontée par le loufiat du bar. Le vin pétillant ne calme pas beaucoup Ricord, ni les galéjades de Garcia, qui nous raconte d'un ton plaisant la soirée deux jours plus tôt. Tino Rossi est monté sur scène pour chanter *Méditerranée*, ça a fait un tabac.

Ricord s'en bat les couilles, du roucouleur corse. Il pioche une cigarette dans son étui d'argent et la glisse entre ses jolies lèvres. La fumée rebondit contre le carreau.

– Bon, on peut causer maintenant ? dit-il en écrasant sa clope à peine entamée dans le seau à champagne qui sert de cendrier.

J'échange un coup d'œil avec Garcia, qui reste très calme.

– On t'écoute.

Il me fixe d'un air pincé.

– L'autre jour je t'ai parlé d'un Boche qui s'appelle Wagner, tu t'en souviens ?

J'inspire une bouffée d'air, une gorgée de champagne, tout ça passe mal dans ma gorge soudain serrée.

– Et ?

– Ce mec, tu l'as buté ici en avril, crache-t-il, narines frémissantes.

– Je t'ai déjà dit que j'y suis pour rien.

Mon flegme le touche en plein cerveau, ça le fait bouillir, ses lèvres rétrécissent. Derrière son bureau, Garcia tente de calmer le jeu. Un Boche tué ici ? Sans qu'il sache ? Ricord déblatère comme une mitraillette, avec la colère son accent devient si fort que c'en est presque marrant – façon de parler. Il est plutôt à deux doigts d'écarter sa veste pour dégainer le P38.

– Wagner, dit-il, appartient à la police secrète allemande – il prononce *l'Abe-Vère*, ça sonne bizarre dans sa bouche. Mo l'a buté. Il l'a buté ici, dans notre boîte, et il nous a rien dit. Il nous a fait marrons, putain de chiotte et maintenant on va avoir tous les Boches de Paris sur le dos, putain ça se fait pas de doubler ses associés comme ça.

– J'ai buté personne, Auguste. Arrête un peu avec ça.

Il se lève d'un bond, hors de lui, disparaît par la porte. Vingt secondes plus tard, des pas résonnent dans l'escalier, accompagnés de gémissements. La porte s'ouvre et une fille en robe à fleurs atterrit au milieu du bureau, le chignon décoiffé.

C'est Gaby, la petite nana du vestiaire. Elle débite ses aveux, les yeux agrandis par la peur : c'est moi qui l'ai envoyée donner un mot à Wagner, le soir où il a disparu. Le gros boche m'a rejoint dans l'arrière-salle et on ne l'a plus revu. Plus tard, je l'ai forcée à dire qu'il avait pris ses affaires au vestiaire et qu'il s'était barré, alors que pas du tout. Le chapeau et le pardessus, c'est moi qui les ai pris dans sa loge. (Avec Lagus, on les a enterrés en forêt de Montmorency, mais ça personne n'est au courant.)

– Barre-toi, ordonne Ricord à Gaby pleurnichante. On entend ses semelles dégringoler les degrés de bois, je suis surpris qu'elle ne se casse pas la gueule, à cavaler comme ça.

Il se tourne vers moi, dressé sur ses ergots comme un coq :

– Alors ? Tu vas encore me baver que t'y es pour rien ? Tu veux qu'on aille voir dans l'escalier ? Je te montrerai les taches de sang. Et pis t'as oublié ça aussi.

Le couteau à cran d'arrêt à manche d'ivoire que je cherche depuis des semaines tourne un moment sur le bureau de Garcia, avant de s'immobiliser, pointé sur moi comme le doigt d'un juge. Il a dû tomber pendant la bagarre ou plus tard, pendant qu'on enroulait le gros dans son tapis mortuaire. Ricord me fixe, jouasse comme un poulet de la Sûreté qui vient d'épingler un crâne.

– Alors ?

– Alors tu fais chier.

Il est si pâle qu'il en devient vert. Une veine palpite au coin de l'œil. Dans une seconde, il va défourailler. Garcia le comprend et se lève.

– Putain Mo, tous les Boches de Paris vont nous tomber dessus, et c'est ça que tu réponds ?

– Quels Boches ? T'en as vu beaucoup le chercher, ton Wagner ?

– Te fous pas de notre gueule.

– Je suis sérieux. Qu'est-ce que t'en as à foutre de ce Frisé ? C'était ton pote ou quoi ?

– J'en ai rien à foutre des Frisés. Mais tu nous fous dans la merde avec tes conneries. C'est toi qui l'as buté, espèce de…

Je me suis levé d'un bond, mon pistolet de poche braqué vers lui. Ses doigts restent posés sur la crosse en bakélite de son Walther P38.

– Laisse ta main, Auguste.

Il lui faut un peu de temps pour avaler sa salive.

– Tu me menaces ? articule-t-il, tout le sang retiré du visage.

– Je te protège, t'allais dire des bêtises. Repose ta main, Auguste.

Une sensation bizarre m'inonde le crâne. Une envie folle, presque sexuelle, d'appuyer sur la détente, de voir fleurir son crâne et de le voir tomber, disparaître comme un double malfaisant. Des éclairs de haine flamboient dans ses prunelles. Il se redresse, son pan de veste recouvre son automatique à la ceinture.

– Allons, messieurs, tente Garcia.

Mais avant qu'il prononce un autre mot, Ricord a déjà atteint la porte. Il me détaille de pied en cap, comme un croquemort qui prend ses mesures.

– T'aurais jamais dû me menacer, Mo.

Il sourit et disparaît dans l'ombre.

* *
*

– C'est vrai, ces conneries ?

Garcia prend mon silence pour ce qu'il est : un aveu.

Pour Wagner, j'avais pas le choix, c'était lui ou moi, et je sais qu'il me comprend. Je le lis dans son regard, sévère mais compréhensif, un peu comme s'il était mon père, en tout cas celui que j'aurais aimé avoir. On a vécu les mêmes choses, la mort brutale et le sang, même si mes corps francs, c'était de la rigolade à côté de la grande boucherie de 1914.

Il me ressert un verre de champagne, bien que ce ne soit pas dans mes habitudes – le moindre relent de vinasse me fait toujours penser à mon paternel, le vrai, ce triste connard mort la nuque cassée pour s'être trop imbibé. Je sirote en tirant sur ma Gauloise Caporal. En bas, la Traction de Ricord a été remplacée par une marchande des quatre-saisons. Elle s'abrite du soleil de plomb sous un parasol immobile.

– Tu aurais pu me dire tout ça plus tôt, fait mon vis-à-vis, les traits figés.

Il doit calculer ses chances de s'en tirer sans dégâts. Elles sont minces.

– J'ai préféré pas te mettre dans le coup.

Il prend le temps de réfléchir, avant de tristement sourire.

– C'est louable de ta part mais c'est trop tard, vu que ça a eu lieu ici. Ricord a raison, tu nous as foutu dans une belle mouise.

– T'es pas obligé de me couvrir.

– Même si c'était le cas, ça changerait rien, Mo. Si les Fridolins nous tombent dessus, tu sais ce que ça veut dire. C'est pas Ricord qui va nous aider, l'enculé. Il va s'arranger pour nous faire porter le chapeau, toi et moi, et il va récupérer le Chapiteau avec son pote Lafont.

– On en est pas encore là. Ça fait plus de deux mois maintenant et il s'est rien passé. S'ils avaient quelque chose, tu crois pas qu'ils auraient déjà débarqué ?

– Ils ont Gaby et son témoignage. Et Ricord va pas nous lâcher, il répond en croisant les mains sur le bureau.

– Je sais. C'est pour ça que je vais me tirer, Louis.

Mon annonce ne le surprend aucunement. Gaby aussi doit partir, je lui donnerai du pognon, qu'elle se fasse un peu oublier. Garcia acquiesce, même s'il ne semble qu'à moitié rassuré. Mon petit pote Ricord n'est pas un délicat. S'il vous tient la jambe, il bouffe tout le reste, en bon requin. Il est comme ça.

– Tu sais que je ne peux pas racheter tes parts, Mo.

Bien sûr que je sais, et je ne lui en veux pas. Si Ricord l'apprend, il le prendra comme une trahison. Garcia, grand mec, me propose de l'argent, que je refuse. Pour l'instant tout va bien.

– Tu pars quand ?

– J'aimerais d'ici un mois, ça dépend de quelques trucs à régler.

Comme c'est la règle, Garcia ne cherche pas trop à savoir où j'irai. Il doit se douter que je passerai par la case Marseille, où les Guérini m'offriront gîte et couvert. C'est une règle d'or sur le continent : pas d'embrouille entre les Corses, et surtout pas entre cousins.

– Si je m'attendais à ça, soupire Garcia, ses fortes mains posées devant lui comme deux armes inutiles – ses mains qui ont tué. Merde alors…

Moi non plus je ne m'attendais pas à ça. Je me croyais tranquille, en train de me faire des couilles en or, de me bâtir une honnête façade d'homme d'affaires, et me voilà en quasi cavale. Garcia me sourit et nous nous étreignons, dans un frisson d'amitié.

En attendant le grand départ, je veille à ne rien changer. Je baise Renée chez moi presque chaque matin, puis je passe au Bailli de Suffren, ensuite je casse la croûte avec Lagus, au Petit Trou. Il voudrait relancer une opération de faux tickets, mais je repousse. Surtout, je harcèle Kléber pour qu'il vende un maximum de choses, mais ce con-là prétend que les offres sont trop basses. Comme si ça lui faisait mal aux seins de brader tout ça.

Il fait chaud, Paris s'écrase sous le soleil de juillet. Les Boches sont sur le point d'entrer en Égypte, apprend-on aux actualités, ils avancent en Russie, leurs potes japonais ont pris une île au nom à coucher dehors dans le Pacifique – bref, les Frisés ne sont pas près d'arrêter de faire claquer leurs bottes à clous sur les Champs-Élysées, ni dans nos bordels.

Alors que je l'avais oublié, Lafont insiste pour me voir. Au Fouquet's où on déjeune, c'est tout juste si les garçons ne lui lèchent pas les semelles. Au menu, velouté à la crème et sauté de poulet dont les fumets déclencheraient une émeute s'ils se répandaient dans la rue. Il me fait de nouveau miroiter son marché d'importation de cosmétiques, en association avec Joano et Léandri. Je n'aurai qu'à organiser le transport en France, comme je fais pour M. Michel. Ils sont prêts à monter à 5 %, il me dit, ça me fera au moins trois cent mille balles par mois.

– Viens dimanche à Saint-Germain. Joano et Léandri seront là, on te présentera les associés fridolins, qu'est-ce que tu risques ?

Il sort une blonde de son étui d'or, qu'il allume d'un air voluptueux. Je réponds d'un sourire en me plantant une Gauloise au bec.

– À dimanche alors ? En tenue de soirée, hein. Tu regretteras pas.

– À dimanche.

La chaleur fait vibrer l'air jusqu'à la place de la Concorde, et plus loin les Tuileries. Jamais je n'ai vu Paris si belle et si tranquille, comme une femme dans sa robe légère, jamais je n'ai aussi peu désiré la quitter. Mais, pas le choix. En plus, cette affaire avec Lafont me fera un alibi en béton : qui croira que je m'apprête à me cavaler, au moment même où je monte un bizness en or massif avec le roi de la pègre ?

Trois jours plus tard, donc, la nuit tombée, je pousse ma Peugeot jusqu'à Saint-Germain-en-Laye, où crèche Virgil Neal, le milliardaire américain dont Léandri se farcit la femme. Un genre de manoir hollywoodien à l'orée de la forêt, dominant la vallée de la Seine – une cabane à côté de son « château d'Azur », sur les hauteurs de Nice, où je me suis rendu quelquefois avant-guerre. Un service d'ordre tout de noir vêtu filtre les invités à la grille. Les gros bras du PPF, le parti fasciste de Doriot.

Devant les dépendances, une interminable rangée de berlines de luxe reflète une lune d'argent. Elles me donnent l'impression de descendre d'une poubelle. Est-on vraiment en 1942 à vingt bornes de Paris, en pleine guerre ? Ce serait difficile à croire, sans ces chauffeurs boches qui surveillent les énormes Mercedes de leurs maîtres. Sur l'une, je distingue le fanion noir et blanc de la SS. Deux malfrats devant la Bentley de Lafont me regardent passer comme un étron au fil de l'eau.

Une pause Gauloise, pour me donner une contenance, je dégage des miettes de tabac sur mon smoking crème et reprends la marche vers le corps de maison principal, dont s'échappent du jazz et des tintements de cristal ponctués de rires.

D'avance, ça me débecte. Se faire du pognon, profiter à mort, d'accord, je suis mal placé pour critiquer. Mais faire la fête comme ça, pendant que flambe le monde… Je sens le doigt pointé de ma mère du haut du ciel, et presque le poids de mes fautes, tous les péchés commis pour me trouver ici ce soir.

Du beau monde, il y a. J'avance dans un nuage de satin, de soie, de rivières de diamants, épaules nues et croix de fer. Un journaliste de potins mondains se régalerait ici, rien que des vedettes. Sacha Guitry, Tino Rossi, Arletty au bras d'un Frisé, Cocteau, ils ont l'air de bien le digérer, le champagne et le caviar – il y en a plein les seaux, brillants de givre ! Plus loin voilà René Bousquet, le représentant du Maréchal pour la police en zone occupée. Pas imposant pour un sou mais l'expression maligne, il écoute un général boche au crâne d'œuf, l'air vaguement comique avec son pif en trompette et ses grosses lunettes d'écailles.

Quelques pas plus loin, une autre tête connue : Doriot, notre petit Hitler à nous, cause complot juif avec un compère, l'ancien maire de Marseille, Sabiani. Celui-là ne me retapisse pas, contrairement à une vieille connaissance, Paul Carbone, le caïd de Marseille. Court, massif, un menton de caïman, le regard sec comme une trique de maton, tatoué jusqu'aux oreilles, la plaisanterie facile, il me suit du coin de l'œil, sachant très bien qui sont mes cousins, avec qui il a dû partager Marseille, cinq ou six ans plus tôt.

Comme l'Américain Neal maître des lieux, ils ont en commun la haine des communistes et des syndicats, ce qui est bien naturel pour des hommes d'affaires. En revanche, ils adorent les fascistes d'où qu'ils viennent, Italie, Espagne, et maintenant France.

– Tiens donc, monsieur Maurice.

La voix fluette de Lafont me fait me retourner. Un gradé nazi le flanque d'un côté, le menton en galoche, des feuilles de chêne au col ; une blonde mutine s'accroche à son bras. Tous deux me dévorent des yeux, sans doute pas pour les mêmes raisons.

– Je te présente mon ami le colonel Knochen.

Je salue l'ami frisé d'une inclinaison microscopique.

– Ravi.

– Justement, je lui disais que t'aimes pas les Allemands, et que c'est bien dommage, lâche Lafont, l'enfoiré. Tu devrais discuter avec le colonel un de ces jours, je t'assure que ça vaut le coup.

– Sûrement. Mais tu sais comme moi que l'amour, ça se commande pas.

Un fin sourire éclaire le visage du SS :

– La France et l'Allemagne ont tout intérêt à travailler main dans la main, vous ne pensez pas, monsieur Ferrandi ?

Malgré le ton courtois, il s'agit clairement d'une menace. Ce « M. Ferrandi », ça respire la prise d'empreintes pour la fiche de police, la convocation chez le juge. Et ça signifie surtout que Lafont n'a pas menti : ils parlaient vraiment de moi, en tout cas ils l'ont déjà fait. Pour quelles raisons, je garde la question pour moi.

– Alors mettons que je passerai un de ces jours, mon colonel.

Mais d'un regard, je lui fais comprendre que ça ne risque pas d'arriver.

– Fais donc ça, conclut Lafont.

Il ajoute qu'il va bientôt me rejoindre pour causer bizness. Joano et Léandri me cherchent, d'ailleurs, je devrais les trouver quelque part vers l'orchestre. Je le remercie pour *l'indication*, ce qui évidemment le fâche : un mot pareil entre affranchis, c'est presque une insulte. Montrant les dents, M. Henri tire à lui sa blonde d'un coup sec, comme on ramène un chien qui met trop de temps à pisser.

– Amuse-toi bien et fais gaffe à tes miches. Commencez sans moi, j'arrive.

Dix paires de seins et vingt bedaines plus loin, j'atteins le salon indiqué, sous un plafond voûté tapissé de chaux, comme dans ces haciendas autour de Buenos Aires. Léandri me saute dessus, toutes dents dehors, comme si j'étais son prince charmant.

– Ah, Maurice. Je te cherchais justement. On t'a servi un verre ?

Sans me laisser le temps de répondre, il m'entraîne vers une porte cintrée toute proche.

– Entre, nos associés sont là avec Joano, ils t'attendent. Lafont nous rejoint.

Là, c'est trop de sollicitude. Trop de phrases répétées. Trop bien huilé. L'alarme passe au rouge. Son sourire nerveux forcé, ses efforts pour me détendre… J'entrave, mais trop tard. Ce soi-disant marché, c'est une connerie pour m'attirer ici tranquille. Depuis quand Lafont et Joanovici, les plus gros trafiquants du pays, auraient besoin de moi pour leurs transports ?

Impossible de reculer. Deux hommes en smoking m'encadrent, dont l'un me dépasse d'une tête, les cheveux blonds plaqués, des bras et des mains de chimpanzé. L'autre est presque aussi grand mais très légèrement voûté, propre sur lui et sérieux comme un prof d'université. Ses cheveux longs sont brillantinés en arrière, une moustache ombre sa lèvre supérieure. Un petit air british, distingué et pète-sec. Ses pupilles glaçantes font perler ma sueur de la nuque au trou de balle.

– Avez-vous quelques instants, monsieur Ferrandi ? Ce ne sera pas long.

Encore le coup du M. Ferrandi. Décidemment. Celui-là n'a aucun accent, mais il sent la choucroute à plein nez. Un mec de l'Abwehr, je parierais. Léandri, cette petite ordure, nous précède jusqu'à la porte cintrée, qu'il ouvre avec détachement. Rien à foutre de me livrer aux Boches.

– Ne t'en fais pas, Mo. Ce sont des gens sérieux.

– C'est que j'ai un peu peur de m'emmerder avec eux. Viens donc.

Il hausse une épaule et disparaît, tandis que le grand singe aryen me projette dans un salon vide. Pas de Joanovici évidemment, à ce stade je serais bien con de le chercher encore. De la moquette étouffe-pas, du bois sombre et des bibliothèques vitrées partout, vue sur la pelouse qui descend jusqu'à la grille. Là-bas, une Hotchkiss gris perle disparaît dans la nuit.

Comme moi dans pas longtemps.

– Nous avons un marché à vous proposer, monsieur Ferrandi. Tout va bien se passer, il n'y a que des gentlemen ici.

Si pour lui Lafont et tous ces fêtards pourris de l'autre côté de la lourde sont des gentlemen, c'est mal barré. En tout cas, chapeau pour le traquenard, je n'ai rien vu venir. Deux mois que je surveille le trottoir en bas, la moindre voiture qui me roule derrière, les ouvriers en face du Petit Trou quand j'y déjeune, mais là je suis tombé dans le panneau comme un cave. Fait comme un rat ! L'espace d'un instant, j'envisage de résister, mais ça ne me mènerait sûrement à rien. Si par miracle je me débarrassais de ces trois-là, il m'en reste encore dix fois plus dehors. Le réalisant, je sens un goût amer m'envahir, quelque chose comme la peur ou la certitude de la défaite.

– Allons, ne faites pas cette tête, monsieur Ferrandi. Vous êtes un homme intelligent, il n'y a aucune raison pour vous inquiéter.

Sans blague. J'écarte les bras et les cuisses, tandis qu'ils me fouillent consciencieusement, puis leur chef à moustache m'offre un whisky, que je refuse ; j'ai toujours trouvé ça dégueulasse. Quelques minutes plus tard, nous quittons la propriété dans une grosse limousine Horch 850 pour une direction inconnue, moi coincé entre deux grosses épaules.

Chapitre 13

Mo

J'ai eu beau gamberger, rien ne me vient, de la colle m'englue la cervelle et le palais, impossible de dégoiser le moindre mot jusqu'au pont de Suresnes. Mon hôte moustachu parle pour deux, dans le doux ronronnement du huit-cylindres, sans un poil d'accent. Ah, c'est qu'il l'aime, notre beau pays, notre civilisation, quel dommage qu'il y ait autant de Juifs, n'est-ce pas, monsieur Ferrandi ? Pourquoi faudrait-il qu'on s'entretue pour les communistes et les banquiers de la City ?

Qu'est-ce qu'il veut que je réponde, ce sinistre connard ? C'est quand même pas moi qui l'ai voulue, cette guerre ! Après le bois de Boulogne, la Horch 850 tourne sur les Maréchaux, jusqu'à l'ancienne petite ceinture. Cent mètres plus loin, le grand blond m'extrait de la voiture vers un immeuble en pierre de taille chic, mais tout ce qu'il y a de banal. La lourde porte en ferraille noire grince et claque derrière nous, tandis que nous grimpons sans un mot deux étages d'un escalier moquetté de rouge.

Ma trouille se transforme en une vague envie de gerber, rarement je me suis aussi complètement pris au piège, un peu comme si j'avais la tête dans la lunette de la guillotine. De ce que je comprends, ces mecs travaillent pour l'Abwehr, ils m'ont piégé avec la complicité de leur copain Lafont parce que j'ai buté Wagner. Et, s'ils ne me conduisent pas au Lutetia, le siège de l'Abwehr, j'en déduis qu'on est ici dans l'une de leurs succursales, un lieu au petit poil où ils cuisinent leurs clients à l'électricité ou au nerf de bœuf. Pour ça, ils font régulièrement appel à des spécialistes, genre Nez-de-Braise ou d'autres.

À l'étage, un planton en vareuse grise nous ouvre, l'air fatigué, deux S blancs sur fond noir à son col. Il se redresse et claque des talons. En retour, je lui plante mon genou dans les couilles en me débarrassant du grand blond. Ça ne pouvait guère aller plus loin. Un wagon de marchandises me percute le dos et je tombe à genoux, puis dans le cirage total.

Pendant que je vomis sur le parquet, les Boches causent entre eux, pas spécialement fâchés par ma petite rébellion. Me redressant, ils me tordent les bras dans le dos. Un cliquetis de métal, et je reviens complètement à moi, assis les poignets menottés derrière le dossier d'une chaise. Le bureau est nickel. Deux armoires à fichiers, un téléphone et un support à tampon. Sans mes bracelets, je pourrais me croire chez Trucmuche & Fils, dans le bureau du comptable, mais le décor me force à accepter une réalité moins marrante : une casquette à tête de mort et une tunique d'uniforme pendent au portemanteau perroquet ; sur le mur, le Führer regarde l'horizon d'un air inspiré, le poing sur la hanche. Une vraie tête de con.

Ma tête palpite sous la lumière crue. Mon cœur s'étrangle. Derrière son bureau, mon hôte ressemble à un médecin qui s'apprête à diagnostiquer un cancer fatal à son patient. Les mini-craquements du parquet derrière moi révèlent une présence humaine. Un mec garde la porte.

Se fendant d'un sourire, le moustachu sort d'un tiroir une chemise cartonnée, qu'il déplie devant lui :

– J'ai lu votre citation de 1940, monsieur Ferrandi. Vous avez du courage et vous aimez votre patrie, c'est une chose que nous apprécions, nous autres Allemands.

Je réponds d'un demi-haussement de sourcil.

– Je ne me suis pas présenté, poursuit-il. Je suis l'hauptsturmführer Nosek, du Sicherheitsdienst, mais vous pouvez m'appeler capitaine, ce sera plus simple. Mon capitaine, comme vous dites, vous les Français. Saviez-vous que le « mon » est une contraction du « monsieur », et qu'elle remonte à l'Ancien Régime ?

Donc, il n'appartient pas à l'Abwehr. Ce qui, à cette heure de la nuit, menotté et fait comme un rat, me fait une belle jambe.

– Savez-vous ce qu'est le Sicherheitsdienst, monsieur Ferrandi ?

– J'ai hâte de l'apprendre.

Le dénommé Nosek lance un ordre en allemand, et je frissonne en entendant quelqu'un s'agiter derrière moi, ouvrir une armoire. Des raclements résonnent, puis une bouteille et deux verres font leur apparition sur le bureau du chef.

– Si vous consentez à rester calme, je suis d'accord pour faire déverrouiller vos menottes et vous offrir un verre de Porto.

– Merci, mais j'ai assez bu pour ce soir.

Nosek sourit, et d'un signe de l'index ordonne à son grand blond d'ôter mes bracelets.

– Et ma Peugeot, je la récupère comment ?

Je masse mes poignets endoloris. Une tache de vomi orne un pan de mon smoking blanc.

– Si vous coopérez, très bientôt.

Le Sicherheitsdienst ou SD, m'explique-t-il en remplissant nos godets, est le service de renseignement de la SS.

Son chef historique était le Obergruppenführer Reinhard Heydrich, hélas récemment assassiné par des terroristes à Prague, certainement envoyés par Churchill, précise-t-il avec un soupir navré. La Gestapo est l'une des branches du Sipo-SD, son bras armé.

– À votre santé, monsieur Ferrandi, conclut-il en savourant l'effet de ses paroles, de derrière son verre levé.

Je bois trois gouttes à mon tour, en attendant la suite.

– Votre unité, le 107e régiment d'infanterie, a réussi à échapper à l'encerclement en été 1940. En août 1940, vous vous trouvez à Châteauroux dans l'Indre. Au mois de novembre, vous rencontrez à Marseille le commissaire Robert Blémant, qui officie aux Renseignements généraux de cette ville.

Il vrille sur moi sa pupille d'acier. S'il avait des rayons X, il verrait mon cœur grelotter comme celui d'une midinette. S'il sait ça, il doit savoir beaucoup d'autres choses.

– Blémant, continue-t-il, travaille pour le Deuxième Bureau français, qui a continué ses activités après l'armistice, bien que cela lui ait été interdit, sous le camouflage du BMA, Bureau des menées antinationales, ou encore du TR, prétendue entreprise de Travaux ruraux. Travaillez-vous pour M. Blémant, monsieur Ferrandi ?

Je secoue la tête.

– Ça me dit rien.

Ce con-là sait tout. Robert Blémant, rencontré par l'intermédiaire des Guérini, m'a effectivement recruté à Marseille en novembre 1940. Regard clair, mâchoire de prédateur, Blémant est un spécialiste du renseignement et de l'action, pas du genre à s'emmerder avec la procédure. Quand il repère un agent de l'Abwehr, il l'invite directement dans sa salle de torture privative, au sous-sol de sa villa de bord de mer. Les survivants partent pour une promenade au large des Calanques où ils finissent le grand voyage, lestés d'un peu de calibre 7,65.

Blémant recrute ses hommes de main dans le milieu – moyennant finances évidemment. Renucci a travaillé pour lui, mais aussi Abel Danos, dit le Mammouth, un vague pote, ou Mimile Buisson, un braqueur complètement fondu. Même le cousin Mémé Guérini a participé un temps à ses bonnes œuvres.

– Vous voyez que nous savons tout, monsieur Ferrandi. J'espère que vous n'aurez pas la bêtise de nier, conclut mon interlocuteur en reposant sa feuille.

Je respire difficilement, comme par une paille.

– Je vais sûrement avoir l'air con, parce que ça me dit vraiment rien du tout.

– Vous n'êtes sûrement pas si bête. Blémant a supprimé plusieurs dizaines d'agents de l'Abwehr – il appelle cela une « mesure D », pour définitive. Il avait déjà essayé de s'en prendre à Oscar Wagner, à Lyon. En avril dernier il vous a chargé de l'éliminer.

– Moi ? Sûrement pas. Qu'est-ce que vous avez tous, avec cet Edgar Wagner ?

Ma minable comédie fait soupirer Nosek, l'air plus que jamais d'un prof déçu.

– Vous avez tué Herr Wagner dans votre boîte de nuit, le Chapiteau, ensuite vous avez fait disparaître le corps avec l'aide de votre ami Auguste Montfort, dit Le Breton. Et vous avez demandé à Pierrette Dubois, dite Gaby, votre ouvreuse, de produire un faux témoignage en prétendant qu'elle a vu Herr Wagner quitter votre établissement.

J'essaye de sourire, tandis qu'une sueur glacée plaque ma chemise aux reins.

– Rassurez-vous, sourit mon moustachu, pour l'instant votre ami Le Breton reste libre. Quant à cette Gaby, nous l'avons placée en sécurité dans une cellule à Fresnes.

– C'est bon d'avoir des amis comme vous.

– Vous en avez d'autres moins sympathiques, monsieur Ferrandi. Votre associé Ricord se donne beaucoup de peine pour savoir ce qui s'est passé au Chapiteau. Je ne sais pas pourquoi. Est-ce pour prendre vos parts ?

– C'est vrai que Ricord cherche Wagner. Mais c'est normal qu'il s'inquiète. C'est un ami à vous, et puis c'est un grand tendre.

– J'ai l'impression que vous ne comprenez pas, souffle de nouveau Nosek, les traits plus durs. Levez-vous.

– Ça y est ? On me libère ?

* *
*

Le trajet jusqu'à l'avenue Foch a été très court, même pas cinq minutes. Une sentinelle casquée penche son nez à la vitre, lève l'index et la Horch se gare dans la petite cour d'un immeuble de luxe. Au-dessus de nos têtes, cinq ou six étages et quelques fenêtres allumées, sous le ciel que blanchit déjà l'aube. Des souvenirs me reviennent en tête, de peur, d'épuisement, d'expéditions derrière les lignes ennemies. La mort vingt fois frôlée, mais que cette fois, je touche du doigt. Arrivé en haut du bâtiment, Nosek me pousse dans une pièce. Quelque chose de froid, de jamais vu, comme une salle d'opération. Une ampoule au plafond, et sur une table des pinces, du matériel électrique, une matraque en acier.

Le grand blond me pousse gentiment vers la table. Je pourrais résister, c'est sûr, mais ça changerait que dalle.

Je suis dans le trou du cul de l'enfer, ça ressemble à ce qu'on raconte sur les cellules d'isolement du bagne de Cayenne, dont les plus durs ne ressortent qu'à l'état de loque. C'est la même chose ici, mais c'est boche, alors c'est plus moderne, il y a l'électricité.

La voix de Nosek claque derrière moi, en écho contre les murs blancs. Il y a un croc de boucher au plafond, des petites taches brunes au-dessus des plinthes.

– Maintenant, monsieur Ferrandi, laissez-moi vous expliquer quelque chose. Jusqu'ici, la sécurité des forces d'occupation était aux mains de l'armée allemande, et donc de l'Abwehr et de sa police secrète, dénommée GFP. Mais depuis le mois de mai dernier, nous sommes chargés de cette mission, nous les SS, c'est-à-dire plus particulièrement le SD et la Gestapo. Nous avons signé des accords en ce sens avec M. Bousquet, le responsable de la police française en zone occupée. Nous allons prendre les choses en main comme nous l'avons fait en Allemagne. En 1933, nous avons brisé les communistes en quelques mois. Nous ferons la même chose ici, avec les agents gaullistes ou britanniques. Est-ce que vous me suivez ?

– Plus ou moins.

Il sourit, avec un peu de pitié compréhensive.

– Votre ami Lafont et sa bande l'ont très bien compris, eux. Désormais, ils travaillent pour nous, SD et Gestapo. Et laissez-moi vous dire qu'ils ne vous portent pas grande estime. Je suis sûr qu'ils seraient très motivés pour vous forcer à avouer le meurtre d'Oscar Wagner.

Je frissonne en détaillant les mâchoires crantées d'une longue pince chromée. Pour extraire les dents ? Les ongles ? Son regard suit le mien.

Ses invités, détaille-t-il avec gourmandise, sont classés en cinq catégories. Les individus Cristal 1 coopèrent sans résistance, souvent par appât du gain ; les Cristal 2 voudraient se taire, mais le courage physique leur fait défaut ; les Jet d'eau résistent un moment, puis ils s'effondrent et racontent tout ce qu'ils savent ; les Granit 1 résistent à tout, mais se suicident ; les Granit 2 sont irréductibles, mais refusent de mettre fin à leurs jours.

– Et vous, qu'êtes-vous, monsieur Ferrandi ? susurre Nosek en rectifiant l'alignement d'un scalpel. Cristal ? Jet d'eau ? Granit ? Moi, je pense que vous êtes dans la catégorie des hommes raisonnables.

– Ça fait plaisir à entendre.

– N'est-ce pas ? Je vais donc vous proposer une porte de sortie honorable, qui vous évitera à la fois la souffrance et la mort, et qui sera satisfaisante pour nous.

– Je suis tout ouïe.

Une ombre de sourire se dessine sous sa bacchante.

– Vous n'aurez qu'une mission à remplir. Très facile pour un homme comme vous. Naturellement, nous vous rétribuerons, le temps de ce travail, disons à hauteur de huit mille francs mensuels. En échange, je vous garantis ma protection. Vos amis Lafont et Ricord seront priés de cesser toute investigation à votre sujet. Moi-même, je passerai l'éponge sur le meurtre d'Oscar Wagner. Qu'en pensez-vous, monsieur Ferrandi ?

– Que je crois pas au père Noël.

– Allons, pourquoi vous obstiner ? Je vous offre la paix et la liberté, en échange d'une mission. Si cette mission est un succès, et je suis certain qu'elle le sera avec vous, nous vous laisserons tranquillement continuer vos affaires. Mieux, je vous permettrai d'en faire de plus belles encore. Vous serez à l'abri du besoin pour toujours. Tout cela en échange d'une tâche sans risque. Ne pensez-vous pas que cela vaut un petit sacrifice, monsieur Ferrandi ?

Autant essayer de gagner du temps, alors j'arbore mon plus beau sourire, un sourire de roi du bal musette, qui semble satisfaire mon nouveau pote dont les traits se détendent.

– D'accord. Et c'est quoi, le boulot ?

Nosek sourit à son tour, triomphant.

– Un simple petit cambriolage, un fric-frac, comme vous dites. C'est tout à fait dans vos cordes, je pense. Vous ne risquez rien, vous avez ma parole d'officier allemand.

Je tente de déchiffrer ses pensées dont rien ne transparaît. Il a presque l'air sincère, un vrai chevalier blanc. Un simple casse, alors, c'est ça qu'il veut ? Et pourquoi moi ? Non, ce serait trop beau. Sa mission, c'est forcément de la merde. Et franchement, je doute qu'après ça, il me laisse paisiblement me dorer la pilule en amassant les picaillons. Quand les flics tiennent un mec dans mon genre, ils s'en servent jusqu'au bout. Mais mon choix est limité. C'est soit accepter, soit faire un tour dans sa petite salle de travail électrifiée. Voire, le poteau direct, pour solder l'histoire Wagner.

Je hoche longuement la tête d'un air convaincu. Si c'est dans mes cordes, alors je marche, parole d'homme !

D'un regard, Nosek fait signe au gardien de libérer mes poignets, puis m'extrait de son petit musée des horreurs, jusqu'à une pièce qui donne sur l'avenue Foch. S'allumant une cigarette, il m'observe de trois quarts dos. Comme un homme contemple sa conquête d'une nuit. Un jour bleuâtre perce, lointain, une brise légère souffle sur les marronniers jusqu'à l'Arc de Triomphe. L'idée absurde me vient de lui sauter dessus, là maintenant, et de l'étrangler comme son confrère Oscar.

Lizzie

Cédant à l'insistance du petit coursier français qui travaille avec nous rue de Sèvres, j'ai accepté son invitation au cinéma, surtout pour me changer les idées. Tout étonné par ma réponse, il s'est mis sur son trente-et-un, gominé et parfumé, il en est presque attendrissant d'espoir. Il ne se vexe même pas lorsque je lui refuse ma main, pendant les actualités filmées.

Sur fond sonore de trompettes victorieuses, nous apprenons que Hitler et ses amis triomphent partout, de Singapour à Tobrouk ; le président Laval souhaite la victoire de l'Allemagne ; la marine française se reconstruit lentement, deux ans après la perfide attaque des Britanniques, à Mers el-Kébir. Personne ne réagit dans la salle, surtout parce qu'on laisse les lumières allumées pour éviter les blagues antiallemandes. Tout cela, on le sait, n'est qu'une grossière propagande, du bourrage de crâne. La seule réalité, ce sont les estomacs vides, les files d'attente devant les magasins, les bombardements et les hommes prisonniers en Allemagne.

Moi, je pense malgré tout à ma famille, à mon horrible père, qui l'aime tellement, son Hitler, et à maman, peut-être à Londres sous les bombes. À moins qu'ils n'aient trouvé refuge à la campagne, chez des amis ? Je pense à Peter, qui est en âge de combattre et qui est peut-être déjà mort à cette heure. Je pense à Alice et à son mari, à Alexandra, la cadette. Je pense à Hélène, qui au moment de la déclaration de guerre se trouvait encore à Munich, avec ses amis nazis. A-t-elle eu le temps de regagner Londres ? Je n'ai aucune nouvelle d'eux, et malgré toutes les déceptions, malgré les rancœurs, malgré le fait que j'ai voulu les fuir, et que j'ai été jusqu'à les haïr, ils me manquent, je voudrais leur parler, et ces pensées me remplissent les yeux de larmes.

Bien entendu, je ne porte aucune attention au film, *Nadia femme traquée*, une histoire d'espions qui me met horriblement mal à l'aise. À la sortie, je congédie brusquement mon cavalier d'un soir.

Quelle importance ? Dans une ou deux semaines, je serai loin d'ici en Angleterre et il me croira morte. Peut-être que là-bas, l'Intelligence Service me confiera une autre mission, plus intéressante et moins dégradante ? De toute façon, je n'en peux plus de ces mensonges permanents, de cette solitude, de cette peur qui colle à mes pas, comme une odeur de mort. À chaque minute, je crains de voir surgir des hommes qui m'entraîneront Dieu sait où. Mon assurance de jeune lady s'est émoussée au fil du temps, surtout depuis la disparition de Wagner. On ne peut pas toujours snober le danger, s'amuser avec la mort et le risque de torture. Ce n'est pas un jeu, ça n'a rien de chic, ce n'est ni sport, ni fairplay. À force, j'en suis malade et mon ventre se tort en permanence. Mais je donne le change. Ça, je sais faire.

Rentrant du cinéma rue Didot, j'arrive trempée par une averse. Comme à chaque fois qu'il pleut, la cage d'escalier sent le chien mouillé. La concierge se précipite avec sa serpillière derrière chaque nouvel arrivant. Au moins je n'aurai plus à supporter cette vieille carne ! Je pourrai reprendre une vie normale en Angleterre, échanger avec quelqu'un le soir. Une brusque émotion m'étreint, tandis que j'ouvre la serrure. Et s'ils étaient tous morts sous les bombes ?

Une fois dans l'appartement, c'est toujours le même rituel, toujours les mêmes gestes dans le même ordre. Comme une petite vieille. Mais cette fois, quelque chose ne va pas. Je n'en prends conscience qu'au moment d'appuyer sur l'interrupteur. Mon cœur s'emballe. Quelqu'un m'attend. Une silhouette, dans l'ombre, qui fait un pas de côté et pose la main sur le bouton de porte.

Le visiteur tire le verrou et lève son index ganté de cuir devant les lèvres.

– Criez pas. Ce serait pire.

Crier, je n'y avais même pas pensé, c'est tout juste si j'arrive à respirer. Son visage apparaît à peine sous sa casquette plate d'ouvrier, assortie d'une veste sombre, d'un chandail et de chaussures souples.

– Qu'est-ce-que vous voulez ? Vous n'avez rien à faire là.

Ma voix ne s'est même pas éraillée. Un peu surpris par mon flegme, il baisse la main, offrant à la lumière son visage, plus beau que sur les photos de l'identité judiciaire. Ses yeux qui m'avaient paru sombres sont bleu d'acier, sa bouche sensuelle dessine un mince sourire, ironique, vaguement dominateur.

Voici donc Maurice Ferrandi, dit Mo les Yeux-Bleus, né en Corse quatre ans plus tôt que moi, voyou, trafiquant de marché noir, souteneur et tueur pour les services secrets de son pays. Que fait-il ici ? En tout cas, quoiqu'il veuille, je ne me laisserai pas faire. Il semble le comprendre et s'en amuser. D'un geste rapide, il jette sur la table un objet d'acier, qui pivote un instant avant de s'immobiliser.

– C'est ça que vous cherchez ?

Mon petit pistolet. Inutile d'essayer de me jeter dessus. Il a dû le décharger.

– Qui êtes-vous ?

– Vous êtes sûre que vous ne me connaissez pas ?

Pareillement à la mienne, sa voix est d'un calme absolu, comme s'il était normal d'entrer chez une femme par effraction et de fouiller ses affaires. Elle se teinte d'un petit accent corse, mêlé d'intonations parisiennes. Il doit forcément parler l'argot, le langage codé des gangsters.

– Je suis censée vous connaître ?

– Sinon, vous auriez pas fait cette tête quand j'ai allumé.

C'est vrai. Peut-être aurai-je dû me montrer plus surprise, comme j'aurais dû l'être face à un véritable inconnu. S'asseyant sans façon, Ferrandi me désigne l'autre chaise.

– Restez pas comme ça. Promis, je vous ferai pas de mal.

– Je n'ai rien à vous dire.

– Ça, on verra. Alors, d'où est-ce que vous me connaissez ?

Je me laisse tomber sur l'assise, les jambes légèrement tremblantes. Que je masque aussi bien ma colère et ma peur semble plutôt le réjouir.

– Ça change rien de toute façon, reprend-il avec son sourire exaspérant.

Sa beauté doit plaire aux femmes, comme aux hommes, il le sait et en joue, comme si tomber sous son charme n'était qu'une question de temps.

– Je sais beaucoup de choses sur vous, moi.

– Grand bien vous fasse.

– Vous vous appelez Élisabeth Van der Jagt – il ne se débrouille pas si mal pour prononcer mon nom hollandais, pas comme Ricord –, mais c'est votre nom d'épouse. Votre nom de jeune fille, c'est Beresford, vous êtes la fille d'un comte anglais. Vous avez la double nationalité hollandaise et anglaise.

Ma respiration s'accélère.

Il sait absolument tout de moi : je fais partie de l'Intelligence Service, nom de code Daffodil ; le MI6 m'a engagée pour surveiller et contacter Oscar Wagner, agent de l'Abwehr, directeur commercial à Paris d'une entreprise de transports ; je lui ai acheté des renseignements, des organigrammes et des listes de noms, sous les ordres de

Kenneth (il sait aussi son nom) ; Wagner s'apprêtait à nous vendre une information capitale lorsqu'il a disparu.

Ces révélations me glacent, me vident de l'intérieur, mais je me garde bien d'acquiescer ou de réfuter. Comment a-t-il appris autant de choses ? Un instant, l'idée affreuse m'effleure que Kenneth aurait été arrêté, et qu'il aurait tout raconté. Oh non, Seigneur, pas ça ! De nouveau, Ferrandi sourit avec pitié. Je me sens nue et ridicule, terriblement vulnérable.

– Tout ça, c'est vrai, vous fatiguez pas à me faire l'article. Je suis même sûr que vous savez qui je suis.

– Qu'est-ce que vous voulez ?

Ma voix déraille vers le rauque, comme celle d'une petite vieille qui manque de souffle.

– On travaille dans le même camp, mademoiselle. Vous chez les Anglais, moi chez les Français. Je m'appelle Ferrandi Maurice. Je travaille pour le Deuxième Bureau français. Les renseignements militaires. Tout ce qu'on apprend, ça part à Londres, pas vrai ? Vous attendiez un renseignement de Wagner. Moi aussi, je l'attendais. Aidez-moi à le retrouver.

– Je ne comprends rien à ce que vous dites.

– Soyez pas têtue. Je peux fumer ?

En temps ordinaire, j'aurais sûrement dit non, mais c'est à peine si mon cerveau fonctionne. Pourtant de tout mon instinct, je sens le piège. Lorsque j'étais jeune, mon père nous avait parlé de ces trappes de chasseurs en Inde, avec leur fond hérissé de bambous taillés en pointe. Elles étaient grossièrement camouflées en plein milieu du chemin, sous un tapis de feuilles tressées, mais certaines bêtes y tombaient malgré tout, et mouraient empalées. Le piège était évident, elles ne le flairaient pourtant pas.

Mo les Yeux-Bleus – mais quel nom ridicule ! – recrache une bouffée d'âcre tabac brun avant de poursuivre : il doit absolument retrouver l'information que Wagner s'apprêtait à leur livrer.

– Livrer à qui, exactement ?

– À nous, aux services de renseignement français. Je pense qu'il voulait vous la vendre aussi.

– Je ne sais pas de quoi vous parlez.

– Mais si. Je vais vous dire autre chose. C'est moi qui ai fait disparaître Wagner. Sur ordre de mes chefs. Vous voyez, je vous parle, moi.

Cette révélation – une monstruosité – me fait à peine réagir. Cet homme est un assassin. Il a tué Wagner, comme on égorge un poulet. Je devrais être écœurée, m'indigner, mais rien ne vient.

– C'est absurde. Pourquoi l'avoir supprimé s'il devait vous donner je ne sais quelle information ?

– Vous voyez que vous suivez, sourit-il avec son insupportable arrogance. Disons que ça s'est pas passé exactement comme je voulais. Ça a mal tourné, vous voyez ? Mais ce n'est pas mon vrai problème. Le renseignement, je sais où le trouver, figurez-vous.

Il suspend sa phrase, le temps de me scruter, et à mon grand dépit je me sens toute pâle, presque nue sous son regard, comme s'il lisait mes pensées les plus secrètes. Il saurait où est caché le plan secret volé à Hitler ? C'est impossible à avaler, un traquenard grossier, à dormir debout !

– Mon vrai problème, reprend-il, c'est que je n'ai plus de lien avec mon chef. Il est loin, à Marseille, et il a les Boches au cul… Vous comprenez, il leur a fait pas mal de misères, et à force, ils lui en veulent… Alors il doit se planquer. Donc, j'ai besoin de vous pour transmettre les documents à Londres.

J'inspire profondément avant de répondre.

– Si c'est de cette façon que vous comptez me faire dire que je suis une espionne anglaise, vous perdez votre temps. Je n'ai rien à voir avec tout ça. Vous feriez mieux de partir.

– Wagner était en contact avec un antinazi, dans l'état-major de l'armée allemande. Ce type lui a donné un plan de Hitler qui risque d'être appliqué bientôt. Me demandez pas les détails, j'en ai pas. Ce que je sais, c'est où prendre ce plan. Ça vous intéresse pas ?

– Vous perdez votre temps.

– Vous pourriez demander à vos chefs si ça les intéresse. S'ils sont d'accord, on ira le prendre.

– Je n'ai aucun chef à Londres.

– Votre ami Kenneth doit les connaître, non ? Vous avez un cendrier ?

Lorsque je me retourne pour lui donner, je découvre sur la table un papier dactylographié, tout juste déplié, que je m'abstiens de toucher.

– Qu'est-ce que c'est ?

– Une liste de mecs du PPF et d'anciens légionnaires qui vont être envoyés en Tunisie faire du sabotage pour l'Abwehr. Un renseignement que j'ai eu.

– Comment ?

– Ça, ça vous regarde pas. C'était destiné à mon chef, mais vu que j'arrive plus à le joindre… Envoyez ça à Londres, vous verrez bien si je vous mens. J'en ai d'autres si ça vous intéresse, conclut-il en écrasant sa Gauloise.

Sept noms s'alignent sous mes yeux, certains à consonance allemande, d'autres maghrébines. Et si tout ça était vrai ? S'il pouvait vraiment m'aider à trouver la directive secrète ? Puis une image fugace me traverse à nouveau l'esprit. Une fosse en plein milieu du chemin, un piège évident, au fond hérissé de bambous mortels.

Chapitre 14

Mo

– Pensez-vous qu'elle se méfie de vous ?

– À mon avis, oui.

Nosek me reçoit le lendemain, les doigts joints devant son nez comme un principal de lycée – enfin, c'est l'idée que je m'en fais. Il allonge quelques notes sur une feuille, sur le maroquin de son grand bureau.

– En tout cas elle a pris la liste…

– Ça veut pas dire que ses patrons s'en serviront. Ils pourraient croire qu'elle est bidon.

– Ils vont vérifier.

La liste que j'ai donné à Macbeth contient sept noms d'agents de l'Abwehr en Tunisie. Sept pauvres mecs qui pourraient finir fusillés par sa faute, mais visiblement il s'en tamponne. De toutes façons, leurs chances de réussite derrière les lignes britanniques étaient très minces, précise-t-il, gai comme un croquemort. Mais ce sacrifice me donnera de la crédibilité aux yeux de l'Intelligence Service.

– Je suis sûr que nous aurons bientôt des nouvelles de cette petite demoiselle Beresford, conclut-il avec un sourire fin.

Plusieurs fois, j'ai eu l'idée de la prévenir, juste de lui passer un mot et qu'elle se barre. Quelque part, elle m'attendrit. Elle me fait un peu penser à Mimi, ma première gagneuse, je ne sais pas pourquoi car presque tout les sépare. Elle, je la sens instruite, sérieuse, elle parle plusieurs langues. Le genre de femmes de la vraie haute société – à des années-lumière de mon monde –, que je n'ai jamais approchées, parce qu'elles me foutent un peu la trouille, ou que je les méprise, ou un mélange des deux. J'admire son courage et sa façon de crâner, malgré sa trouille, parce que c'est sûr qu'elle a les grelots, ça peut pas être autrement. Elle ne montre rien, même si je suis sûr qu'elle a les guibolles en coton.

Un soir, je l'ai guettée rue de Sèvres, à la sortie de son bureau. Elle est montée sur son vélo, a rajusté une mèche blonde sous son béret puis elle est partie d'un bon coup de rein, son joli visage dans le vent. Je venais pour lui parler, lui parler du piège qu'on lui tendait. Je n'ai pas bougé. Parce qu'en la sauvant, je me mettrais dedans. Nosek me ferait fusiller pour Wagner, et Lagus avec. Et ça changerait quoi pour la petite, puisque de toute façon elle est grillée ?

De plus, Nosek m'a assuré qu'il la surveillait comme le lait sur le feu, plutôt comme une mouche au milieu d'une toile d'araignée. À la moindre tentative de fuite, elle sera piquée à mort et bouffée toute crue.

Il m'a fait signer un contrat d'engagement à huit mille balles par mois, avec rien d'autre à faire que de mentir à la petite princesse. Je suis officiellement un employé du hauptsturmführer Roland Nosek, du Sipo-SD, c'est gravé dans leurs putains de fichiers. Ce con me convoque tous les quatre matins. Où ça en est ce rendez-vous avec miss Beresford, ça avance ? J'écarte les mains, innocent. Qu'est-ce que j'y peux si ça traîne ?

En réalité, je m'en cogne, de son cambriolage et de ses histoires d'espions. Ma seule priorité, c'est Kléber. Je prends un luxe de précautions pour aller le voir dans son appartement miteux du Marais, mais il répond toujours que c'est pas facile de vendre de la pierre en ce moment, qu'on lui propose des queues de cerise, faut attendre monsieur Maurice.

– Arrête de lambiner, faut vendre, tu piges ?

Sa figure de cardinal s'étire vers ses pompes.

– Très bien.

Quelques jours plus tard, il trouve enfin un acheteur potentiel pour Le Bailli de Suffren, et peut-être aussi un autre pour l'appartement avenue Émile Acollas. Il fait quand même la gueule.

– On ne s'en sort pas si mal, cela nous donne presque un million et demi, qu'on peut transférer dans une banque en Espagne. Si on ajoute les valeurs en or et en bijoux, je pourrais obtenir au total près de trois millions de francs. Je n'en espérais pas tant, monsieur Maurice.

– Mais c'est long.

– Patientez une semaine ou deux, monsieur Maurice.

On trinque au Byrrh citron, et je le lâche, à demi soulagé.

En attendant, je raconte à Nosek que le rendez-vous avec la Rosbif est sur le point d'être arrangé. On va le faire, son putain de cambriolage. Et ma vie continue, sans gloire. Au Chapiteau, Ricord me fait risette, ainsi que Lafont. Leurs nouveaux maîtres SS (et donc les miens aussi, ce qui me donne la gerbe) ont calmé leurs ardeurs à mon encontre. Ils se doutent de quelque chose, ça les fout en rogne mais ils s'écrasent. Moi, je rêve de vent, de mer et de calanques, et je me dis que je devrais tout laisser tomber, prendre la tangente pour de bon, là tout de suite. À Marseille je serais à l'abri. Mais une semaine ou deux, qu'est-ce que c'est ? Si je suis forcé, je lui ferai, son casse, au père Nosek. Je m'en fous de toute façon. Ça ne changera rien pour l'Anglaise, ils savent déjà tout d'elle, elle est faite aux pattes, avec ou sans moi.

Des mains se posent sur mon épaule. Renée. Ce soir, elle tremble comme une pucelle qui craint de déplaire à son amoureux. C'est vrai, je ne la calcule plus ces jours-ci. La tête ailleurs. Mais elle s'inquiète, au point de passer me voir après le travail. Elle fond en larmes, elle en peut plus de tant d'indifférence.

– Qu'est-ce qui se passe, monsieur Maurice… Je vous ai fâchée ?

Elle sursaute et recule lorsque je pivote.

– Laisse tomber.

Mais elle avance à nouveau d'un pas, le souffle plus rapide, les yeux brillants. Ses deux mains posées sur mes pectoraux, elle m'embrasse le torse, me renvoyant l'odeur de ses cheveux. Sa bouche se pose et se repose.

– Laisse-toi faire, murmure-t-elle comme une prière.

Elle dépose les lèvres plus bas, sur mes cuisses puis mon sexe qu'elle dégage avec fébrilité, s'active accroupie devant moi jusqu'à ce que je jouisse dans sa bouche. Puis elle sort en courant vers la salle de bains. Plus tard, je la retiens par le poignet lorsqu'elle veut partir.

– Reste ici cette nuit.

Elle peut pas. Il y a son Gérard, et personne pour le garder. Et puis il y a les voisins, qu'est-ce qu'ils vont dire si elle découche ? C'est surtout ça qui la gêne, plus que de tromper son mari. Mais elle cède, parce qu'elle a envie et parce que la vie est courte. Et qu'au fond elle s'en fout de tout ça, les rumeurs, la réputation… Quelques heures plus tard, je me réveille à ses côtés pour attraper une cigarette, sur la table de nuit. Paris dort, pas d'alerte ce soir.

Je n'avais pas remarqué la longueur de ses cils, l'épaisseur de ses cheveux noirs, son bras levé dévoilant une aisselle frisée. Elle bat des paupières, ensommeillée.

– Tu vas partir.

– Pourquoi tu dis ça ?

– Pour rien. Mais je suis sûre que tu vas partir.

Son regard nostalgique suit la fumée bleue qui se dilue. Du revers de la main, elle caresse mon bras, puis finit par se rendormir. C'est un cognement violent qui nous arrache au sommeil, à en faire trembler les murs. Sept heures à ma montre-bracelet, le jour est déjà haut. Derrière le battant, je découvre mon moustachu favori, Nosek, en grand uniforme SS, accompagné de son adjoint le géant blond et d'une patrouille armée. Estomaqué, j'ouvre la bouche mais pas un mot n'en sort, comme un poisson hors de l'eau. Il me scie vraiment, l'enculé.

– Qu'est-ce qui vous arrive ? Vous êtes tombés du lit ?

À poil derrière moi sous son kimono de soie, Renée rote bruyamment et court aux chiottes où elle vomit. Elle en ressort le front luisant, le teint verdâtre et secouée de frissons. D'un ton bref, Nosek lui donne trois minutes pour décarrer, puis me pousse au salon tel que je suis, torse nu sous ma robe de chambre fantaisie, pas rasé, grotesque à côté d'eux bien sanglés dans leurs uniformes.

L'œil froid du nazi se promène sur les frises en haut des murs, un peu étonné, avant de revenir à ma pomme. Dehors, une belle journée de juillet commence, saluée par les piafs tout proches du Champ-de-Mars.

– Je vous propose pas de café, vous avez l'air assez énervés comme ça…

Ma pirouette n'intéresse pas Nosek.

– Ainsi, monsieur Ferrandi, il paraît que cet appartement est à vendre ? Et vous ne me l'avez même pas proposé… Dommage, j'aurais pu être intéressé, vous ne pensez pas ?

Donc, il sait pour Kléber, et sans doute aussi que je veux me faire la belle. Quelle déception, me confirme-t-il, mi-glacé mi-amusé. Il me croyait plus intelligent que ça. Pourtant, il a décidé de passer l'éponge et de me donner une dernière chance.

– Sinon ?

– Sinon, je vous livre à l'Abwehr et vous serez fusillé pour avoir tué Oscar Wagner. Ça ne m'arrange pas, mais tant pis, je ferai sans vous. Maintenant habillez-vous.

Même à poil, son gorille blond ne me lâche pas des yeux, ainsi qu'un SS, le doigt sur la détente de son MP 38. Il ne me laisse pas le temps de me raser, ce qui n'est pas bon signe. Revêtu d'un pantalon et d'une veste de lin, chapeauté mais sans cravate, j'embarque avec eux dans leur Horch 850, suivie de près par un tout-terrain chargé de militaires.

Beaucoup de tralala pour un minuscule trajet. À peine arrivé à la Seine, le convoi tourne à gauche, puis presque tout de suite encore à gauche, au pied du Vel d'Hiv qui fait une drôle de gueule : partout des gendarmes et des flics, autour de trois ou quatre autobus de la STRCP[5] dont descend une flopée de pékins de tout poil. Rien que des Juifs. Certains vieux tiennent à peine debout et les gosses sont nombreux, les femmes aussi, ça sent la misère et la trouille. Ils ont l'air de sortir du lit, avec leurs minables valises à la main. Il me faut un temps pour entraver que tout est vrai, que ça se passe en France, à Paris, sous mes yeux.

Un goût dégueulasse m'envahit le palais, tandis que Nosek me pousse en avant. Ça force le respect des gendarmes et des flics, qui claquent presque des talons, ils s'écartent devant notre groupe comme devant Dieu le père, sans oser nous demander notre laisser-passer.

---

5 Société des transports en commun de la région parisienne, la future RATP.

L'écho de nos pas claque jusqu'au stade, où règne une puissante odeur de sueur, teintée de merde. Quatre heures qu'on entasse les Youtres là-dedans, m'explique avec dégoût un gradé de la gendarmerie qui doit me prendre pour un flic en civil. Les chiottes se sont bouchées en un clin d'œil, vous parlez d'une histoire. En plus il n'y a rien à boire ou à manger, ils réclament tous. Les gradins croulent de monde, des nourrissons braillent, on se croirait aux bains turcs avec cette moiteur. Au centre, une infirmerie de fortune accueille les éclopés par dizaines. Les blouses blanches virevoltent, certaines marquées de l'étoile.

Je me tourne vers Nosek qui contemple ce spectacle ni plus ni moins immonde.

– On fait quoi maintenant ?

Il m'ignore, et donne un ordre à un officier de gendarmerie, qui file vers les gradins, tandis que de nouveaux arrivants déboulent, guère plus reluisants que ceux qui les ont précédés dans le stade. Il n'y a pas trop de place, ça braille et ça s'engueule, des gosses pleurent. C'est intolérable, et pourtant j'en ai vu de la merde dans ma vie. Il faut une bonne demi-heure pour qu'enfin revienne le gendarme, cette fois accompagné de Kléber, dépenaillé, les yeux rouges. Il envisage mes gardiens SS et comprend de suite.

– Pardon, monsieur Maurice.

– T'es quand même un sacré con. Je t'avais dit de te tirer.

Il m'entend et me voit à peine, torturé par ses remords. Sa tignasse pas coiffée flotte devant ses binocles, lui donnant un air bohême.

– Quelqu'un m'a dénoncé, je suis désolé, monsieur Maurice.

– Fais pas chier, c'est pas ta faute. Sinon c'est bien les courses ? Y a qui au programme ?

Sans même remarquer ma blague, il m'explique en quelques phrases que les rumeurs d'une grande rafle couraient depuis plusieurs jours, mais personne n'y croyait. Ce matin à l'aube, les flics ont encerclé son quartier et ont arrêté des centaines de Juifs chez eux. Des femmes, des enfants, des vieux. Un bagage par personne, un quart d'heure pour se casser. Combien ont été pris, plusieurs milliers sûrement, vu les cars réquisitionnés et les centaines d'immeubles vidés. On regroupe tout ça dans la rue puis dans des autobus. Des horreurs circulent, des mamans se seraient jetées du haut de leur immeuble avec leurs nourrissons plutôt que de les entraîner dans cette merde.

– Je croyais qu'ils prenaient uniquement les hommes, pour les envoyer dans des camps de travail.

– Eh bien ça a changé, me confirme Kléklé, des pleurs plein la moustache. Maintenant, ils arrêtent tout le monde, même les infirmes.

– Putain ! Qu'est-ce qu'ils vont en faire, de ces mômes ?

Je me suis tourné vers Nosek, qui s'immisce entre Kléber et moi. Une nouvelle file de raflés qui passe à grand bruit l'empêche provisoirement de causer.

– Vous me faites perdre beaucoup de temps, Ferrandi. Je vous ai donné une mission et vous en avez profité pour essayer de m'entourlouper. Maintenant je vous donne une dernière chance. Si vous voulez revoir votre comptable et votre argent, faites ce que je vous dis. En attendant, comme garantie, votre ami juif sera placé à Drancy mais ne sera pas déporté. Vous avez ma parole.

Je me sens touché en pleine poire. Pour qui il me prend ? Pour une vieille pute, prêt à tout pour du pognon ? Je dois inspirer un grand coup pour ne pas lui jeter ça à la face.

Cependant à ma surprise, Kléber me prend la main : Rachel a été prise elle aussi, il me dit. Elle est avec les gosses dans les gradins, il faut les faire sortir, les sauver. Il me supplie, serre mes doigts comme s'il se noyait. Ses lèvres tremblent, se mouillent de larmes.

– S'il vous plaît, monsieur Maurice, je vous en supplie, faites quelque chose.

– M'emmerde pas, Kléber.

– Je vous donnerai tout ce que j'ai. J'ai deux cent cinquante mille francs. Je peux vous donner le double. Cinq cent mille. Un million, si vous voulez. S'il vous plaît. S'il vous plaît aidez-moi.

Il se penche pour me baiser la main, et je reste là comme un con, avant de le repousser doucement. Pendant une fraction de seconde, il me prend l'idée de tuer Nosek qui nous observe toujours, froid comme une huître. Je n'aurais qu'à dégainer la baïonnette du SS le plus proche, à lui plonger au fond de la gorge. Mais ils me buteraient aussi sec. Ou plus tard, peut-être.

– Gardez Kléber à Drancy si vous voulez. Mais libérez sa dame et les gosses. Ils vous ont rien fait. Moi, je ferai ce que vous voulez, parole d'homme.

Le SS semble réticent, il se tord la moustache.

– Pour vous, ce serait pas grand-chose de les sortir, non ? Vous avez Kléber en garantie.

– C'est plus compliqué que vous ne pensez. Cette action dépend de mes collègues de la section IV-J. Je n'ai aucun pouvoir sur eux. Je peux garder un homme pour le bénéfice d'une enquête, mais toute une famille de Juifs…

Ces mots semblent lui brûler les lèvres, comme s'il parlait de caca ou de vomi dans une réception chic. Pour la première fois, Kléber s'adresse à lui.

– S'il vous plaît, monsieur l'officier. S'il vous plaît.

Et il s'agenouille, dans ce putain de couloir en ciment, avec cette clameur venue du stade, cette odeur d'apocalypse. J'ai envie de le gifler pour le réveiller. J'ai envie de tuer tous les Boches et les flics de Paris.

* *
*

Sous ses airs réglo-réglo, Nosek est un pourri authentique. Il a bien voulu relâcher Rachel et les gosses, mais en échange il exige la moitié de ce que Kléber pourra tirer de mes biens à vendre, ça veut dire un million et demi de francs, payable en or et rien d'autre. C'était ça ou rien, alors j'ai dit oui. Avec des envies de meurtre mais ça, le nazi s'en branle.

Donc, Rachel et les deux gamins ont été extraits du Vel d'Hiv, tandis que papa Kléber filait à Drancy, un HLM en construction du côté de Bobigny, en compagnie de quelques milliers de Juifs épais comme des haricots. Ce n'est pas si bien gardé, quatre pauvres miradors et des barbelés autour. Avec du temps et de l'argent, je pourrais le faire sortir, mais je n'ai ni l'un ni l'autre.

Quelques jours plus tard je retourne avenue Flandrin chez Nosek, la queue basse. Ce matin-là, il paraît furieux et me conduit direct dans son bureau, sous l'œil bleu de son connard moustachu, avec son brassard de pédé frustré. Je refuse son Porto en m'allumant une tige.

Dès que je mets le pied ici, je renifle comme des relents du Vel d'Hiv, ça me ferait bien gerber.

– Mademoiselle Beresford a disparu, m'annonce-t-il en se carrant dans son vaste fauteuil. Elle a réglé le dernier terme de son appartement rue Didot et elle est partie.

– Je croyais qu'elle était étroitement surveillée.

– Eh bien, elle a réussi à nous filer entre les doigts. Je vous donne huit jours pour la retrouver. Si vous échouez, si d'ici là vous n'avez pas fait le fric-frac avec elle, considérez-vous comme un homme mort, Ferrandi. Et n'essayez pas de vous carapater, vous n'iriez pas loin, je vous le garantis.

Un coup à l'estomac. Il me reluque tranquille par-dessus ses doigts joints. Je lui réponds, tout en essayant de contrôler mon palpitant, que son Anglaise a dû repartir outre-Manche depuis un bout de temps. Il reste de marbre.

– Miss Beresford n'a pas pris d'avion pour Londres, nous le savons de source sûre.

Un frisson me glace le dos. Les enfoirés ! J'ai su par Blémant que l'Intelligence Service utilisait des avions pour passer du courrier ou des agents entre Londres et la France, dans les deux sens. Donc, si je pige bien, le SD et la Gestapo auraient infiltré ces vols clandestins. Nosek rayonne.

– Bien, ne perdons pas de temps. Je vais vous présenter la comtesse Von Seckendorff, elle dirigera vos investigations.

– Ah bon, c'est une femme flic ?

Sans prendre la peine de me répondre, il contourne le bureau et me relève par un bras.

Sa petite administration occupe tout l'étage, une dizaine d'employés, la plupart en civil, chargés d'opérations de renseignement. Nosek s'occupe des partis politiques, un autre est spécialiste de la police, une aristocrate infiltre la haute société, un luxembourgeois les milieux ouvriers. Puis ils envoient leurs rapports à une autre section du SD, qui traite ou pas, c'est selon.

Outre cela, il y a des traductrices, un responsable du fichier, un chauffeur et un homme à tout faire. Et bien sûr comme pour tous les Boches en France, la gamelle est bonne, ils s'en mettent plein le gosier dans leur cantoche maison, ils vivent comme des nababs.

Découvrir la comtesse en question dans son bureau me cause un choc. Une vraie star de ciné. La trentaine, en tailleur et pantalon noirs, chemisier crème ouvert sur un collier de perles, elle se marre à mon trouble, me tendant ses phalanges parfumées au Chanel n° 5.

Présentations faites, Nosek nous abandonne.

– Voulez-vous boire quelque chose, monsieur Ferrandi ? Thé ? Café ? Champagne ? Nous avons de l'excellent whisky si vous aimez.

Elle attend ma réponse, son joli visage penché de côté ; sa voix est douce, teintée de teuton.

– Vous comptez faire la tête longtemps ?

– On est censés faire quoi tous les deux ?

– Rien de malhonnête, j'en suis désolée, elle rigole en cascade.

Quelques instants plus tard, elle revient avec deux flûtes blanches de buée.

– On fête quoi ? Les Juifs au Vel d'Hiv ?

Une ombre passe sur ses traits délicieux, on dirait une maman fatiguée de son môme insolent.

– Les Juifs nous ont entraînés dans cette guerre, répond-elle sèchement, il faut bien traiter la question.

En une phrase, elle s'est dévoilée, dure et froide ; sensuelle peut-être, mais si la main me démange, ce serait plutôt pour lui en retourner une, façon Ricord. Elle s'allume une Dunhill et pousse un maigre dossier devant moi.

– Attendez pour lire tout cela, je vous explique d'abord ce que je sais, dit-elle en recrachant un nuage, l'expression tendue.

Il se trouve qu'elle a bien connu la famille de lord Beresford, deuxième vicomte Rothermere, dans les années vingt à Londres, Venise, ou sur la Côte d'Azur…

À mon air ahuri, elle précise : Rothermere, c'est le titre, héréditaire. Beresford c'est leur nom de famille. De toute apparence, en voie de ruine complète. À la fin de la Grande Guerre, ils avaient déjà dû se séparer de leurs châteaux, l'un dans le Gloucestershire, l'autre en Écosse. Au début des années trente, c'est devenu pire, ils ont fini par vendre leur manoir à Easton Grey, dans la campagne. Ils ont juste gardé la grosse maison à Londres. Ça n'empêche, ils ont continué à fréquenter le beau monde. La mère s'appelle Anastasia Von Battenberg, cousine d'André de Grèce et descendante de la reine Victoria. Ils sont alliés aux Churchill, ils ont des liens avec pas mal de monde au Foreign Office[6] et à la Chambre des lords, ils ont dîné avec nombre de célébrités dont Charlie Chaplin. Autre chose : ils ont voyagé en Allemagne dans les années trente, rencontré plusieurs fois le Führer. Là, ça me scie. Je regarde la comtesse Von Truc avec des yeux comme des soucoupes.

– Vous semblez étonné, monsieur Ferrandi, elle sourit. Rothermere s'est lié d'amitié avec sir Oswald Mosley, le dirigeant de l'Union des fascistes britanniques. Nous voulions un rapprochement entre les races nordiques, je ne vois pas ce qui vous amuse.

Je me détourne. Moi et leurs histoires de races…

– La sœur aînée, Hélène, reprend mon interlocutrice, vit d'ailleurs actuellement en Allemagne, c'est une nazie convaincue, régulièrement invitée dans le salon du Führer – peut-être moins depuis le début de la guerre. Élisabeth, dite Lizzie, ou Macbeth, pour son amour du théâtre, s'est

6 Ministère des affaires étrangères.

détachée de sa famille, sans doute pour toutes ces raisons. Un peu garçon manqué. Excellente éducation, bien qu'elle n'ait fréquenté aucune école, cultivée, contrairement aux autres Beresford. Le père se vante d'ailleurs de n'avoir jamais ouvert un seul roman de sa vie – il méprise les arts et tous les créateurs en général, qu'il juge inutiles et dégénérés – il n'a pas forcément tort. Elle parle français et allemand sans accent, néerlandais et un peu le grec moderne. En 1937, elle s'est installée chez des cousins nobles, en Hollande, sans doute pour fuir sa famille. Ensuite elle a travaillé pour une entreprise de transports hollandais. Son patron direct s'appelait Allan Medding, sujet britannique, probable honorable correspondant de l'Intelligence Service. C'est sans doute lui qui a recruté miss Beresford pour surveiller Oscar Wagner…

La comtesse s'interrompt pour me consulter du regard. Comme si j'allais applaudir.

– Qu'avez-vous, monsieur Ferrandi ? Vous avez l'air de m'en vouloir.

– Au contraire, ça me passionne. C'est le plus beau jour de ma vie.

Elle hausse les épaules et poursuit :

– Depuis qu'elle travaille à Paris, il semble que Beresford n'a repris contact avec aucune de ses anciennes relations. Celles du temps où sa famille était… en meilleure santé financière.

– Mince alors.

Ma patronne dévoile les dents, toujours plus agacée. Ce qui me réjouit.

– Vous êtes à mourir de rire, monsieur Ferrandi. Donc, rien à faire de ce côté-là. Elle n'a pas de parents en France, mais il reste une piste, dit-elle en écrasant son mégot d'un geste dur. Lady Beresford est très sportive. Je me suis renseignée grâce à des relations, et j'ai trouvé ceci.

D'un doigt dédaigneux, elle sort d'entre ses feuillets une photo où posent deux filles en maillot, à côté de leurs vélos de courses. Lizzie Beresford, seize ou dix-sept ans à l'époque, encore joufflue, sourit à une brune de son âge, aux cheveux ondulés presque crépus.

– Ce cliché a été pris lors d'une course à Montmorency, au nord de Paris. Macbeth a fréquenté les milieux sportifs féminins, au début des années trente. Ces femmes sont des exaltées, parfois des marginales. Il est possible qu'elle ait repris contact avec certaines, compte-tenu de leur profil un peu… particulier. Notre spécialiste des sports vous a dressé une liste d'anciennes adeptes du cyclisme de compétition. À vous de jouer maintenant.

Une envie furieuse me vient de gifler cette salope. Elle le sent et me montre toutes ses dents.

– N'hésitez pas à me demander de l'aide, monsieur Ferrandi. Je ferai dans la mesure de mes moyens. Mais, sachez que le capitaine Nosek est un homme exigeant.

Il me faut un bon moment pour me calmer, une fois dehors, et tenter de raisonner. Je crève de faim mais je refuse de bouffer, dans ma rage. Alors, ce connard d'espion nazi veut me transformer en flic, me forcer à fouiller Paris à la recherche de leur milady à la noix ? Mais il me prend pour qui ? La princesse s'est décarrée, tant mieux et bon vent. Et je ferais mieux d'en faire autant.

Sauf qu'il y a cet abruti de Kléber. Si je me fais peu à peu à l'idée de m'assoir sur le pognon perdu, ça me chagrine de le savoir à Drancy. Ça m'inquiète même. L'autre jour, j'ai su par Nosek qu'ils envoyaient les Juifs en train vers des camps de travail. Un jour ou l'autre, ça lui tombera dessus. Et il ne mérite pas ça.

Deux heures plus tard, encore fulminant, je gare ma Peugeot rue Vieille-du-Temple. Depuis quelques jours, les non-raflés rasent les murs, et le quartier semble plus crasseux que d'habitude, avec cette chaleur qui cuit les ordures. Cette ville me dégoûte, je rêve des montagnes autour de Calenzana, d'air pur. Même la cour où j'avais vu chanter la fillette, trois mois plus tôt, s'écrase sous le silence. Où sont-ils tous ? En fuite, prisonniers ? Cachés dans des placards ou des caves, comme des rats ?

Rachel Kléber est là en tout cas. Elle me fixe avec rancœur tandis que j'entre, comme si tout ça était ma faute. Pour une fois, je vois ses deux gamins, qui lisent dans un coin. C'est les vacances, mais depuis la grande rafle, elle les envoie plus jouer dehors. Plus confiance.

– Des nouvelles de votre mari ?

Ses yeux verts étincellent, pour un peu elle me giflerait.

– Vous trouvez que vous ne lui avez pas fait assez de tort ?

L'attaque me scotche. Sans rire, elle m'en veut à ce point ? Est-ce qu'elle sait que sans moi, elle et son binoclard crèveraient de faim depuis longtemps ? Je pourrais la balancer dans ses cordes, mais ça changerait quoi ? Je dépose un tas de billets sur la table, sans lui laisser le temps de parler.

– C'est ce que je devais à votre mari.

Elle ouvre le bec, toute rose, et j'ajoute que le pognon pourrait servir à envoyer des colis à Drancy, où tout le monde crève la dalle. Je lui suggère aussi de prendre le large. Au besoin, je l'aiderai.

– Jamais je ne quitterai Paris. Pas tant que Simon est à Drancy.

– Je m'en doutais. Envoyez au moins les gosses au vert, non ?

– La famille ne se sépare pas. Qui êtes-vous pour me donner des ordres ?

– Un ami.

Elle hausse sa belle épaule moulée dans une robe défraîchie.

– Des amis comme vous, on s'en passe.

– Vous préférez faire confiance aux Boches ?

– Parce qu'à vous, on peut faire confiance ?

– À moi, oui. Écoutez, les Boches envoient les Juifs à l'Est, dans des camps de travail. On les met dans des wagons à bestiaux. Attendez, j'ai pas fini. Drancy va être vidé. Écrivez à votre Simon qu'il se tienne prêt à se tirer de là-bas.

– À se… Comment voudriez-vous ?

– J'en sais rien encore. Laissez-moi le temps, faites-moi juste un peu confiance. Vous lui écrirez ?

Je surprends, au fond de ses yeux, une étincelle émue. Qu'elle est belle, cette femme ! Elle me promet qu'elle lui enverra un mot. Pour les gosses, elle va y penser. Mais c'est du baratin, je sais qu'elle fera rien. Trop fière.

Le seul qui pourrait peut-être m'aider, c'est Szkolnikoff. Je passe le voir dans ses locaux grouillants de secrétaires et de sonneries. Il me reçoit mais il bougera pas un cil. Vrai, il m'aime bien, l'escroc en bras de chemise avec son accent slave. Mais ces rafles, ces histoires de convois de Juifs, c'est un ordre direct de Berlin. C'est impossible de se mouiller comme ça pour un comptable juif. Désolé, monsieur Maurice. Ça aussi, je m'en doutais.

En attendant, Nosek et sa comtesse me pressent comme un citron. Bien forcé, j'entame mes recherches. Parmi les témoins qui auraient pu croiser Macbeth figure une certaine Violette Morris, ex-championne d'un tas de sports – natation, football, courses cyclistes ou auto, et j'en passe.

Une petite grosse d'une cinquantaine d'années aux yeux noirs, qui m'accueille d'un air méfiant dans l'immense garage de la Luftwaffe qu'elle dirige, boulevard Pershing, près des anciennes fortifs. La comtesse Von Seckendorff m'a laissé entendre qu'elle travaillait plus ou moins pour le grand Reich, la Gestapo ou l'Abwehr, elle ne sait. Marginale et révoltée, lesbienne avérée, elle aurait voulu se venger de toutes les misères que notre beau pays lui a fait subir, avant-guerre.

La grosse Morris contemple la photo de Macbeth en tenue de cycliste.

– Et alors ?

– Je veux le nom de la brune.

Visiblement, ma gueule déplaît à mon hôtesse, qui n'a pas la moindre intention de collaborer. La moutarde me monte au nez. Je lui mets le marché en main : soit elle m'aide gentiment, soit son nom circulera dans les milieux bien informés de Paris, comme quoi c'est une espionne boche, une collabo de la plus belle espèce.

Elle me regarde, toute pâle et les poings serrés, une tigresse prête à me déchiqueter.

– J'ai des protecteurs.

– Je m'en branle de tes protecteurs. Moi aussi j'en ai. Fais ce que je te demande et tout ira bien.

Je suis trop remonté – nettement plus qu'elle – pour qu'elle cherche à discuter. Quelques jours plus tard, de retour dans son hangar où s'alignent les voitures teutonnes aux capots ouverts, elle me livre en serrant les dents les informations voulues : Beresford était très copine avec une certaine Andrée Borrel, c'est la brune en tricot de sport sur le cliché. Ce qui fait sourire ma patronne, la comtesse Von Seckendorff, de toutes ses dents. Ce matin-là – comme tous les autres jours –, elle est à tomber par terre, dans une robe à fleurs à manches courtes bouffantes, qui souligne sa taille de guêpe, les yeux bleu-vert parfaitement maquillés.

– Vous vous débrouillez très bien, monsieur Ferrandi.

Je fais semblant de me passionner pour le bout incandescent de ma Gauloise. Histoire d'être sûr de ne pas tomber sous son charme, je me dis qu'elle ferait une bonne gagneuse au bordel. Alors elle s'approche de moi, un peu tendue, et glisse la main dans mon entrecuisse. Et déjà, je durcis et il suffirait de presque rien pour que je la touche moi aussi, mais curieusement, le visage de la petite lady s'interpose entre nous, et je vois l'abîme qui sépare ces deux femmes.

Doucement, je la repousse.

– Désolé, je suis fiancé, je balance, n'en croyant pas mes propres oreilles.

Elle en a le souffle coupé et sort en claquant la porte.

Il ne faut que deux jours à Nosek pour tout savoir de cette Andrée Borrel. Nouvelle convocation à son burlingue.

– Borrel, il dit, est une communiste fanatique, qui aurait même combattu en Espagne côté républicains. Au début de la guerre, de retour en France, elle a été membre d'un réseau d'évasion de pilotes anglais abattus, mais on a perdu sa trace à la fin de l'année dernière.

– Beresford et Borrel étaient très liées avant-guerre, ajoute la comtesse, qui depuis ma reculade et l'annonce de mes soi-disant fiançailles, me fait ouvertement la gueule. Peut-être qu'elles couchaient ensemble. En tout cas elles fréquentaient les boîtes de nuit et les cabarets homosexuels.

Elle me tend un papier, que je refuse de prendre.

– Voici la liste des plus connus.

Comme si je ne connaissais pas les boîtes à tantouzes.

– Je suis censé faire quoi ?

– Cherchez dans ce milieu, fait Nosek en se redressant pour épousseter sa manche. Nous aviserons en fonction de vos découvertes. Et faites vite, il vous reste peu de temps.

Mais mon enquête à peine entamée, changement de planning. Un soir, très tard, on m'appelle de toute urgence boulevard Flandrin. Obéissant comme un toutou, j'y retrouve mon capitaine et la môme Hildegarde, l'œil fatigué, irritée d'avoir dû abandonner son pince-fesse en cours. Malgré son humeur massacrante, elle ferait bander un moine impuissant dans sa robe de soirée tout en satin et perles, une aigrette dans les cheveux, et quand même satisfaite de mon regard sur ses pointes de seins.

– Vous avez trop tardé, Ferrandi.

Même la comtesse n'ose l'ouvrir. D'un ton agacé, où perce l'accent boche, Nosek raconte que la pleine lune arrive, autrement dit l'époque où les Anglais organisent leurs vols clandestins, car il faut qu'ils y voient clair pour poser leurs coucous. Or Mlle Beresford est du prochain départ, du côté de Chartres.

– Si vous savez tout ça, pourquoi ne pas la cueillir là-bas ?

Il hausse l'épaule de sa veste grège, assortie d'une chemise rayée verte.

– Ne vous occupez pas de ça, Ferrandi.

– Comme vous voudrez. Si elle est partie, ma mission est terminée, non ?

Un éclair de colère tort sa moustache. Il me fixe, glacial. Il fait non de la tête.

Chapitre 15

Lizzie

Le train est arrivé à Chartres avec plus de deux heures de retard. Et comme si ça ne suffisait pas, un contrôle de voyageurs particulièrement tatillon retarde la sortie du quai. Impossible de faire demi-tour, alors j'avance lentement, la peur au ventre, persuadée qu'ils vont détecter mes faux papiers. Le père Kenneth a bien fait d'inspecter mon petit bagage avant le départ, même si je l'ai détesté lorsqu'il a impitoyablement réduit en miettes et brûlé mes photos, seuls souvenirs de ma vie d'avant.

Mais il avait eu raison, car elles pouvaient mener à ma véritable identité. Tout comme il a eu raison de vouloir m'expédier à Londres, suite à l'irruption de Ferrandi, et son étrange proposition de cambriolage. Nos chefs à l'IS nous avaient certes confirmé que le Corse travaillait bien pour le Deuxième Bureau français, mais ce n'était pas une garantie.

– Le gouvernement de Vichy déteste l'Angleterre, ils sont capables de toutes les bassesses, m'avait expliqué l'Irlandais.

Après le contrôle, je retrouve Kenneth qui a voyagé dans un autre compartiment, puis je le suis quelques pas en arrière, jusqu'à une maison de ville décrépite, au fond d'une impasse. Sans un mot, une grosse dame tout de noir vêtue nous ouvre à l'étage la porte d'un salon dépareillé qui sent le moisi, puis nous abandonne.

Les heures suivantes s'écoulent dans un silence morne. Kenneth se plonge dans un livre à la reliure écornée. Plus bas dans la rue, le grelot d'une porte vitrée résonne à intervalles réguliers. Des enfants jouent, une charrette passe parfois. Interdiction d'ouvrir les persiennes en bois, qui diffusent une chaleur poisseuse. Un roulement de tonnerre lointain tire le prêtre de sa lecture. Il grimace.

– Ce n'est pas bon, dit-il, puis il reprend sa lecture avec flegme.

Alors que l'obscurité gagne, deux hommes apparaissent, essoufflés, l'air de voyageurs de commerce. L'un doit avoir mon âge, vif, le menton carré. Un militaire en civil, me semble-t-il. L'autre possède une carrure de lutteur forain, la cinquantaine, lunettes en acier. Nous nous saluons vaguement du menton et chacun se perd dans ses pensées, ses missions, ses craintes, les camarades qu'il laisse en France, qu'il ne retrouvera peut-être pas à son retour.

L'orage gronde de plus en plus souvent. Puis un tambourinement immense s'élève, avec cette odeur merveilleuse de la terre sèche qui reçoit l'eau. Des pas et des rires dans la rue, sous le déluge. Kenneth a refermé son livre – on n'y voit presque plus rien. Parfois, il semble adresser une prière au ciel. Personne ne se parle, à quoi bon ? Échanger des platitudes, des mensonges, des fausses identités ?

– Le voyage semble compromis, murmure tout de même le jeune homme qui ressemble à un officier.

C'est curieux, je n'arrive pas à avoir peur, comme si tout cela n'était pas réel. À la nuit tombée, notre club de muets descend en file indienne l'escalier noir, puis une camionnette de livraison nous dépose loin dans la campagne au sol gorgé de pluie. Bientôt mon béret pèse et dégouline, comme une éponge, l'eau s'immisce jusque dans ma culotte et mes chaussettes. Enfin nous arrivons dans une grange aux cloisons disjointes, qui empeste la bouse de vache. Deux silhouettes surveillent les champs autour.

– Je crois que vous êtes venus pour rien, fait une voix claire au bout d'un moment.

Le nouveau venu allume sa cigarette, le temps de dévoiler à l'éclat du briquet son menton fort, une expression rude et désinvolte. À mes côtés, je perçois la désapprobation de Kenneth et des autres voyageurs, qui n'apprécient pas sa décontraction et ses manières.

– Je suis Gilbert, responsable des opérations aériennes, annonce-t-il en serrant les mains à la ronde, comme un candidat en tournée électorale.

À quoi bon claironner son nom, puisqu'il s'agit d'un pseudonyme ? Arrivé à moi, il me tend son paquet, que je refuse.

– Je ne fume pas, merci.

Surpris, il se fend d'un sourire plein de gouaille.

– On dirait que vous avez pris l'eau.

– C'est qu'il pleut un peu…

– Je croyais que vous étiez habitués, vous, les Anglais.

– Qui vous dit que je suis anglaise, dis-je, sur le recul.

– Mais… tout !

Il lâche un rire satisfait tandis que je réprime un frisson de malaise. D'une certaine façon, il ressemble à Ferrandi, en beaucoup plus insolent et vulgaire. Le genre de types que je déteste. D'un ton bref, il demande aux paysans qui montent la garde si les emplacements et les torches sont prêts, et leur pose quelques questions sur l'état du terrain. Il semble vraiment à l'aise, comme s'il ne risquait pas l'arrestation ni la torture, comme si tout ça n'était qu'un sport un peu risqué, mais amusant. Dès qu'il ressort, Kenneth incline sur moi sa grande silhouette.

– Déplaisant personnage, n'est-ce pas ? chuchote-t-il en anglais. J'aurais dû vous prévenir, il se comporte toujours ainsi avec les femmes. Que voulez-vous, on ne monte pas ce genre d'opérations avec des enfants de chœur.

Je masque mon amusement. Lui non plus n'est pas précisément un enfant de chœur. Avec son menton lourd, son petit chapeau et son imperméable avachi, il ressemble d'ailleurs à tout sauf à un curé. Plutôt à un voleur, un escroc, ou pourquoi pas un assassin. Je n'ai pas oublié son parcours aventureux pendant la Révolution russe. Il a rompu ses vœux puis il s'est réfugié en France, où il est à nouveau rentré dans l'église. Et maintenant, il est agent de l'Intelligence Service. Vraiment, je ne serais pas surprise qu'il ait du sang sur les mains.

– Vous avez froid ?

Sans attendre ma réponse, il me couvre les épaules d'une couverture râpeuse sortie de nulle part.

– Merci. Mais pourquoi êtes-vous venu ? Vous ne prenez pas l'avion. On aurait pu se séparer à Chartres.

La conversation se poursuit tout bas, dans notre langue natale.

– Je voulais vous protéger jusqu'au bout.

– Je ne suis plus une enfant. Et puis, si les Allemands nous prennent, vous serez pris aussi. Je suis certaine que nos chefs n'approuveraient pas votre présence ici.

– Peut-être que je tiens à vous plus que vous ne pensez, Daffodil.

Un éclair passe dans son œil, de peine ou d'émotion, je ne sais.

– Vous ne m'avez jamais fait confiance, mon père, n'est-ce pas ?

– Pourquoi dites-vous ça ?

– Pour rien.

Je pourrais ajouter que tout nous sépare. Moi, anglaise, anglicane, aristocrate du meilleur monde, lui papiste, Irlandais, né Dieu sait où. Autant de mots bien inutiles dans ces circonstances. Il se détourne et replonge dans ses pensées. Revenu de sa tournée brillant de pluie, Gilbert distribue ses consignes d'un ton bref, presque cinglant : bien que le temps soit extrêmement couvert, nous devrons être dans dix minutes sur le champ d'atterrissage, prêts à embarquer. Si l'avion réussit à se poser, il doit repartir le plus vite possible.

– Une fois dehors, pas un mot, et surtout pas de cigarette. Compris ? À tout de suite, messieurs.

Il repart en coup de vent, nous laissant à la garde d'un seul résistant cette fois. Ses façons d'agir me laissent une impression désagréable. On dirait un contremaître qui s'adresse à des ouvriers simplets ou indisciplinés, et je surprends une expression proche de la colère sur le visage du résistant le plus âgé. Kenneth, qui n'a rien remarqué, me prend soudain la main, d'un geste étrangement paternel.

– J'ai toujours eu confiance en vous, Daffodil. Pardonnez-moi, j'ai pu être maladroit. Je regrette… tout ce qui s'est passé. Je le regrette. Vraiment.

L'émotion me serre la gorge, et je laisse ses doigts presser les miens. Lui va demeurer ici, poursuivre sa mission dans ce pays occupé, et moi je fuis très loin, en lâche.

– Nous faisons chacun de notre mieux, n'est-ce pas ?

– Bien sûr, mon petit. Au fait, je voulais vous dire. Vous souvenez-vous de la liste donnée par Ferrandi ?

La pluie martèle fort le toit de la grange. Il me faut un peu de temps pour me remémorer ce papier, qui contenait les noms d'agents allemands en Tunisie.

– L'information était exacte, poursuit le prêtre à mi-voix. Nous avons arrêté huit hommes qui venaient d'être déposés par avion dans le sud-est algérien. Ils s'apprêtaient à commettre une série d'attentats. Vous avez les félicitations de Londres.

– Merci. Mais la source va se tarir, maintenant.

Il approuve mais sans regret : la véracité de cette information ne prouve pas la bonne fois de Ferrandi. Il pourrait s'agir d'un leurre, m'explique-t-il, quelques agents secondaires sacrifiés pour endormir notre méfiance. Ensuite, l'ennemi passera de faux renseignements par le même canal, que nous croirons vrais. Une vieille technique d'intoxication.

– Vous n'y croyez pas, à ce plan secret de Hitler, n'est-ce-pas ?

– Non.

Je me détourne, malgré tout vexée. De toute façon, je serai loin d'ici demain, à prendre ce *breakfast* dont je rêve depuis des mois. Quelques minutes plus tard, nous grelottons tous dans une obscurité presque totale, au bord du terrain d'atterrissage que signalent quelques lampes torches placées en forme de « L » – la branche la plus longue de la lettre indique la longueur de la piste improvisée, la plus courte son extrémité.

Mais rien ne vient. Par instants, on devine la lune dans une percée, mais elle disparaît presque aussitôt. L'avion ne viendra pas, en conclut le jeune homme aux allures de militaire. Soudain, une main enserre la mienne. Je m'en dégage, irritée. C'est Gilbert, l'organisateur des vols.

– Qu'est-ce qui vous arrive ? Vous me prenez pour une petite fille ?

Ses dents apparaissent, claires dans la nuit.

– Je pensais que vous aviez froid.

– Bien sûr que j'ai froid. Ne recommencez pas.

Le Lysander ne vient pas. L'eau tombe à verse.

Mo

– Vous avez de la chance, Ferrandi, sourit Nosek dans sa moustache.

Je l'ignore, le temps de me craquer une allumette, d'aspirer une bouffée et de la recracher – ce type me débecte.

– Le vol de juillet a été annulé à cause du mauvais temps. Les terroristes ont passé la nuit dans une grange à Chartres et sont tous revenus à Paris en attendant le suivant. Vous allez pouvoir reprendre vos recherches au sujet de lady Macbeth.

Ça le fait marrer, de l'appeler comme ça – comme quoi l'humour, c'est vraiment personnel. Moi c'est le contraire : plus on m'en parle, de la petite Beresford, plus j'ai des aigreurs, presque honte. Je me sens coincé, pareil qu'une fille soumise dans une taule d'abattage. Il s'en rend compte et ça semble le réjouir. Derrière ses airs de prof de faculté bien civilisé, c'est un vrai sadique.

Donc, je reprends mon boulot – en français, ça s'appelle faire la donneuse. Très contente de me tenir sous sa botte, la comtesse Hildegarde m'a refilé sa liste des boîtes homos parisiennes. J'aurais pas dû refuser ses avances. Elle l'a mauvaise à présent, elle me cause mal, je l'imagine même très bien en uniforme SS, cravache à la main. Que je rêve justement de lui arracher pour la claquer. Elle entrave tout ça et s'en réjouit, la salope.

Elle en est sûre, l'Anglaise se cache dans le milieu de la pédale ou des croqueuses de minous, tous ces pervers, ces dégénérés habitués à dissimuler leur vraie nature. En France particulièrement, nation vérolée, faible et débauchée. Son discours me fait vomir. Connasse hypocrite. Comme si leurs blonds officiers ou leurs souris grises ne se roulaient pas des pelles dans nos boîtes à tantouzes !

Comparée à de tels salopards, je finirais par bien l'aimer, la petite Macbeth. Pas au point de l'épargner quand même, parce que la donne reste la même : tant que je n'aurais pas fait ce qu'attend Nosek de moi, Kléber restera à Drancy et je serai marron. Je retourne donc tailler une bavette avec ma grande copine Violette Morris, qui me reçoit dans son bureau au-dessus du garage, habillée en hommasse, clope au bec. Elle est furax, qu'est-ce que je veux encore à la fin, est-ce qu'elle avait pas rempli son contrat ?

– Eh ben c'est pas assez, ma poulette, je lui lance. Bouge-toi et trouve-moi d'autres tuyaux sur cette nana, sinon ton nom circulera et les Cocos viendront te faire la fête, t'as ma parole.

Elle m'arrache le papier des mains et me demande de revenir en fin de la semaine. Je lui donne vingt-quatre heures. Quand je repasse, ce délai écoulé, elle semble prête à me saigner mais me livre une information précieuse : comme on savait déjà, la lady était très copine avec la brune sur la photo, Andrée Borrel, la communiste qui a participé à la guerre d'Espagne. Elles s'étaient rencontrées lors d'une course cycliste, sans doute à Montmorency – ce nom m'envoie un long frisson de la nuque aux fesses ; je songe à Wagner, aux pelletées de terre sur son bide poilu. Les deux filles ont souvent été vues ensemble en 1934, à la fois dans le milieu du sport féminin, et celui des goudous. Or, une troisième jeune femme les accompagnait souvent, une certaine Jacqueline Couderc, une chanteuse ratée qui travaillait alors dans les boîtes à pédales. Si Beresford voit quelqu'un à Paris, ça pourrait être cette Couderc.

Je ferais un perdreau potable : il me faut moins de deux jours pour découvrir que la gonzesse en question est ouvreuse à la Vie Parisienne, le cabaret de Suzy Solidor, une grande prêtresse des lesbiennes, rue Sainte-Anne. Cette Couderc, apprends-je d'une de ses collègues à qui je fais les yeux doux, a essayé d'être artiste mais n'a jamais percé. Mais, enchaîne-t-elle avec un sourire coquin, je perds mon temps avec elle : c'est les filles qu'elle préfère. Et justement, Jacqueline a sûrement quelqu'un ces derniers temps, car elle est toute contente, il y a des signes qui ne trompent pas. En dehors du travail, on ne la voit plus. Plus de bamboulas, plus de fins de nuits entre collègues. Au petit matin, à la fin du service, elle rentre direct chez elle, au 21 rue Chauchat. Le week-end, elle est là pour personne.

La piste se resserre. Rue Chauchat, pas loin de Notre-Dame de Lorette, sa concierge me prend de haut quand je me pointe. Et je suis qui, d'abord ? Et pourquoi que je m'y intéresse, à mademoiselle Couderc ? C'est un immeuble honnête ici, il n'y a ni Juifs ni trafiquants, aucun problème d'aucune sorte, ça non.

– Alors autant que ça continue, non ?

Elle me fixe sans comprendre, le dos arrondi dans sa blouse.

– Ça veut dire quoi, ça ?

– Ça veut dire que les autorités allemandes seraient bien embêtées si on découvrait des espions anglais dans votre immeuble, vous croyez pas ?

Sa bouche s'ouvre en cul de poule, tandis qu'elle prend la teinte d'un vieux bidet. Elle s'interrompt pour s'occuper du postier qui toque à la vitre, et lorsqu'elle revient avec son paquet de lettres, elle a visiblement les foies. Des espions dans son immeuble, un immeuble très comme il faut, ça c'est impossible ! Elle a peut-être bien aperçu une jeune fille blonde qui rendait visite à Mlle Jacqueline, mais certainement pas une Anglaise. D'ailleurs elle causait très bien le français…

Selon sa description, c'est bien ma Macbeth. La gardienne est un vrai jet d'eau, selon le classement de mon pote Nosek. En quelques minutes, j'apprends que Mlle Jacqueline ne sort plus le dimanche, qu'elle va un peu plus souvent aux provisions, et qu'en effet c'est possible qu'elle ait des mœurs spéciales, en tout cas c'est vrai qu'elle reçoit régulièrement des amies, parfois même pour la nuit. Elle désapprouve, ça va sans dire.

Pauvre lady Macbeth ! Si c'est avec ça que Churchill compte tromper la Gestapo, les fauves comme Lafont et Ricord, il se met le doigt dans l'œil jusqu'à l'omoplate. Très complaisante, la concierge me laisse occuper sa loge le soir même, jusqu'au grincement de la porte cochère, vers les trois heures du matin. Au moins quand on travaille pour le SD, on ne s'emmerde pas avec la paperasse, les horaires légaux de perquisitions et autres subtilités. Tout ça, les Allemands s'en battent les bourses.

La petite Couderc ne s'attendait pas croiser quelqu'un aussi tard. Le visage en sueur, elle tremble comme une feuille dans l'obscurité du porche.

– Qui êtes-vous ?

Le son de sa voix passe à peine les lèvres.

– Je viens voir votre copine.

– Quelle copine ? Je suis seule.

– Arrêtez votre char. Je veux juste lui parler, je lui veux pas de mal.

À cette heure, et par les temps qui courent, c'est un peu difficile à croire. Elle panique de plus belle, fait un pas vers la sortie mais je la bloque.

– Il n'y a personne chez moi. Laissez-moi tranquille ou j'appelle la police. Son bras tout fiévreux frémit entre mes doigts. S'il vous plaît. J'ai de l'argent si vous voulez.

– La police, c'est moi. Passez devant et faites pas de bruit.

Elle se dirige vers l'escalier, vaincue, et nos semelles crissent dans la poussière des degrés. Sa nuque se courbe, je la sens affolée, prête à brailler dès qu'elle pourra. Au troisième étage, elle toque à la porte, trois petits coups.

– Arrêtez ça. Ouvrez avec la clé.

Son poignet craque dans ma main. Une brindille chaude et ferme. Elle se débat dans l'obscurité, les yeux brillants.

– Vous me faites mal.

– Arrêtez votre boucan. Servez-vous de la clé.

– C'est un signal. Pour dire que tout va bien.

– Je croyais qu'il y avait personne à la maison.

Ses yeux charbon brûlent de haine, j'ai déjà vu ça chez certaines filles, dans les bordels. Elle voudrait qu'on braise en enfer, moi et tous les hommes.

– Qu'est-ce que vous lui voulez ?

– Ouvre. Encore une embrouille comme ça et je t'arrache les yeux.

Elle sort de son cabas son trousseau, fébrile. En attendant, j'ai glissé la main dans mon dos, au contact du 11,43, histoire de les calmer, ces deux harpies. La porte ouverte, je la pousse en avant, ma main sur son l'épaule.

– Allume.

Mais elle n'allume pas. Le corridor est minuscule, silencieux. Je dirais pas que ça pue, mais le mélange n'est pas des plus plaisants, ça sent le papier peint moisi, le vieux parquet, l'eau de Cologne. Une cambuse de fille dans la dèche.

– Allume, putain.

Elle ne bouge plus sous mes doigts, par contre ce qui jaillit, c'est une gerbe d'étoiles, accompagnée d'une douleur à l'arrière du crâne. Le plafond s'écroule dans un éclair de métal surgi d'un recoin sur ma droite. Je ne suis pas sûr d'avoir eu le temps de gueuler.

Mes deux genoux touchent le sol et c'est le noir.

Chapitre 16

Lizzie

– Tu le connais ?

– Oui.

– Il est pas vilain. Il voulait nous tuer, tu penses ?

Je fais non de la tête. Avec Jacqueline, nous avons traîné Ferrandi jusqu'au salon, avant de l'assoir et de lier ses mains dans le dos. Ce n'était pas difficile ; je me suis souvenue de la façon dont nos gardes attachaient le gibier au break de chasse ou aux barrières, à la fin des battues à Easton Grey. J'ai entouré le bas de son visage d'un foulard, et nous sommes restées là à le contempler, inerte et tout pâle dans l'obscurité. J'ai interdit à Jacqueline de toucher l'interrupteur – pas seulement à cause du couvre-feu.

– Tu crois qu'il est mort ?

– Ne dis pas de bêtises. Tu vois bien qu'il respire.

Mais moi aussi je me sens fébrile. Un peu à cause de ce filet de sang, qui coule à l'arrière de la tête de Ferrandi, mais surtout à cause du vacarme lorsqu'il s'est écroulé. Entre le choc de la casserole sur son crâne et son gros pistolet, qui a rebondi dans un bruit de ferraille jusqu'au milieu du salon, j'ai cru que tout l'immeuble allait se réveiller. Une chance que le coup ne soit pas parti !

Pour l'instant, rien ne bouge dans les étages. Ni la concierge ni la police ne se sont manifestées. Ma petite procédure de sécurité, les trois coups frappés à la porte par Jacqueline en cas d'alerte, m'avait tirée hors du lit bien plus vite que je ne l'aurais jamais imaginé. En deux bonds, je m'étais cachée presque nue dans le réduit qui sert de cuisine, juste à côté de l'entrée. La casserole était posée là, prête à l'emploi.

Maternellement, Jacky réveille notre prisonnier à petits coups de chiffon mouillé d'eau. Il fronce les sourcils en me découvrant, puis se raidit quand il réalise que ses poignets sont entravés par un cordeau de rideau. J'ai fait un nœud de menotte, souvenir des leçons de voile en baie de Cassis. Dès qu'on tire dessus, le lien se resserre inexorablement. Même si pour l'instant Ferrandi est trop groggy pour essayer.

– Je l'ai déjà vu à Pigalle, me chuchote Jacqueline. Je suis sûre qu'il est dangereux. Il a une sale tête.

– Je croyais que tu le trouvais mignon.

– Il est affreux, reprend-elle avec une parfaite mauvaise foi. Qu'est-ce qu'on fait maintenant ? Les policiers vont venir. Qu'est-ce qu'on va leur dire ?

– Arrête un peu, Jacqu…

D'un coup, elle chancelle, comme si elle ne réalisait que maintenant l'énormité de la situation, et je dois attraper la chaise la plus proche pour qu'elle s'y laisse tomber, les yeux implorants : mais qu'est-ce qu'on va faire, qu'est-ce qu'on va faire, Lizzie ? Il me faut un verre d'eau et cinq bonnes minutes pour la calmer un peu. Mais je sens qu'elle adorerait se jeter dans mes bras, et pas seulement pour se sentir rassurée.

Un grognement plus fort que les autres détourne notre attention. Ferrandi, qui roule des yeux derrière son foulard.

– Si je vous enlève ça, est-ce que vous me promettez d'être gentil ?

Il approuve du menton, puis aspire une grande goulée d'air lorsque je libère le bas de son visage.

– Qu'est-ce qui vous a pris, vous êtes dingues ou quoi ?

Tout de même, je m'attendais à plus d'agressivité. Il élève à peine la voix, en se contentant de me déshabiller des yeux, comme si tout cela n'était qu'un vague malentendu. Son regard amusé glisse vers mes cuisses à peine couvertes, faisant naître une brusque vague de chaleur. Furieuse, je reviens couverte d'un peignoir en éponge.

– Et vous, alors ? Vous n'avez rien d'autre à faire que vous introduire chez les gens ?

Il sourit de plus belle, tandis que Jacqueline me broie le biceps. Elle m'entraîne à l'écart en chuchotant, palpitante d'angoisse.

– Il faut appeler la police, Lizzie. Je me souviens de lui maintenant, c'est un proxénète de Pigalle. Un maquereau. Ces gens-là sont tous des menteurs. Je suis sûre qu'il te veut du mal, peut-être te tuer. Ne restons pas là.

– Jacqueline, je t'en supplie, arrête. Où voudrais-tu qu'on aille ? Est-ce que tu ne serais pas gentille de nous faire du café, plutôt ?

Ses sourcils épilés s'arrondissent jusqu'au plafond. Pour un peu je la sens prête à taper du pied mais j'insiste, c'est exactement cela qu'il nous faut, un bon café. Revenant à Ferrandi qui nous observe narquois, assis sur le plancher, je prends au passage son lourd pistolet automatique, que je pose sur mes jambes bien croisées, cette fois.

– Faites attention à pas vous blesser si vous tirez, il y a pas mal de recul. Et tout le quartier risque de rappliquer. Vous voudriez pas m'enlever ça ? ajoute-t-il en pivotant le menton vers son dos.

Autant de sang-froid m'indigne. Je me lève furieuse et reviens avec ma casserole.

– Ne jouez pas au plus malin. Je sais me servir d'un fusil de chasse, alors je pense que ça aussi, je saurais m'en servir, d'accord ? Maintenant j'attends vos explications. Que venez-vous faire ici ? Et d'abord, comment m'avez-vous retrouvée ?

– Ça fait deux questions.

– Eh bien répondez dans l'ordre, ça devrait être à votre portée.

L'objet de sa visite est toujours le même, m'explique-t-il à mi-voix, pour que Jacqueline ne nous entende pas depuis l'espèce de placard qu'elle surnomme cuisine : il s'agit de faire passer à Londres un renseignement très important que Wagner comptait vendre aux services français et anglais. Ayant perdu le contact avec ses supérieurs à Marseille, il compte sur moi pour le transmettre. Quant à me retrouver, conclut-il avec une désinvolture qui m'effraie, ce fut un jeu d'enfant : il connaît du monde à Paris, et Pigalle est tout petit pour des gens qui s'aiment comme nous.

Si je n'étais pas si tendue, je m'en amuserais volontiers.

– Vous feriez un truc pour moi ? demande-t-il, soudain plus sérieux.

– Dites toujours.

– Soulevez le bas de mon pantalon. La jambe droite.

– Pardon ?

– Soulevez le bas de mon pantalon. Allez-y, je suis attaché, vous risquez rien.

Penchée sur lui, je trouve, attaché sa cheville, un fourreau dont j'extrais le poignard. Puis dans sa poche, toujours suivant ses indications, un pistolet incroyablement petit qui rejoint la lame au sol.

– Je suis sans arme, on est d'accord ?

– Si c'est ce que vous voulez, je ne vous libérerai pas.

Jacky nous interrompt en déposant deux tasses d'un bouillon noirâtre qui tient lieu de café : de l'orge grillée infusée.

– La confiance règne, je vois. Je fais comment pour le petit crème ?

Pas un instant je n'ai lâché ma casserole.

– Vous vous en passerez pour le moment.

Mon cœur bat à tout rompre. Même dépouillé de ses instruments de mort, il me terrifie. En découvrant le petit pistolet et le couteau sur son parquet, Jacqueline ouvre des yeux horrifiés.

– Il va nous tuer Lizzie.

– Maintenant, dites à votre copine de sortir d'ici. Ça risque rien, je suis pas Houdini.

Je me suis levée d'un bond pour empêcher Jacky de hurler.

– S'il te plaît, Jacqueline. Il a raison. Sors d'ici. Tu dois en savoir le moins possible.

– Mais qu'est-ce qui se passe ? Qu'est-ce qui se passe, ma chérie ? Il va te tuer. Et d'abord où veux-tu que j'aille ?

– S'il te plaît, Jacqueline, va dans ta chambre. Tu vois bien qu'il est attaché.

Lorsque je reviens au salon, après l'avoir enfin poussée dans la pièce à côté, Ferrandi n'a pas bougé d'un centimètre, forcément. Autre chose passe dans nos regards, qui pourrait ressembler à un embryon de début de confiance, même si j'en suis très loin pour ma part. Après tout, pourquoi ferait-il autant d'efforts, s'il s'agissait simplement de me livrer aux nazis ?

– Je vous…

– Écoutez, je…

D'un geste, je lui fais signe de continuer, bras croisés autour des genoux, toute fatigue disparue.

– Je sais où est le document que Wagner devait me refiler.

– Qu'est-ce que ça change ?

– Il est dans son appartement, dans une planque sous le parquet. On n'a qu'à se baisser pour le prendre, mais il faut faire vite. L'Abwehr et la Gestapo enquêtent sur sa mort. Ensuite vous n'aurez qu'à le transmettre à vos chefs.

Nos yeux se croisent brièvement. Rien n'apparaît sur son visage, sinon son apparente sincérité.

– Vous m'avez déjà raconté tout ça.

– Je vous avais pas dit pour la planque. J'ai cherché, vous êtes vraiment la seule à pouvoir envoyer ce truc à Londres. On peut pas laisser passer ça, ce serait trop con.

– C'est peut-être un faux document.

– Pourquoi un faux ? répond-il, l'air franchement étonné.

– Pour nous intoxiquer. C'est très courant dans le renseignement.

– Vous en connaissez un rayon, dites…

Il s'interrompt pourtant quelques secondes, comme pour laisser l'hypothèse cheminer dans son esprit. Puis il sourit – c'est vrai qu'il n'est pas vilain, et pas si malpoli pour un proxénète.

– D'accord, c'est vrai, c'est peut-être bidon. Mais ça vous engage à quoi de l'envoyer, le tuyau ? Ensuite chacun repart de son côté, qu'est-ce que vous risquez ?

Le silence s'installe un moment.

– Écoutez, reprend-il, Wagner vous a vendu des informations, pas vrai ? Est-ce qu'elles étaient fausses ?

Sans approuver directement, je dodeline du menton.

– Et pour les noms en Tunisie, ils étaient bons ou pas ?

Cette fois, j'acquiesce du bout des lèvres.

– La source est bonne, c'est un colonel antinazi de l'état-major qui les donnait à Wagner. Il n'y a pas de raison pour que ce tuyau-là soit crevé.

– Dans ce cas, pourquoi… pour Wagner…

Il me scrute un bref instant, l'expression plus dure.

– Pourquoi je me suis occupé de lui, vous voulez dire ? Je vous l'ai déjà dit. Ça s'est passé comme ça, c'était pas prévu... Vous y croyez, hein ?

– J'y crois, à quoi ?

– À ce tuyau de Wagner. Vous y croyez dur comme fer, ça se voit gros comme un immeuble.

– Qu'en savez-vous ?

Une étrange émotion monte soudain, comme si Ferrandi venait de dévoiler un de mes désirs inavoué, et je ne sais qu'en penser, hésitant entre sourire et me fâcher. Bien sûr que j'y crois, à cette information. Sans doute un peu trop, par esprit de contradiction, pour la simple raison que Kenneth la trouve sans intérêt, et que je tiens par-dessus tout à être prise au sérieux.

– Que comptez-vous faire ? Cambrioler l'appartement d'Oscar Wagner ?

– À votre avis ? Vous prenez les documents, vous les faites passer à Londres et on se revoit plus.

– Dans ce cas je veux vous accompagner.

De surprise, il en reste muet. Et ce qui me fait très plaisir, c'est qu'il n'éclate pas de rire, ou ne hausse pas l'épaule avec condescendance, comme l'aurait fait l'Irlandais.

– Comme vous voudrez. À une condition.

– Laquelle, dis-je, déjà fâchée et sur le recul.

– Promettez-moi de venir sans votre casserole.

Mo

Je n'ai pas pratiqué depuis des lustres, mais c'est comme la bicyclette, ça ne s'oublie pas. Mes rares cambriolages remontent aux années vingt à Marseille, bien avant ma première gagneuse. Rien que des affaires minables – jamais je ne suis tombé sur un tas d'or sous le matelas, ou une boîte en fer remplie de billets en haut de l'armoire. Mon souvenir le plus marquant avait été de surprendre un ouvrier maçon en train de tringler la propriétaire d'un appartement bourgeois. Tous les bibelots du salon en tremblotaient.

Le plus difficile dans un fric-frac n'est pas de forcer un lieu, mais d'en ressortir sans emmerdes. Ce que m'a expliqué Lagus, en me fournissant le matériel pour la cambuse de feu Wagner.

– Avec ça, t'es paré comme un chef, il me dit en touillant son café au comptoir du Petit Trou. T'es sûr, t'as pas besoin d'aide ?

Je fais non de la tête, avant de le mettre au parfum : il se pourrait qu'après ce coup-là, je prenne un peu l'air loin de Paris. Peut-être qu'il devrait en faire autant, vu ce qu'on a fait tous les deux, en forêt de Montmorency.

– Il y a un problème avec le gros lard ?

– Ça se pourrait. Ton nom circule avec le mien. Autant que tu saches aussi, Ricord et Lafont sont au parfum, et eux et moi, c'est pas le grand amour. Tiens-toi prêt à te cavaler. Désolé mon pote.

Il reste imperturbable, mais ça le fait râler.

– Juste au moment où on se faisait des couilles en or.

Plus tard, je retrouve la môme Macbeth qui m'attend sous un porche, son joli petit visage en triangle tout pâle dans la nuit brûlante. C'est drôle, je pensais avoir tout rencontré, en matière de bonnes femmes. Des sorties du ruisseau, des prêtes à tout comme cette salope de Paquita à Roubaix, des aigries, des naïves, mais des comme elle, jamais. Une lady, cousine du roi ou de la reine, que sais-je. Sûre d'elle, toute sage en apparence, mais capable de cogner comme une brute sans état d'âme. Une voix féminine et grave à la fois, des jolis yeux très bleus en amande, couleur ciel de printemps, mais aussi capables d'incendier, comme en ce moment. Ça l'énerve que je la reluque comme ça, tout comme elle m'énerve elle aussi, à toujours me prendre de haut.

– Vous attendez quoi pour m'ouvrir la portière ?

Il est plus de onze heures du soir, l'horaire convenu. Elle grimpe souplement dans ma petite Simca 5 aimablement chouravée par un pote de Lagus, et je me gare une demi-heure plus tard non loin de l'angle des rues de Tournon et de Vaugirard, près de la crèche à Wagner. Il fait une chaleur de fournaise. Elle a suivi mes consignes pour la tenue : pantalon noir et chaussures basses, courte veste serrée à la taille, ses mèches blondes cachées en chignon sous son béret. Très, très classe. On dirait une actrice dans un film d'espionnage. De même, je porte une tenue sombre, des pompes à semelle de crêpe, une casquette à visière bien enfoncée sur le crâne.

Bref, tout un cinéma, mais Nosek a beaucoup insisté pour que le cambriolage ait l'air vrai. Apprenant que lady Macbeth tenait à y participer, il était tout excité. Excellent ! C'est le signe qu'elle prend l'affaire au sérieux, qu'elle veut en savoir le plus possible sur la source des documents, leur authenticité. De mon côté, j'ai voulu savoir quand il libérerait mon Kléber de Drancy, qu'on en finisse, et il a répondu d'un geste flou :

– Bientôt, Ferrandi, bientôt.

L'enculé. On dirait vraiment un condé qui fait miroiter un non-lieu à sa balance préférée.

Pour le casse, tout a été réglé au petit poil : l'immeuble de Wagner sera discrètement surveillé, qu'aucun con de poulet français ne nous perturbe ; la gardienne sera plus ou moins mise au parfum pour les mêmes raisons ; quant à moi je n'aurai qu'à jouer un peu la comédie – il est certain que j'y arriverai, souligne mon Nosek, toujours poli mais froid comme la banquise, l'air à la fois content et méprisant. Il est vrai qu'entre moi, fait comme un rat, et lady Macbeth qui n'y voit que du feu, il a de quoi se réjouir, bander sec, le SS.

Bref, nous voilà à pied d'œuvre pour le fric-frac, comme il aime dire. Deux pas derrière moi, l'Anglaise me laisse fracturer pour de vrai une porte de service, rue Garancière. Comédie compliquée : impossible au début de l'ouvrir, cette putain de serrure, mes passepartouts et mes crochets tournent dans le vide, dans un ramdam infernal. Deux fois, je m'interromps pour laisser passer des ombres dans la rue, qui se dépêchent avant le couvre-feu. Je dois me concentrer, repenser à tous ces moments de trouille fabuleuse surmontés dans mon passé, puis enfin le battant cède. L'Anglaise se glisse devant moi pour me guider à pas menus dans l'ombre d'un couloir, puis dans une arrière-cour, en bas de l'immeuble du copain Oscar. Pas un bruit, pas une lumière. Au quatrième, elle m'indique l'entrée, dont l'antique serrure à gorge n'oppose aucune résistance.

Une fois à l'intérieur, on se répartit les tâches. Elle dans le bureau, moi à quatre pattes dans le salon, inspectant le parquet à chevrons comme si je ne savais pas que l'enveloppe déposée par ce fumier de Nosek se trouve en réalité dans le placard de la chambre. Comme évidemment on ne découvre rien, je pousse le vice jusqu'à faire semblant d'abandonner. C'est un tuyau crevé, on cherche pour que dalle. Elle me rejoint, déconcertée.

– Qu'est-ce qui vous prend ?

– Ça traîne trop. Tirons-nous.

– Vous avez peur ?

Elle ne recule pas assez vite pour m'empêcher de lui saisir le poignet.

– Ce plan, c'est un faux. Un piège, vous comprenez pas ?

Un court instant, l'idée me vient de continuer à lui parler, de tout balancer. Un vieux reste de scrupules me taraude, où passe dans un éclair le visage de la Mamma dans son fichu noir, à Calenzana. Je me revois aussi dix ans plus tôt, à mentir comme un arracheur de dents pour mettre les filles aux asperges. Le grand amour, les mots doux, des souvenirs pas glorieux. Mais ce casse, je dois le faire. C'est ça, ou ne jamais revoir mon fric, et au passage envoyer Kléber et sa smala dans un train vers l'Est.

D'ailleurs elle ne me croit pas. Elle se cabre, comme une chatte en colère, ses yeux scintillants plus clairs que l'eau du golfe de Calvi.

– Je vous croyais plus courageux, monsieur Ferrandi. À moins que ce soit uniquement pour soumettre les prostituées ? Vous n'avez qu'à partir si c'est trop difficile, je trouverai bien sans vous.

– Comment vous savez ça, vous ?

– Ça, quoi ?

– Les prostituées ?

– Moi aussi je sais des choses, figurez-vous. Ses prunelles crépitent, toutes noires.

Elle s'arrache et me tourne les talons. Cinq minutes plus tard, un cri de triomphe retentit depuis la chambre à coucher :

– C'était là, sous le parquet du placard, elle jubile en désignant les lames éventrées.

De l'autre main, elle brandit une grosse enveloppe, aussi jouasse que si la guerre était déjà gagnée. On ne s'attarde pas. Ressortis par le même chemin, je conduis d'abord la Simca vers la rue Chauchat où réside Jacqueline, vers l'Opéra. Mais changeant d'avis, je poursuis ma route vers les hauteurs de Montmartre qui dort.

– Qu'est-ce qui se passe ?

– On se tire ailleurs.

Pendant quelques secondes, je devine sa panique et son envie de se faire la belle au premier feu tricolore, sauf qu'elle n'en aura pas l'occasion – à cette heure, les rues sont presque aussi vides que les collines du Sahara.

– Écoutez, votre Jacqueline, elle est bien brave et elle en pince pour vous, je lui dis, une fois stationné rue Championnet. Mais elle a pas la carrure et elle est pas bien discrète. Il m'a fallu que deux jours pour la loger, vous avec. Vous croyez pas qu'il serait temps de trouver une vraie planque ?

Coincée dans l'étroit habitable de la Simca, elle ne peut faire grand-chose d'autre qu'opiner. Tout est silencieux. Autour de nous, les immeubles ressemblent à des falaises livides.

– Et où serait-elle, votre planque idéale ? me fusille-t-elle du regard. Dans votre lit ?

– Je suis sérieux, miss. Si on vous arrête avec l'enveloppe, les Boches vous cuisineront, ensuite ils vous colleront au poteau, moi avec, ça vous vous en foutez, d'accord, mais aussi votre Jacqueline et votre Kenneth. C'est ça que vous voulez ?

L'acier dans ses yeux s'adoucit un peu.

– D'accord. Et où est-elle, votre merveilleuse planque ?

Quelques instants plus tard, la bonne tête carrée de Lagus, même fripée et non rasée, semble la rassurer. Ce dernier inspecte sans un mot le palier derrière nous et nous tire à l'intérieur, moi et l'Anglaise raide comme un piquet. Comme il est d'usage, il ne pose aucune question, mais demande à sa Margot, sa blondinette décolorée, d'apporter de quoi nous rafraîchir. La limonade extraite de son réfrigérateur – Lagus a le goût du luxe – éclate en mille étoiles de fraîcheur. Dix ans que je n'avais pas bu, il me semble.

Lady Macbeth accepte de passer le reste de la nuit ici. On trouvera autre chose après. L'important pour l'instant, elle est d'accord, c'est de transmettre ces fameux documents à Londres.

Une fois seuls dans l'étroit salon, rideaux calfeutrés, elle extrait de l'enveloppe une bonne vingtaine de papiers dactylographiés, tous tamponnés de rouge avec l'inscription : GEHEIME.

– Secret d'État, m'explique-t-elle, les yeux brillants.

Elle pose le tout sur la table du salon. Des listes de noms. D'autres feuilles frappées de l'aigle nazi. *Geheime* partout. Un courrier semble la troubler à l'extrême, qu'elle me traduit à mi-voix :

– « Directive n° 19 du 10 décembre 1940, opération Attila. Une occupation rapide de la zone encore libre du territoire français doit être préparée. Il y aura lieu de s'emparer de la flotte française et des unités de l'armée de l'air française. Des groupements motorisés pousseront jusqu'à la Méditerranée en utilisant les vallées du Rhône et de la Garonne. Ils s'empareront du port de guerre de Toulon. Si des résistances se présentent, elles seront brisées sans rémission. Les préparatifs nécessitent le plus grand secret. Les Italiens ne doivent en aucun cas avoir connaissance de nos préparatifs et intentions. Signé Adolf Hitler. »

Le silence retombe, pesant. Une invasion de la zone libre. La prise de la flotte à Toulon. Rien que ça.

– C'est un peu ancien quand même, j'objecte : octobre 1940…

– Le plan peut être activé à tout moment, rétorque Macbeth en dénichant une directive plus fraîche, datée celle-ci de mai 1942. Elle la traduit : le Führer y précise ses instructions pour l'opération Attila contre la France, mais aussi pour l'invasion de la péninsule ibérique, poétiquement dénommée opération Isabelle.

– L'Espagne maintenant… Nom de Dieu.

– Cette fois-ci, les Italiens sont associés, reprend l'Anglaise, non sans me lancer un regard offusqué. Ils doivent occuper la côte méditerranéenne – ici, son expression se fait un poil rêveuse – et la Corse. « Si la situation l'exige, les Italiens auront à se tourner contre la Tunisie. La formation d'un groupe de combat à cet effet est en cours. »

Aucune date n'est donnée pour ces opérations, mais l'oncle Adolf précise qu'elles doivent être faisables dans les plus brefs délais. Dire qu'on nous l'avait présenté comme un idiot du village, un Mussolini de carnaval. Ce con-là sait exactement ce qu'il fait. Et, pour dominer complètement le monde, il lui faut une arme supplémentaire, à sa portée en France : nos navires de guerre, intacts depuis l'armistice.

C'est précisé dans un autre papier ultraconfidentiel, un plan d'invasion de la rade de Toulon, où mouillent nos beaux rafiots. Les communications seront neutralisées, lit Macbeth, un groupe blindé prendra possession de la base où seront envoyés quatre mille cinq cents marins allemands depuis Lorient, dans le plus grand secret.

Elle repose sa feuille, épouvantée. Pas besoin d'être un haut stratège pour imaginer la suite : si les nazis prennent nos cuirassés et autres croiseurs ultramodernes, le rapport de force s'inversera en leur faveur dans l'Atlantique, contre la Royal Navy. Privés du ravitaillement américain, la Grande-Bretagne s'effondrera et les Boches gagneront la guerre pour de bon.

Chapitre 17

Lizzie

Naturellement carminé – l'abus de whisky ? –, le teint de Kenneth passe au rouge, puis à l'écarlate. Il écarte les narines comme pour ne pas exploser trop vite, se lève d'un bond et abat le poing sur la table ; les cuillers sursautent dans leurs soucoupes à thé.

– C'est un faux, vous ne comprenez pas ? Un faux, miss Beresford !

Gonflant son large buste, il va jusqu'à la fenêtre, inspecte machinalement l'avenue Hoche et pivote vers moi, immense.

– Et le pire, ce sont les risques que vous avez pris. Avec ce souteneur, cet… C'est inqualifiable.

Oublié, l'affectueux Daffodil, les « j'ai toujours eu confiance en vous, je tiens à vous plus que vous ne pensez ». Il n'en revient pas de ma bêtise, de ma légèreté, de mon orgueil. Cambrioler un appartement, en plein Paris ! Sans l'avertir ? Et si ç'avait été un guet-apens ? Et si la police allemande m'avait questionnée, torturée ? Est-ce que je n'aurais pas parlé de lui, tout révélé ?

Ses mots me frappent comme autant de gifles. Non seulement je suis inconséquente et stupide, mais aussi, dans son esprit, visiblement incapable de résister à un simple interrogatoire de police.

Les poings raidis, je laisse passer l'orage, puis je réplique, à sa grande surprise :

– C'est vrai, Ferrandi est un mauvais garçon, mais est-ce qu'on ne pourrait pas au moins les vérifier, ces renseignements ? Et pourquoi ne pas les transmettre à Londres ? Seront-ils aussi catégoriques ? Certains Allemands antinazis travaillent pour l'Intelligence Service, pourquoi n'y en aurait-il pas au sein de l'état-major, par exemple ce colonel qui renseigne Wagner ?

Il me fixe durement pendant que je parle, toujours impeccablement élégant, cravate bleu marine sous un cardigan bleu ciel, pantalon de flanelle crème, une silhouette d'aventurier dandy.

– Dans notre métier, les sources doivent être connues personnellement par un officier traitant. Toute autre façon de faire est de la folie. J'espère au moins que ces documents ont été mis à l'abri…

– L'enveloppe est dissimulée chez une relation de Ferrandi qui m'héberge pour un temps, un certain Didi-Lunettes, qui habite un meublé place Clichy.

Ma réponse lui fait lever les yeux au ciel. À l'évocation du sobriquet, il laisse s'échapper un soupir de commisération et me tourne le dos en marmonnant de douces épithètes, comme « amateur » ou « folle ».

– Vous partirez par le vol du mois d'août, conclut-il. D'ici là, restez chez ce… personnage… puisque la cachette vous semble sûre. Moi, je n'ai rien à vous proposer d'autre. Et ne vous manifestez qu'en cas d'extrême urgence. Enfin, s'il vous est possible de maîtriser vos impulsions…

Je retourne donc chez Didi-Lunettes. Pourquoi « lunettes », je l'ignore, sa vue me semblant excellente. Levé vers onze heures, il se revêt comme un prince avant de rayonner dans différents troquets du quartier où il a ses habitudes. Après le déjeuner, il disparaît et ne revient qu'après minuit. Est-il proxénète, trafiquant ou bookmaker, je n'en sais rien. Dans ce milieu, que je ne connais que par les romans de Mac Orlan, poser des questions relève de l'outrage et suscite la méfiance.

Toujours très courtois, l'œil charbonneux et les cheveux plaqués en arrière, Didi s'exprime avec un fort accent nord-africain. Bêtement, j'ai cru qu'il m'accueillait chez lui pour rendre service mais je me trompais : il craint les Yeux-Bleus. J'occupe sa propre chambre tandis qu'il dort dans le salon, le temps qu'il faudra. Mais, m'a ordonné Ferrandi, interdiction de sortir, de faire du bruit ou de me montrer aux fenêtres. Si je m'y tiens, je serai tranquille. Personne ne viendra me chercher.

Margot, la femme de son copain – que Ferrandi appelle tour à tour Lagus, Auguste ou mon pote – m'a apporté des vêtements et quelques provisions. C'est une fille gentille et drôle, toujours prête à rire ou à me réconforter. Avec son accent parisien, elle me rappelle un peu Andrée Borrel, mais je devine parfois dans ses yeux une mélancolie profonde, au souvenir sans doute de choses dures dont elle ne parlera jamais.

Un gentil vacarme populaire monte de la cour, nuit et jour, gamins braillards en vacances, voisines qui s'interpellent, disputes, postes TSF allumés toute la journée – *tout ça n'vaut pas l'amour, la belle amour, la vraie amour* – et le soir gros rires et bruits de fourchettes. Exactement comme dans ce film de Duvivier avec Gabin, où de braves copains ouvriers montent une guinguette, au bord de l'eau. Quelques jours plus tard, Ferrandi toque à la porte, l'air ravi de me trouver là, comme s'il avait douté que je puisse y séjourner si longtemps.

– Salut. Il paraît que vous vous ennuyez de moi ? Désolé, j'ai pas pu venir plus tôt.

Son panama atterrit sur la commode Lévitan Art déco. Il s'éponge le front, marqué d'un cercle rose.

– Paris en été, ça m'a toujours emmerdé, pas vous ?

Je croise les bras pour protéger mon décolleté, agacée par son sans-gêne. Margot est plus menue que moi, le corsage qu'elle m'a prêté me boudine et bâille indécemment. Il ne paraît rien remarquer et entreprend de fouiller la cuisine.

– Alors, quoi de neuf ? Didi vous nourrit au moins ? Son sourire se fige à mon regard désapprobateur. Tout va bien ? Il faut me dire, s'il vous fait des misères.

– Mais non, ça va très bien, merci.

Finalement, il se remplit un verre au robinet et l'avale d'un trait. Des gouttes de sueur se forment immédiatement sur sa lèvre supérieure, ourlée. Il ôte sa veste, sa chemise de lin tachée aux aisselles et dans le dos, et se laisse tomber dans un des trois sièges du salon.

– C'est moche, hein, sourit-il. Vous n'avez pas l'habitude, sûrement.

C'est vrai qu'il est moche, ce meublé, avec son papier peint terni et ses meubles quelconques. La gêne, je connais un peu. Dès les années vingt, les Beresford ont manqué d'argent, et pendant longtemps, certains de nos vêtements (ceux que nos relations mondaines ne voyaient pas) furent taillés dans du tissu bleu horizon, issu des surplus de l'armée française. Mais, même mal chauffés et sans eau chaude, même à cours de charbon ou de viande certains jours, nous habitions un manoir et une maison de maître à Londres, entourés d'objets précieux et de tableaux de nos ancêtres. Nous roulions en Daimler, et nous avions encore des domestiques. Nous étions au-dessus du lot. Il aurait suffi d'un bon mariage ou d'un héritage pour s'en sortir, et pour vivre dans l'abondance comme avant. Rien à voir avec cette crasse bon enfant, cette demi-misère de gens mal éduqués, aux pauvres perspectives.

– Pourquoi dites-vous que je n'ai pas l'habitude ?

– Parce que je le sais. Il sourit de nouveau, désignant du menton la pièce miteuse, et la façade noirâtre qu'on devine par la croisée. Didi ne vous a pas causé d'ennui ? Vrai ? Il faut me le dire, hein.

– Merci, il est charmant.

Sans lui laisser le temps de déterminer s'il s'agit de lard ou de cochon, je lui rapporte ce que m'a dit Kenneth (enfin, ce qu'il m'a hurlé). Cela ne semble guère l'étonner. Au contraire, il trouve cette réaction toute naturelle. Ces plans étaient bidons, c'était couru.

Sa réponse m'indigne.

– Bidons ? Dans ce cas, pourquoi se donner tant de peine pour les récupérer ?

– Pour rien, répond-il avec froideur.

Il semble vouloir ajouter quelque chose, mais n'en fait rien.

– La vérité, reprends-je, la gorge serrée, c'est que... mon supérieur me prend pour une idiote. Il n'a même pas demandé à les voir, les papiers. Tant mieux d'une certaine façon. Je suis sûr qu'il les détruira si je lui donne.

– Il a peut-être raison...

– De me prendre pour une idiote ?

– De croire qu'ils sont faux. Notre balance, c'était Wagner, et Wagner était un pourri, pas vrai ?

Malgré moi, je confirme par une expression dégoûtée.

– Il nous a dit que les tuyaux venaient d'un officier antinazi, mais qu'est-ce qu'on en sait ? C'était peut-être juste un moyen de vous tirer du fric. Votre supérieur fait son boulot. La source est inconnue, donc il ne prend pas. Logique.

– Non. C'est stupide et misogyne. Son travail est de prendre les informations en France et de les envoyer à Londres. Pas de les trier a priori, comme il le fait, simplement parce qu'elles viennent d'une femme.

– D'accord, conclut sobrement Ferrandi, qui sombre alors dans un silence morose. Machinalement, il tire sur l'élastique de ses larges bretelles, que je trouve soudain follement élégantes.

– J'ai quelque chose à vous proposer, dis-je en chassant cette pensée ridicule.

– C'est malhonnête ?

J'éteins sa mimique d'un geste impatient.

– Cessez de me parler comme à une de vos petites dindes de rue, monsieur Ferrandi. Voilà ce à quoi j'ai pensé. Un ami de ma famille est aujourd'hui attaché à l'ambassade américaine à Vichy. Je suis absolument certaine qu'il est en contact avec le MI6 à Londres. Aidez-moi à aller là-bas et à leur transmettre. S'il le faut, vous serez payé.

D'un seul coup, comme le vent chasse l'orage, son expression s'éclaire.

– Ça alors, murmure-t-il en hochant la tête, épaté.

– Ça alors, quoi ? C'est oui ou c'est non ?

– Et pourquoi moi ? Vous pourriez y aller seule, non ?

– Je ne pense pas. Depuis que j'ai quitté mon poste, les gens de l'Abwehr me cherchent sûrement. Je n'ai aucune chance d'obtenir un ausweis pour passer la ligne de démarcation. Kenneth refusera de m'aider, j'en suis certaine. Vous, vous avez l'habitude de ce genre de choses. Pour les faux papiers. Même pour le transport des documents, vous avez l'habitude.

Décidément, il n'en revient pas, comme s'il savourait la meilleure nouvelle de l'année. Pour un peu, il se lèverait pour me taper dans le dos, comme il fait avec son Lagus. Et je ne peux m'empêcher de sourire à mon tour, éprouvant pour la deuxième fois depuis que nous nous connaissons un étrange sentiment de connivence.

Mo

Je me réveille en sursaut, étranglé de terreur. Pourtant rien à signaler, à part deux quinquets clairs qui me zieutent, ceux d'une rouquine d'à peine sept ans, assise en face de moi contre sa maman brune. Par la vitre du compartiment, la campagne défile dans des odeurs de blé coupé et de vapeur. À l'intérieur, c'est moins plaisant. Ça pue les pieds, la sueur, le tabac et les sandwiches au pain noir dégueulasse à la margarine. Tout ça cocotte entre des valises en carton et des paquets ficelés qui couinent dans le sifflement métallique du rail – la moitié doit trimbaler de la camelote au noir.

Selon l'indicateur Chaix de Macbeth, que je découvre organisée comme un banquier suisse, il nous faudra au moins six heures pour arriver à Vichy, si on ne compte pas les contrôles aux gares. À Gien, les feldgendarmes arrêtent deux voyageurs. Face à moi la maman de la rouquine dégouline de panique. Combien d'autres sont comme elle, avec de faux faffes ?

Pour moi, rien à craindre. Ravi d'apprendre que la blondinette voulait aller jusqu'à une ambassade à Vichy pour transmettre les plans nazis, Nosek nous a fourni des ausweis et des cartes d'identité bidons, dont Macbeth est persuadée qu'ils viennent de moi. Elle voyage seule avec les plans d'Adolf, moi dans un autre wagon.

– Je vous aurais bien fourni une escorte pour éviter tout problème, m'avait dit Nosek avant notre départ, mais en aucun cas je dois être mêlé à cette affaire.

– Et si on est arrêtés ?

– Essayez d'éviter. Quoiqu'il arrive, je serai obligé de nier toute implication. Néanmoins, vous pourrez utiliser ceci, avait-il ajouté en poussant sous mon nez un carton jaune barré de rouge : une carte du SD à mon vrai nom, tamponnée avec le piaf nazi.

Évidemment, j'avais tiqué :

– Ça vous relie à moi. Je croyais que vous vouliez pas être impliqué dans l'affaire.

– Ne la sortez qu'en dernier recours, Ferrandi. Si vous vous montrez convaincant, personne n'ira vérifier.

Ce mec est une machine à magouiller ! Sa moustache relevée en un mince sourire, nous avions trinqué au Porto comme d'hab. Une fois rentré de ma mission à Vichy, m'avait-il promis, il relâchera Kléber et je récupérerai mon pognon. Sauf si bien sûr je veux rempiler pour son Sicherheitsdienst.

J'avais levé mon godet comme si l'idée me faisait reluire, tout en lui souhaitant très fort en moi-même d'aller se faire enculer à Stalingrad.

Ce matin, gare de Lyon, miss Macbeth avait l'air tristoune. Moi aussi j'ai vaguement le cafard, tant je suis sûr que Nosek lui tombera dessus, une fois tout ça fini. Il va l'utiliser jusqu'à plus soif, comme j'ai autrefois utilisé les filles, sans un aucun remord. À moins que je n'ai rien pigé, qu'il soit par exemple un vrai antinazi. C'est lui qui aurait eu ces informations, il voudrait les passer aux Alliés sans apparaître lui-même. J'en doute un peu, mais au fond je m'en cogne. J'ai renoncé à comprendre…

La veille, j'ai dîné seul avec l'Anglaise, chez Didi. J'étais aussi gêné qu'elle, comme si on n'était pas à nos places, alors je l'ai juste regardée bouloter le sauté de veau et la tarte aux framboises ramenés du Bailli de Suffren. Elle picore comme une duchesse, pour pas se salir les lèvres. De même, elle évite les questions du genre : qu'est-ce que vous avez à me regarder comme ça ? Elle sait bien ce que je répondrais. D'ailleurs ça m'emmerde qu'elle me plaise autant.

Elle m'en dit un peu plus sur elle. Sa famille, ses manoirs, ses chasses au renard, sa présentation au roi à Londres. Là, comme ça, j'ai du mal à l'imaginer en robe de bal, faisant la courbette à George et à Madame. Elle s'en aperçoit, ça la fait gentiment marrer.

– Vous pensez que j'invente ?

– Mais non.

Bien sûr que je la crois. Ça se devine, la fille qui se mêle pas au petit peuple, celle qu'on regarde de loin, comme un bijou dans sa vitrine. Même moi, je suis mal à l'aise. La toucher me semblerait un peu biscornu, ce serait comme vouloir danser la java avec une mère abbesse.

Je n'ose même pas l'interroger sur la débine de sa famille. Mais j'entrave mieux, maintenant. Elle n'était pas préparée. Du haut de sa grandeur, elle se croyait intouchable. Et la chute l'a mise en colère. La petite fille riche veut se venger, elle veut prouver à la terre entière qu'elle se laissera pas faire comme la première rombière venue, qu'elle vaut mieux que ça.

– Et vous ?

– Oh moi, c'est pas très intéressant. Je suis né en Corse, vous connaissez ?

– Il paraît que c'est très beau, elle répond en plantant dans mon regard le sien, vraiment bleu et transparent.

– Oui, c'est très beau. Et même plus que ça. (Je lève mon verre.) Alors, à nos îles.

Elle a fini son vin en souriant, l'air en confiance. Ça m'a foutu le cafard. Puis nous avons dormi chacun dans notre coin. Cinq ans plus tôt, j'aurais sûrement essayé, mais là j'avais pas envie.

À l'arrêt suivant, en gare de Nevers, des voyageurs encombrés montent, d'autres descendent sous l'œil du cheminot boche de service, en uniforme et brassard jaune. La loco tardant à redémarrer, tout le monde pige vite : c'est un nouveau contrôle, et comme à Gien chacun se raidit, ou au contraire en fait des tonnes pour paraître à la coule. Les regards se ferment. Chacun pour soi.

Cette fois, c'est un flic en civil qui épluche mes papiers, un Français malingre escorté d'un gendarme casqué. Il y renifle quelque chose, dans mes faffes, sans savoir quoi. D'apparence, ils sont pourtant parfaits, je m'y nomme Mosnier Maurice, représentant de commerce résidant à Boulogne-Billancourt. Le poulet me fait causer. Qui je suis, ce que je fais, où je vais. Je réponds, poli, l'œil innocent. C'est un vieux routier de la flicaille, d'âge mûr, en costume fripé et pompes silencieuses à semelles de caoutchouc.

Il me rend mon carton à regret. *On se reverra, mon bonhomme*, semble me susurrer son œil morne avant de quitter le compartiment. Au moment du redémarrage, une cavalcade retentit sur le quai. Puis des sifflets, et des cris. Un silence de plomb s'abat sur le compartiment. Cinq bonnes minutes plus tard, un voyageur menotté passe en contrebas, encadré de condés, le pif en sang. Un autre groupe suit, dont la vue me dilate le torse : mon Anglaise, un gendarme armé sur les talons, sa petite valise au bout du bras. Sa petite valise où se trouvent les plans secrets de Hitler.

Le sang me monte à la tête, me brouille les yeux. La locomotive lâche un sifflement, les roues crissent lourdement. On repart. Qu'est-ce qui s'est passé ? Pourquoi elle ? Pourquoi des flics français ? Une dénonciation ? Mais de qui ? Nosek ? L'esprit vide, je me lève, je bouscule les passagers et je saute sur le quai qui défile à petite vitesse. Le temps de me rétablir, j'aperçois les prisonniers qui rentrent dans le bâtiment central en crépi blanc.

Derrière moi, l'express reprend de la vitesse, noyant le quai de vapeur. Les prisonniers et leur escorte sont déjà dans le hall encombré, ils tournent à droite dans les bureaux de la gare.

– Arrêtez-vous !

Le troupeau de volaille se retourne, surpris. Leur chef, c'est le malingre qui m'a contrôlé tout à l'heure – je l'aurais parié. Une expression de colère dévoile ses crocs.

– Qu'est-ce qui vous prend, vous ? Vous êtes qui ?

J'avais prévu sa réaction. Bousculant un gendarme, je fonce droit sur lui et lui colle ma carte du SD sous le nez. Il sursaute, le couloir trop étroit l'empêche de reculer.

– Arrêtez vos conneries, relâchez la fille.

Vraiment, il n'en revient pas. Macbeth non plus, qui me fusille du regard, entre les uniformes bleu marine de ses gardiens. Ses yeux font la navette entre ma trombine et l'ausweis nazi. Le flic hésite, fasciné par le tampon à croix gammée. Aussi j'enfonce le clou en montant d'un ton : cette fille m'intéresse, j'exige qu'il me la laisse, sinon c'est à mes patrons de Paris qu'il aura affaire.

La réponse tarde… Ça doit tourbillonner dans sa caboche. Le plus simple pour lui serait de me foutre au trou, le temps de vérifier mes dires en deux coups de fil. Sauf qu'il y a cette carte du SD, et il le sait, c'est la même chose que la Gestapo, qui commande quasiment la police française en zone occupée.

– Cette jeune femme a essayé de fuir, il tente de se justifier.

Je lui la coupe.

– Ferme ta gueule. Ça va agacer la Gestapo, ces conneries.

On entend voler les mouches. Il cogite, le salopard. J'ai quand même l'air sacrément sûr de moi. Après une courte inspiration, je joue mon va-tout, et lui balance une bonne tarte en pleine poire, qui claque en écho contre les vitres. On peut dire qu'il l'a pas vu venir. Son feutre vole, et avant même qu'il atterrisse sur le carrelage, je prends le type au collet pour le coller à la paroi.

– T'es sourd ou quoi ? Relâche-la et dégage, connard.

De près, il sent la clope, la fine et la transpiration, j'imagine qu'il me fumerait bien sur le champ, mais la trouille est trop forte. Avant que je le gifle, une anecdote m'était revenue, que se racontent tous les malfrats de Paris, comme un haut fait d'armes : alors que Lafont se baladait dernièrement en uniforme SS dans les locaux de la PP[7], un flicaillon l'a regardé de travers. Il lui en a collé une, direct. Personne n'a moufté.

Ici, c'est pareil. Seule Macbeth me regarde comme pour me brûler vif, ainsi que le prisonnier menotté, un jeunot dont le sang goutte jusqu'au menton mal rasé.

Lorsque je relâche le flicard, ses cheveux gris frisottants, sa tête fait un petit bong contre la cloison vitrée. Deux cheminots qui observaient de l'autre côté se détournent. Il décline son blaze : Joseph Baures, de la Brigade spéciale des Renseignements généraux à la Préfecture de police. Ils étaient sur la piste d'un terroriste en fuite, un communiste

---

7 Préfecture de Police.

redoutable, se justifie-t-il en me désignant du menton leur captif. Sauf que la fille s'est enfuie presque sous leur nez, ils ne pouvaient pas deviner. Il s'excuse… c'est tout juste s'il ne se prosterne pas.

Et j'en rajoute.

– Casse-toi, connard.

J'embarque Macbeth dans un tortillard, et trois heures plus tard nous franchissons tranquilles la ligne de démarcation à Moulins, avant d'arriver à Vichy à la nuit tombante. Tout ce temps, l'Anglaise ne desserre pas les mâchoires – dans la voiture bondée à craquer, l'explication aurait été difficile. Sur le quai, elle s'arrête net au milieu du flot de piétons.

– Vous comptez me suivre encore longtemps ?

– Qu'est-ce qui vous prend ? Sans moi vous seriez encore avec les flics à Nevers. Là, vous êtes de l'autre c…

– Attendez-moi là.

L'air digne et pincé, elle m'abandonne dans le hall, direction les chiottes au fond de la buvette. Entretemps, mon bon copain François Grosses-Lèvres, qui crèche à Vichy et m'attendait, m'a frimé de loin et me rejoint. Comme d'habitude d'une élégance rare, costume croisé et canotier, petit et mince, l'œil noir rigolo, il tient Le Chat noir, un bordel tout ce qu'il y a de chic. Je l'ai prévenu de notre arrivée, il nous hébergera le temps qu'on approche l'ambassade américaine. Il me tape l'épaule avec un grand sourire.

– T'as pas digéré ton pastis, ou quoi ? Elle est où ta poulette ?

– Ça arrive.

Derrière nous, le bar est à peu près vide. Quelques Fritz en permission, des filles fatiguées, un serveur plus crevé encore qui joue du torchon. Et, surprise, des militaires bien de chez nous. J'avais presque oublié qu'on était dans la capitale de l'État français.

– Dis donc, elle prend sa douche ou quoi, ta poule ?

Deux secondes plus tard, nous voilà Grosses-Lèvres et moi à tambouriner à la porte des chiottes. Pas de réponse. Personne. Aucune blonde à l'horizon dans le hall, ni sur l'esplanade devant la gare.

Chapitre 18

Lizzie

Un vieux proverbe français dit que « la caque sent toujours le hareng ». Ce qui veut dire qu'un tonneau de poissons, même cent fois nettoyé, gardera toujours son odeur d'origine – c'est amusant, d'ailleurs, car en argot « hareng » veut dire souteneur. J'avais fini par ne plus voir à quel point cet homme est détestable, à quel point nous sommes différents. Je ne remarquais plus sa vanité, ses regards vicieux, j'avais négligé les avertissements de Kenneth. Ferrandi est un gangster, il est impossible de le fréquenter et de lui faire confiance. Impossible, réellement.

Sa vie n'est que mensonges et trahisons, il ne sera jamais qu'un petit maquereau qui utilise sa gueule d'amour pour faire ses mauvais coups. Dire que je l'ai cru sincère ! Le souvenir de notre dîner avant le départ me brûle de honte, je me sens humiliée, salie. J'ai envie de me gifler.

Est-ce en pressentant tout cela que j'ai voulu fuir le contrôle ? Peut-être. Voyant arriver les policiers français dans le compartiment, j'ai paniqué, persuadée qu'ils allaient trouver l'enveloppe. À peine sur le quai, ils m'ont arrêtée bien sûr. Je n'avais nulle part où aller. Ce qui a forcé Ferrandi à se dévoiler en intervenant. Ce salaud travaille pour le SD, la Gestapo ! Dans les toilettes de la gare, j'ai lancé ma valise par la lucarne et je me suis enfuie. Furieuse comme j'étais, j'aurais aussi bien pu sauter d'un quatrième étage. Sachant l'ambassade américaine fermée à cette heure, j'ai pris une chambre à deux pas d'un établissement thermal, entouré de parcs et d'arbres. Il est huit heures du soir lorsque je remplis le registre d'entrée avec ma fausse identité, avant d'enlever enfin mes chaussures.

Le front à la fenêtre, j'essaye d'imaginer la suite. Pas évident. Si Ferrandi travaille pour les Allemands, comme la plupart de ses congénères truands, ces soi-disant documents de Hitler sont des faux. S'il insistait autant pour les envoyer à Londres, c'est à la fois dans le but de connaître mes moyens de transmissions, mais aussi pour nous intoxiquer. Comble de cynisme, les nazis n'ont pas hésité à trahir leurs agents en Tunisie pour mieux nous appâter.

Un bruit me fait sursauter, à l'étage du dessous. Des rires, puis une serrure s'ouvre et tout retombe dans le silence. Vichy dort. Le sommier grince sous mon poids. Que faire maintenant ? Je dois avertir Kenneth. Pas par téléphone, il me l'a interdit par crainte des écoutes. Jacqueline pourrait lui transmettre un message. Je l'appellerai demain, ce sera ma première tâche. Ensuite, j'irai à l'ambassade américaine. Non pour leur donner ces plans faisandés, mais pour qu'ils m'aident à quitter la France.

Couchée sur le dos, mon regard s'abîme dans le plafond. Je me sens affamée et inutile, comme un marin abandonné sur son île. J'ai menti à Kenneth, j'ai trahi sa confiance, je l'ai peut-être mis en danger. Des images défilent. Des rames qui frappent l'eau en cadence, soulevant l'écume. Puis j'ai quatre ans. J'ai très soif et ma mère en robe de lamé m'offre un verre d'eau, le liquide déborde mais elle ne s'en préoccupe pas, et je me retrouve à vélo, dont les roues cognent en rythme, comme des coups de marteau. On me dit d'accélérer. Une voix de femme. Les coups se répètent, plus insistants, mais maintenant je suis paralysée, l'angoisse m'étreint. Je me réveille décoiffée, le corsage grand ouvert sur le soutien-gorge.

La femme de chambre insiste derrière la porte. Elle a oublié de changer les serviettes. Le temps de tourner la clé, à demi endormie, le battant me saute au nez et deux hommes entrent. Ferrandi referme derrière lui, l'index posé sur sa jolie bouche de menteur.

– Ne faites pas de bruit. On se barre.

L'autre file à la fenêtre, plus petit, le teint rouge, costume clair à rayures et canotier, l'élégance voyante d'un souteneur, me semble-t-il – à force, je les reconnais. Sans un mot, Ferrandi me tend mes chaussures, ramassées dans un coin.

– Enfil...

C'est plus fort que moi, ma main part et la gifle résonne dans la chambre. Mes souliers rebondissent sur le parquet, son feutre a volé. Il n'a que le temps d'emprisonner mes poignets.

– Qu'est-ce qui vous prend ?

Lui aussi écume, la marque rose de mes doigts sur sa joue. Une mèche lui obstrue le regard. Pliant mes bras comme pour me les casser, il ordonne à son copain au canotier de nous attendre en bas. Le bonhomme obtempère après une courte hésitation. Profitant de cette minuscule diversion, j'ai libéré un bras. Ferrandi évite un uppercut et me renverse sur le lit, je détends ma jambe. Au choc, il pousse un juron et se jette en avant, et la lutte continue sur le parquet. Il lui faut une bonne minute pour enfin m'enfourcher, mes avant-bras à nouveau prisonniers.

– Pauvre type.

Mes ruades le font à peine bouger. Il est plus lourd, ses cuisses m'écrasent le bassin.

– Arrêtez ça. Il faut se barrer d'ici. La police va rappliquer.

– Sale type. Menteur !

Un nouveau cabrement, inutile. Seuls nos souffles se font entendre dans le noir, nos yeux brillent et se fixent, j'éprouve coincée entre ses jambes un plaisir absurde, et l'idée me vient même de l'étreindre et de l'embrasser, mais c'est ridicule ; un genre de pensée folle qui vous vient quand on est enfant, lorsqu'on voudrait par exemple poser la main sur un fourneau brûlant. On ne le fera jamais, c'est idiot mais on y pense. Tout doucement il me relâche, s'excuse et je me sens moi aussi honteuse, un peu grotesque. Il me désenfourche et se relève, me laissant me rajuster, mais je rougis en remarquant une bosse naissante sous sa braguette. Il se détourne.

– Il faut vraiment partir, insiste-t-il. Vraiment.

Je refuse. Il se recoiffe et tente de se justifier. C'est vrai, il travaille pour le SD, mais c'est sous la contrainte. Un certain capitaine Nosek lui est tombé dessus, lorsqu'il a appris qu'il avait tué Wagner. Cet homme sait tout de moi, mon vrai nom, mon rôle au sein de l'Intelligence Service, il connaît Kenneth ; il connaît même le planning des vols clandestins vers Londres.

Mon sang se fige dans mes veines.

– Ça aussi ?

– Tout, confirme Ferrandi, la mine sombre. Pour moi aussi, il savait tout. Je n'ai pas eu le choix.

Nosek le tient par l'argent, m'explique-t-il. Il a bloqué toutes ses valeurs. C'est lui qui a eu l'idée d'un faux cambriolage chez Wagner. Il a caché l'enveloppe sous le parquet puis il a placé l'appartement sous surveillance pendant que nous commettions le vol, pour éviter toute intervention de la police française. J'en ai presque les larmes aux yeux.

– Donc, vous me confirmez que ce sont de faux documents.

– C'est pas ce que j'ai dit. Nosek est peut-être vraiment antinazi. Il a eu ces plans, seulement il ne peut pas les transmettre lui-même, ce serait trop dangereux.

– C'est idiot. C'est un spécialiste du renseignement, il pourrait très bien contacter directement le MI6.

– Il ne veut pas de contact direct. C'était Wagner, l'intermédiaire. Un type de l'Abwehr. Si l'affaire avait mal tourné, c'était l'Abwehr qui était impliqué, pas lui. Ça lui évitait de finir pendu à un croc de boucher.

– Vous dites des sottises. Il est impliqué, puisqu'il vous emploie. Il vous a fait une carte officielle, non ?

– Pas sûr qu'elle soit vraie. Il dira qu'il me connaît pas. Entre un officier SS et un truand comme moi, vous avez pas une idée de qui on croira ? Bon. Maintenant, ce serait mieux qu'on se tire d'ici.

Je reste perplexe. Jamais un nazi fanatique ne contribuerait ainsi à la défaite allemande. Non, je n'y crois pas. Ferrandi me supplie. Il faut filer. Son ami François nous hébergera, le temps de réfléchir à une solution. Mais alors que je fais enfin mine de l'écouter, il bondit à l'autre bout de la pièce. Une voiture s'est arrêtée en bas, des portières claquent. Je le rejoins à la fenêtre au moment où un camion se gare à son tour, dont descendent des gendarmes casqués. Il saisit mon poignet.

– Donnez-moi l'enveloppe.

– Pas question.

Des hommes entrent dans l'établissement. D'en haut, on ne voit que les ronds de leurs chapeaux. Les militaires français en uniformes sombres se positionnent sur le trottoir, autour du bâtiment. Après une courte accalmie, des pas font trembler l'escalier. Un vide abyssal se répand en moi, comme si mes entrailles se liquéfiaient, jamais je n'ai tant ressenti la peur – même si à y repenser ce n'était qu'un minuscule prélude.

– Ils cernent l'hôtel. Donnez-moi votre valise.

Il me l'arrache, la pose au sol pour la fouiller.

– Qu'est-ce que vous allez faire ?

– Planquer ça quelque part, dit-il, l'enveloppe en main. S'ils nous prennent avec, on est morts tous les deux.

– Et moi, je fais quoi ?

– Rien. On se connaît pas, vous savez rien. Pas vu pas pris. C'est la seule façon de faire. Compris ?

Les pas nombreux montent, des pas lourds.

– Compris.

Il se relève et nos visages sont si proches qu'on pourrait s'embrasser. Nos souffles plus rapides, sa main chaude prend la mienne.

– Vous la bouclez. Promis ?

Je réponds d'un battement de paupières. Il disparaît.

Mo

Les flics m'ont rapidement pris, c'était couru. Mais j'ai eu le temps de finir mon petit travail sans qu'ils me voient. Très vite, je me suis retrouvé ceinturé, tabassé, tiré et poussé jusqu'au rez-de-chaussée. Rien qu'en frimant le loufiat derrière son comptoir, j'ai compris que c'est lui qui nous avait donnés. Dommage quand même. Sans les chipoteries de Macbeth, on aurait eu le temps de se faire la malle.

En tout cas, aucune trace d'elle ni mon pote Grosses-Lèvres. Mauvaise nouvelle, le chef des poulets qui m'attend en clopant sur le trottoir est le vieux des Brigades spéciales, celui du train avec son costume miteux et ses mirettes de poisson crevé. Il arbore une grimace qui doit être de joie. Même, il m'offre une cigarette que je saisis du bout des lèvres – vu mes bracelets dans le dos.

– Alors ? Comment on t'appelle ? Ferrandi ou Mosnier ?

J'aurais bien envie de lui répondre qu'il peut choisir entre « mon chéri » ou « ma poule », mais je me contente d'hausser les sourcils, en innocent outragé comme je sais faire, et nous voici bientôt roulant dans Vichy endormi, pas longtemps. Un genre de manoir nous attend, même pas deux cents mètres plus loin, au fond d'un carré de jardin miteux. Deux fenêtres jaunissent à l'étage. Au rez-de-chaussée, ils m'assoient comme un paquet et m'examinent à trois, Baures et deux compères des Renseignements généraux à Vichy, se présentent-ils. Je m'en bats les couilles, mais j'acquiesce poliment.

– Alors, Ferrandi ou Mosnier ? insiste le patron en s'installant derrière un bureau.

L'ampoule poussiéreuse au plafond plonge ses yeux dans l'ombre. La pièce, sombre et vaste, pue l'encre et le tabac froid. De sa poche, il sort et aligne mes papiers ; ma fausse carte au nom de Mosnier ; l'autre du SD, à mon vrai blaze. Il les contemple, vaguement chagriné comme un patron de casino face à des dés truqués.

– Alors ?

– Alors quoi ?

Personne n'est dupe. Ces trois-là sont des flics pur jus, des vicelards qui connaissent la musique. Ils connaissent mon pedigree, sûr. Ils ont forcément appelé Paris pour se rencarder un minimum. D'abord, les questions tombent lentement, comme des gouttes au début d'un orage. Puis ça dégringole. Qui c'est, la fille ? Comment tu la connais ? D'où elle vient, ta carte du SD ? Qui te l'a fabriquée ? Pourquoi t'as arrêté la fille à la gare de Nevers ? Où qu'elle est passée ? Qu'est-ce que je venais foutre à Vichy ? Et la fille, elle venait foutre quoi, à Vichy ?

La seule bonne stratégie est de la boucler. Au moindre mot lâché, ce serait dix fois pire. Un mensonge en appelle un autre, ensuite on s'emmêle les pinceaux et ça n'en finit pas. Je songe à la pauvre môme Macbeth. S'ils l'ont prise, ce sera le même cirque, ils vont la faire dégueuler de fatigue. D'accord, elle est mariole et elle a oublié d'être con, mais pas sûr qu'elle tienne. J'aimerais pourtant qu'elle les balade, avec sa gueule de duchesse, ça me ferait bien plaisir et je m'accroche bizarrement à l'idée, comme si c'était important, même si au fond j'y crois moyen. Ils sont trop tordus. Ça leur ferait trop plaisir, de se faire une aristo, anglaise en plus, de déployer leurs multiples talents de flicards pour la briser menu.

Le ton monte. Les pieds nickelés s'énervent. Pas de coups pour le moment, mais des menaces. Les coriaces comme moi, ils les font s'allonger, ils leur démontent la tête, ils leur font cracher leurs chicots, tu vas voir un peu tête de lard. Une bourrade, comme ça pour voir. La fille aussi, on va lui faire passer un joli quart d'heure, elle finira aux Boches, dans un bordel à soldats sur le front de l'Est. Allez, allonge-toi, fais pas ton malin, des durs comme toi on en a sauté des paquets. Et ainsi de suite…

Le vieux se tait, immobile, comme une statue de Dieu le père. Les deux autres s'agitent, surtout le plus jeune, un noiraud aux manches retroussées sur les biceps. Il a une haleine de phoque.

– Écoute, Ferrandi, reprend Baures au bout d'une bonne demi-heure de cirque, la voix sèche. La police a changé, on est plus du temps de Vidocq – qui c'est ce mec, aucune idée. Dès que j'ai pu, j'ai téléphoné à Paris. T'es dans nos fichiers, Ferrandi, j'ai même ton casier.

Il me jauge. Je fais le sourd. De ce côté-là, je suis tranquille. Mon casier est quasi vierge.

– J'ai fait d'autres vérifications. C'est marrant, mais ta carte du SD est bidon. Tu le savais ?

À ma tête, il voit bien que non. Sur le coup, j'ai été plus con que con. Évidemment qu'elle est fausse. Une vraie fausse carte, merde, Nosek m'avait prévenu qu'il nierait toute implication. Il n'allait quand même pas me couvrir avec un machin authentique !

J'essaye de rattraper le coup, même si c'est plutôt mal parti : c'est vrai qu'il est en toc, le carton nazi, j'admets, je regrette et m'excuse. C'était idiot, monsieur le commissaire – le titre flatteur n'a aucun effet sur lui, il reste aussi chaud qu'un cabillaud mort –, mais bon c'est à cause de la fille. Je l'ai suivie jusqu'à Vichy, où elle partait en congé apparemment. Je comptais la séduire, puis la faire travailler dans un de mes établissements, à Roubaix. Les faux faffes, c'était pour l'épater, lui faire croire que je suis quelqu'un d'important. Pour la protéger le cas échéant. Un truc con, je sais.

– Arrête ton charre. Les maques comme toi, ça a pas de couilles. Jamais t'aurais pris autant de risques avec une fausse carte boche, juste pour cinquante kilos de viande.

– Ça aurait pu marcher. Je pensais pas que vous alliez vous rencarder à Paris.

– C'est qui, cette fille ?

– Une blonde. J'en sais rien.

Le premier vrai coup dans le dos me coupe le souffle. Je crois que j'ai crié. Je tente de me relever.

– Tu nous emmerdes, Ferrandi. On les connaît bien, les gens du SD à Paris. On peut même te présenter au colonel Bömelburg, tu connais ? C'est le chef de la Gestapo.

Dans sa bouche, les mots allemands sonnent un peu ridicules, un peu comme quand un larbin imite les intonations de son patron aristo. Haussement d'épaules, mais pas le temps d'aller au bout, une gifle me retourne la tête. La main est en acier blindé sûrement. Un choc dans le plexus et je tombe. C'est le troisième poulet qui manœuvre, entre deux âges, le poing comme une enclume, une carrure de bœuf. Il me redresse. Deuxième direct pile au même endroit. Je retombe et vomis. Et ça recommence trois fois.

– Tu faisais quoi à Vichy ?

– Je vous l'ai dit.

Boum. Les genoux sur le carrelage dans ma bile.

– Tu faisais quoi à Vichy ?

Et ainsi de suite. Combien de temps ça a duré, je n'en sais rien. Ce qui est sûr, c'est qu'ils n'ont pas grand-chose sur Macbeth. Ils insistent quand même pour savoir son nom, ce qu'elle foutait là. Soit elle leur a filé entre les doigts, soit ils l'ont arrêtée mais elle la boucle. Dans les deux cas, chapeau.

Ils m'ont massacré jusqu'à ce que je tombe dans les vapes, puis m'ont jeté dans une cellule du sous-sol. Le lendemain à midi, sans avoir ni mangé ni bu, je suis menotté à l'arrière d'un camion Renault, entre deux gendarmes, en sacrée bonne compagnie : un poivrot, un Antillais sale comme un pou et deux mecs aux airs farouches, des résistants à tous les coups. Le bahut quitte la ville et son gazogène nous asphyxie pendant au moins deux heures, dans une chaleur de four.

Après quelques derniers tournants, on entre en ville. Riom, daigne expliquer un guignol, on va à la prison centrale. Un peu plus tard, la bâche arrière s'ouvre sur une cour intérieure aux murs noirs écrasants, des arcades et des barreaux sur trois étages énormes, le trou du cul de l'enfer.

Une odeur de pisse et de Crésyl me saute au nez tandis qu'on pénètre dans un bâtiment plus sinistre encore, avec le barouf habituel : galoches qui crissent, clés qui tintent en écho jusqu'au toit. Ce dépotoir date du Moyen Âge, un vrai cauchemar.

Après les formalités d'écrou, je me retrouve dans une cellule prévue pour deux, sauf qu'on est au moins dix. Ça ronfle, ça pète, ça pisse dans le seau réservé, qui souvent déborde. La bouffe, c'est quasi rien : un jus et une boule de pain rance le matin, à onze heures une gamelle d'eau colorée où nagent des miettes de rutabaga ou de chou. À dix-sept heures, pareil. C'est dégueulasse mais chacun lèche sa gamelle jusqu'à la dernière goutte, tant pis pour les rats, nombreux, qui attendent nos restes en bas dans la cour.

Les taulards plus anciens ont les côtes apparentes et les jambes enflées, des furoncles plein la tronche, anémiques et pleins de vermine. Tout le monde crève de faim, torture générale. Même en plein été, on se réveille le matin bleu de froid, les pieds gelés. Trois fois par semaine au moins, un détenu crève, d'épuisement ou tubard.

Ce que j'attends ici, aucune idée. Pendant des jours, je m'imagine qu'on va venir me chercher. Rien. Les semaines passent. À la promenade, je croise une connaissance, un petit braqueur autrefois croisé à Marseille. On s'ignore. Il pourrait être emprisonné sous un faux blaze. Ou alors c'est un mouton. Deux jours plus tard, il a disparu. Dans la cellule aussi ça va ça vient, un vrai hall de gare – beaucoup arrivent amochés. Des « terroristes » à qui les poulets ont voulu faire passer le goût du sabotage ; les Juifs sont en plus triste état. L'un d'eux passe trois jours allongé sur le bat-flanc, la gueule éclatée. Les matons lui refusent l'infirmerie. On le soigne à l'eau croupie. Chialant comme un gosse, il nous raconte qu'il s'est fait pincer en traversant la ligne, son petit s'est noyé, sa femme a disparu. Il reste longtemps prostré. Un jour on l'embarque.

Septembre arrive. Moi qui n'ai jamais passé que quelques semaines en taule, je découvre la haine du maton et du flic. Tout le monde ici a été arrêté par des condés bien de chez nous, qui sans état d'âme roulent pour l'autorité allemande. Pour un paquet, ça les botte de se taper du Coco et du Youpin, ou des indésirables comme moi. Ce brave patriote de commissaire Blémant, c'est une perle rare, une exception. Au passage, je me dis que je devrais peut-être essayer de le contacter, Blémant, qu'il me sorte de là. Mais ce n'est pas forcément une bonne idée, ça le ferait repérer. Et d'ailleurs comment il ferait ? Si ça se trouve d'ailleurs, lui aussi croupit en taule à l'heure qu'il est.

Octobre passe. Il fait encore très chaud. Mon false trop grand me tombe aux genoux. Je me fabrique une ceinture avec du fil de fer. Les puces ont gagné la bataille et m'envahissent, les terreurs nocturnes aussi. Je me revois dans la Sarre, aux corps francs. Ce jour où j'ai rampé pendant près de trois-quarts d'heure jusqu'à une sentinelle boche. En trophée, j'avais rapporté son couteau de botte, mais son regard me hante encore aujourd'hui, ses yeux paniqués me poursuivent, rôdent autour de moi, comme la faucheuse autour d'un cancéreux. Je me réveille pantelant de fièvre à l'infirmerie, où œuvre l'un des rares détenus longue peine de la Centrale, un certain Bonacorsi le bien-nommé[8].

Une petite lueur d'espoir dans cet océan de merde, car il n'y a pas d'autre mot. En langue corse, je lui demande de contacter les Guérini à Marseille. Qu'il se fasse pas de bile, ils paieront. Non pour me faire sortir d'ici, mais déjà

8 L'origine du nom signifie secours, aide.

pour m'éviter d'y crever. Quinze jours plus tard, la réponse arrive sous la forme d'un maton qui, sans la moindre explication, me place comme auxiliaire à la bibliothèque. En guise de cadeau d'accueil, Bonacorsi m'a fait passer une boîte de sardines, dont l'huile et la chair me font presque jouir. Le reste viendra plus tard, m'explique-t-il lorsqu'on se retrouve :

– *Va bè, i tu amichi anu capitu. Anu da fà chì ci vole.*[9]

Lui a pris cinq ans ferme pour abus de confiance. Il ne me demande rien et me parle presque au garde-à-vous. Évidemment les Guérini l'arrosent. Rapidement, il est question de prendre le large, ainsi je lui demande de m'expliquer la topographie des lieux. Pour se barrer, me dit-il, le mieux serait l'infirmerie, ou alors, les cellules individuelles situées dans les étages. Mais s'y faire transférer demande un peu de temps, et pas mal de thune. Il n'a pas toutes les cartes en main.

Un matin, on me demande au parloir. La surprise est telle que le gardien doit répéter plusieurs fois mon nom avant que je réalise. Je lui emboîte le pas, faiblard, pas tranquille. Comme de juste, il se fait un malin plaisir d'ignorer mes questions, et j'arrive aussi méfiant qu'un renard au rez-de-chaussée où les détenus reçoivent leurs visiteurs.

J'en ai le souffle coupé. Tout est là, la robe et le fichu noirs, le visage mince, pâle et plein de reproches, la stature sèche. Ma mère. Mamma. Je dois m'appuyer au mur. Le maton s'approche intrigué.

– Qu'est-ce qui te prend, Ferrandi ?

Ce n'est pas ma mère, mais son exact reflet, un double maléfique : Joséphine, ma sœur aînée qu'enfin je reconnais

9 « C'est bon, tes amis ont compris. Ils vont faire ce qu'il faut. »

et qui me dévisage avec un mélange de surprise et de rancœur. Elle est là contre son gré, ça lui sort par les trous de nez.

– Ça va ? me dit-elle comme on dirait merde.

D'instinct, nous échangeons en corse, à mi-voix.

– Je t'ai apporté un colis, murmure-t-elle, s'empressant d'ajouter que ce n'est pas elle qui paye, qu'on l'a envoyée ici mais qu'elle ne voulait pas. Et le trajet a été sacrément long depuis Toulon, entre les cars et les changements de train…

Joséphine a quatre ans de plus que moi, mais on dirait une vieille. La tête de Mamma, en plus grasse, le nez épaté et les traits avachis. Elle a quitté la maison vers quinze ans et s'est mariée à un rond-de-cuir toulonnais, un mec sinistre que je peux pas piffrer et qui me le rend bien. Je ne connais pas leurs gosses, elle en a quatre d'après mes calculs. Elle et son cave d'époux me reprochent tout, ma vie, mon fric, mes relations avec les cousins, ma trombine, tout. C'est tout juste si je n'y suis pas pour quelque chose si papa est crevé ivre mort dans un ravin, et Mamma dévorée par le cancer. Tout est de ma faute, et pourquoi pas la guerre tant qu'on y est.

Machinalement, elle me donne quelques nouvelles de la famille. Marie-Aloïse va bien, les autres aussi, Charles et Victorine. Un monde ancien resurgit devant mes yeux, des souvenirs presque oubliés.

– Tu sais, je viens de la part des cousins. C'est eux qui ont payé.

Pas besoin de prononcer leur nom.

– J'avais compris. Et ?

– Et ils te font dire qu'ils vont s'occuper de toi. Ce sera sûrement à l'infirmerie. Je reviendrai te voir quand ce sera le moment, ajoute-t-elle, soudain adoucie, alors prends courage, Mo.

Je ne sais pas pourquoi, sa façon de dire Mo me déchire l'âme. Elle le dit à la façon de Mamma, il y a si longtemps, quand on était petits, miséreux mais insouciants. Et déboulent en cascade les images, fraîches et pures comme l'eau de la montagne, qui m'arrachent des larmes.

Elle saisit ma main. Ses doigts sont prématurément rêches, ceux d'une femme qui travaille dur.

– Ça va aller, Mo ?

– Ça va.

J'ai pleuré, merde alors. La fatigue extrême, la faim, la peur de mourir, la tension permanente, je me cherche des excuses en passant ma manche sur les yeux. À force, j'avais oublié à quel point tout ce que je traverse est difficile, presque insupportable.

– Ça va aller. Merci d'être venue, José.

Sa visite m'a fait du bien. Un coup d'oxygène, en pleine noyade. Le colis envoyé par les cousins me requinque aussi. Puis l'automne s'installe, tout devient gris, glacial, humide, puant. Que devient Macbeth ? L'idée m'effleure parfois, je revois sa petite tête en triangle, ses boucles blondes, ses yeux de chatte, son allure de lady, même sans faire exprès. Un matin de novembre, les matons semblent particulièrement nerveux. Il paraît que les Américains ont débarqué, me raconte Bonacorsi. Où ? On n'en sait rien.

– C'est des conneries, me chuchote-t-il, derrière une étagère dans la bibliothèque. Les Ricains, ils ont pas assez de bateaux pour ça.

Il a raison, ça paraît énorme. Voilà trois ans qu'on nous abreuve de mômeries plus hautes que le Mont-Blanc. Un jour Hitler s'est pendu, le lendemain c'est Staline, une autre fois les Niakoués ont débarqué à Hollywood.

Pourtant, cette fois-ci, les porte-clés font la gueule. Ça se précise, même : les Américains, apprend-on, ont *vraiment* débarqué en Algérie, au Maroc et en Tunisie. En représailles, les Frisés se sont goinfré la ligne de démarcation. Mais Pétain va s'opposer, croit savoir mon pote, il paraît que l'armée d'armistice est gonflée à bloc, ils ont caché des armes partout, on va se réveiller et leur foutre la branlée.

Mais de branlée, point.

Le lendemain, on apprend que les tanks boches sont sur la Canebière. J'attends toujours mon transfert à l'infirmerie, prélude à la cavale. Mais je ne suis pas naïf : cette invasion inopinée de la zone soi-disant libre risque de retarder le projet, voire de le faire capoter.

– Ferrandi.

Entendre mon nom ne me fait jamais très bon effet. Pendant quelques secondes, je crois au miracle, tout en me souvenant que Joséphine avait promis de revenir me voir « quand ce serait le moment ». Donc, ce n'est pas la cavale qui s'esquisse, c'est autre chose. Par exemple un transfert. Mauvais signe, le maton, un gentil qu'une clope suffit d'ordinaire à contenter pour la journée, reste sinistre et silencieux.

Je le suis hors de la cellule sans un mot, le cœur sec, le long de la coursive puis dans les vieux escaliers de l'ancien couvent. Direction la cour principale. C'est bien ça, ils vont m'extraire. Mais vers où ? Le gardien en sait rien. En plus il s'en fout et mes questions l'agacent. Mes semelles décousues se font lourdes. Ils ne vont pas me libérer, ils vont me buter. Comme otage. Ou pire, m'envoyer à Paris chez mon nouveau pote, le flic des Brigades spéciales. Le surveillant me tire la manche.

– Magne-toi un peu, Ferrandi, j'ai pas que ça à faire.

La grille de sortie se profile. Un tour de verrou, on me pousse. J'étais bien, moi, en Centrale ! Ma mauvaise blague les fatigue. Ils me repoussent en avant. J'entrave la coupure, ça me scie les jambes : ce ne sont pas les flics parisiens qui viennent, c'est largement pire à mon avis. Maintenant que les Boches occupent toute la France, le SD et la Gestapo ont les mains libres. L'heure des comptes a sonné. Fini la rigolade à l'abri de la ligne de démarcation. Deux hypothèses. La première, c'est que Nosek savait très bien où je me trouvais et qu'il veut maintenant des explications. L'autre possibilité, c'est l'Abwehr. Ils m'ont retrouvé, ils vont me faire payer les mesures D ordonnées par Blémant, les exécutions d'agents. À cette heure, le commissaire est peut-être déjà fait comme un rat. Maintenant c'est mon tour.

Les gardiens se mettent à deux pour me jeter dehors, où le jour froid m'éblouit.

– Bon voyage, Ferrandi.

Je frissonne dans ma veste d'été miteuse et mes pompes de clodo. Une voiture attend là, ainsi que trois hommes en feutre et pardessus. Des Boches, forcément.

Chapitre 19

Lizzie

Chaque jour se déroule exactement comme le précédent : réveillées à six heures, nous plions nos paillasses infestées de poux, balayons la chambrée – quatre mètres sur dix, une double rangée de lits, deux tables au milieu – vidons nos tinettes et attendons les repas sans rien à faire de notre temps. La tour de la Mal-Coiffée, à Moulins (un tel nom ne s'invente pas), ressemble à ces horribles prisons de Londres que décrit mon cher Charles Dickens dans ses romans. Les murs et les barreaux sont noirs, énormes, les cours et les escaliers s'enchevêtrent dans un bâtiment glacial, les couloirs bordés de cellules bardées de fers.

Trois mois que je suis ici, avec une trentaine de détenues. Trois mois que j'attends. Quoi exactement, je n'en sais rien. Lorsque les policiers m'ont interrogée après m'avoir arrêtée à l'hôtel, à Vichy, je m'en suis tenue aux consignes de Ferrandi : en dire le moins possible. Donc, je m'appelle Élisabeth Chevy, comme sur les faux papiers, je ne connais pas Ferrandi, je ne l'ai jamais vu. J'ignore pourquoi il est intervenu en gare de Nevers et comment il m'a retrouvée à l'hôtel. Si j'avais voulu fuir le contrôle dans le train, c'était à cause de quelques produits de marché noir dans la valise. Lassés par mon aplomb et mes réponses invariables, les policiers m'avaient enfermée ici.

Depuis, rien. Le temps s'écoule avec une lenteur stupéfiante. Les secondes durent des heures. Une broutille occupe une journée. Nous dépérissons. Certaines détenues, authentiques résistantes, sont dévorées de peur. Du rez-de-chaussée, où sont internés les hommes, montent parfois des cris insupportables. Des enquêteurs français tentent d'arracher à ceux qu'ils nomment « terroristes » des aveux, des noms, des adresses de camarades, nous disent-elles. Moi, je n'intéresse personne et cela me soulage, lâchement.

Aucune visite, pas de colis. Mes sous-vêtements, mes chaussettes tombent en loques, je grelotte dans mes habits d'été. Informées par je ne sais quel mystérieux canal, les militantes communistes, dures, fières, honnêtes, nous apprennent que les nazis ont perdu une bataille à El-Alamein, la clé de l'Égypte. Mais ils avancent toujours en Russie, où la grande ville de Stalingrad est inexorablement encerclée. Il nous faut plusieurs jours pour que soit confirmée une incroyable nouvelle : les Américains ont débarqué en Afrique du Nord ! La riposte allemande est presque immédiate : le 11 novembre, jour anniversaire de la victoire de 1918, ils s'emparent du reste de la France.

Les filles du Parti sont atterrées. La police française les livrera à l'Occupant maintenant, elles en sont sûres. Un sentiment de révolte me consume, je suis certaine qu'elles voient juste. Moi aussi j'enrage, comprenant que les plans fournis par Wagner étaient sans doute authentiques. Hitler avait réellement prévu d'envahir la zone libre, dès 1940. Ferrandi avait raison : Nosek est véritablement antinazi et il a vraiment voulu avertir les Alliés des intentions du Führer, qui va pouvoir tranquillement s'emparer de la flotte française.

Ce jour-là, je me rapproche d'une des filles, une brune d'environ quarante ans appelée Claire, qui exerce une certaine autorité auprès des autres « politiques » – elle parle avec un léger accent étranger, peut-être polonais. Elle m'écoute en me fixant intensément. Ici nous sommes à nu. Les regards, les attitudes valent plus que les mots. On sent d'instinct à qui l'on peut se fier, on se renifle, on devine les courageuses ou les trouillardes. Je lui explique que je dois absolument sortir d'ici. Y a-t-il un moyen ? Certaines ont-elles déjà réussi ?

Sa réponse, le lendemain, a de quoi décourager. La voie la plus sûre est de se déclarer malade pour être envoyée à l'hôpital, mais le médecin-chef est une vraie peau de vache qui idolâtre Pétain. L'autre moyen, plus aléatoire, consiste à franchir le mur d'enceinte de la cour des femmes. Mais c'est extrêmement risqué : il faut réussir à fabriquer une corde et à sortir du dortoir sans se faire dénoncer, ensuite escalader une paroi de plus de douze mètres de haut avant de redescendre de l'autre côté.

– Mais à cœur vaillant rien d'impossible, conclut-elle avec un sourire qui me donne la chair de poule.

J'adorerais qu'elle se propose pour m'accompagner mais elle n'en fait rien. Elle n'abandonnera pas ses camarades. Je serai donc seule, mais curieusement cela ne m'effraie pas. Pourtant, rien que la première étape, fabriquer une corde sans drap ni tissu, se révèle à première vue quasi insurmontable. La seule idée qui me vient, est de voler une couverture dans un autre dortoir, en profitant du désordre relatif au moment du départ en promenade. Pour masquer ce chapardage, il me faudrait des complices, que je pourrais peut-être trouver grâce à Claire. Mais mon projet tourne court : à l'heure de la soupe, on m'appelle. Un transfert, me dit une gardienne. Mon cœur se glace. Les Allemands viennent me chercher, les filles de la chambrée en sont convaincues. M'entourant, elles me murmurent des « Courage, on les aura » au creux de l'oreille. Des mains se posent sur mes épaules.

Un homme m'attend au greffe de la prison en pardessus sombre, l'expression ouverte et volontaire, des yeux très clairs. Un Français. Pas grand mais les épaules larges. D'une certaine manière, il ressemble à notre contact à Paris, ce commissaire de police que Kenneth avait surnommé Fox-Trot. Les formalités de levée d'écrou accomplies, il me guide sans un mot jusqu'à une cour cernée de murs couleur sable. Rien n'a dû changer ici depuis la Révolution, je pourrais me croire cent cinquante ans en arrière, en route vers la guillotine. De l'autre côté du porche, pas de charrette de condamnés, mais une vieille Peugeot à gazogène où m'attendent trois hommes en civil.

– Ne faites pas de bêtises. Nous sommes amis, me glisse mon guide à la mâchoire carrée.

Il me pousse doucement.

Derrière nous claque le gros portail. Sa voix m'a pétrifiée, j'y discerne le calme des bourreaux, une résolution implacable qui me paralyse. Pire encore, l'un des trois hommes dans la voiture est Ferrandi.

– Non… S'il vous plaît…

Ses doigts refermés sur mon bras me forcent à marcher.

– Ne faites pas de bêtises, mademoiselle.

Dieu sait pourquoi, je croyais Ferrandi libre, je pensais qu'il était parvenu à s'enfuir. Mais non. Lui aussi sort visiblement de prison, blafard, les joues creuses. Pendant tout ce temps il était enfermé, comme moi. C'est bête à en pleurer. Et maintenant on nous livre à la Gestapo.

Une main me fait baisser la nuque, me pousse sur la banquette, et sans comprendre je vois le Corse me sourire. Il me prend la main.

– Faites pas cette tête. C'est fini, vous êtes libre.

Ces mots sonnent étrangement, comme s'ils étaient prononcés dans une autre langue. Le chauffeur démarre et nous roulons au pas le long de l'antique prison. Puis les premiers immeubles défilent, sous des nuées noires comme du plomb. Impossible de refreiner mes tremblements. C'est encore une traîtrise de Ferrandi. Une ruse pour m'emmener tranquillement à Paris. Il doit répéter sa phrase, le doigt tendu vers l'homme qui semble diriger l'expédition.

– Je vous présente le commandant Paillole, du Deuxième Bureau français.

La Peugeot ralentit aux abords d'un pont immense. Voir autant de ciel, respirer autant d'air me donne le vertige, je crois tomber dans le vide, un vide de cauchemar. La ligne de démarcation n'existe plus, précise le commandant tourné vers moi, mais les contrôles sont maintenus. Que je sois rassurée, tout ira bien. Après avoir slalomé entre des barrières rouges et noires et des rouleaux de barbelés, le chauffeur s'arrête devant un minuscule bâtiment d'octroi. Dans un allemand parfait, le dénommé Paillole explique qu'il est policier et qu'il convoie deux repris de justice à Vichy. Le feldgendarme inspecte nos papiers, les compare à nos visages puis salue militairement, et la même chose recommence de l'autre côté du pont, auprès des Français.

Le conducteur impavide reprend de la vitesse et nous nous perdons dans la campagne.

* *
*

Je me réveille longtemps plus tard contre l'épaule de Ferrandi, confuse. Je donnerais notre maison à Victoria Road pour un bain chaud, un morceau de pain et de l'eau fraîche.

– Où est-ce qu'on va ?

– Dans mon PC, au-dessus de Royat, se retourne le commandant Paillole, détendu. Ne vous en faites pas, dans deux heures on y est.

Je ne me sens même pas la force de poser d'autres questions. Mon regard se perd vers de lointains massifs. Parfois une pluie gelée balaye le plateau. Peut-être que ces hommes me mentent, qu'ils me mènent à la mort. Je devrais avoir peur mais je ne bouge plus, je ne ressens plus rien, anesthésiée comme la rescapée d'un naufrage. Tant pis s'ils me tuent, je suis au-delà de toute fatigue.

Après Riom, nous passons Clermont-Ferrand, puis la route s'élève en lacets au-dessus de Royat. Après un ultime raidillon, le chauffeur s'arrête au pied d'une longue bâtisse, dans le jour tombant. On dirait un refuge de brigands de l'ancien temps. Il n'y a qu'un étage, les fenêtres sont étroites et rares. Cent mètres plus loin, la vue donne sur une étendue de montagnes chaotiques couvertes de forêts.

Après un court échange avec le chef, le gazogène repart. Le commandant s'approche de moi.

– Vous avez sûrement besoin de vous décrasser. Nous vous avons préparé tout ce qu'il faut, ensuite on dînera.

Il s'exprime sobrement, avec autorité, mais sans cette distance, ce quasi mépris qu'avait toujours plus ou moins Kenneth. Je me cabre.

– Vous ne croyez pas que vous me devez des explications ?

Ferrandi s'est approché lui aussi, tout sourire – ce sourire parfait qui a le don de m'énerver. Il porte un chandail et une veste de velours côtelé, maigri de dix kilos au moins, les cheveux étonnement longs comme ceux d'un artiste.

– Je vous avais prévenu, mon commandant. Elle croit que c'est un piège.

Je le fusille du regard.

– « Elle » a peut-être des raisons de douter, non ?

– Eh bien, c'est tout à fait naturel, et tout à votre honneur, s'amuse Paillole. Mais je puis vous assurer que vous ne risquez rien ici. M. Ferrandi m'a tout expliqué. Entrez donc, miss Beresford.

Il attend toujours, le bras tendu vers le perron.

– Pourquoi me faire sortir de prison ? Comment m'avez-vous retrouvée ?

– Toutes les explications vous seront données. Entrez, vous tremblez de froid. Hélène va vous montrer votre chambre. Vous pourrez prendre un bain et nous avons trouvé des vêtements qui devraient vous aller. Nous dînerons ensuite. Je vous en prie.

Je cède, à contrecœur, assaillie dès l'entrée par une douce odeur de soupe et de feu de bois, à en défaillir. Sans un mot, une femme me guide à l'étage au son du vieil escalier craquant ; une paysanne courte et solide, qui me désigne des vêtements pliés sur un énorme édredon.

– Ils devraient être à votre taille, lâche-t-elle, puis elle m'indique la salle d'eau, où elle remplit de seaux d'eau fumante une grande bassine en zinc.

Pas un mot superflu. Elle me regarde furtivement, avec un soupçon de reproche, comme une maman scruterait une fiancée indésirable.

Une fois décrassée, j'enfile un corsage trop large, un tricot de laine et une jupe, qui me donnent littéralement l'impression de changer de peau. Une faim immense me torture, pas si désagréable, car je sais qu'elle sera bientôt apaisée. La maison dort et ce silence m'abrutit presque. Je m'allonge un instant. Une odeur de renfermé flotte dans l'air. Les murs sont blancs, de la dentelle aux carreaux, un Christ veille sur moi, en tête de lit.

– Alors ? On boude ?

C'est Ferrandi, ironique, derrière la porte entrebâillée. Ses coups contre le battant m'ont tirée d'un sommeil de plomb. Il fait nuit noire à présent, une chouette hulule. Je me sens pâteuse, désorientée, un peu refroidie par mon endormissement. Pendant un court instant, je m'imagine revenue à Easton Grey, le grand parc plongé dans les ténèbres, exhalant ses brumes et ses craquements, ses odeurs de sous-bois mouillés. Il me faut une bonne demi-minute pour resituer le décor, me souvenir de ma sortie de cellule, du trajet en gazogène entre ces hommes solides et taciturnes.

Paume levée, le Corse interrompt mon avalanche d'interrogations. D'abord, la soupe. Ensuite, on causera. Il sourit, plus séduisant que jamais, un peu irritant aussi, comme si les deux choses allaient de pair, décidément. Mais avec ses joues creuses, il semble moins arrogant, comme débarrassé d'un déguisement. J'ai dû perdre beaucoup de poids moi aussi. Dans le miroir, buste nu, j'ai vu mes côtes. Mes cheveux sont ternes, emmêlés comme du chanvre. Une heure plus tard, le dîner englouti, nous nous installons à trois dans la grande salle devant un feu, un décor presque irréel, le salon d'un *gentleman farmer* façon auvergnate.

Pendant que nous mangions, Paillole m'a raconté comment le sergent Ferrandi – à cette étrange formulation, je n'ai pas pu m'empêcher d'échanger un sourire avec l'intéressé –, avait réussi à informer ses cousins à Marseille de son incarcération à Riom. Ces derniers ont alerté à sa demande ce fameux commissaire Blémant, son supérieur au Deuxième Bureau.

– Blémant travaille sous mes ordres, explique le commandant. Il m'a alerté, et nous avons décidé de libérer M. Ferrandi. Il a fallu accélérer les choses lorsque les Allemands ont envahi la zone libre, le risque était grand que l'Abwehr s'intéresse aux registres des prisons. Ils auraient retrouvé Ferrandi pour lui faire un mauvais sort. Nous avons donc monté une première opération pour le libérer, en nous faisant passer pour des policiers. Ensuite, Ferrandi nous a parlé de vous, conclut-il en me fixant d'un œil clair. Nous avons recommencé la même manœuvre à Moulins, à votre profit.

J'en suis restée pantoise. Pourquoi prendre autant de risques ? Paillole écarte ma remarque, flegmatique. Maintenant que les Allemands occupent tout le pays, il n'a plus rien à perdre : son service va basculer dans la clandestinité. Lui-même ralliera certainement Alger, que tiennent à présent les Anglo-Américains.

Entre la digestion et la tension qui se relâche, je peine à me concentrer sur la situation qu'il nous dresse, tout en tisonnant régulièrement le feu. Deux ans plus tôt, explique-t-il, amer et froid, chacun pensait que le Maréchal préparait la revanche française. À présent, tous les masques sont tombés.

– En 1940, notre situation était très difficile, mais pas désespérée. Nos colonies étaient hors d'atteinte, nous avions une flotte intacte, très puissante, et une armée bien équipée de plus de six cent mille hommes. Certes, le pays était à demi occupé, mais la paix n'était pas signée, et nous étions toujours en guerre contre l'Allemagne. Nous avons donc continué à combattre l'Abwehr et à renseigner l'Intelligence Service, comme avant. La dérive a commencé dès octobre 1940, quand le Maréchal s'est mis à parler de « collaboration » après son entrevue avec Hitler à Montoire. Beaucoup d'entre nous ont été très déçus. Puis il y a eu les rafles anti-juives, et toute sorte d'autres mauvais signaux. En mai 1942, Laval a fini par exiger la dissolution de notre service de renseignement. Moi-même, j'ai été recherché par la police, comme Blémant à Marseille. Il y a trois mois, Vichy a autorisé l'envoi en zone libre d'un commando de deux cent quatre-vingts membres de l'Abwehr et de la Gestapo. En zone libre ! On leur a donné des faux papiers français, pour qu'ils puissent tranquillement opérer. Ils ont arrêté une quarantaine d'opérateurs radios, sous notre nez !

Il s'interrompt, le poing et la mâchoire serrés. Depuis, tous ces agents nazis sont restés en place, à Marseille, Lyon, Toulouse. La comédie a pris fin le 11 novembre, conclut-il d'une voix sourde : la police et l'armée ont reçu de Vichy l'ordre explicite de ne pas résister aux Allemands qui avançaient vers le Sud. Seul un général qui voulait combattre a été arrêté, un certain de Lattre.

Je bâille à en pleurer, sous le regard presque touché de Ferrandi. Je le trouve changé, pas seulement parce qu'il a perdu du poids. Plus humble, plus attentif. Est-ce à cause des épreuves traversées ?

– J'ai parlé au commandant du plan de Wagner, ajoute-t-il alors que je lutte pour garder mes paupières ouvertes.

Je hausse les épaules.

– Ils sont faux de toute manière.

– Ils sont parfaitement authentiques, tranche Paillole. Hitler veut prendre la flotte à Toulon. Pour l'instant, l'Allemagne a promis de ne pas violer la base navale, mais ça ne tiendra pas. Il faudra aller à Vichy.

– À Vichy ? Je croyais qu'ils jouaient la comédie, et que tout était fini. Pour voir qui ?

Sa réponse se perd dans un bourdonnement. Je crois que quelqu'un m'a portée aux étages, peut-être Ferrandi. Il a tiré sur moi cet édredon un peu humide, qui pèse des tonnes, et nos yeux se sont croisés. Il me semble aussi que je n'ai plus peur.

Mo

Macbeth débarrasse la vaisselle du petit-déjeuner, son petit visage plus en triangle que jamais, fragile, ses cheveux blonds emmêlés. Une antique horloge claque dans la cuisine. Dehors, la campagne est blanche de givre, superbe.

– Vous êtes bizarre, tout de même, dit-elle en pivotant vers moi, un peu gênée par mon observation.

– Pourquoi vous dites ça ?

– Pourquoi êtes-vous venu me chercher à Moulins ? Vous n'étiez pas obligé.

Son regard me transperce, plus pâle que d'ordinaire. Je fais un geste en l'air.

– Vous voulez que je dise quoi ? Que j'ai fait ça pour vos beaux yeux ?

– Contentez-vous de la vérité.

– Parce que ça m'emmerdait de vous laisser dans la mouise, là. Et puis il y a les plans de Hitler. Ce serait mieux que quelqu'un sache, pas vrai ?

Juste avant d'être arrêté, j'avais caché l'enveloppe dans les étages de l'hôtel, derrière un alignement de buffets lourds comme du plomb, que personne ne doit jamais bouger. Dès ma libération, on les a récupérés avec Paillole. Ma réponse ne lui convient pas. Elle veut savoir. Elle me poursuit jusqu'au salon où je m'affale.

– Quoi encore ?

– Vous n'aimez pas parler de vous, n'est-ce pas ?

– Pas trop. On finit toujours par dire des conneries.

– Vous avez tellement peur de m'en dire ?

– Arrêtez de m'emmerder avec vos questions.

Nos yeux se croisent comme deux épées.

– Vous n'êtes pas obligé d'être grossier. Savez-vous que la première fois qu'on m'a parlé de vous, on m'a dit les pires horreurs ?

Je m'affaire pour lancer un feu. J'avais oublié comme les femmes parlent toujours beaucoup. Mimi jacassait tout le temps, les autres aussi. Seule ma mère ne l'ouvrait pas, et c'est la seule dont j'ai jamais eu peur. Son regard sévère me poursuit encore. Même morte, elle critique mon fric, ma façon de vivre et de salir les femmes. Je devine les mêmes reproches chez Macbeth, un peu de pitié aussi. La petite lady voudrait me remettre dans le droit chemin.

Sur le petit bois qui flambe, je place une bûche plus grosse, le visage en feu. Ses questions m'emmerdent et pourtant je lâche quelques bribes. Que par exemple chacun savait à Calenzana que le père Ferrandi se torchait du soir au matin. Et que c'est pour ça qu'il s'était pété la nuque dans un ravin, un soir de septembre 1918, pendant que les vrais hommes étaient au front. Qu'à la suite de ça ma mère a dû nourrir sept gosses, dont un en bas âge. Que j'ai arrêté le certif, qu'elle a crevé d'un cancer et que me je suis barré à Marseille à treize ans. Et voilà.

Macbeth se tait un moment, droite dans son fauteuil. Même à Mimi, j'avais jamais rien dit. Peut-être parce que je veux me justifier, ou plutôt parce que j'ai l'intuition qu'on ne se reverra pas. Une bûche entière s'est consumée pendant que je blablatais. J'en place une autre, étourdi d'avoir lâché tant de mots.

– Je vous ai mal jugé, reprend l'Anglaise en s'entourant les genoux des bras.

J'élude d'un geste, ce qui la fait sourire.

– Ça vous est égal de savoir ce que je pense de vous ?

– Qu'est-ce que ça peut faire ? On est pas censés se marier.

– On n'est pas obligés d'aller jusque-là, en effet, elle répond avec son rire un peu grave.

Nous déjeunons sans Paillole, qui nous a quittés dès l'aube en nous interdisant de sortir, sauf si on vient nous arrêter, alors il faudra filer à l'arrière vers les bois. Dans ce cas, notre point de ralliement sera un marchand de cycles au centre de Royat.

Le menu que sert Hélène, la cuisinière, est une orgie : soupe épaisse aux lardons, saucisses, lentilles, des pommes en dessert, puis du vrai café. Macbeth revient à la charge. La Corse, est-ce que c'est vraiment plus beau que la Côte d'Azur ?

– Il n'y a rien de plus beau que la Corse.

– Dites-moi à quoi ça ressemble.

– Je ne peux pas. Il n'y a pas de mots.

Dans ma tête flottent des parfums de thym, de maquis, l'odeur de la tramontana et du sirocco, le sel de la mer à Calvi, le bleu du ciel, les pierres des maisons, l'ombre chaude et sèche, et même le froid en hiver, non il n'existe pas de mots pour mon île.

– Si vous êtes sage, je vous ferai visiter.

Elle sourit avec moi. Le soir, très tard après le dîner, un bruit dehors m'arrache de mon fauteuil. En deux pas je lève Macbeth et je la tire jusqu'à la porte, tout ça presque malgré moi. Reflexes conditionnés. Voilà des années que je scrute chaque visage, que j'analyse chaque son, toujours prêt à fuir ou à mordre, comme une bête. Elle me regarde les yeux agrandis, plus effrayée par ma réaction que par une possible intrusion.

– Il y a quelqu'un dans le jardin. Venez, on sort.

– Comme ça ? Mais vous êtes en chaussettes.

Je n'avais jamais vu sa bouche de si près, rose, ourlée, ni ressenti si fort l'envie de l'embrasser. Mais je l'écarte pour ouvrir un volet sans bruit.

Chapitre 20

Lizzie

Loin de s'excuser de nous avoir fait si peur, le commandant Paillole s'en réjouit. On sent en lui le militaire, ancien saint-cyrien qui apprécie à leur juste valeur les réactions de ses recrues. Une fois restauré, il nous dresse un triste panorama de la situation à Vichy, où la confusion est totale. La lâcheté du gouvernement, qui n'a rien fait pour défendre la patrie, a stupéfait ou horrifié beaucoup de monde. Les faux-semblants volent en fumée.

La théorie du double-jeu, d'une entente secrète entre Pétain et de Gaulle, tout cela a explosé en plein vol, nous explique Paillole, sa grosse mâchoire en mouvement – je le crois capable de croquer l'assiette aussi. Le Maréchal a sombré corps et biens dans la collaboration, entraîné par Laval, son âme damnée. Ils s'obsèdent du danger communiste et feignent de croire en la bonne foi de Hitler, lorsque ce dernier prétend vouloir nous protéger des Anglo-Américains en occupant tout le pays.

– Darlan ajoute au désordre, soupire-t-il en reposant son verre vide. Il y a encore trois semaines, il prônait une coopération militaire active avec Berlin. Il se trouvait par hasard à Alger lors du débarquement, et voilà qu'il retourne sa veste. Il veut se battre contre Hitler maintenant. Roosevelt l'a nommé chef des forces françaises en Afrique du Nord, le préférant à Giraud qui s'est attardé on ne sait pourquoi à Gibraltar. Quant à de Gaulle, il est hors-jeu, il n'a même pas été question de lui !

– Et la flotte française ? dis-je, sous une œillade appuyée de Ferrandi.

– Pour l'instant, elle reste sous la protection de ce qu'il reste de notre armée, en rade de Toulon. D'après ce que je sais, Darlan lui a donné l'ordre d'appareiller vers l'Afrique, mais Pétain refuse. Laborde, qui commande à Toulon, déteste Darlan et s'est donc empressé de suivre le Maréchal. Rien n'a changé depuis Vercingétorix : les Gaulois se déchirent, pendant que César enchaîne le pays. Mais tout n'est pas perdu, poursuit-il en déployant sa silhouette courte, mais athlétique. Demain, le contre-amiral Auphan accepte de nous recevoir à Vichy. Il est secrétaire d'État à la marine, donc en principe le supérieur de Laborde. Si nous le convainquons en lui montrant l'ordre secret de Hitler, il pourra peut-être forcer Laborde à rallier Alger avec ses navires…

Mais, est-ce la fatigue, il semble peu croire en nos chances. Ferrandi, lui, paraît carrément s'en moquer. Il m'observe en douce, comme si notre échange de l'après-midi lui donnait des droits sur moi. Décidemment il est indécrottable.

À Vichy le lendemain, l'ambiance est délétère. Un camion allemand décharge son matériel téléphonique devant une villa près du casino. La Gestapo a réquisitionné tout un hôtel près de là, indique Paillole. Des passants se hâtent, dos courbé. D'autres s'attroupent, incrédules, comme les Parisiens deux ans plus tôt. La ville d'eaux n'est plus qu'un décor vide, un théâtre de marionnettes dont les fils sont tirés depuis Berlin.

Six matelots montent la garde devant le Grand Hôtel du Helder, une sorte de gros gâteau qui abrite le secrétariat d'État à la Marine. Ce n'est qu'à un jet de pierre de l'hôtel où j'ai été arrêtée, trois mois plus tôt. À mes côtés, le visage de Paillole n'est que force et résolution. Ferrandi avance près de lui, indifférent à l'aspect minable de son pardessus, qui jure dans ce décor chic. Visiblement, le commandant a mal estimé sa carrure. J'ai eu plus de chance avec la robe que m'a octroyée Hélène.

Après nous avoir un peu fait patienter, le contre-amiral nous reçoit dans une ancienne suite, qui fait office de cabinet. Mince, il a une cinquantaine d'années, les sourcils et les cheveux épais, le regard perçant et quelque chose de méridional dans son apparence. Paillole nous présente, Ferrandi et moi – j'appartiens à l'Intelligence Service, mais il ne précise pas mon nom –, puis il tend les plans dérobés au marin, qui prend tout son temps pour les parcourir.

Je m'attendais à une vieille baderne en uniforme, un politicien obnubilé par l'hystérie anti-anglaise qui règne à Vichy. Pas du tout. Auphan veut tout savoir de ces documents, et comment ils sont arrivés dans nos mains. Le commandant appuie nos réponses : ces ordres sont authentiques, ça ne fait aucun doute. À l'heure qu'il est, quatre ou cinq mille marins de la Kriegsmarine sont peut-être déjà en route depuis Lorient.

– Je n'ai reçu aucune information de ce type, objecte notre hôte en nous sondant du regard. Quoi qu'il en soit, je dois d'abord en référer au Maréchal.

Paillole inspire largement.

– Je comprends, bien sûr. Mais ne faudrait-il pas aussi informer l'amiral Laborde à Toulon ? J'ai cru comprendre qu'il avait reçu l'ordre d'appareiller pour l'Afrique du Nord, mais il ne l'a pas encore fait. Cela pourrait… l'éclairer.

– C'est exact, reprend Auphan, mais notre problème est que cet ordre vient de Darlan. Donc comme vous devez le savoir, Laborde n'obéira pas. Seul le Maréchal est en mesure de débloquer la situation, il m'a promis de le faire. S'il donne une instruction légale à Laborde, c'est-à-dire une instruction du gouvernement, Laborde prendra la mer, soyez-en sûrs.

Je surprends malgré moi l'expression de Ferrandi, teintée de colère. Auphan insiste, comme s'il voulait nous persuader que tout va changer, que la France reprendra sa place aux côtés des Alliés, et que l'unité et l'honneur du pays seront saufs. Dans un an, pavoise-t-il, les Boches seront chassés ! Le seul obstacle, c'est Laval, avec son entourage et ses idées pernicieuses ; Laval, qui croit dur comme fer que l'Allemagne va gagner, et donc qu'il faut être à ses côtés si l'on veut suivre la marche de l'Histoire.

– Quoi qu'il arrive, conclut le soldat d'un air sombre et résolu, la flotte ne tombera pas aux mains de Hitler. Les plans sont prêts depuis 1940. Si la base de Toulon est violée, tous les bâtiments seront détruits.

Un silence mortel suit cette annonce.

– Détruire la flotte ? Plutôt que de l'envoyer en Afrique ? intervient Ferrandi, à ma surprise.

L'amiral le toise, visage clos.

– Les choses ne sont pas si simples, sergent.

Le Corse revient à la charge. Est-ce qu'on ne pourrait pas les montrer nous-mêmes au Maréchal, ces plans ? Ou sinon à Laborde, à Toulon ? Leur faire comprendre…

– Cet entretien est terminé, fait notre interlocuteur en interrompant Paillole, qui veut reprendre la parole.

Puis il se lève, raide comme un juge aux assises.

– Merci d'être venus.

Après avoir accepté que les documents de Wagner soient ronéotypés et photographiés par ses services, nous quittons l'hôtel, un goût de cendre en bouche. Tristement, je repense à Wagner, et à tout ce que j'ai consenti pour en arriver là. Un résultat nul, sans doute. Les circonvolutions du secrétaire d'État, les manœuvres byzantines, les coups de billard à trois bandes, rien de cela ne pèsera face à la détermination nazie. Dans quelques jours ou quelques semaines, ils reprendront l'avantage sur les mers, grâce à l'appoint de la flotte française.

– Pour le moment, on ne peut qu'attendre, grogne Paillole en écrasant le volant sous ses grosses mains.

Une morne pluie frappe le pare-brise. Les Yeux-Bleus semble furieux lui aussi, même la bonne odeur de soupe qui nous attend, de retour à la ferme, ne le déride pas. Il touche à peine son assiette, puis se lève brusquement et sort, grommelant au passage un « bande de connards ». Paillole m'adresse un sourire désolé.

– Je vais vous raconter quelque chose que je n'ai dit à personne. Depuis fin 1937, notre service connaissait parfaitement les intentions de Hitler, grâce à un informateur au sein même de son état-major. Nous avions des renseignements exacts sur le réarmement, sur les vues des nazis sur les Sudètes, ou la création de la Luftwaffe. En 1940, nous avons même cassé le code allemand. Début mai, j'ai informé personnellement Gamelin du jour et de l'endroit de l'attaque dans les Ardennes. Nos dirigeants savaient tout, et à Londres aussi. Et qu'ont-ils fait ? Rien. Eh bien, ce sera pareil ici. Ce qu'Auphan n'a pas eu le cran de dire, c'est que Darlan et lui refusent que leur précieux bateaux tombent aux mains des Britanniques.

– Ils préfèrent que ce soit dans celles de Hitler !

– Non. Car, aussi bizarre que cela puisse paraître, ce sont des patriotes. Donc, ils refusent d'aider les Allemands à gagner la guerre. Mais ils ne veulent pas non plus aider les Anglais. Comme s'il était possible de ne pas choisir son camp, dans un monde en guerre !

– Ils vont couler la flotte ? dis-je, horrifiée.

– N'en doutez pas, mademoiselle, répond-il en tapotant ma main. Auphan nous l'a dit à demi-mots d'ailleurs. « Tout est prêt… » Il n'y a plus rien à espérer ici. Moi, je suis déjà recherché, je pars à Alger. Et je vous invite à faire de même au plus vite.

Plus tard à l'étage, je frappe à la porte de Ferrandi pour lui faire part de cet échange. Il réagit à peine.

– On laisse tomber alors ?

Sa remarque a fusé, méprisante.

– Qu'est-ce que vous feriez de plus que le commandant ?

– Je sais pas. Aller à Toulon. Montrer l'ordre de Hitler à ce Laborde. Il bougera peut-être son cul.

– Inutile d'être vulgaire. Si cela pouvait servir, le commandant le ferait, vous ne croyez pas ?

– Le commandant, le commandant… C'est un militaire. La hiérarchie, tout ça…

– Je suis sûre qu'il y a pensé, il n'est pas plus bête que vous, dis-je irritée, peut-être parce que je sens qu'il n'a pas forcément tort.

Ferrandi réfléchit un instant puis balaye l'air pour clore le sujet.

– Alors, vous aussi vous partez à Alger ?

– Oui. Sans doute avec le commandant. Ensuite je passerai à Londres.

– Alors, bon voyage.

Il me regarde avec aménité, l'épaule appuyée contre le chambranle de sa petite chambre.

– Et vous ?

– Moi, je dois régler mes affaires à Paris. Ensuite on verra.

– Je croyais que vous n'aviez aucune chance de récupérer votre argent ? Vous feriez mieux de venir avec nous.

M. Paillole vous apprécie beaucoup, vous savez. Il me l'a dit. Je suis sûre qu'il vous ferait travailler sous ses ordres à Alger. À Londres aussi ils ont besoin de gens comme vous.

– Comme moi ?

– Ne faites pas l'idiot. Vous savez très bien ce que je veux dire. Venez à Londres, j'ajoute dans un souffle, le cœur battant soudain à ma gorge.

– Je ne parle pas anglais.

– Je vous aiderai...

Un petit bruit détourne son attention. Il écoute quelques secondes, les yeux vers les vieux madriers du plafond.

– Il y a du monde dehors.

– C'est peut-être le c...

Après un court moment d'observation, qui ne révèle rien, il me prend la main, le ton plus pressé.

– Essayez pas de me changer, Macbeth, vous n'y arriverez pas.

J'éclate d'un rire bref, qui aussitôt me brûle les joues.

– Macbeth ? C'est comme ça que vous m'appelez !

– C'est pas ça, votre surnom ?

Quelque chose d'inconnu monte, un violent désir mêlé à de la peur. Je meurs soudain d'envie de l'approcher, de poser ma joue contre son torse, de l'enlacer. Il me repousse doucement. Sans conviction.

– Celles qui m'ont connu ont toujours regretté.

– Pourquoi v...

Tout bascule. Il me propulse dans le couloir et disparaît dans sa chambre. De là, il crie :

– Habillez-vous, vite. On se tire.

Il ressort déjà, son pardessus en main. On dégringole l'escalier. Paillole nous attend au rez-de-chaussée, prêt à partir lui aussi. Le tapage se précise, dehors : un aboiement, un moteur qui s'arrête, une portière. D'autorité, Ferrandi s'empare du minuscule pistolet que tient le commandant, qui ressemble à un accessoire d'opérette. La culasse claque.

– Sortez par derrière, je les ralentis.

Des pas s'approchent de la ferme.

– Pourquoi vous ?

– On se retrouve à Royat, au marchand de cycles. Barrez-vous.

Paillole m'entraîne comme un sac. L'instant d'après j'enjambe le rebord de la fenêtre puis nous gagnons la forêt. Les premiers coups de feu retentissent, je me mords les lèvres jusqu'au sang. Le chemin descend fortement, étroit, noir comme un four, et l'on s'y tord les pieds. D'autres détonations répondent aux premières, nourries.

Mo

Comme je m'y attendais, le calibre de Paillole n'arrête pas les flics, un Browning 6,35 faiblard et imprécis. Ils sont au moins quatre en civil dans le parc, renforcés de feldgendarmes. À mon premier tir, une grêle de plomb chemisé fait voler ma fenêtre en éclats. Juste eu le temps de me jeter au sol, puis de casser un carreau à l'autre bout de la pièce, histoire de leur faire croire que j'ai l'intention de riposter. Ce qui n'est pas du tout au programme. Les vitres explosées à peine tombées au sol, je quitte la maison, à la recherche du sentier que m'a montré le commandant.

C'est pas coton. Entre l'obscurité, la pluie glaciale et le sol aussi gras qu'un trou d'obus, je ne reconnais rien. Bientôt des lampes torches apparaissent et dansent dans ma direction. Tant pis pour l'issue de dégagement. Je me jette n'importe comment dans la pente, puis arrivé en bas au ruisseau, je galope dans des giclées de vase et d'eau, butant sans arrêt sur des caillasses. Il me faut un sacré moment pour m'en extraire, bonhomme de boue, la gorge brûlante, trempé jusqu'au trou du cul.

Alors, un bruit me fige. Une branche cassée, tout près. Il reste trois cartouches dans mon chargeur. Pas suffisant pour arrêter des feldgendarmes armés jusqu'aux dents. Surprise, ce n'est pas un casque d'acier qui se montre entre les arbres, mais un visage blafard.

Mon Anglaise. Et ça me fait un coup au cœur.

– Qu'est-ce que vous foutez là ? Vous avez perdu Paillole ?

– Pas vraiment. Je voulais vous attendre, mais lui non. Ça l'a beaucoup énervé que je lui désobéisse, sourit-elle en tremblant de froid, entre deux bourrasques d'eau verglacée.

– Il a raison, c'est complètement con.

Elle sourit dans l'ombre.

– C'est tout ce que vous trouvez à dire ?

– Vous allez attraper la mort, je dis en la couvrant de ma veste, troublé rien qu'au frôlement de ses épaules.

– Et vous ?

– Vous en faites pas pour moi, j'ai connu pire.

Trois heures plus tard, nous tombons enfin sur la route après un détour épuisant. Jusqu'à l'aube, nous attendons dans le fossé en claquant des dents comme deux paludéens. J'ai menti. Jamais j'ai autant caillé de ma vie. Macbeth, elle, ressemble à un oiseau blessé à demi-mort, je voudrais la réchauffer dans mes bras mais j'aurais l'impression de la brusquer. Finalement, c'est elle qui sans un mot se colle à moi, ses cheveux mouillés caressant mon visage, à trembler sans fin malgré nos chaleurs qui s'échangent.

Un barrage boche nous retarde encore, à l'entrée de Royat, des enfoirés en gros imperméables de caoutchouc. Il a fallu se planquer un moment dans des jardins ouvriers, de la boue jusqu'aux oreilles. Lorsque nous retrouvons la boutique de vélos, notre point de chute, je retiens l'Anglaise qui s'apprête à filer droit à l'intérieur.

– Quoi, qu'est-ce qu'il y a ?

Nous sommes planqués dans un jardin public, de l'autre côté du carrefour où se dresse le magasin.

– C'est un piège, je lui dis, savourant de nouveau la douceur de son épaule sous ma paume.

Elle se dégage doucement.

– Vous êtes sûr ?

Sûr, je réponds, avant de lui faire le topo. Certes, le patron vaque paisiblement derrière son comptoir, un type à lunettes en blouse grise, moustache à la Adolf. Mais un drôle de mec glandouille dans sa boutique, un mastard en veste de sport, qui n'a pas l'air d'acheter grand-chose. Un flic en civil, probable. De même, un couple mal assorti et peu bavard attend dans le café-restaurant juste à côté. Pour terminer, une bagnole fait le guet, en face.

– D'accord, elle dit, l'air de ne pas trop me croire, mais elle ne cherche pas à discuter. Alors, qu'est-ce qu'on fait maintenant ?

– Aucune idée.

– Moi, j'en ai une, d'idée.

Un feu pétille dans ses yeux clairs, pas seulement à cause du soleil qui daigne enfin nous réchauffer. Se détournant à demi, elle ouvre son corsage dont elle sort un paquet de toile cirée plat comme une enveloppe – je reconnais le tissu qui protégeait la table, dans la cuisine de Paillole.

– On pourrait s'occuper de ça.

Sans même ouvrir l'emballage, je sais ce qu'il contient, bien protégé par la matière étanche. Les plans dérobés chez Wagner. Elle confirme, rose de fierté.

– Paillole savait ?

– Pas vraiment. C'est pour ça que je vous ai attendu.

– Pour aller les montrer à Toulon ?

Son sourire me transperce.

– Par exemple.

Un temps, mon attention se reporte vers le magasin de cycles, de l'autre côté de la route et de la voie de tramway. Le piège est toujours là, discret mais bien en place. Et si Paillole avait été pris ? Possible.

– Va pour Toulon. Ça tombe bien, j'ai une sœur là-bas, elle sera aux anges.

À mon expression mi-figue, mi-raisin, elle lâche un nouveau sourire, plus intime, quelque chose qu'elle ne m'avait encore jamais livré.

Lizzie

L'air détaché, Ferrandi se procure un feutre et un imper dans un troquet. Ainsi vêtu, il me choisit un manteau chez un coiffeur pour dames, dont il s'enfuit en courant. Puis le plus naturellement du monde, il fracture le cadenas d'un vélo et me voilà sur son porte-bagage, lui plaisantant et moi riant malgré le danger.

Alors que la nuit arrive, il trouve sans mal le Palais de cristal, la maison de passe la plus réputée de Clermont-Ferrand, à l'ombre de la cathédrale.

La tenancière semble le connaître de réputation. Visiblement, le nom de ses cousins marseillais constitue un genre de sésame dans ce monde. Nous mangeons et buvons comme quatre avant d'aller dormir aux étages. Mais entendre les pas des clients dans les escaliers, les rires forcés des filles, m'écœure immédiatement. Il plane ici d'horribles odeurs de vice, des relents intimes, des faux sourires et du faux plaisir. C'est donc ça, le métier de Ferrandi ? Abuser les femmes, tromper les hommes ? Comment peut-on vivre avec cela ? Comprenant vite mon dégoût, il se referme.

Je me morfonds ici deux jours entiers, puis nous quittons Clermont-Ferrand, habillés de neuf. Arrivés à Lyon dans la voiture d'un ami de la tenancière, nous prenons le train à la Part-Dieu. La gare est bondée, mais nous franchissons sans encombre les contrôles, ensuite direction Marseille puis Toulon.

Je me sens maussade, honteuse de m'être sentie attirée par cet homme. Me retrouvant en gare de Toulon – nous nous déplaçons toujours séparément – il m'ignore, soudain heureux de retrouver cette ville qui doit lui rappeler ses premières années. Tout est gris sous la pluie, les palmiers, les montagnes au loin et la mer, mais il s'en dégage un parfum de Sud et de Méditerranée qui me ramène aussi vers une partie de mon enfance.

Les Allemands sont nombreux, aux uniformes différents, me semble-t-il, de ceux qu'on croise à Paris, des blousons et des genres de pantalons de golf en drap verdâtre assortis de brodequins. La plupart sont très jeunes, mais certains marqués, décorés des rubans rouges et noirs ou de la médaille des blessés.

Des tankistes, m'explique Ferrandi en désignant la baie d'un geste. Normal, la base navale est encerclée par les divisions blindées boches.

Un ronflement distant l'interrompt : deux points sombres croisent haut dans le ciel avant de disparaître au-dessus du mont Faron.

– Des *Messerschmitt*, murmure le Corse avant de reprendre sa marche, les traits fermés.

Il dédaigne le tramway et notre chemin nous conduit en pente douce vers un quartier aux rues étroites, comme à Cassis. Mais ici les immeubles sont plus hauts, comme compressés les uns contre les autres. Tout un peuple parcourt les ruelles dans des senteurs de safran, d'olive et de crasse, et je m'étonne presque de ne pas voir aux fenêtres des mammas italiennes, qui s'interpellent d'une façade à l'autre.

Ici, Ferrandi semble dans son élément. Il accroche les regards des gamins, des hommes ou des dames, certaines de petite vertu, mais s'en soucie comme d'une guigne. Au pied d'un immeuble au crépi orange terne, tout fissuré, il se retourne vers moi.

– Vous faites la gueule ?

– Pourquoi dites-vous ça ?

– Bien sûr que si, vous me faites la gueule. On peut savoir pourquoi ?

– Ça n'a aucune importance.

– Vous voulez qu'on arrête là ? Vous avez les foies ?

Il me fixe avec une dureté qui m'impressionne, la main posée sur le bouton d'une vieille porte à la peinture écaillée.

– Je n'ai pas peur.

– Je ne suis pas assez bien pour vous, c'est ça ? Désolé, je suis pas un aristo, moi. Je suis pas Paillole ou votre père Kenneth. Mais c'est moi qui suis là, à Toulon. Alors c'est à prendre ou à laisser.

– Ça n'a rien à voir.

Il hoche la tête, pas dupe, avant de pousser la porte sur une cage d'escalier qui empeste la friture et l'ail. Au troisième étage, sa sœur aînée nous reçoit fort mal, comme il me l'avait laissé entendre. Avec ses trois enfants, cette femme habite un étroit logement où le jour donne à peine, mais d'une propreté rigoureuse. Le soir, son mari qui rentre du travail en complet veston à faux-col, fait grise mine.

Il déteste Ferrandi mais le craint, tout comme sa Joséphine, et n'ose protester.

Employé aux douanes près du port militaire, il nous raconte que l'accès de celui-ci est rigoureusement défendu. Les marins sont en état d'alerte, ils craignent à tout moment une attaque des nazis, postés nombreux autour de la ville. Il y aurait plusieurs régiments de chars, et des avions. En apparence, tout paraît tranquille dans la rade mais chacun sait que ça ne durera pas.

Le soir, après un dîner frugal, je rejoins le Corse dans la rue, où il est descendu fumer. Bien qu'on soit en hiver, la Basse-Ville résonne de bruits joyeux. De l'autre côté de la voie, trois hommes se disputent avec un gros accent dans un bar minuscule. Mais on sent qu'ils s'aiment et que c'est pour le plaisir. On se croirait dans un film de Pagnol.

– Comment est-ce qu'on va faire ?

Ferrandi recrache une longue volute grise.

– On se présente à la base et on demande à parler à l'amiral Laborde. Vous avez une autre idée ?

– Non, pas vraiment. Excusez-moi, j'ai été désagréable aujourd'hui.

Il aspire une nouvelle bouffée tandis que son regard se perd vers l'extrémité de la rue, puis vers les derniers étages sous le ciel étoilé, avant de revenir à moi, un peu triste.

– Moi aussi j'ai été con. Et puis, je vous l'avais dit.

– Dit quoi ?

– Celles qui me connaissent le regrettent toujours.

Difficile de savoir s'il est triste, ou s'il s'en fiche complètement.

J'ai envie de lui prendre la main, de lui dire qu'il se trompe et que je m'en veux de l'avoir jugé. Mais il s'est muré et je n'en tire rien, jusqu'à ce que nous remontions. Dans la chambre des enfants où je m'apprête à dormir, une petite fille me scrute dans l'obscurité, étonnée lorsque je me coiffe, comme si mes cheveux blonds étaient d'or pur. Je l'impressionne, comme une déesse. Elle n'ose pas parler. Longtemps après avoir clos les paupières, j'entends dans un brouillard Ferrandi et sa sœur, qui baragouinent longuement en langue corse.

C'est un lointain fracas qui me réveille, je jurerais n'avoir dormi que cinq minutes, mais il est quatre heures du matin. Tous les occupants de l'appartement se sont levés, blafards. Comme c'est le couvre-feu, impossible de sortir. Ferrandi et moi échangeons des regards tendus : les Allemands attaquent. Conclusion évidente, la flotte sera prise. Nous aurions pu empêcher ce désastre mais nous n'avons rien fait.

Le silence retombe un long moment, alors que l'ombre règne toujours sur la ville. Puis des avions passent et des rafales d'armes automatiques retentissent, plus proches. Puis des détonations que Ferrandi identifie aussitôt : de l'artillerie, et des tanks. Un fracas plus lourd répond en écho, qui étreint le cœur. Les batteries de gros calibres des navires, dit le Corse. Des moteurs, des grincements de chenilles. Nous sommes suspendus à ses lèvres, sa sœur entoure des bras ses trois petits comme si elle redoutait l'arrivée d'une bombe. Mais son frère la rassure : les appareils survolent plutôt la base militaire, pas la ville.

Vers six heures du matin, tout se met à trembler, armoires, vitres et bouteilles. Une colonne blindée avance sur les quais en direction du port. D'autres explosions éclatent alors, ensuite des rafales qui résonnent et se confondent dans un bruit assourdissant, à trois ou quatre cents mètres à peine.

– L'assaut a commencé, dit Ferrandi.

On dirait un druide qui parle une langue inconnue ; lui seul parmi nous a vu la guerre, et peut en interpréter les signes. De sourdes déflagrations secouent l'air, des bombardiers passent très bas. Puis tout se tait peu à peu et définitivement.

Vers sept heures du matin, nous gagnons enfin la ruelle remplie de monde. Les premières larmes me viennent. Tout est fini, la flotte française est prise. Avec ces renforts, les nazis rendront l'Atlantique et la Méditerranée infranchissables. Et nous aurions pu empêcher cela. Je ne peux m'empêcher de prendre la main de Ferrandi, qui reste impassible, et nous descendons en silence jusqu'à la mer, entourés de têtes blafardes, bouffies par l'anxiété et le manque de sommeil.

– Ça a marché, me souffle-t-il. On n'y est pour rien mais ça a marché. Regardez.

Il semble presque se réjouir, mais d'une joie mauvaise. Comme un gamin qui vient de jouer un sale tour. Je découvre alors un spectacle incroyable. La flotte s'est sabordée ! Des dizaines de bateaux brûlent dans une fumée épaisse, au nez des blindés allemands impuissants. Aussi loin que porte le regard, les puissants bâtiments de guerre flambent dans d'âcres odeurs de mazout, désormais inutiles pour les nazis. Certains se sont enfoncés droit dans l'eau, émergés jusqu'au pont. D'autres sont couchés sur le flanc, comme d'énormes animaux blessés. Le ciel est noir, des marins français vont dans ce décor désolé, fantômes blancs. Hitler ne pourra pas utiliser la marine française. Mais elle n'existe plus. Mes larmes coulent sans fin, tandis que Ferrandi me broie la main.

Le lendemain, nous quittons la ville. Puisqu'il m'est impossible de contacter Paillole ou Kenneth, j'ai accepté de suivre Ferrandi jusqu'à Marseille, où il me laissera avant de remonter sur la capitale. Ses cousins, assure-t-il, trouveront un moyen de me faire passer les Pyrénées. Dans quelques semaines, je serai à Londres. Cette idée m'attriste autant qu'elle me réjouit.

Au moment où nous arrivons à la gare, une irrésistible angoisse m'étreint, l'impression qu'on se quitte pour toujours. J'agrippe mon Corse par le bras.

– Quoi ?

– Promettez-moi qu'on se reverra.

– On se reverra à Marseille à l'arrivée.

– Je ne parle pas de ça.

Ses yeux me sondent dans un instant d'éternité.

– Dites pas de bêtises.

– Promettez-moi.

Il se force à sourire, soudain se penche et m'embrasse sur la joue. Le baiser dure, et je dois me retenir pour ne pas lui prendre les mains, chercher ses lèvres et me serrer contre lui. Du monde passe autour de nous, des voyageurs indifférents, des soldats de la Wehrmacht.

Nous nous séparons à regret.

– J'ai peur.

– Moi, j'ai peur qu'on loupe le train, dit-il en s'écartant, mais je sens sa voix changée, un peu serrée. Allez, on se retrouve à la gare Saint-Charles.

Lorsque je grimpe dans mon compartiment, ma décision est prise. Je n'irai ni en Espagne, ni à Londres. Et lui, il n'ira pas à Paris. En tout cas pas seul. Cette idée me donne le vertige, pourtant je m'endors avec un sourire, le goût de sa peau sur ma bouche. Comme d'habitude, nos places sont séparées pour diminuer les risques et je me réveille en sursaut à Bandol, le convoi immobilisé à quai.

Un contrôle de police.

Juin 1943

Chapitre 21

Mo

À cette distance, on n'entend rien mais on devine tout : le ressac contre la coque, le ruissellement des casiers sur le pont, l'argent des poulpes prisonniers qui gigotent connement, l'azur des vagues et l'ocre des rochers. Mais rien de tout ça ne me tire de mon cafard, pas plus que l'odeur du pastis, des cigarettes anglaises et du thym.

Pour cette fiesta, bien méritée c'est vrai, Antoine et Mémé ont réservé un petit restaurant en bord de mer, rien que pour nous. Personne n'osera nous emmerder, même pas la Gestapo de la rue Paradis. Entre Corses, ça se ferait pas. Un dimanche de trêve dans un printemps de guerre. Des attaques de convois SS, des entrepôts de locomotives détruits, des Boches tués, des nuits glacées, des Juifs planqués, de tout ça je me souviens à peine, comme d'un mauvais rêve, morts et vivants effacés.

Seule me revient la petite gueule en triangle de Macbeth, avec ses yeux clairs et sa voix grave.

L'épisode de Toulon m'a laissé un goût amer. D'abord parce qu'on aurait pu éviter tous ces bateaux coulés, qui auraient été bien utiles aux Alliés. Mais le pire, c'est la disparition de l'Anglaise. Ce n'est qu'en arrivant à Marseille que j'ai appris son arrestation en gare de Bandol. J'ai fait ma petite enquête. On l'a conduite d'abord chez les poulets de la ville, puis dans un centre d'internement à La Ciotat.

Ensuite on l'a bouclée dans un gros camp près de Toulouse, dans le Tarn.

Depuis, pas moyen de se rencarder. Elle ne s'est pas pointée sur la Canebière, ça je l'aurais su. Mais est-elle vivante ou non, ça j'en sais rien. J'essaye de ne pas trop y penser mais c'est presque impossible.

Ses casiers remontés, le pêcheur manœuvre vers la plage, secoué par la houle. Deux bras frais m'entourent soudain les épaules. Le rire et le parfum de Mireille, qui dépose un baiser dans mon cou, son haleine parfumée au vin blanc et à la cigarette.

– Qu'est-ce que tu as, tu boudes ? Tu es pas content d'être ici ?

J'écarte doucement ses poignets.

– Me fais pas chier, tu veux.

Elle s'éloigne vexée, suivie du sourire mince d'Antoine. Elle me plaît bien pourtant cette Mireille, ouvreuse dans un cabaret des Guérini. Mais ses dents rayent le parquet. Elle se voit déjà riche et mariée, intégrée au clan, respectée pour ça, les doigts de pied en éventail dans une jolie villa du bord de mer.

À l'invitation d'Antoine, je lui emboîte le pas jusqu'à la petite plage où sont abandonnées deux barques. Il s'assoit sur un parapet de bois rongé par le sel.

– Alors, tu veux remonter à Paris ?

Tout ça dans notre langue natale, bien sûr. Il est pas épais, l'Antoine. Un Corse à la tête dure et aux joues maigres, l'œil perçant. Intelligent, pas bavard, les colères meurtrières, il est comme mon grand frère. C'est lui qui en 1926 m'a accueilli à Marseille, petit orphelin pauvre. Avec son cadet Mémé, ils faisaient déjà tapiner une vingtaine de filles. J'ai travaillé pour eux un peu partout, jusqu'à Buenos Aires où ils avaient des affaires.

Depuis mon retour dans le Sud, j'ai laissé tomber tout ça. J'opère au sein d'un maquis vers l'étang de Berre, ou pour un certain réseau Brutus, dont je côtoie souvent le patron, un avocat nommé Defferre. Face à nous, le SD et la Gestapo déploient leurs chasseurs de radios, et leurs larbins français, pas mal de truands comme les Palmiéri. Pas mal aussi d'enfoirés de l'ancienne municipalité, qui ont viré fascistes.

– Oui, je réponds à l'Antoine. Je veux remonter à Paris, mais ce ne sera pas long. Je vais essayer de récupérer mon fric, peut-être sortir de Kléber de Drancy, si c'est pas trop tard.

Le cousin tripote un galet, sceptique. Lui aussi va parfois à Paname, pour affaires.

– Fais gaffe à Lafont. Il a plongé à fond avec la Gestapo, l'enculé. Le seul Corse qu'il supporte encore, c'est Carbone.

– Je sais tout ça. T'inquiètes pas, *cuginu*.

Un temps, nous suivons du regard une mouette. Au loin sous la pergola, des chants corses résonnent, qui font monter la nostalgie. Il m'offre une tige et s'en allume une.

– Pourquoi tu le dis pas ?

– Dire quoi.

– Que t'en as rien à foutre du pognon. Sinon t'aurais pas attendu tout ce temps. C'est pour ton Anglaise, hein ?

Je tire une bouffée en silence. C'est vrai. J'ai longtemps essayé d'avoir de ses nouvelles, en passant par nos chefs qui sont en contact avec Londres. Ça n'a jamais rien donné. Peut-être que j'en saurai plus à Paris, auprès de son curé irlandais, ou de sa copine Jacqueline ?

– Réfléchis bien, cousin, reprend Antoine en lâchant une bouffée vers les vagues, j'ai pas à te dire ce que tu dois faire. Mais la guerre, elle va pas durer douze ans maintenant. Carbone et Spirito sont finis, et nous, on va tout ramasser. Du bras, il désigne la calanque, et je suppose la région entière. Et on prendra Paris aussi, parole d'homme. Mais toi, si tu te prends une bastos, tu auras rien du tout.

Comme je me tais, il propulse son mégot d'une pichenette, l'air mécontent.

– Putain, vous et vos histoires de bonnes femmes.

Il fait allusion à Mémé, le petit frère qui, réfugié au pays après une évasion miraculeuse, y avait renoué avec Rénatia, son grand amour de jeunesse. Mais alors qu'il regagnait le continent avec elle pour l'épouser clandestinement, leur bateau a été coulé par une torpille anglaise. D'ordinaire diplomate et souriant, Mémé s'est alors transformé en machine à flinguer. Il ne sourit plus, il ne bouffe plus, ne parle plus, ne rêve que de castagne et de se prendre une balle perdue.

Antoine voudrait que je reste auprès de son cadet, histoire de l'empêcher de retrouver trop vite sa promise qui l'attend là-haut.

– Te bile pas, dans un mois je suis de retour. Essaye de surveiller Mémé d'ici là.

Avant de partir, une dernière opération me retient dans l'arrière-pays. Selon Defferre, deux bagnoles bourrées d'archives ultrasecrètes du SD arrivent du Sud-Ouest. Nous les interceptons non loin de Grasse, en pleine campagne. Un vrai massacre. Arrosés de tous côtés, les enculés de la Gestapo braillent comme des gorets, coincés dans leurs Tractions sous nos rafales. J'avance comme dans un rêve, vers une portière à la vitre teintée de rouge. À l'intérieur, un type en gilet tente de lever son arme. Quatre tirs dans sa tête et le torse, il convulse et tombe. Nous repartons avec les précieuses archives. Elles contiennent tous les noms des agents allemands et français de la Gestapo et du SD de Toulouse.

L'adrénaline met plus de deux heures à retomber. Le soir, dans un mas vers Antibes, Defferre m'entraîne dans une salle au plafond de grosses poutres en chêne. Pas du genre à complimenter, il me zieute comme un chirurgien avant la dissection, un verre de Cognac entre les doigts :

– Mémé m'a dit que tu cherchais une Anglaise. Une certaine Beresford ?

La question sent un peu le reproche. Comme dans le mitan, ça se fait pas de chercher à savoir trop de choses, dans la résistance. J'acquiesce, sentant mon palpitant qui s'énerve. L'ancien avocat hoche le menton.

– Ce n'est pas bon de connaître trop de choses, Mo.

Il fait allusion à la Gestapo et ses pourris, capables d'absolument tout pour nous soutirer nos secrets. L'électricité, la baignoire, les coups, l'arrachage de tout ce qui s'arrache, personne ne peut se vanter d'avoir assez de couilles pour tenir le coup.

– Je sais.

– Mais je te fais confiance, reprend-il après une pause. Alors, sache que cette jeune femme a été internée un temps dans le camp de Saint-Sulpice-la-Pointe, mais elle s'en est échappée en compagnie de deux camarades.

Mon cœur a failli en exploser.

– Évadée ? Quand ?

– Le soir de Noël, me répond-il les yeux pétillants.

Je me sens inondé de soulagement, comme un gamin qui vient de recevoir le plus beau des jouets. Defferre ajoute que cette femme a peut-être gagné Paris dans la foulée.

– Peut-être ?

– Disons qu'un camarade l'a accompagnée là-bas, mais elle a voulu se débrouiller seule. Ensuite, il ne l'a plus revue, sauf une fois par hasard, dans un restaurant vers Saint-Michel, mais ils ne se sont pas parlé.

– Quand, à Saint-Michel ?

– Vers le mois de mai. Tu vois, c'est récent.

– Vous savez rien d'autre ?

Il fait non de la tête, l'expression froide.

– Tu sais, les choses vont très vite en ce moment. Beaucoup de camarades sont arrêtés, on ne sait pas toujours ce qu'ils deviennent. Ce que je peux te dire, Mo, c'est qu'il y a deux mois, ta Beresford était libre, et elle était vivante.

* *
*

Dans le train, les contrôles sont incessants. Boches et gendarmes ratissent nos jeunots pour les expédier dans leurs usines, avec leur STO[10] ; aussi, ils s'acharnent sur les Juifs, les communistes, les gaullistes. On a eu droit à un sabotage de la voie, vers Poitiers. Une nouveauté, qui se répand comme une épidémie et qui emmerde tout le monde, mais voir la gueule tordue des Frisés console bien. Pour terminer, un dernier épluchage d'ausweis nous plante une demi-heure sur le quai à Austerlitz. Mon contrôleur est un boutonneux de la Milice, qui se redresse au garde-à-vous à la vue de ma croix de guerre et de l'insigne de la Francisque[11] au revers du veston – évidemment elle est aussi fausse que mes faffes.

Bref, il a fallu douze heures au lieu de huit. Paname est moche comme tout, bourrée de Boches, Mauser en

10 Instauré début 1943, le STO, service du travail obligatoire, consistait à envoyer travailler en Allemagne les jeunes gens nés entre 1920 et 1922. 600 000 hommes partent, mais beaucoup refusent d'obéir et vont combattre dans les premiers maquis.

11 L'ordre de la Francisque a été créé pour récompenser les fidèles du maréchal Pétain. Il faut lui jurer fidélité, mais aussi prêter serment qu'on n'est ni juif, ni franc-maçon. Il y aurait eu environ 2600 récipiendaires.

bandoulière prêts à tirer. Ça change des Kodak et des sourires d'il y a trois ans. Les Parisiens ont comme pâli et rétréci, leurs pompes trouées, des files devant les magasins bardés d'affichettes : jour sans pain, sans viande, sans œufs, sans farine ou beurre. D'autres placards plus grands : Pétain, la LVF, des listes de prétendus terroristes fusillés. Ils peuvent en tapisser tous les murs du pays, les Fritz l'ont mauvaise. Ils reculent partout, de Stalingrad à la Lybie, tout comme leurs amis bridés.

Dans le petit inventaire des biens que j'avais confié à Kléber il y a maintenant près d'un an, j'en avais volontairement mis deux de côté : une baraque en Normandie, à Pacy-sur-Eure, et un petit appart au-dessus de Pigalle, rue des Trois-Frères. L'idée étant d'éviter que mon argentier préféré connaisse mes possibles planques. On sait jamais.

Pour le gardien, rue des Trois-Frères, je m'appelle Neveu Maurice, provincial poli et discret, qui règle deux fois par an les petits à-côtés, rubis sur l'ongle. Je papote un peu avec lui, histoire de vérifier que tout va bien : pas de courrier inquiétant, personne n'a cherché à me causer. Ce qui l'étonnerait bien, le pépère à béret, c'est mon petit aménagement là-haut. Une fois la porte refermée, je passe en revue le contenu d'une cache sous les lattes du plancher : faux papiers, tickets d'alimentation, cinquante mille balles en billets et en napoléons, plus un automatique Beretta avec trois chargeurs et sa boîte de munitions.

Pas très agréable de revoir Pigalle, ses bistrots bondés de putes et ses marchandes des quatre-saisons. La première nuit, j'entends ronfler de rares autos sur le boulevard, et je pense à Garcia, au Chapiteau tout proche. Que devient-il ? Neuf contre un que Ricord s'est goinfré mes parts. Cet enfoiré s'enrichit plus que jamais, rien à foutre du brasier du monde. Il s'est offert l'Heure Bleue, une boîte à la mode, m'a appris Antoine, sans doute en association avec Lafont. J'ai aussi su que Mimi tenait pour lui les Dames Françaises, à Roubaix, ce qui m'a mis en rogne tout en me rassurant, parce que je continue à l'aimer, ma Mimi. Comment lui en vouloir d'essayer de sauver ses miches ?

Quelques années plus tôt, je m'étais cru mariole en m'achetant cette planque en plein Pigalle : en cas de problème, personne n'aurait l'idée de me chercher par ici, en plein territoire voyou. Au final, c'est plutôt con, je risque à tout instant d'être retapissé, même avec ma dégaine de grincheux à Francisque, bacchante à la Darnand[12] et cheveux coupés ras, teints en gris. Mais bon, je ne resterai pas longtemps, j'ai donné ma parole à l'Antoine.

Chez Kléber le lendemain, dans le Marais, personne ne répond. Je cogne, j'insiste, les tambourinements résonnent dans tout l'escalier. Manquerait plus que ce con se soit tiré avec sa Rachel, et tout le grisbi des transactions.

– Si c'est Mme Kléber et ses enfants que vous cherchez, ils ne sont plus là.

Des pompes élimées sont apparues de l'étage supérieur, puis un petit vieux tout de gris vêtu, sauf l'étoile jaune côté gauche.

– Où ils sont ?

Il lève les yeux d'une expression fataliste, puis reprend sa descente, je le rattrape en trois bonds.

– Je t'ai posé une question, toi. Où ils sont, putain ?

Plaqué contre le mur, il pue, un vrai clodo pas rasé d'une semaine, des taches blanchâtres aux coins des lèvres. Il me raconte que des policiers français sont venus arrêter Mme Rachel et les gosses, accompagnés de soldats allemands. Il bouffe un mot sur deux, à la façon yiddish.

---

12 Joseph Darnand, chef de la Milice.

– Quand ?

– Fin janvier. Février peut-être.

– Et Kléber ?

Le vieux bouge une épaule. À Drancy, il croit savoir. Sûrement que c'est aussi là qu'ils ont envoyé Mme Rachel et les mômes. Ils paraît qu'ils réunissent les familles avant de les faire partir à l'Est.

Il avale la salive, gris de peur, et je le relâche mais c'est lui qui s'excuse en s'écartant prudemment. Les Kléber arrêtés, merde. J'ai à la fois envie de rire et d'étriper le premier venu. Espèce de connard obstiné, je lui avais pourtant dit de se tirer tant qu'il était encore temps, je l'avais redit à sa Rachel, au moins d'envoyer les gosses au vert. Mais non, ils voulaient être ensemble. Et pourquoi, merde ? Ils le sont, ensemble, ces cons de Juifs, dans un de ces convois de merde qu'organisent Nosek et ses potes en noir.

– C'étaient des amis à vous ?

La timide question du vieux me surprend. Dans son regard vitreux traîne un zeste de compassion.

– Oui, on peut dire ça.

Encore sonné, et presque l'envie de dégueuler, je me rends en vélo-taxi rue Chauchat chez Jacqueline, la copine ouvreuse de Macbeth. Difficile de voir si l'appartement est surveillé, dans un quartier si fréquenté. Mais pourquoi le serait-il ? Après tout, cette fille n'a rien fait d'autre que planquer Macbeth quelques jours, et c'était il y a presque un an. J'évite quand même la concierge. Un commerçant m'apprend que la demoiselle a ses habitudes au Coq Hardi, un troquet du coin. Le patron confirme, un bouledogue qui torche ses verres derrière le zinc. Elle devrait pas tarder d'ailleurs.

Un quart d'heure plus tard, la gonzesse déboule en effet. Mais me voyant, elle se raidit et devient livide. Puis elle accoste le comptoir en m'ignorant, le visage parcouru de tics. Bien sûr le patron met les pieds dans le plat :

– T'as un admirateur, Jacky, ce monsieur-là veut te voir !

Comprenant aussitôt ce qu'il en est, je grogne une vague excuse avant de disparaître du troquet. Pardon, il y a méprise. Et je file au coin de la rue pour attendre des explications à l'abri des regards. La nervosité de la petite ouvreuse est communicative. Je surveille mes arrières, cet ouvrier en bleu, la bonne femme en bibi et robe à fleurs, tout le monde. Rien de suspect a priori. Jacqueline qui s'approche enfin, me fait signe de la précéder sur le trottoir, et nous nous rejoignons quelques minutes plus tard sur le banc d'un square, rue Lafayette.

– Vous m'avez fait très peur, lâche-t-elle, essoufflée, les yeux montés sur des ressorts à bille. Je croyais que vous étiez mort.

– Faut croire que non. Qu'est-ce qui se passe ? Vous êtes surveillée ?

– Je ne sais pas. Peut-être. Elle prend soudain ma main pour essayer de la broyer. Est-ce que vous avez des nouvelles de Lizzie ? Je suis sûre qu'elle est en danger.

Il me faut du temps pour la calmer, arrêter son caquetage sans fin d'où il ressort qu'elle se sent épiée, depuis environ deux semaines. La concierge l'a interrogée plusieurs fois, l'air de rien. La santé, le travail, la famille… elle qui d'habitude s'en fout… Des rombiers l'ont suivie, elle en mettrait sa main au feu.

– Je sais ce que c'est, figurez-vous.

Ce qu'elle veut dire, c'est qu'elle aime les filles. Donc, plus ou moins marginale et habituée à surveiller ses arrières.

– D'accord, je vous crois. Mais c'est pas forcément en rapport avec Macbeth.

– Bien sûr que si !

Elle me fixe, livide sous son maquillage charbon.

– C'est pour elle que vous êtes revenu à Paris, pas vrai ? Elle aussi, elle vous cherchait. Elle voulait de vos nouvelles.

Mon cœur a fait un bond.

– Qu'est-ce que vous racontez ? Quand ? Quand est-ce qu'elle me cherchait ?

Elle retire doucement ses doigts avec une grimace de douleur. Macbeth, elle l'a vue vers la fin du mois de décembre – donc juste après son évasion du camp du Tarn. À peine de retour à Paris, elle s'était mise à ma recherche ! Dans le mitan, chez les hommes, ça se fait pas trop de montrer son émotion, c'est plutôt réservé aux bonnes femmes et aux tantouzes. Mais là, j'ai du mal. Presque les yeux mouillés, merde !

– Elle s'inquiétait pour vous. Elle voulait savoir si vous étiez ici, ou à Marseille. Où vous étiez, quoi. Elle m'a demandé de me renseigner à Pigalle, ce que j'ai fait. Au Chapiteau, ils m'ont dit que vous étiez mort, ou en prison. Elle a eu de la peine, vous savez.

Son regard s'attendrit, on dirait une midinette devant un film sentimental.

– Sauf que je suis pas mort. Et ensuite ? Vous l'avez revue ?

– Pas depuis. Je pense qu'elle se cache. La dernière fois, elle avait un horrible tailleur gris, un chignon et des lunettes, on aurait dit presque une bonne sœur. Elle m'a interdit d'essayer de la retrouver.

Elle paraît sincèrement peinée, la Jacky. Je sais qu'elle ne ment pas.

– Il y a peut-être un moyen d'en apprendre plus. Avant-guerre, on avait une bonne amie à Paris, Andrée Borrel. Sa sœur tient un bar dans le quatorzième. Peut-être qu'elle saura quelque chose ?

Après mon déjeuner dans un bouiboui quartier Saint-Michel – menu dégueulasse, mais j'évite les restos de marché noir, fréquemment raflés par les poulets –, j'aborde prudemment le café des Deux Amis, au coin de la rue de Vanves et d'Alésia. Et là, mes antennes se dressent. Ça pue le traquenard, exactement comme à la boutique de cycles à Royat : deux clients sont attablés au fond, incongrus, alors que les habitués se perchent au comptoir ; un couple fait semblant de jaspiner, sur un banc du square en face ; deux ouvriers du gaz tripotent une canalisation plus loin ; pour clore le tableau, le patron est muet comme une tombe, un peu trop classe il me semble. Ça sonne faux. Probablement pas le *vrai* patron.

J'attends une poignée de minutes avant de replier mon *Je suis partout*, le journal pétainiste, et quitte le square, préoccupé. Le piège est discret, bien monté et d'ampleur. Macbeth serait-elle concernée par ce cirque ? Ça se pourrait bien, et l'idée me met hors de moi. Qu'est-ce qu'elle avait besoin de remonter à Paname, au lieu de se barrer à Londres ? Pour prouver quoi, à qui ? Pour me retrouver ? Pourquoi ? Puis une autre sensation monte, de pitié et de trouille. Oui, de la trouille, pour elle, pour cette petite conne, avec sa gueule en triangle, est-ce qu'elle croit vraiment qu'elle va les rouler, les experts de l'Abwehr et du SD ?

En deux-deux, je change tous mes plans : d'abord, je dois savoir si elle est dans le coup. Si des fois, on l'aurait pas arrêtée. Pour ça, je dois rester à Paris plus longtemps que prévu. Que j'approche Garcia, par exemple, qui a ses petites antennes et peut se rencarder. Trouver de la fraîche aussi pour délier les langues, ouvrir les portes s'il faut. Si Macbeth est embastillée, je finirai bien par le savoir.

Je la pensais morte depuis des mois, finalement elle est seulement en sursis. Sauf qu'à mon avis, j'arrive un peu tard.

Chapitre 22

Lizzie

Maintenant je le sais : la peur est une chose physique, qui modifie le corps et l'esprit. Un être vivant qui s'empare de vous, de vos pensées et de vos organes, cœur, ventre, poumons et cheveux. Pire encore que la peur, est la certitude de l'éprouver ; la sentir monter, vous envahir et vous étouffer peu à peu. Je suis sûre que c'est pareil pour tout le monde, même les plus forts. Peut-être simplement qu'ils résistent mieux, comme certains navigateurs face à la tempête.

Je pensais que j'y parviendrais, que j'étais différente des autres. C'est vrai, je sais masquer, je sais me tenir, comme mes ancêtres lorsqu'ils commandaient au premier rang des batailles, de Guillaume le Conquérant à la guerre des Boers. Mais la peur de la mort est plus forte que tout. Lorsque j'entends les pas s'approcher de l'étage et les verrous s'ouvrir, je reste de marbre en apparence, mais tout mon être se tend, la panique me gagne et je me dis que je ne résisterai pas à la torture.

Huit jours plus tôt, tout le réseau a été fauché d'un coup, comme par une rafale de mitraillette. Quelques-uns d'entre nous se sont retrouvés dans des cellules au dernier étage d'un bel immeuble vers l'Arc de Triomphe. Le chef ici s'appelle Kieffer, un colonel du SD toujours en civil, l'allure sportive, grand et souple, poli mais buté, avec son regard enfoncé sous de gros sourcils. Son bureau richement décoré de meubles Louis XV, d'un Chagall et d'un Picasso – probablement volés – ressemble plus à celui d'un avocat en vogue qu'à celui d'un policier. Ne pratiquant pas le français, il se fait assister d'un interprète – ils ignorent que je parle couramment allemand. Une brune magnifique, peut-être sa maîtresse, travaille dans un bureau contigu. Kieffer ne hausse pas le ton, il ne m'a jamais touchée. Parfois, il chausse ses lunettes pour griffonner une note, puis il les repose et reprend le fil de la conversation. Au mur, un grand tableau affiche l'organigramme complet du SOE[13], le réseau de renseignement britannique pour lequel je travaille depuis mon retour à Paris, au mois de décembre dernier. En haut le nom des chefs, puis les réseaux en France, avec les patronymes et les pseudos. Seule chose rassurante, je n'y figure pas.

Depuis mon arrivée ici, je répète invariablement que je m'appelle Élisabeth Labbé, née le 18 avril 1917 à Lorient – ville quasiment détruite par les bombardements alliés, donc aux archives invérifiables ; je ne comprends pas pourquoi on m'a arrêtée dans ce bar du quatorzième arrondissement, où je passais par hasard ; je travaille pour une succursale parisienne de la *Société nationale des constructions aéronautiques du Sud-Ouest*[14]. Pour eux, je fais de gros dossiers d'études, qu'ils vérifient ! Ils n'ont aucun moyen de savoir que ces derniers sont fabriqués en sous-main par une secrétaire indépendante. J'ai bien retenu la leçon de Ferrandi, à Vichy juste avant notre arrestation : « Bouclez-la, ne dites rien. Pas vu pas pris. »

Mais Kieffer ne me croit pas.

---

13 Le *Special Operations Executive*, créé en juillet 1940 par Churchill et dissous en juin 1946, est un service secret britannique qui opère pendant la Seconde Guerre mondiale.

14 Ancêtre de *l'Aérospatiale*.

– Elle ment, j'en suis sûr, lâche-t-il en allemand à son adjoint devant moi, sans savoir que je comprends tout. Elle a une tête d'Anglaise. On la traitera s'il faut, mais pour l'instant je n'en sais pas assez. Raccompagnez-la là-haut.

Je sors entre deux gardiens indifférents, le menton baissé pour masquer mon épouvante. « Traiter », c'est torturer. Un jour dans les étages, je croise ce pauvre Kenneth, notre chef de réseau, le visage tuméfié, avec quelque chose d'indicible dans le regard, un air de bête qui souffre. Il fait mine de ne pas me reconnaître, et je l'ignore moi aussi, ce qui est un crève-cœur. Bientôt ce sera mon tour. Mais pourquoi suis-je revenue ici !

J'avais été arrêtée en gare de Bandol, alors que nous quittions Toulon pour Marseille, avec Ferrandi. Un vrai coup de malchance. Un policier en civil avait jugé mes papiers d'identité suspects – et peut-être aussi que j'avais trop montré mon inquiétude. D'abord internée à La Ciotat, j'ai été transférée, Dieu sait pourquoi, dans un vaste camp de prisonniers en pleine campagne, à Saint-Sulpice-la-Pointe dans le Tarn. Quelque chose a changé en moi. Je ne suis plus une dilettante de l'espionnage, une fille de bonne famille qui joue à l'agent secret, mais une guerrière résolue à ne plus me laisser faire. Quelques jours plus tard, je me suis donc évadée avec deux compagnons, que j'ai suivis à Paris. Ils m'ont proposé de travailler pour leur organisation mais j'ai décliné. Je voulais retrouver Ferrandi.

Je me suis traitée de folle. Pourquoi m'inquiéter de cet homme, pourquoi le chercher ? C'était absurde, pourtant rien ne m'aurait retenue. Je pensais à ses sourcils en accent circonflexe, à son ironie, son léger accent corse et à sa façon de me parler de son île. J'ai essayé de me raisonner, de me dire que cet homme est dur, égoïste, qu'il traite mal les femmes et que je devrais le détester, surtout ne pas le désirer. Pourtant c'est ce qui se passe. Je le désire, je veux le revoir. Je voudrais plus que tout sentir à nouveau ses lèvres sur ma joue, et pourquoi pas ailleurs.

C'est ainsi que j'ai retrouvé la capitale, morne et sans âme. J'étais angoissée, je me sentais encore plus seule qu'avant mon départ pour Vichy, fin 1942. Kenneth avait disparu de son église avenue Hoche. J'ai recherché Ferrandi au Chapiteau, ce cabaret dont il était propriétaire, mais personne ne voulait me répondre. Le concierge m'a conseillé avec mépris de laisser tomber. Je n'ai pas laissé tomber : j'ai eu l'idée de confier cette mission à Jacky, qui se débrouillerait sûrement mieux que moi. Lorsqu'elle m'a revue au Coq Hardi, la pauvre s'est presque évanouie. Puis a failli m'étriper, quand elle a compris ce que j'attendais d'elle.

– Retrouver ce sale type ! Mais pourquoi ?

– Jacky, s'il te plaît.

– Arrête de me regarder comme ça ! Tu me rends folle !

Elle secouait la tête avec pitié, comme si je lui avais demandé de m'aider à rencontrer Hitler.

– S'il te plaît, fais ce que je te demande. Je t'en prie. Toi, tu connais tout le monde, tu pourras poser des questions.

Mais j'ai regretté ma démarche, car les nouvelles étaient très mauvaises : à Pigalle, la rumeur donnait M. Maurice pour mort, ou arrêté, peut-être dans un camp. Un grand vide s'est formé en moi.

– Arrêté par qui ? Dans quel camp ?

– Je n'en sais rien, a-t-elle dit en levant ses maigres épaules. Tu sais, des tas de gens disparaissent. Savoir où, ça c'est une autre histoire…

Nous nous étions donné rendez-vous dans une brasserie chic de l'avenue de l'Opéra. Jacky semblait embarrassée. Moi, je retenais mes larmes en devinant ses pensées…

« Ce n'est qu'un voyou, il n'en vaut pas la peine, tu vaux mieux que ça. » Elle a eu la gentillesse de ne pas en rajouter. Au moment de la quitter, je l'ai remerciée, en lui demandant de ne plus me revoir.

– Pourquoi ? Tu m'en veux ?

– Mais non je ne t'en veux pas. Mais ce ne serait pas prudent, tu comprends ?

– Non, je ne comprends pas. Je pourrais t'aider, tu sais. Te cacher… Tout ce que tu veux !

– Il n'en est pas question.

Elle aussi laissait déborder ses larmes.

Comme je voulais toujours combattre, je suis retournée au coin de la rue de Vanves, au café des Deux Amis, voir l'aînée d'Andrée Borrel, qui m'a annoncé une nouvelle incroyable : sa petite sœur était de retour en France ! Après une formation spécialisée de l'autre côté du *Channel*, elle avait intégré une agence gouvernementale anglaise dédiée au renseignement et au sabotage. Parachutée en septembre, elle écumait la région pour y créer un réseau.

Une semaine plus tard, Andrée et moi nous sommes enlacées, dans des rires brouillés de pleurs. Je l'ai trouvée changée, plus dure et les joues creuses, plus calme et résolue aussi. Mais elle n'avait rien perdu de sa gouaille, de ses expressions moqueuses. Et je n'étais pas au bout de mes surprises. Très vite, elle m'a parlé de son chef de réseau, un certain Fortuna, avec un mélange d'ironie et de respect.

– Tu sais qu'il te connaît ?

Je fronçais les sourcils, perplexe.

– Qui, Fortuna ?

– Mais oui, Fortuna.

– Eh bien moi, non.

– Mais si, tu le connais très bien même.

Mon esprit vagabondait, et j'ai même cru qu'il s'agissait du Corse, mais non, ça aurait été trop improbable. Fortuna, c'était Kenneth ! J'ai eu l'air si stupéfaite en le rencontrant dans un square près de Belleville qu'il a éclaté de rire.

– Je suis désolé de vous causer une telle déception, Daffodil !

– Toutes sortes d'horribles choses arrivent dans les guerres, ai-je rétorqué, avant qu'il me raconte son histoire, sans trop se faire prier.

De retour à Londres au début de l'hiver précédent, il s'était vu confier une autre mission, cette fois au profit du SOE, un organisme créé par Churchill pour palier, semble-t-il, les lacunes de l'Intelligence Service. Sa plus proche collaboratrice n'était autre que ma chère Andrée Borrel !

Avant de me dire ce qu'il attendait de moi, il a voulu tout savoir de mes pérégrinations. Non sans un certain plaisir – et même de la fierté –, j'ai relaté mes aventures en zone sud, mon passage de la ligne, mon emprisonnement à Moulins puis ma libération lors de l'invasion de la zone libre, les tractations à Vichy avec Ferrandi, notre départ à Toulon, mon arrestation, mon internement dans un camp du Tarn, mon évasion puis mon retour à Paris. Pendant tout ce récit, il m'avait paru moins méfiant à mon égard, moins hautain, comme si toutes ces épreuves constituaient une sorte de brevet de maturité. De son côté, l'insouciance avait disparu. Cette guerre était décidemment trop longue pour qu'on puisse espérer s'en sortir indemne : plus jamais je ne l'ai entendu raconter son passé, ses amours et ses aventures en Russie dans les années vingt.

Kenneth m'a engagée sans hésiter dans son réseau, tout simplement baptisé par son propre nom de guerre : Fortuna. Notre mission était fort simple : recruter des agents en vue du futur débarquement allié sur les côtes françaises. Au mois d'août 1942, une tentative sur Dieppe s'était soldée par un échec cuisant, mais Churchill et Roosevelt en avaient tiré leçon, et voulaient retenter l'assaut dès l'été suivant, peut-être dans le Pas-de-Calais.

Mon nouveau nom de code était Juliette, avec des faux papiers très bien faits, au nom d'Élisabeth Labbé. Parfois, je remplaçais Andrée lors des tournées de Fortuna, mais le plus souvent j'opérais comme agent de liaison, dans le nord de la France, Saint-Quentin, Amiens, Compiègne. J'y transportais toutes sortes de choses, messages, quartz pour les radios qui permettent aux opérateurs de joindre Londres sur certaines fréquences (des genres de gros fusibles en porcelaine, couverts d'inscriptions anglaises), parfois des armes ou des explosifs. Les contrôles étaient de plus en plus fréquents, surtout dans les gares, où ils étaient impossibles à éviter. Une fois ou deux, mon cœur s'était ralenti jusqu'à presque s'arrêter, je me déplaçais comme dans un songe, comme si je me voyais de l'extérieur. Heureusement, les policiers allemands ou français se méfiaient un peu moins des femmes, surtout d'une jolie brune aux yeux clairs qui leur souriait avec patience. (Oui, je m'étais teinte en brune, et pour faire bonne mesure je portais des petites lunettes en acier.)

Nos actions dans le Nord se couronnaient de succès. Pour l'essentiel, elles visaient à bloquer les transports allemands, qui faute d'essence, n'utilisaient plus beaucoup les routes. Quand elles n'explosaient pas, les locomotives tombaient en panne, leurs essieux brûlés par la graisse abrasive ; les portes des écluses se bloquaient ; les péniches chargées de matériel militaire coulaient. Plus récemment, j'avais porté des messages à Madeleine, une opératrice radio fraîchement arrivée, de type hindou mais qui parle un français parfait.

Elle expédiait ses communications en morse codé depuis l'école d'agriculture de Grignon, à une quarantaine de kilomètres à l'ouest de Paris.

Tout notre groupe menait une existence étrange, à la fois euphorique et glaçante, toujours en mouvement, coupés du monde tout en côtoyant sans cesse toute sorte de gens. À chaque instant, nous risquions le faux pas ou l'arrestation ; à force on n'y faisait plus attention, mais toute cette tension nous épuisait sans qu'on le réalise. Certains se relâchaient trop. Comme Andrée, parfois follement insouciante. Avec un radio franco-anglais surnommé Archambault, il leur arrivait de jouer aux cartes dans des cafés parisiens, où ils échangeaient dans la langue de Shakespeare devant les clients.

Lorsque je m'en étais inquiétée, Andrée avait ri. Puis, d'un ton plus sérieux, m'avait expliqué qu'elle n'était pas folle et qu'elle connaissait les risques. Que de toute façon nous étions en sursis, qu'il était presque certain que le SD, la Gestapo et leurs auxiliaires français connaissaient notre existence. Qu'y pouvait-on ? Fallait-il déserter la tranchée, parce qu'un obus risquait d'y tomber ? Bien sûr que non. Vers le mois de mai, Kenneth, que je rencontrai à Grignon, semblait nerveux. Il doutait de plus en plus de l'homme qui organisait les vols clandestins vers Londres, ce Gilbert que nous avions croisé à Chartres. Je me souvenais bien de ce grand brun sûr de lui, qui s'était montré si grossier. Mon air sombre avait intrigué Kenneth :

– Qu'avez-vous ?

– J'aurais dû vous le dire : en juillet dernier déjà, les Allemands connaissaient tout le planning de nos vols.

– Comment ça ? Qui vous l'a dit ?

– Ferrandi. Il le savait par son officier traitant au SD, ce capitaine Nosek. Nosek s'était vanté de connaître absolument tous les vols, en tout cas les miens. On lui avait parlé de mon *pick-up* à Chartres, il connaissait l'endroit et l'heure, il savait même que l'avion n'avait pas pu atterrir, et que j'avais dû rentrer à Paris. Comment, à votre avis ? Qui planifie ces opérations, sinon ce Gilbert ?

– Le coupable le plus évident ne l'est pas nécessairement.

Mais prononçant ces mots, l'Irlandais semblait peu convaincu. En réalité, cette information confirmait plutôt ses soupçons.

– Gilbert est le seul à tout savoir des vols, vous ne pouvez pas l'ignorer.

Kenneth s'était tu un long moment, puis s'était allumé une cigarette. Ses traits semblaient plus marqués, son teint plus rouge. Il buvait beaucoup et dormait peu. Des fils d'argent s'épaississaient sur ses tempes.

– Vous savez, avait-il repris, j'ai parlé de lui à nos chefs à Londres, quand je m'y trouvais le mois dernier. Mais ils ne m'ont pas cru. Ils considèrent cet homme irremplaçable.

– Personne n'est irremplaçable !

– Je sais, avait-il répondu avec un sourire triste. Ni vous ni moi, n'est-ce pas ?

Je me souviendrai toujours de l'étincelle amère dans ses yeux, sombres et agités comme la mer d'Irlande. Aurions-nous pu faire autrement ? Je ne sais pas, en tout cas l'avalanche nous a emportés une semaine plus tard. En commençant par une énorme descente de la police française à Grignon. Puis Fortuna et Andrée ont été arrêtés, et moi quelques jours plus tard, dans une souricière au bar des Deux Amis.

Depuis, je suis internée, et quoi que j'en montre, je crève de trouille. Surtout cet après-midi, à la suite de mon entretien avec Kieffer, qui ne me situe toujours pas dans le réseau Fortuna – peut-être va-t-il renoncer, à force ?

Au détour d'un escalier j'entends des rires. Des rires et des exclamations bien françaises, colorées d'un accent méridional que je reconnais aussitôt. Tout se suspend, plus rien n'existe autour. Il me faut un immense effort pour ne pas marquer d'arrêt, ne pas trop accélérer non plus.

Je reconnais cet homme si joyeux, c'est Auguste Ricord, le petit voyou qui m'avait interrogée, rue de Sèvres. Il me tourne le dos, en bras de chemise, un pistolet à la ceinture. J'atteins le palier où il se trouve. S'il se retourne, il me reconnaîtra. Même teinte en brune, avec mes fausses lunettes. C'en sera terminé de mes petites cachoteries. Kieffer m'enverra sans état d'âme dans une de leurs chambres de torture. Pour que je dise tout ce que je sais.

* *
*

Il ne s'est rien passé. Les heures suivantes, je guette avec terreur le moindre verrou tiré. Ricord m'a forcément remarquée, c'est impossible autrement ! Ils vont venir me chercher… Mais non. Les jours passent. Un dimanche, on nous amène des bonbons et des sucreries. Par ailleurs, les repas sont toujours abondants et réguliers. Café et pain fantaisie le matin, viande à midi, charcuterie allemande le soir. Nous sommes prisonniers de guerre, répètent nos gardiens, et traités comme tels. Ce qui l'espace d'un instant me fait penser à ce pauvre Élias, qui ne reçoit plus aucune nouvelle et doit me détester – et cela m'indiffère totalement.

Sans la crainte de partir un matin pour une séance de torture, cette étrange prison serait presque agréable. Sauf qu'évidemment l'effroi transforme chaque seconde écoulée en un supplice infernal. Pour passer le temps, j'observe le décor. Les cellules se trouvent au dernier étage, sous le toit de l'immeuble, sans doute d'anciennes chambres de service sommairement meublées, si petites qu'il suffit de tendre les bras pour toucher les deux murs opposés. Le jour tombe par une sorte de cheminée, pourvue à sa base de solides barreaux. Le couloir des geôles aboutit d'un côté à une salle de bains, de l'autre à une pièce de garde. Interdiction de communiquer entre prisonniers, de toute façon nous ne nous croisons quasiment pas.

Kieffer me tourne toujours autour, aimable et méfiant. Il m'offre le thé dans son bureau. Tout va bien avec les Anglais, me dit-il. La plupart ont compris que nos vrais ennemis sont les bolcheviques – sans le savoir, il parle comme papa ou Hélène. Ne sommes-nous pas des peuples germaniques ? Tôt ou tard, nous devrons nous allier pour éliminer Staline. D'ailleurs, nos cultures sont identiques, l'art et la musique, Bach, Haendel, Shakespeare, Goethe, nous enseignons les mêmes choses dans nos universités, et nos écoles se ressemblent en tout point, alors pourquoi se battre entre nous ?

Ma réponse, traduite par l'interprète, le fait sourire.

– C'est étrange comme tant de gens que nous arrêtons sont nés à Lorient ces derniers temps, ou à Saint-Nazaire. Quel malheur, tous ces registres municipaux détruits dans les bombardements, n'est-ce pas ?

J'attends la traduction, l'œil bleu naïf, avant de lui répondre qu'il se trompe à mon sujet, que je ne suis qu'une petite bretonne qui a fui l'horrible aviation anglo-américaine.

Mais mon dos est littéralement inondé.

Ce n'est pas la première fois qu'il tente de me piéger, en lâchant une phrase en allemand ou en anglais. Sa première tentative a failli me surprendre, depuis je suis toujours sur mes gardes. Ça n'empêche, il revient à la charge, pose des questions sur mon enfance, mes études, et je dois me souvenir de chaque mot prononcé, car il note et retient tout. Jamais il n'évoque les Juifs ou Hitler, il s'en fiche. C'est juste un excellent policier, une machine à coincer les menteurs, qui prend son temps, avançant masqué sous ses airs benêts. Il me demande si je connais Fortuna, Denise, Bob ou Archambault, si j'ai fréquenté l'école d'agriculture à Grignon. Je réponds non, systématiquement – croyant presque à mes mensonges, à force.

Un jour, il me montre la photo de sa fille, une adolescente aux yeux clairs, en robe d'été. Puis tout à trac, me demande ce que je fais exactement pour cette société d'aéronautique. Intérieurement, je tremble de me tromper.

Une autre fois, un homme m'attend dans son bureau, le visage carré et avenant, une petite moustache claire. Dans un français parfait – mais il ne l'est pas –, il évoque la Bretagne, qu'il aime beaucoup, paraît-il. Vous êtes de Lorient ? Vous connaissez la presqu'île en face, alors, quel est son nom déjà ? Glaciale, je lui réponds qu'il s'agit de la pointe de Gâvres. Ses autres pièges sont sans effet. J'ai appris par cœur le guide Michelin de Bretagne. J'ai mémorisé la carte de Lorient, je pourrais m'y déplacer les yeux fermés. Plus tard, je suis à peine surprise de croiser ce blond moustachu au cinquième étage. C'est donc un de leurs captifs, comme moi, mais Kieffer a dû le retourner et ils essayent de me coincer. Je ne sais pourquoi, on lui a donné des travaux de dessin, qu'il exécute toute la journée sur la table de la salle de garde. S'agit-il de recopier des plans, des organigrammes ? Je n'en sais rien.

Sur le moment je le hais, mais je le comprends aussi : la pression que nous impose le policier nazi est gigantesque. Il sait quasiment tout de notre réseau, de nos noms de guerre, nos boîtes aux lettres et nos caches d'armes, nos mouvements d'avions. Dès lors, pourquoi endurer d'horribles supplices, s'il ne s'agit que de confirmer des renseignements exacts ? Un après-midi, un poids glacial me tombe sur les épaules : j'ai reconnu la mince silhouette de Madeleine, la radio qui opérait depuis Grignon. Sous les verrous, elle aussi ! C'est une fille à la peau mate et aux grands yeux noirs, avec la grâce d'une princesse hindoue. Je la sens à la fois paniquée et débordante d'énergie, telle une bête sauvage prête à tout pour fuir.

La trahison rôde. Un après-midi, des accents d'accordéon montent de l'étage inférieur. Je reconnais, effondrée, *God save our gracious King*, puis des rires. La honte et la colère me tordent le ventre. Un membre du réseau s'amuse avec nos bourreaux. Est-ce le blond qui dessine dans la salle de garde ? Quelle importance ? Je me réfugie dans mes pensées. Me voici dans le Wiltshire, courant les collines, me voici avec les ladies, à la fin de la chasse au renard, me voici à Londres, saluant le roi. Je ne céderai pas. Je ne plierai pas. Jamais.

L'automne arrive, les premières pluies. Kieffer m'oublie. En revenant des toilettes un jour, je tombe sur Archambault, l'ancien radio de Fortuna, boitant bas, l'air d'un petit vieux. Il occupe la cellule voisine de la mienne, et me raconte son histoire par morceaux, la bouche collée à un tuyau d'évacuation.

– Ils savent tout, répète-t-il jusqu'à l'obsession.

Il a craqué. Kieffer le force à utiliser son propre poste radio pour échanger avec Londres, où l'on semble ignorer que tout le réseau est tombé. Kieffer appelle cela un *funkspiel* – un « jeu de radio », qui fonctionne d'autant mieux que nos chefs sont des imbéciles criminels, des salauds qu'il faudrait pendre, enrage Archambault. C'est à cause d'eux s'il a fini par accepter de collaborer : la première fois qu'il a contacté la centrale, sous la contrainte, il n'a utilisé qu'un seul indicatif personnel. Il pensait susciter la méfiance des opérateurs en Grande-Bretagne, puisque c'est contraire à la procédure. Réponse des crétins d'en face : « Mon vieux, le message est bien passé mais la prochaine fois pensez à utiliser vos deux codes. » Résultat, Kieffer et son spécialiste radio, un certain Goetz, ont immédiatement compris nos règles de sécurité. Archambault a été torturé place des États-Unis, où il a livré ses deux clés d'identification. Un autre opérateur avait tenté d'alerter nos chefs, en transmettant volontairement son message en anglais : il s'est fait réprimander comme une recrue à l'instruction. « Les messages doivent être transmis en français, l'ami ! » Se sentant abandonné, lui aussi s'est mis au service du SD.

Ainsi, toutes nos radios sont désormais manipulées par Kieffer et ses spécialistes. L'état-major à Londres ne voit rien, ne comprend rien, donne imperturbablement ses ordres, les noms des agents et les lieux de rendez-vous, parachute des armes et des explosifs, de l'argent, des cigarettes, dont la Gestapo ne sait plus que faire, à force ! Oui, nos chefs sont atroces et désespérants. À croire qu'ils s'en fichent, ou qu'ils le font exprès.

Comme si cela ne suffisait pas, j'ai découvert, dans le miroir de notre petite salle de bains commune, que mes racines commençaient à réapparaître. Je me couvre aussitôt la tête d'un foulard bricolé, mais cela ne durera pas. Un jour ou l'autre, Kieffer remarquera la blondeur qui gagne, il sera absolument certain que je mens. Je n'ai plus le choix. Je dois fuir, ou me supprimer si j'en ai la force.

À force de fixer les barreaux de la cheminée, j'ai fini par remarquer qu'ils sont mal scellés. Les ouvriers qui ont aménagé les lieux lorsque les SS s'y sont installés ont dû mégoter sur la quantité ou la qualité du ciment, voire c'est une forme de sabotage. Il suffit de le gratter à la cuiller pour qu'il s'effrite. Mais combien de temps faudra-t-il pour en desceller un ? Je pourrais alors escalader le conduit qui mène à la lucarne, mais ensuite ? Je convaincs Madeleine de m'accompagner, au moyen de petits messages que nous échangeons dans un recoin des toilettes. Elle trouve un deuxième complice, un Français avec qui elle communique en morse, à travers la cloison qui sépare leurs geôles. Il s'instaure aussitôt notre chef. Un quatrième larron sera de l'aventure, un Britannique appelé Bob.

Chacun devra enlever le ciment de son côté. Le Français, surnommé Aigle, fabriquera la corde avec ses draps. Ainsi nous pourrons descendre sur les toits voisins. Bob promet de nous fournir une lampe torche. Je creuse chaque nuit, attentive au moindre bruit. À l'aube, je rebouche avec un mélange de mie de pain teinté d'un peu de maquillage appartenant à Madeleine. Cela ne résisterait pas à un examen sérieux, mais les Allemands nous surveillent à peine, persuadés que l'idée même d'une fuite ne nous viendra jamais à l'esprit.

Le soir convenu, j'arrache enfin mon premier barreau, ruisselante de sueur. Le deuxième cède un quart d'heure plus tard et je me hisse péniblement dans la cheminée, jusqu'à la lucarne dont surgissent les mains d'Aigle, qui mérite bien son surnom : c'est un homme solide d'une quarantaine d'années, visiblement un militaire habitué à commander. Bob me fait bien plus mauvaise impression : il s'agit du blond à moustaches qui m'avait parlé français dans le bureau de Kieffer. En aurait-il assez de trahir ? Je me garde de lui faire la remarque, ce n'est plus le moment.

Autour, c'est l'immensité de la ville et la nuit noire, l'air humide de la liberté, à deux doigts. Je me crois sortie des enfers, malgré Madeleine qui nous retarde de deux bonnes heures. Elle n'avait pas fini d'enlever ses barreaux, mais ne nous en avait pas informés. Puis une alerte aérienne nous bloque sur le toit, un retour d'escadres de bombardements, suivies des projecteurs de la défense antiaérienne. Ravagé par la peur, Bob est de plus en plus bruyant. Il veut retourner en cellule, avant qu'on ne remarque notre fuite, et je le retiens à grand-peine avec Aigle.

Celui-ci décide de patienter jusqu'à quatre heures et demie du matin pour tenter la sortie, quelques minutes avant la fin du couvre-feu. L'attente est épouvantable de tension, mais c'est une très bonne idée. Sitôt dans la rue, nous prendrons le premier métro, mêlés aux travailleurs. À l'aube, nous descendons à la corde sur une terrasse, puis jusqu'à la rue en brisant une vitre qui donne sur un escalier. Tout se termine en bas, dans une impasse où nous attendaient les Allemands, en force. La déception est prodigieuse. Aigle tente de résister. On lui brise la mâchoire à coups de crosse de mitraillette. Bob essaye de fuir, il est blessé par un tir. Kieffer hurle comme un dément, il est écarlate, il lance des insultes en argot allemand et menace de nous fusiller sur le champ. J'ai cru qu'il allait me frapper. Il se contient mais quelque chose a changé dans son regard, il me dévisage avec une sorte de satisfaction, comme un chasseur qui ajuste enfin sa proie. Il fait signe qu'on nous emporte.

Le lendemain dans son bureau, il est de nouveau calme et bien coiffé, satisfait :

– Le jeu est fini, mademoiselle Beresford, laisse-t-il tomber, en allemand – j'en ai les jambes coupées. À moins que vous ne préfériez que je vous appelle madame Van der Jagt ? Ou Daffodil ?

Il jubile, détaillant ce qu'il sait de moi. Tout. Mes parents, mon parcours, mon mariage, mon engagement et mon rôle au MI6, auprès de Wagner, à la *transportbedrijf*. Il sait aussi que le père Énoch Kenneth, l'actuel chef du réseau Fortuna, était mon patron à Paris lorsque je travaillais pour l'Intelligence Service. Je suis fusillée debout, le cœur et l'esprit vides, comme frappée par un ouragan qui emporte tout autour de moi. Un ouragan de terreur et de mort.

– Vous vous demandez peut-être pourquoi je ne vous parle que maintenant, poursuit-il, toujours dans la langue de Goethe. Il se trouve que je me posais beaucoup de questions à votre sujet, et je m'en suis ouvert par hasard auprès de mon confrère, le hauptsturmführer Nosek, de la section VI du SD, boulevard Flandrin. Malgré vos cheveux teints, il vous a aussitôt reconnue sur votre fausse carte d'identité, et il a été enchanté de me transmettre un rapport très détaillé. J'étais en train de vérifier quelques points au moment de votre petite escapade sur les toits. N'est-ce pas rageant, d'échouer si près du but ?

Mon sang pulse fort, à m'étourdir. Aucune parole ne vient.

Tout ceci est vrai, n'est-ce pas ? Pourquoi nier ? insiste-t-il avec une sorte de regret poli. Je ne ferai qu'aggraver mes souffrances, alors qu'au bout du compte je serai bien forcée de parler. J'intéresse beaucoup le SD et la Gestapo, en particulier l'obersturmbannführer Bömelburg, son chef en France. Celui-ci veut connaître mon rôle exact au sein de l'Intelligence Service. Ne serais-je pas une sorte d'agent de liaison entre le MI6 et le SOE, de Fortuna ? Je fais non de la tête, sans bien comprendre.

– Vous êtes très maligne, miss Beresford, je dirais même redoutable sous vos airs de gentille fille. Mais je le répète, le jeu est terminé. Maintenant, vous allez devoir tout nous raconter. Nous voulons déterminer vos missions au sein du réseau Fortuna. Cette information est extrêmement importante pour nous. Vous comprenez ce que ça veut dire ?

Je fais un effort pour ne pas répondre en allemand.

Un claquement sec résonne, accompagné d'une douleur intense, qu'augmente la surprise : une gifle à me casser les dents, venue de l'arrière. Je me retrouve à quatre pattes sur son tapis persan.

– Je vous assure que vous allez devoir avouer, mademoiselle Beresford. Je veux savoir votre rôle au sein du réseau Fortuna. Étiez-vous leur agent de contact pour l'Intelligence Service ?

Le temps se suspend. Je n'y comprends rien. Certes, j'ai autrefois travaillé pour le MI6, et maintenant pour le SOE. Et alors ? Pourquoi serais-je un agent de liaison entre les deux ? En quoi serait-ce important d'ailleurs ? Une seconde passe. Puis deux. Rien ne vient. Kieffer interrompt l'homme derrière moi d'un mouvement léger de l'index. Deux mains me redressent, et me retournent. Et comme dans le pire des cauchemars cet homme me sourit.

Chapitre 23

Lizzie

Revoir les rues de Paris dans ces circonstances est une torture. Aux couleurs de l'automne, les rues sont pleines de piétons insouciants, de bus, dont nul passager ne nous prête attention. Pourquoi le feraient-ils ? Je me sens abandonnée, déjà rayée du monde des vivants.

Le trajet dure cinq minutes, dans un silence absolu. De l'avenue Foch, nous remontons vers le Trocadéro puis la Citroën tourne à gauche jusqu'à une longue place arborée, entourée d'immeubles ultra chics. Ils sont trois avec moi : à mes côtés, un grand et beau jeune homme au nez cassé, très bien habillé ; le chauffeur, menton effacé, une tête de rat malade ; mon bourreau, très élégant, fume en m'observant dans le rétroviseur. Il a changé. Il sue la méchanceté et l'indifférence.

Mes pensées tournent au ralenti. Elles se bloquent totalement au pied d'un superbe petit hôtel particulier Louis XIII, en brique et pierre de taille, balcons en fer forgé et hautes fenêtres. L'intérieur me surprend par son état d'abandon. Ce lieu ne vit pas ; on dirait une caverne de voleurs sans lumière, presque un caveau. Nos pas claquent et crissent dans la poussière du grand escalier. Je respire avec peine. Sur le palier, un son d'épouvante déchire la pénombre. Homme ou femme, animal, impossible de dire. Le cri est suivi d'exclamations puis de coups sourds ponctués de sanglots. Puis le silence. On me pousse vers ce qui fut un salon autrefois, où des convives ont certainement bien mangé et bien bu, bien ri, mais il n'y subsiste pour tout ameublement qu'une grande table avec une machine à écrire, et une plus petite chargée d'instruments divers que je distingue mal, les yeux brouillés par l'émotion. Des taches noires dansent devant mes yeux.

Face aux deux tables, au centre de la pièce comme sur une scène, une chaise en fer telle qu'on en trouve dans les administrations, incongrue et glaciale.

– À poil.

Il me faut quelques secondes pour réaliser. C'est un cauchemar, ce n'est pas réel. D'une bourrade, l'homme à la face de hamster me fait m'activer. Son calme, son détachement, toute cette routine barbare me liquéfie. Je ne suis qu'un cas à traiter, comme dit Kieffer, une case dans leur emploi du temps. Même ma nudité les laisse indifférents. Ils me forcent à lâcher mes vêtements, derrière lesquels j'essayais de me cacher, me menottent dans le dos et m'assoient, au comble de l'humiliation, le métal glacé sous mes fesses et dans mon dos. Un tremblement irrépressible me secoue. De froid et d'effroi.

Lui s'est tranquillement posé derrière le grand bureau, son beau visage plein de dédain. Il prend le temps de fumer une cigarette et de boire son café tout en me jaugeant, et son regard me brise. Soudain, il sort avec ses acolytes. À côté, une séance de torture reprend. On entend les chocs et les braillements, et souvent le mot « parle ». Puis des gémissements étouffés. Une heure ou deux plus tard, le trio revient, accompagné d'un homme à tête de boxeur que j'ai plusieurs fois vu chez Kieffer.

Ricord s'assoit et prend la direction des opérations.

– Bon. C'est quoi ton nom, demande-t-il, et son accent décidément très prononcé me surprend à nouveau.

– Vous le savez très bien.

Il me détaille longuement. Sans un mot, tout est dit : il est le maître et moi l'esclave. Il aime cette situation. Il a tout son temps. Le premier coup est douloureux, au-delà de tout ce que je craignais. Celui qui opère est le sale rongeur, que Ricord appelle Le Pâle, armé d'une sorte de lourd tuyau en caoutchouc. Il veut savoir mon nom. Mon vrai nom. Ricord prend le relais, en bras de chemise et gilet de soie. Il a ôté sa belle montre en or et frappe mes côtes, mes coudes, mes genoux, mes tibias, mes seins, mon dos et mon visage. Je ne peux rien esquiver.

– Ton nom.

Je me tais. Il recommence.

– Ton nom, reprend l'Allemand à la physionomie de poids lourd, derrière la grande table.

Ils recommencent. Une avalanche d'eau m'arrache du gouffre où je suis tombée. J'ignorais qu'on puisse s'évanouir de douleur. À peine revenue à moi, ils me font lever et m'accrochent au plafond par une corde, bras tendus vers le ciel, les pieds touchant à peine le plancher sale. Oh qu'il est sale, taché de brun. Ils m'écartent les cuisses comme des charcutiers, placent une pince sur mon intimité, une autre sur un sein. À la première décharge d'électricité, c'est intolérable. Je perds de nouveau connaissance. Un liquide glacé me réveille. Je suis assise par terre dans une autre pièce, qui me semble être un sous-sol. Après une assez longue attente, ils me ramènent avenue Foch, au cinquième étage.

Impossible de m'assoir, de dormir, de penser. Je voudrais pouvoir me pendre aux barreaux de la lucarne, solidement recimentés, mais ils m'ont laissé les menottes. Je meurs de faim et de soif. Allongée, je lèche le fond d'un seau sec depuis longtemps. Dans ma fièvre, je me dis que ma haine pourrait les anéantir, comme la colère de Dieu. Ce qui n'arrive pas, bien sûr. Aux alentours de midi le lendemain, Ricord et les autres me reconduisent place des États-Unis. En quittant ma cellule, je vomis presque de terreur.

Leurs questions sont toujours les mêmes. Je dois simplement leur confirmer que ce qu'ils savent est vrai. Mon nom, mon appartenance à l'Intelligence Service. Ils sont persuadés que ma mission consiste à espionner Gilbert, l'organisateur des vols clandestins depuis la France. Pourquoi ne pas avouer ? Ce serait si simple. Toutes mes souffrances s'arrêteraient.

– Je ne connais pas votre Gilbert.

– Tu le connais. Tu l'as vu à Chartres, au terrain de Neuvy-en-Beauce. Tu vois qu'on sait tout.

– Je ne le connais pas.

– T'es chargée de l'espionner, hein, c'est ça ?

– Je ne le connais pas.

Une nouvelle volée de coups et d'injures me parviennent dans un brouillard, de promesses de tortures encore plus douloureuses. Et je les crois, je sais qu'ils me déchiquèteront vive si ça continue. Le soir, mon urine se teinte de rouge, j'arrive à peine à me lever, je ne sens plus mes mains dans mon dos. Je ne tiendrai pas, personne ne peut.

Au troisième voyage, il me faut le soutien du beau jeune homme pour m'aider à franchir le trottoir. Un de mes genoux ressemble à un ballon de football, noir et hideux, comme tout mon corps. Les habitants des immeubles voisins doivent voir et entendre, détourner le regard et se terrer dans leur honte. Ce jour-là, je lâche un nom. Le mien : Élisabeth Beresford, épouse Van der Jagt, dite Lizzie, dite Daffodil. Mais je n'avoue rien d'autre, ce qui les met hors d'eux.

Je ne connais pas Gilbert, je n'ai pas de mission le concernant. Ricord m'abreuve d'insultes, il s'acharne à l'électricité, je m'évanouis encore.

Retour vers l'avenue Foch en fin de journée, sous une pluie fine. Il n'y aura pas d'autres séances. Ce soir, j'accrocherai mon drap à la poignée de la porte, je crois avoir encore assez de force pour cela.

Mo

Quand j'ai connu Danos en 1937, on l'appelait déjà Mammouth. Pas plus grand que moi, il est deux fois plus large et pèse vingt kilos de plus, du genre à vous péter la nuque d'une seule baffe. Mais pour moi, il n'était alors qu'un braqueur à la petite semaine, pas fiable, et j'ai vite arrêté notre début d'association. J'entravais bien la suite de sa carrière, gros coups, grosses javas, séjours en taule jusqu'à la fin pas glorieuse, une balle dans le buffet ou la tête en moins.

Mais lui et moi on s'estime, je ne sais pourquoi. Et c'est ainsi que j'ai pensé à lui. Chacun sait dans le mitan qu'il a buté deux convoyeurs lors d'un gros casse en 1941, rue des Victoires – avec deux ordures pour complices, Chave Nez-de-braise et Mimile Buisson. Arrêté lors d'un bête contrôle d'identité, il s'est mis direct au service de la Gestapo de Lafont pour éviter les poursuites. Il est l'un des lieutenants du boss.

Rien qu'en le rencontrant, même en terrain neutre dans un bar vers Saint-Lazare, je risque gros. Je ne vaux plus grand-chose, face à ces mecs qui tiennent tout Paris. Danos s'en vante, ce con, me confirmant à plaisir les mauvaises nouvelles : Ricord m'a piqué mes parts dans les bordels à Roubaix, ainsi qu'au Chapiteau, où Garcia a dû la boucler.

– Toi et tes copains corsicos, va falloir l'écraser, ajoute-t-il avec mépris. Le patron en a plus que marre, de vos sales gueules.

Intérieurement furax, j'arque les sourcils avec détachement, avant de lui expliquer ce que j'attends de lui. Mammouth tourne son ersatz de bière entre ses grosses pattes, sceptique. Mouais… Et il y gagnerait quoi ? C'est qui, cette nana ?

– Personne. Mais pour toi, ça fera deux millions en napoléons or.

C'est ce que Garcia et mes amis corses à Paris m'ont promis, dans un premier temps. Une lueur vicieuse traverse les yeux de Mammouth.

– T'y tiens tant que ça, à ton Anglaise ?

Il me faut un effort pour rester calme.

– J'ai juste besoin de savoir où elle est.

– T'as pas l'air de te rendre compte, Mo. On peut baiser les Fridolins tant qu'on veut… Mais Lafont, c'est une autre paire de manches… Il a oublié d'être con, tu sais ça autant que moi…

Deux hommes en costume qui passent tout près nous forcent au silence. Danos pèse le pour et le contre. Deux millions, c'est une sacrée galette malgré tout, surtout pour un flambeur comme lui. Sauf qu'il est pas sûr de l'avoir, mon tuyau. D'abord, ma Rosbif est pas forcément aux mains de la *vraie* Gestapo, celle de la rue Lauriston ou de l'avenue Foch. Il y en a une bonne quinzaine d'autres, l'annexe de Rudy de Mérode, celle de René Launay, celle des Géorgiens, etc. Elle pourrait aussi bien être au secret à Fresnes ou au fort de Romainville, ou dans une Gestape de province, ou dans un camp à Pétaouchnock. Les Boches ont beau être maniaques de la fiche et de l'étiquetage, ils ne savent pas forcément tout, dans cette vaste taule qu'est devenu l'Europe. Et puis, Macbeth s'est peut-être déjà fait descendre.

Bref, c'est pas de la tarte. Il veut bien essayer, mais il demande le double, quatre millions en or évidemment, et sans garantie de résultat. À prendre ou à laisser. Dans ses yeux luisent deux décennies de saloperies, le genre à tout trahir, sauf peut-être sa femme et ses mioches. Un jour il paiera. Mais il s'en fout. On se tape dans la main, en bons potes.

Pendant que Mammouth entame ses recherches, Garcia m'aide à réunir l'argent et les armes. Lagus me procure une bagnole, la fait réviser au petit poil. Ce cochon de Breton n'a jamais voulu quitter Paname malgré les risques, malgré le STO qui lui court après. Il insiste pour être chauffeur si le coup se fait. En plus de Garcia, il y aura quelques fidèles de Pigalle, dont Renucci et Biancardini.

En attendant, aucune nouvelle de Macbeth. Danos m'a peut-être baisé, après tout qu'est-ce qu'il risque ? D'improbables représailles des Corses de la capitale ? Il s'en cogne. Mais vers la fin du mois, il m'apprend qu'elle est vivante, ma poulette.

– Mais ça va pas durer, il précise quand on se revoit, vers la place Blanche cette fois. Le colonel Kieffer – il m'en parle comme d'un dieu grec – la détient dans ses locaux, au 84 avenue Foch. Il se gourait d'un truc avec elle, jusqu'à ce qu'il apprenne qu'elle faisait partie de l'Intelligence Service. Depuis, ils la cuisinent sévère.

Je dois me raisonner pour ne pas me lever et lui crever les intestins à coups de Beretta. Lui continue, blasé. Ce sera pas coton pour la sortir. Kieffer a confié l'enquête à mon pote Ricord et à deux autres mecs de la Carlingue, sous l'autorité d'un certain Ernest. Le traitement a lieu place des États-Unis, dans un gentil pied-à-terre cédé à Lafont par une ex-maîtresse, authentique princesse russe.

Ça l'amuse bien, Danos, de me voir faire cette gueule. Il s'en tamponne, que je puisse éventuellement buter Ricord ou d'autres, du moment que Lafont ne sait rien. À moins qu'au contraire il lui ait déjà tout balancé. Ils vont peut-être me serrer à la sortie du bar, ensuite ils se partageront la commission, ce serait bien leur genre. Mais rien de tel ne se produit. Je ressors libre, des idées de vendetta plein la tête.

Comment tenter le coup ? Le trajet entre l'avenue Foch, où est internée la lady, et le 3 bis place des États-Unis, où ils l'interrogent, ces porcs, prend dix minutes à peine, et les itinéraires possibles sont innombrables. De toute façon, on ne connaît pas les horaires. L'idéal serait d'avoir une balance dans l'équipe de Ricord, mais c'est impossible, ils ne sont pas dingues à ce point. Et puis c'est trop risqué de les approcher : si mon ex-associé apprend que je m'intéresse à Macbeth, il se fera un plaisir de m'arrêter et de la massacrer devant moi. Tout à fait capable.

Une nuit entière passe dans le petit appartement de Lagus, à imaginer des solutions en nous brûlant les poumons au tabac. Mine de rien, l'hôtel particulier de la place des États-Unis est un vrai bunker. Impossible de se garer à proximité pour attendre l'arrivée ou le départ. On serait aussitôt repérés le long de cette espèce de grand parc rectangulaire.

– Y a un immeuble en face, propose Le Breton me resservant du café. Je me déguise en ouvrier et je monte sur le toit. Quand ils sortent, je balance une grenade, ça fera diversion. Toi, tu passes à l'action.

Pas con. Sauf que l'équipe devra forcément attendre à proximité dans une voiture, pour s'arracher ensuite avec l'Anglaise si l'attaque réussit. Or, trois pékins dans une bagnole au milieu d'une allée plate comme mon genou, Ricord ou les autres vont nous détroncher, c'est forcé.

L'imagination de Lagus est sans limites. Un vrai romancier ! Si on se déguisait en mecs de la Gestape, avec faux carton au pare-brise ? Si on se garait plus loin, place de l'Étoile, ou place Victor Hugo ? Et si on s'habillait en flics français, en gardiens de square, en employés du gaz, en soldats boches ? Et si, et si… Du cinéma, tout ça. Au mieux, on se fera tirer comme des lapins. Au pire, on finira hachés menus dans les caves de la rue Lauriston.

– Tu t'y vois là-bas, avec ta Margot ? Avec ces enculés ? Sérieusement, Auguste.

Il me lance un regard de fer et murmure une injure. Margot, sa douce, qui roupille à côté. Ils lui démoliraient son gentil petit minois, ses jolies dents, ils lui arracheraient les tétons devant lui, et avec plaisir. Non, on peut pas faire n'importe quoi. Mais on fait quoi, alors ? Je ne vois pas, mes pensées s'emmêlent. Seule la haine tient mon esprit éveillé.

Jusqu'à l'idée, enfin. Une idée folle et tordue. Mais une idée quand même.

Chapitre 24

Lizzie

Une nuit est passée. Je n'ai pas eu le courage de me pendre à ma porte avec mon drap. Ce qui est bête, parce je le sais, c'est fini, je suis déjà morte, ce n'est qu'une question d'heures. L'aube me terrifie. Ils ne m'ont donné ni pain ni eau, la fièvre cogne à mes tempes comme contre un tambour, réveillant partout mes douleurs, c'est à peine si je réussis à me lever. Plus la force. Ils arrivent en fin de matinée. Cette fois, il me faut l'ascenseur pour descendre les cinq étages. Une nouvelle idée a germé, bizarre, comme un monstre difficile à formaliser. Je dois leur dire quelque chose. Inventer. Simplement les empêcher de me frapper encore. Oui, inventer une histoire pour ne pas mourir.

Mes jambes cèdent sur le perron. Des mains m'arrachent un cri de douleur, alors que je vais dévaler les marches. Je repousse cet être immonde qu'ils appellent Le Pâle, c'est vrai qu'il est livide, ses yeux sont éteints ; de mes bourreaux c'est le plus violent, le plus retors, insatiable et infatigable, comme ces araignées qui dévorent leur proie vivante. Il me semble lui avoir dit quelque chose, peut-être une insulte, peut-être en anglais, en tout cas ils en rient, en me poussant vers l'avenue glacée.

Sous mes fesses, la moleskine de la Citroën, avec toujours le même jeune homme élégant à mes côtés, qui esquisse une sorte de sourire. Pourquoi sourire ? Il se moque ? Il jouit de me voir presque détruite ? En touchant la banquette, mes bras ankylosés toujours menottés m'ont arraché un cri de douleur. On démarre, on roule, et la terreur revient plus oppressante que jamais ; il faut que je leur dise quelque chose, sinon je vais mourir. Et je ne veux pas mourir, non je ne veux pas mourir. Je ne veux pas mourir. Des larmes brouillent ma vue, entre elles je distingue au loin une rivière verte, je nage dans de grandes éclaboussures, secouée par les cahots des pavés de bois. Un rire s'estompe, un sourire, celui de Ferrandi. Ils l'appellent Mo. Pourquoi suis-je revenue à Paris ? Pour lui ? Et lui, serait-il revenu pour moi ? Oh non, certainement pas. Non, il n'aurait jamais tout abandonné pour me retrouver. Ses yeux m'ont menti.

Je pleure toujours, ils s'en fichent et laissent couler ma morve, sans un coup d'œil, sans pitié. Sur la droite, le pavé défile. Puis la voiture ralentit. Une grosse berline blanche apparaît lentement, quelque chose comme une Rolls, brillante et chromée, comme une apparition fantastique, l'air surgie d'un de ces films à l'eau de rose que je trouvais ridicules, avant-guerre. Elle nous barre la route.

Ricord râle, ses insultes jaillissent. Qu'est-ce que c'est que ce cave, ce connard, etc. Je sursaute. Des cris surviennent. Dans la voiture. Je crie, moi aussi, mais je n'en suis pas sûre. Puis l'habitacle se met à tanguer sur ses amortisseurs. Le beau brun à mes côtés s'agite, il fouille sous sa veste, l'œil exorbité, puis tente d'attraper le loquet chromé, mais n'y parvient pas et pourtant la portière s'ouvre grand. À cet instant précis, deux détonations me déchirent les tympans, je crois que je hurle maintenant.

Je hurle, un nuage humide m'a giflé la figure, infiltre le goût du sang tiède entre mes lèvres. Je me hisse par-dessus mon voisin affaissé, dont le haut du crâne s'est creusé d'un trou grenat gros comme un poing. Poussant la porte d'un coup d'épaule, je roule sur le pavé les mains dans le dos, oubliant l'acier qui me scie les avant-bras. Des bruits me parviennent, comme étouffés par un coton très épais. Une pétarade proche. Une autre distante. Ricord se courbe à l'abri de sa portière, l'arme au poing, et m'apercevant soudain, tente de m'attraper, mais je me dégage d'une ruade, il me lâche et se replie sous un tir nourri.

Me voilà allongée sur le dos, oreilles sifflantes et coudes tordus, incapable de me relever. Une main m'agrippe, me hisse et me force à trottiner, à courir vers un véhicule qui attend plus loin sur la chaussée, de l'autre côté de cette énorme voiture de luxe.

Nouvelle pétarade. C'est Ferrandi, qui vise la rue, lance un objet court et rond, dont s'élève bientôt un épais panache bleu. Bleu-gris comme ses yeux. Il me sourit. Puis disparaît vers le sol en poussant un cri. Touché.

Mo

– Alors ?

– Alors, il était temps qu'on vous sorte de là. Vous avez vraiment une sale tête.

Trop crevée pour répondre, Macbeth me sourit. Enfin plutôt, je devine son sourire puisqu'elle me tourne pudiquement le dos, assise dans la cuisine chez Garcia, qui occupe une jolie petite crèche place Saint-Georges. Il a des goûts plutôt rupins, mon ex-associé du Chapiteau, on se croirait chez un notaire de province, papier peint fleuri, napperons brodés sur ses fauteuils de pépère. Convoquée de toute urgence, Margot, la douce de Lagus, rafistole Macbeth comme elle peut : la pauvre est cabossée de partout, des gnons, des bleus, le genou comme un melon. Une odeur d'hôpital – camphre et éther – flotte dans l'air, un tas de charpie posé sur la nappe cirée à carreaux.

Garcia a eu cet enfoiré de Le Pâle ; j'ai flanqué deux bastos au porte-flingue de Ricord en pleine poire, cadeau de la maison Ferrandi. Gros regret, Ricord a réussi à se barrer. Mais on ne pouvait moisir dans ce quartier pourri de Boches, entre le siège de la Gestapo et diverses officines. En tout cas mon plan a fonctionné : puisqu'il était impossible d'attendre Macbeth place des États-Unis, j'avais décidé de la cueillir directement à sa sortie de l'avenue Foch.

Foch, c'est un des coins les plus chics de Paris, rien que des immeubles de luxe et des millionnaires. Personne n'allait s'étonner de voir une grosse tire, genre Bentley ou Delahaye, avec un chauffeur au volant, pas vrai ? Une bagnole assez grande pour cacher une petite équipe sur le plancher, sous des couvertures. Sitôt Ricord en route dans la contre-allée, la Bentley n'aurait qu'à le bloquer, en même temps qu'une autre caisse le coincerait par derrière. Ne restait plus qu'à défourailler et à repartir avec le colis.

Le Breton avait tiqué.

– Devant le bâtiment de la Gestape… T'es pas un peu cintré, Mo ?

– Ça marchera, tu verras. Jamais ils penseront qu'on vient les braquer juste sous leur nez…

– Surtout en Bentley, a rigolé mon pote, content malgré tout.

Un éclair gris avait traversé son regard, comme de tendresse.

– Je marche. Va pour la Bentley !

Ainsi fut fait. Sauf qu'au moment où j'ai lancé le fumigène pour couvrir notre fuite, j'ai aperçu Ricord qui me pointait, à peut-être vingt pas. J'ai perçu le choc, comme un sale coup de matraque au-dessus de la hanche. Depuis, ça va pas fort. Macbeth m'observe, désormais revêtue d'un peignoir, son regard azur planté sur moi.

– Ils vous ont pas loupée, hein.

– Oh, mais vous non plus.

– Moi, c'est pas grave.

Elle se détourne, la mine triste. Bien sûr que si, c'est grave, elle le sait aussi bien que moi. Une douleur intense irradie depuis mon ventre. J'ai vomi tripes et sang dans la voiture jusqu'ici, c'est à peine si j'ai pu m'en extraire. C'est con, les balles. On croit toujours qu'elles vous passeront à côté. Comme ce pauvre mec dans la Sarre. Jusqu'à la dernière seconde, il a cru qu'il s'en sortirait. Mais non. Je claque des dents, inondé de sueur, les mains gelées. Merde.

– Alors, vous êtes venu me chercher.

– Ben oui.

Nos yeux ne se lâchent pas, comme étonnés de se croiser. Ses questions, je les connais. Pourquoi je suis venu ? Pourquoi j'ai pris tant de risques ? Elle connaît mes réponses. Oui, j'ai pensé à elle, sans arrêt depuis qu'on a été séparés après Toulon, oui je regrette de lui avoir menti, de l'avoir déçue, oui j'aurais aimé que tout ça se passe autrement, qu'on se rencontre autrement, dans une autre vie et à une autre époque. Elle se lève, difficilement, prend ma main. Ses doigts sont chauds, elle passe un linge sur mon front.

– Vous avez chaud ?

– Un peu que j'ai chaud.

Je la sens si proche, à bouger son épaule et son bras, à froncer des sourcils comme elle s'applique. Elle comprend bien de quoi je parle et pique un fard, le souffle plus rapide. Belle malgré ses gnons.

– Vous n'auriez pas dû venir.

– Trop tard.

Elle reprend un peu d'eau fraîche et me tamponne doucement la lèvre supérieure et les ailes du nez.

– Arrêtez de parler maintenant. On va vous soigner.

Je ne trouve pas la force de répondre, juste celle de la regarder faire. Ses sourcils minces, son nez, un minuscule grain de beauté sur la tempe. Et ses gnons, les salauds.

– Merde, ils vous ont pas ratée.

Elle sourit.

– Ils m'ont ratée, puisque je suis là.

Sa main se suspend quelque part entre nous, comme si elle ne savait plus où la poser. Peut-être qu'elle voudrait faire autre chose, comme m'embrasser. Peut-être aussi que je délire, que je pige mal son attitude. Qu'elle est juste polie, comme ça se fait dans son monde.

Non. Une petite lueur brille dans le bleu de ses yeux. Un truc qu'il me semble avoir déjà frôlé, mais trop peu pour que je m'en souvienne ; j'ai oublié et c'est resté au fond de moi, enfoui comme un trésor perdu.

Lizzie

Le lendemain de ma libération miraculeuse, nous avons quitté Paris pour la Normandie, cachés à l'arrière d'un vieux camion à gazogène, où j'ai pensé mourir empoisonnée par l'odeur d'huile rance, de fruits pourris. Le moindre cahot me levait des vagues de douleur, de la pointe des cheveux aux orteils, pas un centimètre carré du corps n'y échappait.

À présent marcher me demande un effort, même manger et boire, si bien que le médecin a cru que j'avais des abcès ou des dents cassées. Dieu merci, non. Je m'étonne d'être encore en vie, de m'être tue sous la torture. Je ne m'en serais pas crue capable. Mais ces souvenirs me brûlent. Des pas imaginaires me réveillent, je me crois dans ma cellule au cinquième étage, et pour ne plus endurer ces horreurs je me jette par la fenêtre. Rendormie, j'entends encore les coups sourds, leurs questions, je revois leurs yeux sans âme et je sens leurs transpirations, leurs haleines chargées de vin et de tabac. Tout m'y ramène, surtout mes poignets où subsistent de douloureux sillons à présent cerclés de croûtes noires.

Ferrandi s'en tire moins bien. Le médecin ramené par Lagus a posé un diagnostic inquiétant : en traversant l'abdomen, la balle a touché le gros intestin. Le risque d'hémorragie est important, nous a-t-il expliqué en nous prenant à part. Il faut opérer au plus vite, sans quoi la plaie risque de se déchirer, et dans ce cas ce sera la péritonite et la mort par empoisonnement du sang.

Lagus est devenu gris. Le charcuter, mais où ? Et comment ? Avec les attentats qui se multiplient, les maquis toujours plus actifs, les Allemands surveillent de très près les urgences, et même les pharmacies. Le médecin – en fait un interne juif qui se cache – se propose pour l'intervention, mais il n'a rien sous la main, aucun matériel… C'est pourquoi nous avons pris la route de la Normandie. Ferrandi a jugé plus prudent de pratiquer l'intervention ailleurs que chez Garcia, qui risque à tout moment d'être inquiété par Ricord et les hommes de Lafont.

Mon Corse possède une maison quasi abandonnée à Pacy-sur-Eure, à deux heures de Paris, une ancienne ferme au toit vermoulu, qui ne comporte que deux pièces, séparées d'une cloison en colombages. Son état d'abandon m'étonne : une horrible humidité encombre l'air, détrempe le sol et les murs, empêche de dormir, on croit presque la voir flotter, comme le *fog* à Londres. Presque pas de meubles. Interdiction formelle de faire un feu ; c'est à ce prix qu'on se préservera des curieux. N'empêche, c'est un vrai supplice car il y aurait de quoi faire une bonne flambée, dans une cheminée assez grande pour y cuire un cochon à la broche.

Vingt-quatre heures après notre installation, Lagus revient avec Leibovici, l'interne, équipé d'une lourde valise qui contient un vrai trésor : des paquets de gaze stérilisée, des compresses, des épingles à nourrice et quantités de petits flacons qui ravissent le médecin. Il aura tout ce qu'il faut pour soigner Ferrandi. Deux petites ampoules en verre l'enchantent en particulier : de la morphine !

– Tombé du ciel, sourit Auguste en clignant de l'œil.

Ce n'est pas une simple expression : une partie de ce matériel est britannique ou américain, probablement parachuté à la Résistance.

Ce soir-là, j'assiste à ma première opération chirurgicale, dans de bien étranges conditions. Ferrandi est allongé sur un lit paysan que protège une toile cirée, endormi à la morphine et au chloroforme. Leibovici incise son abdomen à la lueur d'une lampe-tempête, en bras de chemise malgré le froid vif. Parfois j'éponge une goutte de sueur qui tremble à son grand nez. – La blessure n'a pas l'air trop grave, juste une déchirure du côlon, murmure-t-il d'un air soulagé, mais il faudra éviter tout mouvement pendant au moins trois semaines.

Il suture et referme, satisfait et soulagé. Je devrai surveiller la plaie, il ne repassera qu'une ou deux fois, pas plus, afin d'éviter les allées et venues autour de la ferme soi-disant abandonnée.

Ainsi passent huit jours.

Ferrandi et moi campons, nourris de boîtes de conserve. Il reste allongé la plupart du temps et je joue la nurse, sans déplaisir. La première fois, j'ai eu peur de lui faire mal en changeant sa compresse. Il m'a encouragée, les dents fermées et le front ruisselant. La blessure ne gonfle et ne suppure pas, c'est bon signe si j'ai bien compris l'interne. Les fils ont l'air de se résorber. Il n'a pas de fièvre.

Un soir, ses doigts se posent sur la cicatrice qui entoure mon poignet.

– C'est Ricord ?

Ses yeux bleus se durcissent.

– Qu'est-ce que ça peut faire maintenant ?

– Je veux juste savoir. Dites-moi.

– Oui, c'est lui. J'avais tout le temps des menottes, à la fin. Il n'était pas seul, mais les deux autres sont morts, ils étaient dans la voiture avec moi. Le quatrième était un Allemand, il s'appelait Ernest.

Il se laisse aller dans l'oreiller, comme épuisé par ce bref échange.

– Je suis content que vous soyez là.

Puis il se tait, comme si ces mots n'avaient aucune importance.

Au début j'ai eu peur de rester aussi longtemps avec lui. Plus que l'ennui, je redoutais la déception. Je craignais de le découvrir vulgaire ou brutal, un homme sans intérêt, juste une belle gueule. Brutal, il ne l'est pas, au contraire. Il se retient sans cesse, il ne veut pas me déplaire, se livre peu mais s'intéresse à moi, de cent façons. Et maintenant je n'ai plus peur, ni de nos silences ni de ses questions. Les livres ne me manquent pas, contrairement au feu. Il se moque de moi.

– Qu'est-ce que vous avez, avec cette cheminée ? Je croyais que les Anglais étaient des durs de durs, qu'ils vivaient dans des manoirs jamais chauffés ?

– Comment vous savez ça ?
– Je sais beaucoup de choses sur l'Angleterre.
– Sur l'Angleterre ou sur les Anglais ?
– Sur les Anglaises.
– Vous dites n'importe quoi.
– Pas du tout. Je suis très sérieux.

Il grimace en changeant de position, puis enchaîne : que je ne compte pas sur lui pour faire une flambée. On doit faire silence radio, pas de visite, pas de lumière. Dans un mois on sera sorti de cette merde, conclut-il. On s'en sortira à deux. À ses mots, mon cœur se réchauffe.

La ferme se trouve au bout d'un long chemin, au fond d'un vallon couronné d'une rangée de peupliers. Une rivière déborde en bas sous de hautes herbes. Une grosse maison se dresse à trois cents mètres, sur l'autre versant, dont les habitants pourraient nous voir.

Un après-midi, pourtant, j'entends Ferrandi se lever, ouvrir et revenir chargé de petit bois et de bûches qu'il dispose dans la cheminée, et bientôt le feu pétille. J'ai l'impression que mon sang se dégèle, pour la première fois depuis des jours et des jours.

– Merde pour les voisins, sourit-il en tirant péniblement deux chaises devant l'âtre, où se découpe son profil.

Il pose son pistolet automatique au sol, dans un bruit de métal, puis m'enroule dans une couverture. Et longtemps nos pensées se perdent dans les flammes. Il me parle enfin, me sortant d'un demi-sommeil. D'un livre qu'il a lu quand il avait treize ans. Le curé de sa paroisse lui avait prêté.

– C'est l'histoire d'un savant fou qui explore le temps, grâce à une machine qu'il a fabriquée. Et il découvre qu'il y a une espèce d'hommes sous la terre, des saletés de bonhommes qui remontent à la surface, la nuit. Ils enlèvent les gentils et ils les mangent. Ils s'appellent les Morlocks…

À mon regard étonné, un grand sourire éclaire son visage.
– Ça vous étonne que j'ai lu un livre ?
– Pas du tout !
Un soupçon de susceptibilité arque ses sourcils.
– Si, ça vous étonne.
– Vous n'en parlez jamais, alors j'ai été surprise, c'est tout.
– D'accord. Ça vous va bien, la couverture.
– Elle est horrible et elle sent horriblement mauvais. Et moi aussi je suis horrible. Arrêtez de me regarder comme ça.
– Mais non.
– Mais non, quoi ? Alors, vos Morlocks ?
– Alors, je me dis qu'en ce moment, on est sous la terre avec les Morlocks. Il fait froid, il fait noir, il y en a partout, ils ont les yeux rouges, ils essayent de nous bouffer. Et je me dis que j'aimerais remonter à la surface. Pas vous ?
– Si. Si, bien sûr.
– Avec vous.
D'émotion, mon cœur se serre, se gonfle. Se rétrécit à nouveau. Sans un mot il me relève et m'enlace, et nos lèvres se trouvent, comme si nous n'avions fait que ça, attendre depuis la nuit des temps.

Décembre 1944

Chapitre 25

Lizzie

Un an est passé. Noël ne sera pour moi qu'amertume et tristesse.

Ma seule joie aura été de retrouver maman et Alexandra, qui survivent dans notre maison de Victoria Road. Je suppose qu'un membre plus riche et compatissant de notre famille leur verse de quoi ne pas déchoir totalement, si ce n'est mourir de faim tout simplement.

Si les bombes nazies l'ont miraculeusement épargné, le bâtiment subit de plein fouet les outrages infligés par le manque d'entretien. Tout est délabré, des vitres fendues rafistolées au papier collant, le toit percé, les robinets fuient et le charbon manque. De notre ancienne splendeur ne subsistent plus que quelques tableaux, des bibelots trop connus ou invendables, et deux domestiques, trop âgés certainement pour trouver à s'occuper ailleurs.

En me revoyant, si longtemps après ma fuite en Hollande et notre séparation, même maman n'a pu cacher un éclair d'émotion. Sans nouvelle depuis quatre ans, elle devait me croire morte.

– Au moins, tu as maigri, a-t-elle tranché, son infernale distance aussitôt réinstallée.

Je n'ai pas relevé. À ce jeu avec elle, je ne suis jamais gagnante. Mais l'espèce de frayeur et de pitié au fond de ses prunelles grises m'a broyé le cœur. Ai-je donc tant changé ?

Les nouvelles sont toutes mauvaises. Papa est mort, m'annonce-t-elle avec une expression indéchiffrable. Un accident de chasse, au tout début de l'automne 1941. Chez des cousins dans le Gloucestershire. Il venait de passer près d'une année en prison, pour avoir trop régulièrement fréquenté Mosley et ses fascistes britanniques. Les voyages auprès du Führer à Munich ont aussi dû peser dans la balance, ajoute-t-elle. Je n'en tire rien d'autre.

Dois-je comprendre que papa s'est senti humilié par cet emprisonnement, qu'il n'a pas supporté cette honte, cette lente descente aux enfers ? Qu'il se serait volontairement mis en danger lors de cette battue, comme une forme de suicide par tiers interposé ?

Inutile de poser la question, jamais maman n'admettrait la vérité, si c'en était une. Ma petite sœur Alexandra, qui partage son existence, ne s'est pas fiancée. Son accueil est à peine plus chaleureux. Elle m'a semblé vieillie de dix ans, avec son uniforme gris-bleu des WAAF, Women's Auxilliary Air Force, l'unité féminine d'assistance de la RAF, qui fournit des standardistes et des plieuses de parachute, aussi bien que des expertes du sabotage en Europe, pour le compte des services spéciaux. Longtemps après la guerre, Alexandra m'a avoué qu'elle avait été dans le secret du débarquement en Normandie, analyste reconnue des photos aériennes. George combat quelque part en Extrême-Orient, mais on n'a pas de nouvelles depuis plus d'un an. Il serait prisonnier en Birmanie, croit savoir un ami de la famille, qui sert à l'état-major. Inutile de demander de l'aide ou des précisions au cousin Churchill, il est intraitable et ne mélange pas affaires d'État et affaires de famille.

Moi, je n'ai jamais rien révélé de mes activités. Alexandra m'en a longtemps voulu, persuadée que je me cachais en Europe, et qu'elle avait été la seule à sauver l'honneur des Beresford en luttant contre les nazis, comme tout notre peuple. Peut-être a-t-elle compris, avec le temps ? Je l'espère, mais j'en doute.

Kenneth a disparu, probablement déporté en Allemagne, ainsi que tous les membres du réseau Fortuna, Andrée Borrel, le radio Archambault ou cette jeune opératrice aux airs de princesse indienne. Le commandant Paillole a réussi à rejoindre Alger. Très estimé par l'Intelligence Service, il occupe un poste important dans les services gaullistes. Je suppose qu'Élias est toujours captif en Allemagne. J'ai su que Jacky vivait encore à Paris, libérée depuis le mois d'août.

De mon côté, j'avais pu me rendre à Marseille vers le mois de juillet 1943, d'où les frères Guérini m'avaient fait passer en Espagne. Ils ignoraient le sort de Mo. Dès mon arrivée en Angleterre, l'Intelligence Service m'avait placée à l'isolement, comme tous les agents exfiltrés du continent. On m'avait logée dans une jolie petite maison de Carlyle Square, en plein Chelsea, pas au secret mais presque : on m'avait interdit d'échanger avec les autres pensionnaires, que je croisais parfois dans la vaste cuisine transformée en réfectoire. Pendant plusieurs semaines, une voiture m'a emmenée quotidiennement à un quart d'heure de là vers l'immeuble du MI6, sur Broadway. Des officiers m'ont d'abord débriefée, c'est-à-dire qu'ils ont voulu savoir tout ce que j'avais fait, qui j'avais rencontré, et comment j'avais quitté la France. De plus hauts responsables leur ont succédé, et pour finir le vice-directeur en personne, sir Claude, un vieil homme sec et brillant, l'esprit toujours occupé à Dieu sait quelle combinaison tortueuse derrière ses petites lunettes en écaille.

Trois choses les intéressaient plus précisément : d'abord mon activité au sein du réseau Fortuna, anéanti en quasi-totalité par la Gestapo. Mes réponses les avaient rassurés, d'autant que tout était vérifiable, et que j'avais toujours agi sous ordres. Ils voulaient aussi connaître la teneur de mes interrogatoires, à la Gestapo avenue Foch. J'ai tout raconté, soulignant mes soupçons à l'endroit de Gilbert, le Français chargé de planifier les vols – je n'ai su son vrai nom que bien plus tard, Henri Déricourt. Il était réellement le seul à pouvoir informer les nazis aussi précisément des vols clandestins. D'une certaine façon, les questions des hommes du SD avaient conforté mes doutes : Bömelburg et Kieffer étaient persuadés que l'Intelligence Service m'envoyait pour espionner Gilbert, leur agent infiltré ; ils s'inquiétaient à son sujet. Ce qui m'a valu toutes ces tortures, dont sir Claude s'émeut à peine. L'homme le plus puissant du MI6 m'avait sondé du regard un long moment, avant de m'ordonner de ne plus jamais évoquer le nom de Gilbert. Personne ne devra rien entendre à son propos. Même Churchill ou le roi. Personne.

– Je sais que vous connaissez le Premier ministre. Mais, outre le fait qu'il refuserait d'évoquer de tels sujets, je vous demande – je vous donne l'ordre – de ne jamais parler de tout ceci. À personne au monde. Ni maintenant ni dans cinquante ans… si Dieu vous prête vie d'ici là.

L'avertissement m'a glacée. Car c'en était un – presque une menace en fait. Si nous avions été en URSS et non en Grande-Bretagne, j'aurais disparu sans laisser de trace, aucun doute là-dessus. J'ai mis très longtemps à comprendre l'importance de ce secret. Sir Claude Dansey et une poignée d'initiés – dont même le Premier ministre était exclu, je crois, d'où son avertissement appuyé –, avaient mis au point une machination diabolique : ils savaient que Déricourt/Gilbert était un agent allemand, ami de longue date de Bömelburg, le patron de la Gestapo en France. Ils l'avaient donc secrètement engagé au sein de l'Intelligence Service, dans le but d'infiltrer le réseau Fortuna, le plus important du SOE, qu'il devait ensuite livrer aux nazis. Ce qu'il a fait, sans savoir qu'il s'agissait d'un piège britannique. Les preuves, hélas, sont accablantes.

Je me suis souvenue de ce pauvre radio anglais, Bob, désespéré par la bêtise des opérateurs à Londres, qui ignoraient obstinément ses avertissements. Ils les ignoraient… sur ordre ! La Gestapo ne devait avoir aucun soupçon. Kieffer et ses chefs jubilaient. Ils avaient tous les messages anglais, les ordres, les lieux de parachutage et de sabotage. En réalité, ils étaient intoxiqués. Le but de sir Claude était de leur faire croire, par tous les moyens, que l'assaut principal à l'Ouest aurait lieu dans le Pas-de-Calais. Lorsque Hitler a enfin compris que le débarquement en Normandie n'était pas une diversion, mais bien l'effort principal, il était trop tard. La tête de pont alliée avait pris trop d'importance, il ne pouvait plus remporter la bataille. Mais le prix à payer fut horrible. Des dizaines d'agents secrets sont morts, Britanniques ou Français. D'autres ont été brisés ou torturés. Pour ceux qui comme moi savent, ils devront garder ce lourd secret, et ce n'est pas moins douloureux.

Rassuré par mon attitude, Claude Dansey a continué à me rencontrer, de façon plus détendue. Il m'offrait le thé, curieux d'en savoir plus sur ce fameux plan de Hitler volé par Oscar Wagner. Il m'a demandé si je le croyais vrai, ce que j'ai confirmé. Lui aussi jugeait ces documents authentiques, d'ailleurs la fuite provenait sans doute des plus hautes autorités nazies, Himmler, ou Heydrich, son âme damnée. Les maîtres de la SS et de la Gestapo !

L'information m'a stupéfiée.

– Reinhard Heydrich était un homme absolument brillant, a repris Dansey, voilà pourquoi votre cousin le

Vieux Lion l'a fait éliminer, et il a eu raison. Dès 1942, Heydrich avait compris que le Reich ne pouvait pas battre à la fois les soviétiques et les Alliés, qui avaient la supériorité numérique et industrielle. Depuis cette date, lui et d'autres ont multiplié les approches : ils voulaient forger une alliance avec nous contre Staline. Même aujourd'hui, alors que leur défaite est certaine, Himmler ou d'autres continuent à nous faire des propositions. Nous les rejetons systématiquement, bien sûr. Mais en 1942, notre situation était plus délicate. Nous étions en infériorité nette. Pour rendre l'alliance possible, Heydrich devait éviter le triomphe complet de son maître. Donc, il ne fallait pas que la flotte française tombe entre ses mains, ce qui lui aurait donné un avantage trop important à l'Ouest. Lors de sa visite en France en mai 1942, Heydrich avait deux objectifs : préparer la mainmise totale de la SS et de la Gestapo chez les Froggies – ce qui a été un succès total. D'autre part, il a confié une mission ultra-secrète à un proche, le capitaine Nosek : informer les Alliés des intentions de Hitler à Toulon.

– Mais il ne voulait pas le faire directement.

– Tout juste. Il a donc eu l'idée de faire passer le renseignement par l'Abwehr, le service concurrent. C'est ici qu'intervient votre fameux Oscar Wagner. En fait, Wagner était un agent-double du SD au sein de l'Abwehr. Il semble que cette entreprise de savon dont vous nous avez parlé, à Ketschendorf, lui servait à percevoir l'argent du SD, avec de faux bénéfices. Sauf que ce Français, ce Ferrandi, a assassiné Wagner prématurément. Ce qui a bouleversé les plans de Nosek et d'Heydrich.

Entendre ce nom m'a frappé au ventre – au cœur et au ventre –, à m'en couper le souffle. Sir Claude ne pouvait pas ne pas le remarquer.

– Je sais que vous avez demandé des nouvelles de M. Ferrandi…

– Vous en avez ?

– Toujours pas. Peut-être saurons-nous quelque chose lorsque tout ceci sera terminé. Mais ne soyez pas naïve. C'est un homme de la pire espèce, qu'on croise parfois dans notre métier. Ne vous faites pas d'illusion : tôt ou tard il vous aurait trahie…

Oh, que c'est faux. Mais que c'est faux ! J'aurais voulu me lever et crier, défendre Mo, expliquer qui il était vraiment. Mais Dansey s'en moquait. Il a bourré sa pipe, indifférent à mon front rose et à mes larmes, a craqué une allumette et le tabac a grésillé. Quelle importance pour lui ? Nous ne sommes que des pions, des agents qu'on déplace, au gré de stratégies que nul ne doit connaître. Des soldats sans uniforme qu'on abandonne sans remords, s'il le faut.

Ils ont livré Fortuna aux mains des nazis, parce que cela faisait partie de leurs plans. Ils nous ont trahis et abandonnés. Puis ils m'ont laissée seule avec Ferrandi, sans un geste pour nous aider.

Mo

Un soir, Lagus passe en coup de vent, la gueule défaite. Ses lèvres sont comme gelées, incapables d'articuler. Macbeth lui tend un verre de vin, et là on comprend. Ils ont d'abord buté Garcia, d'une balle en pleine poire sur le trottoir, en bas de chez lui. Puis Renucci et Biancardini. Cinq autres ont disparu, enlevés en plein jour.

– Ils se cachent même pas, halète Lagus, encore sous le choc.

Ils : Ricord, Chave, le Mammouth, Pierrot le Fou…

Les plus proches lieutenants de Lafont, qui se vengent de notre coup de main avenue Foch, Tête Pâle et un autre mec abattus presque sous leur nez. Le patron de la Carlingue veut en finir avec les Corses, venger ses humiliations d'antan.

– Je me tire avec Margot dès ce soir, ajoute Le Breton. Attends pas, mon pote.

Nous nous étreignons une dernière fois. Il part.

Sauf que je ne suis pas vraiment rétabli. Il manque quoi, une semaine avant que je puisse marcher à nouveau. Un rien, une poignée d'heures. Un soir, Macbeth m'observe, son nez mignon dépassant à peine de sa couverture. Ses bleus ont disparu, ses traits purs comme dégagés de la souffrance, de la saleté passagère. Ses iris clairs dans les miens, confiants. Lagus s'est démerdé pour nous laisser une Peugeot volée, une guimbarde qui roulera bien assez pour nous conduire à n'importe quelle gare – la plus proche possible, à cause de ma cicatrice, pas bien refermée. De là, on pourra se tailler à Marseille avec nos faux faffes tout neufs. Tout sera plus facile. C'est peut-être ce qu'on aurait dû faire, dès le début.

Dehors, il pleut dans la nuit, sourdement, de l'eau et de la neige fondue. Le vent fait craquer les grands arbres sur la crête, frémir sans fin l'eau de l'étang.

Elle me regarde tremblante, moi je suis allongé, mal et fatigué à en crever.

– Est-ce que je peux vous rejoindre ?

Je dis oui, bien sûr, et j'aime son corps chaud, tout habillé contre le mien. Une sensation d'éternité, de plaisir et de bonheur, l'odeur de ses cheveux, de sa peau. Elle se serre contre moi, c'est tout ce qu'il me faut, rien d'autre. J'aurais voulu la prendre, et je sais qu'elle aurait voulu elle aussi, mais là c'est impossible. Plus tard, elle me réveille. Du sel mouille ma joue.

– J'ai peur. Prenez-moi dans vos bras.

– Arrêtez d'avoir peur. Ça sert à rien.

– Je sais. Mais j'ai peur quand même.

Elle tremble, je la rassure entre mes bras et le sommeil nous gagne, quelques temps seulement. Ses yeux posés sur moi, longtemps.

– Vous croyez qu'on va s'en sortir ?

– Évidemment qu'on va s'en sortir.

Mais dans mon état, je ne vois pas trop comment. C'est mieux de mentir, tout en caressant ses cheveux blonds, légers sous mes doigts, une matière inconnue. Et ça l'est. Une sensation nouvelle, jamais vécue. Elle me parle des moments heureux de son enfance, dans sa nature anglaise, de ce qu'elle avait aimé lire, de ce qu'elle avait rêvé de faire, une fois grande. Je n'écoute qu'à moitié, peut-être à cause du sommeil ou de la fièvre, bercé par sa voix un peu grave. Sa voix dans la nuit, rien que pour moi. Nos bouches se cherchent et se trouvent, et je sais le goût de ses larmes.

Au matin, il ne pleut plus mais tout est gris, le soleil très loin de nous. J'ai du mal à m'habiller, encore plus à marcher, mais je me dis ça va tenir, merde. Elle est très nerveuse, elle en pleure presque. Mais la voiture refuse de démarrer. Je lui montre comment lancer le moteur à la manivelle, elle n'y arrive pas. Je prends le relais, les pistons toussent, crachent puis ronronnent, mais je reste plié en deux. La douleur me plie en deux, ma chemise déjà rougie. L'effort a été trop important. Je sens une chaleur humide, la palpitation de ma cicatrice rouverte. C'est tout juste si je peux atteindre le siège conducteur, laissant mes jambes au dehors.

– Il ne faut pas rester là. Vous pouvez marcher jusqu'à la maison ?

– On doit partir.

Elle ne comprend pas. Je lui montre la crête, où se profilent deux rombiers. En pardessus et feutres, pas des paysans. Ils avancent avec précaution, d'arbre en arbre. Plus loin sur le chemin, on distingue un moteur qui s'éteint. Des portières claquent.

– C'est pour nous.

– Alors vous avez raison, il faut qu'on parte.

– Je pourrai pas marcher.

– Vous pouvez marcher. Il le faut. Relevez-vous, je vais conduire.

– Vous ne savez pas conduire.

Elle n'est plus si pâle, son visage durci.

– Vous me direz comment on fait. J'ai souvent vu mon père conduire.

– Ils ont dû bloquer la route, en plus. On doit partir à pied, moi je ne pourrai pas. Toi, tu peux.

– Je ne pourrai pas. Je ne veux pas. Elle sanglote. Je ne peux pas, je ne peux pas.

– Écoute. Je pose mes deux mains sur ses joues, chaudes, et je l'attire à moi et je la fixe, que nos yeux se fondent, qu'ils se voient vraiment, et pour toujours. Écoute-moi. Promets-moi que tu vas t'en tirer.

– Je ne veux pas. Pourquoi moi ?

Un bruit nous a fait nous retourner. Les deux mecs descendent la crête. Un camion s'est arrêté au loin, sa ridelle s'abat dans un bruit de métal.

– Parce que toi tu peux marcher. Le bois est juste là. Tu as de l'argent. Prends le train et va à Marseille, je t'ai dit où.

– Mais je ne veux pas.

– Tu dois.
– Je ne veux pas.
Du majeur, je clos ses lèvres, et sous mon doigt leur douceur est infinie.
– Fous le camp, Macbeth.
– Je ne veux pas.
– Fous le camp. Ça sert à rien que tu restes.
Vers la droite, les hommes avancent. Des Morlocks, sortis de dessous la terre, qui viennent manger les gentils. Ricord et les autres sont là, je le sens, aussi fort que ma douleur. Je sors mon Beretta coincé sous la ceinture, derrière. Souffrance infinie. Que c'est con, sans cette putain de blessure, je pourrais marcher des heures avec ma lady, des jours. Et là je suis incapable de faire un seul pas.
– Fous le camp.
– Non. Je t'en prie.
– Fous le camp, Macbeth. C'est fini pour moi. Je veux que tu vives.
Elle ne veut pas. Je la repousse, un peu fort, elle pleure, c'est sûr qu'elle me déteste, qu'elle se déteste aussi de m'abandonner.
– Tire-toi, Macbeth. Ne crève pas pour moi.
Je ne sais pas comment elle trouve le courage. Mais elle le fait, je la vois disparaître, son dos étroit avalé par les arbres. J'essaye de tirer la culasse. Pas évident. Puis j'attends seul, la tête appuyée contre le haut du siège, l'humidité chaude gagnant ma cuisse, mon mollet.
Je me souviens du Christ, sur le mur blanc de l'église de Calenzana. Son regard plein de reproche et de pitié. *Ma chì altru averia pussutu fà, o mà ?* J'ai trop péché, il fallait que je paye. Alors je paye, deux fois, en perdant la vie d'abord, puis en la perdant, elle.

C'est dur, mais c'est mieux comme ça, pour nous deux. Je n'aurais fait que la salir. Il ne restera que ça entre nous, ce baiser et rien d'autre, et c'est mieux comme ça. C'est mieux.

Et maintenant son visage se dessine dans la brume, si pur et calme, et j'entends encore l'écho de sa voix, un peu grave, qui rend tout plus facile à supporter, et c'est bien comme ça.

Pour en savoir plus

De même qu'Élisabeth Beresford, épouse Van der Jagt, dite Lizzie, est le produit de mon imagination, Mo Les-Yeux-Bleus l'est aussi. Oscar Wagner est inventé lui aussi, mais de nombreux agents de l'Abwehr ont pu lui ressembler. Bien longtemps avant l'invasion de 1940, les Allemands avaient en effet implanté un solide réseau de renseignement en France en particulier, dont les membres agissaient sous des couvertures très sérieuses, comme ingénieur ou chef d'entreprise. Certains des constructeurs de la ligne Maginot travaillaient pour l'Allemagne nazie, avec les conséquences qu'on devine !

Un mot sur les Beresford, qui sont de mon invention. Le titre de vicomte Rothermere a existé, mais concerne une tout autre famille. Le déclin, voire la déchéance, de certaines familles aristocrates britanniques commence dans les années 1910, notamment lorsque le Premier ministre Lloyd George augmente les droits de succession. Le mode de vie d'une grande partie des nobles terriens est peu à peu mis à mal, exactement comme on le voit dans la série *Downton Abbey*.

À l'instar du père de Lizzie, certains aristocrates ont effectivement suivi le fameux Oswald Mosley dans sa croisade fasciste, au début des années 1930. Au départ attirés par Mussolini, ils ont fini par adhérer aux idées de Hitler. Mais ce mouvement n'a jamais pris d'ampleur au Royaume-Uni. Il a été brisé dans l'œuf, lorsque le gouvernement a interdit dès le début les rassemblements de type paramilitaire. Pour l'histoire effleurée d'Hélène, la sœur aînée de Lizzie, qui part vivre en Allemagne par admiration pour les nazis, et du grand frère Peter qui veut combattre en Birmanie pour ne pas affronter le peuple frère allemand, je me suis inspiré de la vie des fameuses sœurs Mitford[15].

Le père Kenneth a réellement existé. Il fut agent de renseignement pour l'Intelligence Service pendant la guerre, mais son rôle auprès de Lizzie est imaginaire. De même, je l'ai placé à la tête d'un réseau « Fortuna », mais nous y reviendrons. Le commissaire Blémant a existé, ainsi que le commandant Paillole, le hauptsturmführer Roland Nosek, Kieffer et son supérieur Bömelburg, le patron de la Gestapo en France, le contre-amiral Auphan. Les frères Guérini et Auguste Ricord sont des personnages réels (le deuxième aurait été un des fondateurs de la French Connection). Les propos et actions que leur prête sont le fruit de mon imagination. Également brièvement cité, Gaston Defferre, futur maire de Marseille. Comme on le voit dans ce récit, il a été un grand résistant. Le surnom Fox-Trot est imaginaire, mais dissimule le commissaire Charles Chenevier, qui luttait contre l'Occupant. Déporté au camp de Neuengamme, il a survécu et a repris ses activités dans la police en 1948. On lui a reproché d'avoir servi sous Vichy, ce qui est à la fois amer et cocasse, quand tant d'autres qui avaient collaboré sans scrupule ont échappé à toute forme de sanction.

Rapidement évoquée, Violette Morris a existé elle aussi. Lesbienne notoire, championne multi-catégorie, elle a

---

15 Notamment *Ces extravagantes sœurs Mitford*, d'Annick Le Floc'hmoan, Fayard, 2002.

effectivement servi l'Occupant pendant la guerre, jusqu'à son exécution par des résistants en 1944, même si son rôle au sein de la Gestapo semble plus relever de la légende noire que de la réalité historique.

Andrée Borrel, courageuse combattante du SOE, a été assassinée par les nazis en juillet 1944, à l'âge de vingt-quatre ans. Madeleine, la radio qui opérait à l'école de Grignon, était la princesse Noor Inayat Khan, exécutée en septembre 1944 à Dachau. Aigle, le compagnon de l'évasion ratée de Lizzie, était le nom de code du colonel Léon Faye, éminent membre du fameux réseau Alliance[16]. Le récit de cette incroyable tentative en compagnie de deux membres emprisonnés du SOE est conforme aux faits. Héros des deux guerres, Léon Faye est mort pour notre liberté le 30 janvier 1945 au camp de Sonnenbourg, en Allemagne. Sir Claude Dansey fut bel et bien vice-directeur du MI6, le service de renseignement extérieur du Royaume-Uni. Il a très certainement rencontré des jeunes femmes qui ressemblaient à la courageuse Lizzie. Dans la mesure du possible, tous ces personnages apparaissent dans leur rôle réel pendant la guerre.

Le Chapiteau fut la propriété de plusieurs truands, dont Garcia, authentique héros de 14-18 comme raconté dans ce livre, mais ce dernier n'est pas mort sous les balles vengeresses de la bande de Lafont. L'histoire du Chapiteau mérite d'être évoquée, en particulier celle de son dernier propriétaire. O'dett, de son vrai nom René Goupil, figure de l'homosexualité parisienne, chansonnier, humoriste et artiste de cabaret, l'acquiert en 1934. Dans des numéros comiques, extrêmement ambigus et salaces,

---

16 Lire à ce sujet *L'arche de Noé*, de Marie-Madeleine Fourcade, Fayard, 1968.

il se moque cruellement du Tout-Paris avec des termes qui indigneraient de nos jours. Pendant la drôle de guerre, il met en scène un Hitler en folle, ce qui le force à quitter la ville à l'Occupation. Son cabaret, alors dénommé l'Abbaye de Thélème est rebaptisé le Chapiteau, et pourvu d'un décor circassien. Il devient un haut lieu de la fête de Paris sous la botte. Chanteurs, vedettes du cinéma et de la politique (pro-allemande), trafiquants, officiers nazis et truands le fréquentent assidument. Henri Chamberlin dit Lafont, y vient très souvent. Les propriétaires sont Jean Rossi, Henry de La Palmiera, héros de quatorze et grand résistant, et le bordelais Robert Moura, un homme de Lafont.

Beaucoup de choses ont été dites sur le parcours de Henri Chamberlin, dit Henri Lafont, dit M. Henri, assez classique pour un truand de l'époque : enfance misérable, abandonné par ses parents, il connaît les terribles maisons de correction pour mineurs et sombre dans la délinquance, alternant liberté et séjours en prison. Il se serait même évadé du bagne de Cayenne, information que je n'ai pas réussi à retrouver. En 1940, il profite d'un transfert entre deux maisons d'arrêt pour filer avec trois agents allemands de l'Abwehr. Malin et audacieux, il entre dans leurs bonnes grâces et connaît ainsi les combines fabuleusement lucratives des bureaux d'achat allemands. Après avoir fui Paris pour indélicatesse, il se rachète en interpellant pour le compte de l'Occupant des agents de renseignements anglais et belges. Il deviendra ainsi une sorte de parrain de truands français, dont beaucoup se réfugient sous son aile. Après avoir servi l'Abwehr, il travaille pour le SD et la Gestapo à partir de 1942, comme il est raconté dans ce livre. De nombreux malfrats l'ont suivi dans son épopée, dont les noms ici cités sont authentiques : Auguste Ricord, futur parrain de la French Connection, Abel Danos, dit le Mammouth, Chave Nez-de-Braise, Robert Le Pâle et tant d'autres dont l'énumération des noms serait certes haute en couleur, mais fastidieuse.

Ces hommes tiennent la dragée haute à la police française. Assurés de leur impunité, ils pillent et escroquent sans vergogne, parfois même les Allemands. Alex Villaplane, une ex-star de football – il a porté le maillot de la France lors de la première Coupe du monde en Argentine, en 1930 –, très proche de Lafont, n'hésite pas à vendre aux nazis un stock de plomb maquillé en lingots d'or, au prix de ce métal évidemment. Arrêté, il est condamné à mort mais la puissance de M. Henri est telle qu'il est gracié[17]. Des dépôts de morphine de l'armée sont pillés, des entrepôts. Rien ne les arrête. L'anecdote de Lafont giflant un policier français dans ses locaux est véridique. En décembre 1941, un inspecteur arrête quatre trafiquants d'or qui appartiennent à la Carlingue[18] et sortent leur carte de police allemande. Ils lui passent les menottes. Le monde à l'envers ! « Je suis de la police allemande, lui explique un des truands, tu dois me suivre ou je te bute (sic) ». On le conduit rue Pierre-Ier-de-Serbie – les locaux de Lafont avant son installation rue Lauriston –, puis on l'interne à la Santé, au secret[19]. Le fonctionnaire sera libéré, mais la leçon est claire pour lui et tous ses collègues.

---

17 Serge Jacquemard, *La bande Bonny-Lafont*, série Crime story, éditions Scènes de crimes.

18 Nom donné à l'une des officines de la Gestapo française, installée au 93, rue Lauriston dans le 16e arrondissement de Paris entre 1941 et 1944.

19 Gregory Auda, *Les Belles années du milieu, 1940-1944*, éditions Michalon, 2002.

Comme chacun sait, le milieu a largement basculé dans la collaboration, non par idéologie mais par intérêt. Au début de la guerre, beaucoup profitent de la situation des Juifs pour les piller et trafiquer de l'or. À l'instar de Lafont, ils gravitent autour des bureaux d'achat, dont il est question plus bas. Peu à peu, les Allemands demandent des contreparties : filatures d'agents ennemis, arrestations, enlèvements, interrogatoires. Ces hommes n'ont aucun scrupule, l'habitude de l'action clandestine, et une certaine haine de la société. À partir de 1942, nombre d'entre eux sont membres de la Gestapo, dans les succursales de la police secrète, aux quatre coins du pays. En 1944, Lafont et sa bande vont jusqu'à créer une Brigade nord-africaine, unité de répression armée dont l'efficacité militaire est inversement proportionnelle au nombre et à la cruauté des exactions. Beaucoup de ces hommes, dont leur chef, sont rapidement fusillés à l'hiver 1944… histoire aussi sans doute, de les faire taire au plus vite. Ils ont vu trop de choses. La haute fonction publique, les policiers, les hommes d'affaires, les artistes… beaucoup se sont plus qu'accommodés de la présence allemande, voire en ont largement profité.

Quelques hommes du milieu ont cependant lutté contre l'Occupant, dont le fameux Jo Attia, qui survivra miraculeusement à la déportation. Mais aussi Mémé Guérini, véritable tête brûlée au service de la Résistance – ce qui n'est pas tout à fait le cas de son frère aîné Antoine. En règle générale, la guerre clandestine ne se poursuit pas dans le milieu, entre affranchis. Les voyous ne font pas de politique, du moins pas par idéologie, à l'exception peut-être de Paul Carbone, le patron de Marseille avec son associé François Spirito. Carbone a des accointances avec l'extrême-droite, il a par exemple vendu des armes à Franco pendant la guerre d'Espagne. Proche de Simon Sabiani, l'ancien maire qui défend une collaboration à outrance, Carbone meurt dans un accident de train en 1943, un déraillement causé par un sabotage. À la libération, Spirito s'enfuit et Marseille tombe aux mains des Guérini. Après avoir fondé la French Connection, l'ex-parrain de Marseille mourra de sa belle mort en 1967, dans cette ville. Son association avec Carbone a inspiré le film, très édulcoré, *Borsalino*, avec Jean-Paul Belmondo et Alain Delon.

Henri Lafont n'aimait pas les Corses, qui l'empêchaient peut-être d'avoir entièrement la mainmise sur la pègre. En 1943, il a effectivement liquidé les insulaires les plus voyants avec ses principaux lieutenants, Danos, Chave et d'autres : une leçon donnée au milieu parisien.

Un mot sur les bureaux d'achat. Le mécanisme que décrit Kléber à Mo est exact : lors de la signature de la convention d'armistice en 1940, le gouvernement Pétain a accepté des conditions absolument terribles pour le pays. Le paiement d'une amende fabuleuse de quatre cents millions de francs par jour, a permis aux Allemands de s'approprier sans bourse délier pratiquement toute la production du pays. L'un des buts les plus affirmés de Hitler était de détruire la France, par le pillage notamment.

Absolument toutes les marchandises y passaient, des bonnets de coton aux machines-outils, en passant par le tissu, les chaussures, les parfums, mais encore les limes à ongles ou les jeux de cartes. Les échanges étaient organisés depuis des bureaux d'achat, souvent gérés par des agents de l'Abwehr, dont le plus connu était Otto Brandl. Ce qui par ailleurs finançait les activités de renseignement et de contre-espionnage. Peu à peu toutes les instances nazies s'y sont mises, Kriegsmarine ou SS. Dans un discours d'août 1942 au ministère de l'Air – non divulgué en France –, Goering explique : « La collaboration de messieurs les Français, je la vois seulement de la façon suivante : qu'ils livrent tout ce qu'ils peuvent jusqu'à ce qu'ils n'en puissent plus. (...) Dites aux usines qui ne livrent pas qu'elles n'auront plus rien à se mettre sous la dent. Je leur enverrai de vieilles selles de Cosaques, les Russes en ont bien bouffé. » Ce jour, le président du Reichstag veut faire passer le montant des céréales exigées de la France de cent vingt mille tonnes... à cinq cent cinquante mille tonnes[20] !

Les truands jouent un rôle essentiel : ils servent d'intermédiaires et protègent les transactions, payées en millions d'argent liquide. Dans son ouvrage consacré aux dessous du marché noir, Jacques Delarue raconte le fonctionnement quotidien du plus gros bureau. Tous les jours, le responsable de la sécurité, Rudy de Mérode – de son vrai nom Frédéric Martin, peut-être mort en Espagne en 1970 – va chercher les fonds à la ROGES, une succursale parisienne du ministère de l'Économie nazi, afin de payer les livraisons du jour : souvent plus de cinquante millions en liquide – le salaire d'un ouvrier est d'environ deux mille francs mensuels ! Rudy de Mérode protège le convoi avec quatre hommes, armés de pistolets-mitrailleurs. Ensuite, toute la journée, c'est le défilé de fournisseurs ou d'intermédiaires. Pour opacifier les transactions, ces derniers ne donnent ni leur vrai nom, ni l'origine exacte des fournitures, qu'ils vendent très largement au-dessus du cours officiel. Tous les intermédiaires prennent une part au passage, évidement. Et c'est ainsi que la France est pillée. Vers 1943, les déprédations ont été telles qu'il n'y a plus de marchandises à vendre, et les bureaux d'achat

20 Jacques Delarue, *Trafics et crimes sous l'Occupation*, Fayard, 1993.

sont fermés ! Le trafiquant le plus connu est M. Joseph, Joseph Joanovici, cité dans ce livre. Mais celui qui en a tiré le plus de bénéfices, c'est M. Michel, le patron de Mo, en réalité Michel Szkolnikoff. Le trajet de Mo vers les docs de Saint-Ouen, son laisser-passer spécial pour éviter les contrôles français, tout cela existait donc comme je le décris.

Ainsi, le vrai marché noir n'est pas celui évoqué de *La traversée de Paris* – film de 1956 de Claude Autant-Lara, d'après une nouvelle de Marcel Aymé. Il ne concerne pas quelques kilos de viande, quelques mottes de beurre vendues sous le manteau, même si tout cela était indispensable aux Français pour survivre. Le vrai marché noir, celui qui provoque misère et famine, c'est ce pillage inouï des bureaux d'achat. Un pillage industrialisé et financiarisé, qui a fait naître en quelques mois des fortunes vertigineuses, des deux côtés du Rhin. Certains industriels – pas tous – s'y sont adonnés sans retenue, livrant l'essentiel de leur production à l'Allemagne, en sous-main. De très riches familles vivent encore aujourd'hui, au XXIe siècle, dans les beaux appartements acquis avec l'argent réalisé alors.

Vous aurez peut-être reconnu sous les traits de Lagus, l'écrivain Auguste Le Breton, de son vrai nom Montfort. Le futur auteur de *Razzia sur la chnouf*, *Du rififi chez les hommes*, ou du *Clan des Siciliens*, a vécu une enfance difficile, dans des maisons de redressement pour mineurs, comme tant d'autres. Pendant l'Occupation, il a trafiqué des faux tickets d'alimentation, et tenu un restaurant de marché noir, Le Petit Trou, rue Henner, où se retrouvaient un certain nombre de truands, de la rue Lauriston en particulier. Dans ses mémoires, *Deux sous d'amour* (Éditions Vertiges du Nord/Carrère), il raconte comment il organisait des nuits de jeu clandestin, où s'échangeaient des fortunes en pièces d'or, dont beaucoup volées aux Juifs. Le Breton cachait bien son jeu : en 1945, il a reçu la croix de guerre pour faits de résistance. Il appartenait à un réseau lié au BCRA.

Tous les documents en attestent, la prostitution est le gagne-pain classique des truands de l'époque. On retrouve beaucoup de *Julots casse-croûte*, petits séducteurs pas très portés sur le travail, qui gagnent leur vie en plaçant une fille sur le trottoir ou dans une maison close. Entre les deux partenaires se joue souvent un jeu pervers de domination, de mensonge, l'homme promettant le grand amour et des jours meilleurs, la femme naïve, sous emprise ou sous contrainte – malgré tout certaines préfèrent cette vie à celle de l'usine ou des champs.

Les plus gros truands de l'époque, les Corses à Paris, les Carbone ou les Guérini à Marseille, étaient patrons de bars et de boîtes de nuit, mais prostituaient – sous protection de policiers corrompus – beaucoup de filles dans les grandes villes. Ils régnaient aussi sur les différents trafics dont, déjà, la cocaïne venue d'Asie, plus précisément d'Indochine. Au fond, ce n'est guère différent de ce que l'on connaît des gangs à Chicago ou Boston, lors de la prohibition. La seule différence, peut-être, c'est que le milieu français n'est pas hiérarchisé, comme aux États-Unis ou en Sicile. Il n'y a pas de « boss des boss », mais des patrons plus ou moins puissants, qui se partagent le gâteau, en plus ou moins bonne intelligence.

En toute logique, Mo vit donc de la prostitution au début de ce livre. Son associé Ricord a réellement possédé des maisons à Roubaix pendant l'Occupation. Le fonctionnement de ces lieux était très règlementé : une mère maquerelle nommée par les vrais patrons dirige l'affaire, assistée d'une sous-maque, un genre de contremaître. Des luttes intestines leur permettent de conquérir le pouvoir, où l'homme n'apparaît jamais, bien que principal bénéficiaire. Les récalcitrantes sont mises à l'amende dans des taules d'abattage. Des « placiers » ont pour métier de faire tourner les filles dans les quelques mille quatre cents maisons closes à travers le pays.

À l'époque, le bordel n'est pas un lieu honteux. Le tenancier ou Madame sont connus dans la ville, dont ils font partie des notables, dans une certaine mesure tout de même. Dans la capitale, le One-Two-Two ou le Chabanais sont fréquentés par le gratin du showbiz et de la truanderie. Lors de la guerre, un curieux mouvement se produit en faveur des maisons closes : au lieu d'être fermées et mises à l'index, on leur donne, comme je l'indique, un statut tout à fait officiel, en les classant grâce à une nouvelle loi dans la même catégorie que les hôtels de tourisme. Il est possible de détenir des parts de façon officielle. Certains établissements sont réservés aux Allemands, qui y instaurent une rude discipline hygiénique. Et pour cause, les malheureux militaires qui contractent une MST sont envoyé sur le front de l'Est.

En 1946, Marthe Richard, ancienne prostituée devenue élue au conseil de Paris, réussira de manière totalement inattendue à fermer les maisons closes. Nul doute que la période de la guerre a pesé dans la balance, au moment de la décision. Jamais en effet les affaires n'avaient été aussi florissantes que durant cette période, regrettait Fabienne Jamet, la patronne du One-Two-Two : « Paris la nuit, n'a jamais été aussi brillant que pendant ces quatre années[21]. »

---

21 Alphonse Boudard, *La fermeture*, Robert Laffont, 1986.

Peut-être a-t-on voulu leur faire payer l'addition ? Dans son ouvrage sur la fermeture des maisons, Alphonse Boudard avance une autre hypothèse : Marthe Richard, dont l'honnêteté aurait été sujette à caution – il n'est pas le seul à l'avancer –, aurait poussé cette loi pour effrayer ce qui tenait lieu de syndicat des patrons de bordels… dans l'unique but d'enterrer le projet, moyennant compensation financière bien sûr. Ce genre de chantage s'était déjà produit par le passé. Mais Marthe Richard se serait montrée trop gourmande. Peut-être aussi que les proxénètes ont saisi l'occasion pour poursuivre leur activité de façon clandestine et ainsi arrêter de payer les 8 à 18 % de taxes que prélevait l'État. En tout cas, les maisons closes l'ont été pour de bon. Je ne résiste pas au plaisir de livrer une anecdote. Savez-vous comment les soldats allemands appelaient une maison close ? Un pouf… Le mot s'est répandu à l'époque. Vous connaissez maintenant l'origine du mot pouffiasse[22].

Le commissaire Blémant, régulièrement cité, travaillait sous couvert pour le service de renseignement de l'armée, dénommé Deuxième Bureau. Avant-guerre, il manquera d'ailleurs de peu l'arrestation d'Otto Brandl, cet agent de l'Abwehr qui a fait tant de mal avec ses bureaux d'achat. Au moment de la défaite, il se replie sur Marseille, où il continue ses activités, camouflées sous le nom des Travaux ruraux (TR), aux ordres du BMA, Bureau des menées antinationales. Il réussira à éliminer plusieurs dizaines d'agents de l'Abwehr.

L'un des supérieurs de Blémant était le commandant Paillole, qui apparaît aussi dans cette histoire. Une figure méconnue que cet officier de terre, issu de Saint-Cyr, qui

22 *Op. cit.*

fit une incroyable carrière dans le renseignement. Comme il est rapidement évoqué, Paillole et ses chefs disposaient d'un informateur extrêmement précieux au cœur de l'appareil allemand : un certain Hans-Thilo Schmidt, qui faisait partie du service du chiffre allemand, et dont le frère était un haut-gradé des blindés, très apprécié de Hitler lui-même.

Pendant des années, cet homme a livré contre argent d'importantes informations aux agents français. Comme je le fais dire à Paillole dans le livre, le Deuxième Bureau connaissait grâce à lui presque tout des intentions de Hitler et l'état réel de ses forces. Il avait averti Gamelin, le généralissime français, de l'imminence et du lieu de l'attaque allemande, tout début mai 1940. Ce dernier n'a pas voulu entendre. Il n'est pire sourd…

Mieux encore, Hans-Thilo Shmidt a fourni des plans détaillés de la fameuse machine Enigma ! Nos alliés anglais et polonais étaient également renseignés. Au printemps 1940, il était possible grâce au travail des Polonais notamment, de déchiffrer les ordres de l'état-major allemand… en moins d'une heure. C'était trop tard pour la France, mais le système a servi pendant la bataille d'Angleterre. Il s'est amélioré par la suite, mais l'histoire du mathématicien anglais de génie Alan Turing, bataillant seul contre tous pour casser Enigma, est largement enjolivée, en tout cas met de côté ses indispensables contributeurs initiaux.

Revenons-en à Paillole. Après la débâcle de 1940, l'ensemble du Deuxième Bureau français décide de continuer la guerre contre l'Allemagne. En effet, l'armistice ne marque pas la fin officielle des hostilités. Ils font le serment de poursuivre le combat, et obtiennent même des crédits de la part du gouvernement. L'activité se fera sous le couvert des TR et du BMA. Selon Paillole, les Français travaillent exclusivement au profit des Anglais, qui n'ont presque pas d'agents en 1940 dans l'Europe brusquement occupée. Ils fournissent des informations mais font aussi du contre-espionnage, en démasquant les agents de l'Abwehr. Après la guerre, on leur reprochera d'avoir arrêté des agents gaullistes, ce dont Blémant et Paillole se sont toujours défendus. Il n'y a eu aucune poursuite.

Vous aurez donc compris quel rôle pouvait jouer un homme tel que Mo. Blémant, son chef, était connu pour son énergie et ses manières radicales. Les mesures D, qui consistaient soit à tuer les agents ennemis, soit à les torturer pour leur arracher leurs secrets, ont bel et bien existé. Pour ces basses œuvres, Blémant faisait parfois appel à des truands : Abel Danos, Émile Buisson – psychopathe, futur ennemi public numéro un –, ou Mémé Guérini, semble-t-il. Au moment de l'invasion de la zone libre, Blémant comme Paillole, qui vivaient déjà dans une semi-clandestinité, ont fui à Alger, puis ont servi de Gaulle. L'Intelligence Service avait une telle confiance en Paillole qu'il fut le seul français à être informé des détails de l'opération Overlord !

Autre personnage réel, le commandant Nosek, qui a dirigé une antenne du SD à Paris. Il y faisait du renseignement, dans les conditions que je décris. Il est d'usage de classer les SS dans deux grandes catégories : soit ce sont des êtres raffinés mais pervers, soit des brutes assoiffées de torture. Cela ne correspond pas à ce que j'ai vu dans mes lectures. Les SS étaient certes fanatiques, convaincus de la réalité de leur supériorité et de leur mission. Mais ils étaient éduqués, beaucoup de leurs haut-gradés avaient d'excellentes formations universitaires. Ils étaient des hauts-fonctionnaires militarisés, capables de beaucoup d'organisation et de travail au service de leur cause. Ainsi Kieffer, qui usait beaucoup plus de pression et de manipulation, que de torture. Ce qui n'était par exemple pas le cas d'un Klaus Barbie, aux instincts visiblement plus sanguinaires et féroces. Bref, ils n'étaient pas tous bâtis sur un seul et même modèle.

Il faut éclaircir un petit point, qui pose question peut-être. Jusqu'au printemps 1942, c'est l'armée allemande qui gère la sécurité des troupes d'occupation, et donc fait du renseignement et du contre-espionnage. C'est donc l'Abwehr qui commande, aidée par une sorte de police secrète, dénommée GFP, la Geheime Feldpolizei, essentiellement composée de policiers professionnels mobilisés dans la Wehrmacht[23]. En mai 1942, comme il est raconté dans l'ouvrage, Reinhard Heydrich, le chef suprême des SS avec Himmler, vient en France pour prendre en main la sécurité du pays, sous les ordres du SD, le fameux Sicherheitsdienst. Les différentes sections du SD vont mettre en œuvre la répression, mais aussi la solution finale. Par la suite, l'Abwehr va quasiment disparaître, absorbée par le SD.

Il faut ajouter pour conclure, que malgré tout ce qu'on pourra dire, la police française et la gendarmerie ont hélas totalement été mises au service de l'Occupant. Les brigades spéciales de la police française, dont on voit apparaître un membre en gare de Nevers, puis au commissariat de Vichy, se montrent d'une grande efficacité face aux résistants, communistes ou gaullistes. Ils les livrent au SD s'il faut, torturent s'il faut. On peut ajouter que l'épuration n'a guère éclairci leurs rangs. Peu de femmes et d'hommes passés entre leurs mains étaient encore vivants pour témoigner contre eux.

---

23 Ces policiers appartenaient indifféremment aux trois forces existantes : Gestapo (police politique), la Kripo (police criminelle), et Sipo (police de sûreté qui chapeaute ces deux entités).

Oubliées de l'Histoire, ces brigades spéciales. La Gestapo est devenue une sorte de mot-valise pour désigner tout policier allemand ou auxiliaire français. Peut-être est-ce sans importance. Mais peut-être est-ce aussi un moyen comme un autre de jeter un voile pudique sur les subtilités du passé. Ce qui est certain, c'est que cela ne change rien pour les victimes.

Dernière précision, il est d'usage chez certains passionnés de la période de faire une espèce de distinguo entre l'Abwehr et le SD, comme s'il y avait d'un côté des gentlemen et de l'autre des brutes. D'après ce que j'ai lu, la GFP et l'Abwehr étaient capable d'autant de cruauté et de bestialité que le SD et la Gestapo. Ce mot de Gestapo a peut-être plus marqué, simplement parce qu'il s'est répandu sur le tard, alors que la répression se faisait plus systématique et plus violente.

Poursuivons un instant avec Roland Nosek. Pour les besoins de la fiction, j'ai inventé un lien particulier entre lui et Reinhard Heydrich. Il est probable que les deux se connaissaient, même si Nosek était très en dessous du SS-Obergruppenführer dans la hiérarchie de cette institution criminelle. Mais Nosek n'a jamais reçu la mission de communiquer des plans secrets de Hitler afin d'empêcher un triomphe total.

Néanmoins… certains Allemands ont très vite cette pensée en tête. Ils ont l'intuition qu'une alliance avec l'Angleterre et les États-Unis n'est pas impossible, face à Staline. C'est ce que pense sans doute l'amiral Canaris, patron de l'Abwehr, qui ne cessera de déjouer les autorités nazies pour arriver à une telle alliance. Certaines opérations sont sabotées, la Wehrmacht délibérément trompée. Des secrets militaires sont livrés aux Alliés. En avril 1945,

Canaris sera pendu au camp de Flössenbourg avec une corde à piano. Très tôt, les plus clairvoyants parmi les nazis ont eux aussi compris l'impossibilité d'une victoire. Artur Nebe, le patron de la Kripo (police criminelle), en fait partie. Il sera pendu en mars 1945 pour avoir participé au complot de juillet 1944 contre Hitler. Helmut Knochen (chef du Sipo-SD pour la France et la Belgique) évoquera lors d'une interview de l'année 2000, une conversation avec Reinhard Heydrich, lors de la venue de ce dernier en France en mai 1942 : « La guerre ne peut plus être gagnée, lui confie alors ce dernier. Il faut trouver une paix de compromis et je crains que Hitler ne puisse l'admettre. Il faut y réfléchir. » Toujours selon Knochen : « [...] manifestement, (Heydrich) voulait revenir à Paris quelques semaines plus tard et prendre des initiatives. Concernant le régime, il semblait envisager un complot. Lui seul avait les capacités et le pouvoir pour agir, alors que le complot du 20 juillet 1944 s'est révélé un travail d'amateur voué à l'échec. Pour moi, Heydrich était le dignitaire du parti le plus intelligent, et en dehors de lui, il n'y avait personne pouvant comprendre la situation réelle. Il avait compris que l'entrée en guerre des États-Unis impliquait la mise en route d'une formidable industrie de chars, et d'avions. L'Allemagne ne pouvait pas suivre[24]. » Si donc, la livraison des plans secrets de Hitler par Nosek est de mon invention... elle est loin d'être invraisemblable !

Peut-être vous êtes-vous posé des questions sur les fameux plans secrets de Hitler au sujet de Toulon, dérobés par

24 La totalité de l'entretien est consultable sur Internet à l'adresse : http://livreblanc.maurice-papon.net/interv-knochen.htm. Cité dans *Un espion nazi à Paris – interrogatoire du SS Roland Nosek*, présenté et annoté par Olivier Pigoreau, Histoire & Collections, 2014.

Wagner. Eh bien, ils sont… vrais ! Dans deux directives, l'une datant de décembre 1940, l'autre de mai 1942, le dictateur planifie l'occupation de la zone libre, et la prise de la flotte française. L'invasion de la péninsule ibérique aussi est prévue, pour s'emparer probablement du détroit de Gibraltar, et bloquer la Méditerranée. Les termes qui apparaissent dans le livre sont extraits de ces plans authentiques. J'avoue avoir un peu forcé le trait, en ajoutant à tout cela l'envoi de cinq mille marins allemands depuis Lorient.

La prise de la flotte française à Toulon aurait-elle vraiment inversé le rapport des forces en faveur de Hitler ? On peut au moins penser que cela aurait porté un coup aux Alliés. Disons d'abord que la marine française – quatrième au monde après les flottes américaines, anglaises et japonaises – est sortie pratiquement intacte des combats de 1940. Les Allemands exigent qu'elle soit désarmée, alors que beaucoup de bâtiments sont hors de leur portée, dans nos ports d'Afrique ou ailleurs. Les ordres sont suivis, d'autant que la Royale a été outrée par l'agression britannique à Mers-El-Kébir, en juillet 1940, base navale française en Algérie dont les Anglais ont tenté de s'emparer. Ainsi, peu de marins se rallient à la France libre. La situation de novembre 1942 est un épouvantable imbroglio. À Alger, l'amiral Darlan, le dauphin du Maréchal, a retourné sa veste : après avoir fortement prôné la collaboration, il prend la tête de l'armée française en Afrique du Nord, avec la bénédiction de Roosevelt, et s'engage dans la guerre contre Berlin. Fort logiquement, il ordonne à son subordonné Laborde à Toulon d'appareiller pour Alger. Laborde, qui le déteste, refuse. Pétain et son ministre de la Marine, Auphan, tergiversent. Entretemps les Allemands ont encerclé la base, dernière enclave libre en métropole. Au matin du 27 novembre 1942, ils envahissent la rade et Laborde ordonne le sabordement, qui sera parfaitement exécuté. Seuls cinq sous-marins en réchappent par miracle et rejoignent les Forces navales françaises libres (FNFL), dont le Casabianca, qui participera à des opérations secrètes entre Alger et la France occupée, puis à la libération de la Corse. La guerre aura profondément divisé notre marine. Les FNFL ne compteront jamais que douze mille cinq cents hommes à la fin de la guerre – pour plus de cent soixante mille marins mobilisés en 1940. Les plus célèbres de ces résistants dans la marine sont le quartier-maître Jean Gabin, le lieutenant de vaisseau Honoré d'Estienne d'Orves ou le capitaine de corvette Philippe Kieffer, dont le commando débarqua à Ouistreham. En 1945, certains membres de la Royale fidèles à Vichy se verront attribuer des titres de guerre, alors qu'ils avaient combattu les Alliés ou les Français libres à Mers-El-Kébir, au Levant, à Dakar ou en Afrique du Nord.

Je termine ce tour d'horizon avec le réseau que j'ai appelé Fortuna. Ce réseau n'a pas existé, ni été dirigé par un prêtre irlandais, mais il s'inspire de l'important réseau Prosper, qui dépendait du SOE, l'outil de renseignement et de sabotage créée en 1940 par Churchill. Détail important, ce Special Operations Executive ne fait pas partie de l'Intelligence Service, l'organe historique. Le patron de Prosper s'appelait Francis Suttil. Il avait été envoyé en France pour monter une vaste organisation centrée autour de la région parisienne en partant de rien. Il était épaulé par Andrée Borrel, l'amie de Lizzie dans cet ouvrage.

À la chute de ce réseau, le SS Kieffer réussit à « retourner » les radios, c'est-à-dire à les faire travailler pour lui à l'insu de Londres. Or, ce retournement a été largement rendu possible par l'attitude même de Londres, qui ignore d'une manière absolument décourageante tous les signaux d'alerte envoyés par ces malheureux radios prisonniers. L'anecdote de cet opérateur londonien, qui demande bêtement le respect des procédures de sécurité, est exacte. Plusieurs incidents du même type se répètent. Démoralisés ou torturés, presque tous les radios du réseau Prosper finissent par se mettre au service de l'ennemi.

Les chefs du SOE avaient été intrigués par le comportement de Déricourt, l'homme chargé des vols clandestins. Au point d'envoyer une mission d'inspection en France, en pleine guerre, pour essayer d'en savoir plus. Mission qui n'a rien donné, d'ailleurs un des deux hommes envoyés fut arrêté par le SD. Après la guerre, Déricourt a été curieusement blanchi par ses supérieurs. Pourtant on a su plus tard qu'il travaillait effectivement pour le SD. C'était un intime de Bömelburg, le patron de la Gestapo en France. Ce que Déricourt lui-même a reconnu : il était agent-double.

Peut-être était-il plus que cela… agent triple ! Les historiens se sont en effet demandé s'il n'avait pas infiltré le SOE… pour le compte de l'Intelligence Service. C'est sur ordre de l'IS que ce Déricourt aurait fait tomber le réseau Prosper. Et toujours sous la pression de l'Intelligence Service que les grands patrons du SOE auraient systématiquement ignoré les messages d'avertissement de leurs agents prisonniers. Comme je le fais dire à sir Claude, lorsqu'il parle à Lizzie, le but était d'intoxiquer les nazis, et de les orienter sur de fausses pistes, quant au débarquement prévu sur les côtes françaises.

La prise du réseau Prosper, facilitée par Déricourt, puis par l'Intelligence Service, en sous-main, aurait donc été un moyen diabolique pour que les Allemands n'aient aucun doute sur la véracité des renseignements qu'ils recevaient de Londres !

L'hypothèse n'est pas farfelue. On sait que l'opération Overlord a été couverte par un immense plan d'intoxication monté par les Alliés, nommé Fortitude. On a fait croire à Hitler que le général Patton, l'Américain le plus brillant, dirigeait une armée entière juste en face de Calais. Tout était faux, jusqu'aux émissions de radios entre unités imaginaires. Même les agents de l'Abwehr sur le sol britannique participaient à l'intox : tous avaient été retournés par l'IS de longue date ! Alors, pourquoi ne pas imaginer que les maîtres de Fortitude aient voulu conforter Hitler dans sa certitude que le véritable centre de gravité de la future attaque était vraiment le Pas-de-Calais ? C'est peut-être sur la base de ces prétendues informations que le maître de l'Allemagne a cru pendant plusieurs semaines que l'attaque en Normandie n'était qu'une diversion. Lorsqu'il a réagi, il était trop tard : la tête de pont sur les côtes était trop solide, il ne pouvait plus rejeter les Alliés à la mer.

Cette thèse est appuyée par certains historiens et reprise par l'ancien journaliste Larry Collins dans son livre, *Fortitude* (Robert Laffont). En 1958, une parlementaire de la Chambre des communes a demandé la lumière sur cette histoire, sans succès. Comme dit le père Kenneth, à la guerre, l'objectif doit justifier les pertes. Ici, l'objectif était de permettre la réussite d'un débarquement très risqué, et de libérer l'Europe des nazis et de leurs alliés. Les pertes, le réseau Prosper, ce n'étaient que quelques dizaines d'hommes et de femmes. Comment ne pas croire que ce calcul n'ait pas été fait ? En tout cas, le secret reste bien gardé. Aucun témoin de l'époque n'a jamais parlé et les archives restent muettes.

DU MÊME AUTEUR

Série « Victor Dauterive, un enquêteur sous la Révolution »

L'Affaire des corps sans tête, City Éditions, 2015.
L'Affaire de l'homme à l'escarpin, City Éditions, 2016. (Prix du polar Saint-Maur en poche 2018.)
La Disparue de Saint-Maur, City Éditions, 2017.
L'Espion des Tuileries, City Éditions, 2018.
La Trahison des Jacobins, City Éditions, 2019.
L'Assassin de septembre, City Éditions, 2020.
La Femme aux doigts d'or, City Éditions, 2022.

Série « Le groupe du Manoir »

Minuit dans le jardin du manoir, Éditions du Masque, 2020. (Prix du roman d'aventures.)
Le Mystère du masque sacré, Éditions du Masque, 2022. (Prix du masque de l'année français.)
Intouchable, City Éditions, 2021.

Essais et documents

Les Enfants du dernier salut (avec Colette Brull-Ulmann), City Éditions, 2017.
Les Experts du crime, City Éditions, 2018.
Les Nouveaux Experts du Crime, City Éditions, 2021.

www.jcportes.com

COLLECTION HUGO THRILLER

FABRICE BARBEAU
Itinéraire d'une mort annoncée

DARCEY BELL
L'ombre d'Emily (Disparue)

ROY BRAVERMAN
Hunter
Crow
Freeman
Manhattan Sunset
Le cas Chakkamuk

TOM CHATFIELD
Bienvenue à Gomorrhe

ANGÉLINA DELCROIX
L'île des damnés

SANDRINE DESTOMBES
Les jumeaux de Piolenc
Le prieuré de Crest
Madame B
Le dernier procès de Victor Melki

SÉBASTIEN DIDIER
Ce qu'il nous reste de Julie

FRANCESCO DIMITRI
Le livre des choses cachées

C.J. FARRINGTON
Mort sur le Transsibérien

LAURIE ELIZABETH FLYNN
Nous étions les reines

GHISLAIN GILBERTI
L'Évangile de la colère

LEE MATTHEW GOLDBERG
Mentor

ELLY GRIFFITHS
Le journal de Claire Cassidy
Mortelle dédicace

BEAR GRYLLS
Le tombeau d'acier
Les anges de feu

VICTOR GUILBERT
Douve
Terra nullius

VINCENT HAUUY
Le tricycle rouge
Le brasier
Dans la toile
Survivre

JENNIFER HILLIER
Wonderland

MARTIN HOLMEN
Corps-à-corps
Compte à rebours

COLLEEN HOOVER
Verity

JACK JAKOLI
La détresse des roses

OLIVIA KIERNAN
Irrespirable
Les liens du sang

MICKAËL KOUDERO
La faim et la soif

CHRISTINA KOVAC
La journaliste

LUDOVIC LANCIEN
La caste des ténèbres

ISMAËL LEMONNIER
Enfers

AMY LLOYD
Innocente

ELLERY LLOYD
Suivie

T.M. LOGAN
Holiday
Ne faites confiance à personne

LAURENT LOISON
Cyanure

JOHN MARRS
Âmes sœurs
Les passagers

ROZ NAY
Notre petit secret
La sentinelle
Plongée

B.A. PARIS
Derrière les portes
Défaillances
Dix petites poupées
Le dilemme
Le cercle de Finsbury

JACQUES PONS
Organigramme

HUGO TOSI
Affaires spéciales : Le dossier Io

ADRIAN J WALKER
The End of the World Running Club

DENIS ZOTT
Maudite

COLLECTION HUGO POCHE SUSPENSE

ALEXIS AUBENQUE
La fille de la plage
La fille de l'océan
Halloween Night : Le manoir

ROY BRAVERMAN
Pasakukoo

MARION CABROL
La lionne rouge

KATIA CAMPAGNE
American Witches

TOM CHATFIELD
Bienvenue à Gomorrhe

COLLECTIF
Storia 2021
Storia 2022

ANGÉLINA DELCROIX
Synopsix
Qui meurt à Noël ?

SANDRINE DESTOMBES
La faiseuse d'anges
L'Arlequin
Ainsi sera-t-il

SÉBASTIEN DIDIER
Je ne t'oublie pas
Les yeux bleus

LEE MATTHEW GOLDBERG
Mentor

LOÏC HENRY
Lame sur les lèvres

OLIVIA KIERNAN
Irrespirable
Les liens du sang

LUDOVIC LANCIEN
Le singe d'Harlow
Les oubliés de Dieu

ELLERY LLOYD
Suivie

T.M. LOGAN
Holiday

JOHN MARRS
Les passagers

ROZ NAY
Notre petit secret
La sentinelle

CLAIRE PLANTEVIN
Plus que deux morts
et c'est Noël

FRANÇOIS RABES
Les racines des ombres

VINCENT RADUREAU
Le dernier match de River
Williams
L'ombre d'un géant
Le sang de Manchester

DENIS ZOTT
La dame blanche

Composition et mise en pages
Nord Compo à Villeneuve-d'Ascq

Imprimé en France par
CPI Bussière
en février 2023
N° d'impression : 2068385